떠오르는 태양
아름다운 동티모르

떠오르는 태양 아름다운 동티모르

발행일	2021년 8월 5일
지은이	이영운
발행인	이선우
펴낸곳	도서출판 선우미디어

등록 | 1997. 8. 7 제305-2014-000020
02643 서울시 동대문구 장한로12길 40, 101동 203호
☎ 2272-3351, 3352 팩스: 2272-5540
sunwoome@hanmail.net
Printed in Korea ⓒ 2021. 이영운

값 13,000원

※ 이 책은 **Jeju** 제주특별자치도와 **JFAC** 제주문화예술재단 제주문화예술재단의 2121년도 제주문화예술지원사업 후원을 받아 발간되었습니다.
※ 잘못된 책은 바꿔 드립니다.
※ 저자와 협의하여 인지 생략합니다.

ISBN 978-89-5658-671-7 03810

동티모르 교육 행정 자문관의 현장 체험기

떠오르는 태양
아름다운 동티모르

이영운 지음

동티모르 최초 상륙 선교사기념관

선우미디어 sunwoomedia

동티모르 딜리 공항에 입국하다

코이카 소장과 업무 협의

예쁘고 똘망똘망한 학생들

베코라기술고등학교 대수선 기증식에 참석한 총리, 대사, 영부인, 장관 등

시니어 단원이 임대한 대 저택

드와르테 교감선생님 가족과 함께

동티모르 자문단 연석 회의를 마치고

대사님 내외분과

고향의 봄을 부르는 동티모르 초등학생들

대사님, 동티모르 외무부 장관님과 함께

멕시코 영사와 함께

내가 거주했던 전기회사 2층

코리언 드림을 실현한 버스 기사

이무현 선생님과 딜리의 명소 크리스토 레이에서

내가 장보던 채소 과일 가게들

외국의 중고옷을 주로 판매하는 옷가게

동티모르 한인 성당 신자들

프란치스코 교장 가족과 함께

마르코스 교육과정 교감 가족

동티모르의 교통수단 미크롤렛

박찬홍 자문관 공항 전별

이영대, 최충호 자문관과 함께

한국어 교실 앞에서 김현진, 경은지 선생님 등과

한국 대학으로 유학가는 우리 학생들

국제 봉사단원 환경 정화의 날 행사

예쁜 전통 복장의 소녀들

심목행사에 참여한 산림국장 및 제주도 대표단들

제주특별자치도와 동티모르 산림청 세미나

산림청장과 백단목을 심으며

야곱신부님이 도밍고 수도원으로 한인 교우들을 오찬에 초대

신부 수녀님들과 장성 식당에서

이영대 자문관 부부의 초대를 받고

도미니꼬 고아원 여학생들에게 교복 기증

돈보스꼬 기술학교 연수생들

한 집에 거주하는 일본 봉사단원들

축구의 전설 김신환 감독님과

대사님, 교육부장관, 차관 등과 업무 협의

교육부 장관과 회의를 마치고

전국민이 가톨릭이어서 나무 아래서 미사 보는 신자들

천주교 예비신자 교리 지도

로스팔로스 최고급 호텔

로스팔로스 기술고등학교 기계과 실습실

기술고 교장과 선생님들

로스팔로스 일반계 고등학교

동티모르 전통 가옥 구조

지붕위에도 손님이 가득한 시외 버스

시내 관광용 오토바이 택시

일주도로 휴게소 식당

고아원에 하복 증정

오에쿠시 고아원에 하복 기증

티없이 밝은 여중생들

동티모르 최초 상륙 선교사 기념관

오에쿠시 상록수 부대 순직 희생자 추모비

지역 고등학교 교장과 교육 협의

대문도 경비도 없는 오에쿠시 대통령 저택

숯불로 갓 구워낸 맛있는 빵

마을 어린이들 상처 치료

리키샤에서 한국 수도자, 수녀님들과

동티모르 대주교님과 현안 협의

신입 단원들에게 동티모 르 생활 안내 교육

딜리 오에쿠시간 유일한 하늘 운송수단 12인승 경비행기

주교님 집전 견진성사 받으러 이천여 명 집결

견진성사를 주시며 뺨을 살짝 때리는 주교님

얼마 전까지도 전기 수도도 없는 오지에서 선교하는 한국 수녀님들

아따우로 섬으로 가는 페리에서

아따우로 초등학교 앞에서

동티모르 전통 가옥

동티모르 최고의 휴양 관광지 아따우로 야자림

봉사단원들이 우리학교 외벽에 그린 벽화와 경구들

베코라기술고등학교 300미터 담장에 그린 벽화

도미니꼬 여학생들의 영어 성가대

산기슭에 자리잡은 베코라기술고등학교

천여 명 학생들에게 부임 인사

기계과 학생들의 용접 수업

기계과 학생들의 실습

한국어 교실 한국어 수업

사무실 앞으로 놀러 온 학생들

신구 코이카 소장님, 교장, 교감 등과 교장실에서

모든 회의는 가톨릭 기도로 시작하고 기도로 끝맺는다

교육부 제1차관과 교장

그룹별 졸업 작품을 살펴 보며

실습실

졸업 프로젝트 제작 작품 전시

그룹별로 프로젝트를 발표하는 졸업 실기 고사

자동차과 학생들

전국 최고의 경쟁률을 보이는 신입생 합격자 발표일의
학부모들

응시 원서 제출과 함께 이루어지는 즉석 입학 시험

착하고 예쁜 학생들과 교정에서

PAS 한국대학생봉사단 방문 활동

한국대학생들의 부채춤

신입생들의 전통 교육 오리엔테이션

신입생 전통 교육

신입생들에게 강의 중인 필자

교육부 장, 차관 등에게 학교 안내

미사로 끝나는 신입생 오리엔테이션

신입생 오리엔테이션 후 푸짐한 점심 뷔페

교육부 제2차관과 함께

로스팔로스 고등학교에서

우리학교 기계과 실습실

우리학교 학생들의 용접 실습

한국에서 들여온 설비로 실습중인 학생들

인근 고등학교의 교장실과 교장선생님

늘 기쁜 학생들과

돈보스코 기술학교 경영자 요셉 신부님

첫 수업중인 한국어 교사

실습중인 학생들과

한국어 취업반 개강식 대사님과 함께

학교 공터에 건물을 설계해서 직접 시공중인 학생들

전자 통신과 학생들과

사무실을 방문한 한국 신부님과 현지 수사님들

김밥만들기 한국 음식 수업

송별식에서 전 가옥 모형을 선물 받으며

최종보고서 발표 세미나 및 송별식

티없이 맑은 현지 소녀들

400여 쪽의 베코라기술고등학교
발전 추진 계획 발간

Planu Dezenvolvimentu

ba Eskola Sekundária Téknika Becora

베코라기술고등학교 발전 추진 계획

1 Julho, 2018

Yeongwoon Lee (John)
Supervisor of Education and Administration (KOICA)

이 영 운
(교육행정 자문관, 베코라기술고등학교)

대사님 영사님과 대사관에서   내가 살았던 집 거실의 파파야

전통복장으로 손님을 환대하는 부족주민들

권위 있는 부족 촌장과 제관들

동티모르 교육 행정 자문관의 현장 체험기

떠오르는 태양
아름다운 동티모르

이영운 지음

선우미디어 sunwoomedia

떠오르는 태양 아름다운 동티모르

ᘓᕗ

"안녕하세요, 선생님?"

"에밀리에, 안녕! 오늘은 얼굴이 더욱 빛나 보이는데요. 왜 학교에 일찍 나왔어요?"

"학기말 시험에 프로젝트 준비도 해야 해서요."

이곳은 동티모르의 수도 딜리입니다. 학교 안에선 마주치는 학생마다 "안녕하세요, 선생님!" 하고 인사하는 모습을 보면 이곳이 한국이 아닌가 하는 생각이 들기도 합니다. 또 교문을 나서면 인근의 다른 학교 학생들과 주민들마저 우리말로 인사를 건네니, 동티모르의 코리아타운이라는 느낌이 들기도 합니다.

저는 베코라기술고등학교에서 교육 행정 자문관으로 일하고 있습니다. 이 학교는 동티모르에서는 유일하게 한국어가 필수 과목으로 지정되어 운영되고 있는 학교입니다. 저는 외교부 소속 한국 국제협력단의 해외 자문관으로 파견되었습니다.

저의 일과는 아침 5시에 일어나 약간의 운동과 세면을 하고 6시에 집을 나서는 것으로 시작됩니다. 버스를 타고 6시 30분 베코라 성당 아침 미사에 참례하고, 다시 20여 분 걸어서 7시 20분경에 학교에 도착합니다. 언제나 학교에 맨 처음 등교하는 사람은 저이고, 학생들도 보이지 않지만 나지막한 산기슭에 자리 잡은 노란색 교사들 너머로 아침 안개가 모락모락 피어오르는 모습을 보면, 가슴엔 우리 학생들에 대한 기대가 가득 차고, 나날이 성장해 가는 동티모르의 미래를 보는 것 같아 가슴 뜨거워짐을 느끼게 됩니다.

에밀리아는 기계과 3학년 여학생으로 유독 부지런하고 한국어 강좌도 열심히 수강하면서 한국어 능력 시험 준비를 하고 있습니다. 이곳 동티모르 젊은이들의 꿈은 한국 산업연수생으로 선발되어 한국에 가서 선진 문명도 경험하고 돈도 많이 버는 것입니다. 얼마 전 수도 딜리에 있는 크리스토레이(대형 예수상이 있는 공원)에서 미크롤렛(소형 버스)를 운행하는 줄리앙이라는 젊은 청년을 만났는데, 한국어가 유창했습니다. 알고 보니 5년간 한국에 연수생으로 근무하다 귀국했는데, 5년 만에 소위 '코리안 드림'을 실현한 젊은이였습니다. 현재 버스를 2천만 원에 매입하여 운수 사업을 하고 있고, 집을 사고 결혼도 했다고 합니다. 세 아들이 있는 그에게 남은 일은 행복하게 사는 것뿐이라고 합니다.

이곳에서의 나의 근무 계약 기간은 일 년입니다. 한국 정부는 이 학교에 가장 많은 공적자금을 투자했습니다. 일천만 달러(100억)를 지원하여 동티모르 최대 최신의 기술 전문학교를 재설립했습니다. 대학교까지 포함해도 동티모르에서 가장 아름다운 캠퍼스와 최대 최신 설비가 총망라된 곳은 이 학교가 유일합니다. 당연히 이곳 정부에서는 이 기술학교의 성공적인 운영에 엄청난 관심과 기대를 하고 있습니다. 6개 학과(전기, 기계, 건축, 자동차, IT, 전자)가 설립되어 있고, 모든 설비, 기구, 재료는 한국의 최신 생산품들로 채워져 있습니다. 저의 책무는 몇 달 전에 완성된 이 학교의 경영 전반을 지도 자문해서 정상적으로 학교가 운영되어, 최대의 교육 효과를 산출할 수 있도록 지원하는 데 있습니다.

저는 수시로 교육부 장관을 비롯한 교육부 관계자들, 또 한국 대사님을 비롯한 대사관 직원들과 긴밀한 협의를 통해, 동티모르와 한국 외교부가 바라는 수준의 경영 자문을 성공적으로 수행할 수 있었습니다. 졸업생들은 UNTL(동티모르 국립대학교, 한국의 서울대학교에 해당)에 30여 명이 진학하는 등 명문 공대 등에 80% 이상이 진학했습니다. 다른 학교의 대학 진학률은 대개 10% 이내입니다. 또 전국에서 몰려드는 학생들로 입시 경쟁률이 3대 1 정도가 되었는데, 이것은 동티모르에서 가장 높은 입시 경쟁률이었습니다. 이곳에서는 고등학교를 졸업해도 마땅한 일자리가 없기에 아직은 대학 진학이 그들의 꿈입니다.

학교에는 천백여 명의 학생들과 100여 명의 교사가 근무하고 있습니다. 저는 모든 교사의 생일에는 개인별로 축하 카드를 작성하고, 작은 선물을 준비하여 직접 찾아가서 생일을 축하해 주었습니다. 또 가능한 모든 교사와 학기에 한 번씩 가족 동반으로 식사에 초대하였습니다. 이런 자리를 통하여 서로의 우정을 돈독하게 할 수 있었을 뿐만 아니라 학교, 교직원, 시설, 예산, 학생 지도, 학교 운영 등에 대한 정보도 알 수 있었고, 가족 사항도 알게 되어 효과적인 자문 활동을 수행할 수 있었습니다.

저는 자문 활동을 마무리하면서 400여 쪽의 '베코라 기술고등학교 발전 추진 전략'을 발간하여, 교육부, 한국 외교부 등에 제출하였습니다. 이 보고서는 테툼어, 영어, 한국어로 작성되었습니다. 내용은 학교 발전 전략과 비전, 교원 역량 강화, 기술고등학교 학과별 교육과정, 진로 및 경력 개발, 학교 경영, 교수학습 방법, 학생 생활지도, 시설 및 기자재 유지 관리, 학교 기업 육성, 특성화 교육 등 방대하고 다양한 내용입니다. 그리고 한 해 동안 학교 경영을 자문해 오면서 느끼고 개선해야 할 사항 열다섯 꼭지를 상세히 분석하여 효과적인 개선, 추진 방안을 제안했습니다.

동티모르는 연중 40도를 오르내리는 무더운 나라로 일 년 내내 모기와 해충들에 의한 말라리아, 뎅기열, 각종 피부병 등이 창궐합니다. 특히 거리를 배회하는 많은 개 때문에 광견병에 항상 노출됩니다. 우리 학교에 근무하는 한국인 교사들 중 뎅기열에 걸리지 않은 사람은 거의 없었습니다. 저도 뎅기열, 광견병, 간염, 파상풍 등 10여 건의 예방 접종을 했습니다.

저는 2014년 2월 40년 가까운 중등 교직 생활을 마무리하고 정년 퇴임했습니다. 영어 교사, 장학관, 제주 외국어고등학교장 등으로 봉직했습니다. 퇴직 후에는 제주의 풍광을 즐기며 오름 산행을 하기도 하고, 탁구 동호회에 가입하여 운동하기도 했습니다. 또 악기를 배우려고 클라리넷을 익히기도 하고, 문인화에 기웃거리기도 했습니다. 그러나 항상 가슴 한가운데가 공허하고 허전함을 느끼지 않을 수 없었습니다. 저의 교육 경험을 활용하여 세상에 조금이라도 보탬이 될 수 있는 곳이 없을까 하는 고민이 계속되었습니다.

저는 이 과정에서 외교부 한국 국제협력단 사업을 알게 되었습니다. 그리고 중장기 자문단이 되려고 지원서를 작성했고 서류 심사가 통과되어 영어 면접, 신체검사 등을 통과하여 최종적으로 아프리카 세네갈 교육부에 교육 자문관으로 파견되었습니다. 우리나라 60년대의 환경과 비슷한 조건의 열사 폭염이 연중 내리쬐는 세네갈에서 2년간을 보냈습니다.

학교는 점심시간도 없이 6교시 수업을 하고 교과서도 보관용밖에 없습니다. 아이들은 가로세로 15cm 정도의 조그만 휴대용 흑판에 몽땅 분필로 필기하거나, 노트 한 권에 볼펜 한 자루만 갖고 학교에 다닙니다.

저의 업무는 교육부 유아 교육국 소속으로 교육과정 개발, 교수학습 방법 보급, 평가 지표 개발, 선진국의 교육 내용 보급, 종합 유아교육센터 개설 등이었습니다. 전국 100여 개의 유치원, 관련 교육기관 등을 살펴보고, 교육부 장관, 관련 국장 등과 긴밀히 협의하면서 업무를 마쳤습니다.

600여 쪽의 보고서를 프랑스어, 영어 등으로 작성하여 세네갈 교육부, 교육기관, 외교부 등에 보급하였습니다. 이 보고서에는 세네갈 최초의 유아교육 과정, 유치원 교수학습 방법, 유치원 평가 지표, 선진국의 교육 등 거의 새로운 내용이 망라되어 있습니다. 특히 내가 심혈을 기울인 분야는 유아교육 종합 체험학습센터 구안이었습니다. 이 센터는 예산 200억 원이 소요되는 서아프리카 최초의 종합 체험형 유아교육 기관입니다.

업무 추진의 어려움, 열악한 생활환경, 생명의 위협 등은 일상사였습니다. 실제로 30대 젊은 태권도 지도교사는 말라리아로 사망하기도 하고, 시니어 단원은 교통사고로 반신불수가 되기도 하였습니다. 절도, 폭행, 도난 사건들이 하루 멀다 하고 발생했습니다. 하루에 몇 번씩 발생하는 정전, 일주일에 한두 차례씩 끊기는 수돗물 등도 철저한 준비와 인내로 이겨내야 했습니다.

저의 아프리카 세네갈에서의 활동 기록은 외교부 한국 국제협력단에서 해외 봉사단원 활동 경험 우수 사례로 선정되어 『나무나 세네갈』(2016, 시나리오 친구들, 300쪽)이라는 단행본으로 출간되었습니다.

2년간 근무 후에 귀국하여 다시 새로운 준비를 했습니다. 해외 근무로 자취 생활을 하기에 기본적인 음식 조리 능력이 필요하다는 것을 깨닫게 되었습니다. 고용노동부의 내일 배움 카드를 발급받아 전문 조리 교육을 받았습니다. 6개월 동안의 노력 끝에 한식조리기능사, 양식조리기능사, 중식조리기능사 자격증을 취득하게 되었습니다.

준비되자 재차 한국 국제협력단 자문단 모집에 응시했습니다. 교육 분야는 동티모르 한 곳밖에 없었습니다. 경쟁이 치열했고, 시험 과목과 내용이 더욱 강화되었습니다. 영문이력서, 서류 전형 자료 제출, 영문 지필 고사, 영어 인터뷰, 우리말 전공 면접시험 등이었습니다. 합격하여 직무 연수를 마치고 21세기 최초의 독립국인 동티모르에 파견되었습니다.

인도네시아와 호주 사이의 섬나라이며, 21세기 첫 독립국인 동티모르는 세계 최빈국에 속하며, 인구의 50% 정도가 빈곤선(1일 0.55달러) 이하의 생활을 영위하고 있습니다. 오랜 기간 포르투갈의 지배를 받아서 포르투갈어와 테툼어가 공용어이며 전 인구의 97.5%가 가톨릭 신자입니다.

아프리카 세네갈에서의 생활 경험과 그사이에 익혔던 조리 기능이 큰 도움이 되어 연중 40도를 오르내리고, 한국전쟁 직후의 비슷한 생활 여건 속에서도 별 어려움 없이 잘 지낼 수 있었습니다.

저는 교육 자문 활동을 하면서 저개발국 아이들에게 도움이 될 수 있는 일들도 찾아보았습니다. 세네갈이나 동티모르에는 의류 상점들이 거의 없습니다. 길거리 가판에서 선진국의 중고 의류를 가져다 판매하고 구입하는 것이 거의 전부입니다. 저는 한국 지인들의 도움을 받아 도미니코 고아원 등 복지 시설에 여러 차례 교복 지원 활동을 했습니다.

40년 가까운 교직 생활보다 해외 저개발국의 교육 발전을 위해 보낸 지난 4년이 교육자로서의 역량을 더 크게 발휘한 시기가 아니었나 평가해 봅니다. 나의 하찮은 지식과 경험을 스펀지처럼 빨아들이고 싶어 하는 곳에 소박한 도움을 줄 수 있었던 것은 너무도 큰 행운이요 행복이었습니다.

여기에 실린 내용은 제가 21세기 최 신생국 동티모르에 자문단으로 파견되어 의식주를 해결하며, 교육부와 베코라 기술고등학교에서 교육 정책과 학교 경영을 자문하며, 부딪치고 살아온 한 해 동안의 좌충우돌했던 기록입니다. 문화와 이해의 충돌을 소통하며 현명하게 극복하고자 노력했던 과정을 함께 나누고 싶습니다.

미래는 선의를 갖고 준비하고 도전하는 사람에게 항상 따뜻하고 친절하게 손길을 열어 밝혀준다는 사실도 터득하였습니다. 지구의 험지에서 이러한 경험들은 내 삶의 후반부를 역동적이고 빛나게 하는 신나고 보람된 일이었습니다.

해외에서 편안하고 열심히 생활할 수 있도록 끊임없는 격려와 지원을 아끼지 않았던 아들 동근, 딸 진솔, 사위 인한, 평생 동반자 현애자 님 등 모든 친우, 지인분들께 깊은 감사를 드립니다.

2021년 8월, 동티모르와 닮은 절기에
학송(鶴松) 이영운(李永雲)

차례

　　1. 동티모르는 어떤 나라일까?
　　2. 자연 환경
　　3. 역사
　　4. 한국과의 관계
　　5. 정치, 경제, 교육과 보건
　　6. 문화
　　7. 동티모르 생활 백과
　　8. 기본 회화

제 1 부

태양의 땅, 동티모르

동티모르 딜리 공항에 첫발을 디디다

태양의 땅, 동티모르

✐

태양의 땅, 동티모르에 내디딘 첫발

오늘 동티모르에 도착했다. 이곳 시간으로 오후 2시 20분이다. 동티모르와 우리나라는 시차가 없어 시간 적응에는 어려움이 없다. 이곳에 도착하기까지 많은 과정이 있었다. 여러 종류의 영문 서류 작성, 정밀 신체검사, 우리말과 영어 면접 등이 있었고, 총 세 차례의 시험을 통과하고 최종적으로 두 주간의 집중 연수 끝에 동티모르 근무가 확정되었다.

연수는 서울 양재 KOICA 연수원에서 숙식을 함께하며 진행되었다. 2인 1실을 사용하는데 나에게는 특별히 독실을 배정해 주어서 조금 외로웠지만 편하고 자유로운 휴가 기분을 만끽할 수 있었다.

주요 연수 내용은 국제 개발 협력의 이해 및 한국의 ODA 개발 협력 정책, 인권과 개발 협력, ODA 거버넌스, 응급처치 및 생활 안전, 올바른 성의 이해, 자문단의 권리와 의무, 타 문화의 이해와 수용, 재난 안전 및 예방, 활동 국가 미리보기, 동티모르어(테툼어) 익히기 등이었다.

그 사이에 간염 등 여러 종류의 예방 접종과 관용여권 발급 등의 절차가 있었다. 그러나 나는 이미 2014년부터 2016년까지 2년간 자문관으로 아프리카 세네갈 교육부에 파견되어 근무한 경험이 있었기 때문에 이번에는 비교적 느긋한 마음으로 교육도 받고 준비도 할 수 있었다. 연수가 끝나고 일주일 뒤 출국이었다. 나는 제주도에 거주하기 때문에 이틀은 오가는 데 써야 해서 준비 기간이 한 닷새쯤 되었다. 제주에 도착하고는 친구들과 몇몇 모임에서 출국 신고를 하고 일 년간 살림살이에 필요한 물건들을 사며 출국 준비를 서둘렀다.

7월 30일 집사람과 서울로 올라왔다. 공항에서 재보니 수화물 무게가 38.5kg이다. 집사람과 두 사람의 수하물을 합쳐서 계산해도 8.5kg이 초과되었다. 제주공항에서는 다음부터 주의하라며 통과시켜 주었다. 역시 제주는 친절하다.

서울에서 부식들과 나머지 물건들을 샀다. 물건의 무게가 10kg을 초과하면 안 되기 때문에 음식도 건어물 위주로 샀다. 짐 꾸리기가 서툰 나를 대신하여 집사람이 일일이 물건들을 확인하고 정리하여 정돈된 가방을 꾸려 주었다. 마침 딸도 퇴근하여 공항버스로 인천공항에 도착했다. 화물은 원래 30kg까지 허용되는데 KOICA에서 20kg을 보전해 주기 때문에 총 50kg까지 가능하다. 두 개의 가방 무게를 재보니 49.9kg이다. 0.1kg이 모자란 50kg이었다. 절묘하게 무게를 맞췄다. 집사람의 짐꾸리기 실력에 다시 한번 감탄했다. 하나투어 안내자도 어떻게 이렇게 무게를 정확히 맞췄느냐고 놀라워했다. 코이카에서 부담한 초과한 20kg의 추가 화물비용은 124만 원이었다. 배보다 배꼽이 크다는 말이 이런 경우가 아닌가. 저녁 12시 35분 비행 편으로 싱가포르에 도착했다. 아침 9시 35분 MI Silk Star 비행기로 환승하여 오늘 2시 20분에 동티모르 딜리 국제공항에 도착했다.

오면서 비행기에서 밖을 내다보니 바다로 둘러싸인 조그만 섬이 서서히 다가오고 있었다. 나지막한 산등성이가 여기저기 보였다. 건물들은 우리나라의 소박한 농어촌 분위기를 닮고 있었다.

날씨는 비교적 선선했다. 지금이 건기이고 연중 가장 쾌적한 절기에 해당된다고 한다. 비행기에서 건너편 앞쪽에 단정한 한 청년이 한국어로 된 책을 읽고 있었다. 가까이 가서 보니 지니고 있는 수첩에 World Friends라는 로고가 붙어 있었다. KOICA 로고여서 "혹시 코이카에서 일하십니까?" 하고 인사를 건넸다. 자신이 코이카 현지 사무소 부소장이라고 하면서 한국에 휴가 갔다 돌아오는 중이라고 했다. 얘기를 나누다 보니 내가 세네갈에 근무할 때 우리 사무실을 방문했던 분이었다. 덕분에 편한 마음으로 내릴 수 있었다. 사무실 신성우 코디네이터와 두 봉사단원이 마중을 나와 있었다. 코이카 차량으로 잠시 머물 호텔(Hotel the Ramelau)로 갔다. 짐을 풀고 호텔 구내에 있는 코이카 사무실로 갔다.

강형철 소장님께 도착 인사를 드렸더니 소장님은 이달 말에 한국에 있는 부산 사무소장으로 발령을 받아 떠나게 된다고 했다. 마음이 급한지 벌써 업무를 협의하겠다고 한다. 내가 이곳에 파견된 가장 큰 이유는 베코라 기술고등학교의 경영 자문 활동이다. 코이카에서는 일천만 달러(110억 원) 이상의 재원을 투자하여 10여 채 이상의 집을 새로 짓거나 리모델링하고 6개 기술학과 즉, 건축, 컴퓨터, 전기, 자동차, 토목, 전자통신학과의 최신 기자재와 설비를 한국에서 가져다가 설치하였다. 이 학교가 동티모르 최고의 기술학교로 운영될 수 있도록 경영 자문을 하는 것이 나의 임무였다.

소장은 기본 업무 외에 한국어 교육과 영어 교육에 힘써 달라고 했다. 한국어 교육을 받은 학생들이 해마다 30명 정도 한국에 취업을 할 수 있었으면 좋겠다고 한다. 그냥 투자만 하고 인계해 버리면, 한두 해 뒤에 또 옛날의 학교로 되돌아가 버릴는지 모른다고 걱정이 된다고 했다.

부소장과 함께 대사관으로 향했다. 김기남 대사는 해병대 소장 출신으로 강건해 보였으나 성격은 소탈했다. 3달 정도 쉬면서 그냥 학교 현황을 관찰만 하라고 하신다. 대사관에서는 또 이철희 영사, 조소연 행정원, 서민정 행정원과도 인사를 나누었다. 대사관은 대사 저택과 사무실을 겸용으로 사용하고 있었다. 대부분 대사관은 저택과 사무실을 별도로 운영하지만, 워낙 규모가 작은 나라라 함께 사용하는 것이다. 사무실은 소박, 단순, 수수하게 꾸며져 있었다.

대사님은 마침 제주 출신 한국어 평가원장님이 계시는데 나를 만날 기대감에 들떠 있다고 했다. 통화하고 라멜라우 호텔에서 잠깐 만났다. 양주윤 소장이다. 원래 한국 산업인력공단(HRD)에서 근무하다 정년퇴직하고 제주도 사업소에서도 근무했었다고 한다. 집은 지금도 제주도라 했다. 퇴직 후 1년씩 계약직으로 근무하고 있었다. 아마 현직에 있을 때 성실하게 많은 실적을 내며 활동했기 때문에 퇴직 후에도 기회를 주는 것이라는 생각이 들었다.

저녁때 티모르 플라자에 있는 The Sky Restaurant에서 다시 뵈었다. 중국집인데 새우요리, 볶음밥 등 네 종류의 음식을 시켜 맥주 한 잔을 곁들였다. 마음이 선량하고 중도를 잘 지키시는 분이라는 생각이 들었다. 어쨌든 첫날 저녁 식사를 굶지 않고 지낼 수 있게 호의를 베풀어준 양주윤 원장님이 너무 고마웠다.

(2017년 8월 1일 화요일)

21세기 최 신생국

오전에 코이카 사무소에서 현지 안전교육을 받았다. Rui라는 동티모르 현지 직원이 영어로 강의했는데 국가 현황, 정치 동향, 위생, 질병, 안전, 주거 등에 관한 내용이었다. 강의가 조금 일찍 끝나 오후 3시까지는 자유 시간이라고 한다.

여기서 오늘 학습한 내용을 중심으로 동티모르에 대해서 조금 살펴보기로 하자.

공식 국가명은 동티모르 민주공화국(Democratic Republic of Timor-Leste)인데, 국제적으로는 East Timor로 통용되고 있다. Timor는 인도네시아어와 말레이어의 동쪽이라는 의미의 Timur라는 말에서 유래한다. 위치는 인도네시아 자카르타의 동쪽 2,200Km 지점에 있고, 티모르섬의 동부이다. 우리에게 익숙한 발리섬과 호주의 다윈이 가까이 위치한다. 기후는 열대와 아열대의 중간 기후로 연평균기온은 27도에서 30도 내외라고 보면 된다.

면적은 한국의 1/6 정도로 강원도 정도의 크기이고, 인구는 120만 명 정도 된다. 수도는 딜리(Dili)이며 23만 명 정도가 거주한다. 민족은 32개 종족이 있고 약 40%는 테툼족이다. 포르투갈어와 현지 토착어인 테툼어를 공용어로 채택하고 있다. 종교는 이 섬이 양분되어 독립하게 된 주요 원인 중의 하나로 95% 정도가 가톨릭교이며, 기타 개신교와 이슬람교 등이 있다. 서티모르는 인도네시아에 속해 있어 이슬람권이다.

동티모르의 역사를 간략히 살펴보기로 하자. 1515년 포르투갈 상인들이 현재의 오에쿠시 지역 해안에 도착하여, 주로 이 섬의 특산물인 백단목(Sandalwood)을 유럽으로 수출해 가기 시작함으로써 티모르섬이 유럽에 알려지게 되었다. 포르투갈이 티모르섬 전체를 지배하였으나, 인도네시아를 식민지배한 네덜란드는 쿠팡(Kupang)을 중심으로 티모르 서부지역을 차지하였다. 이후 티모르섬을 두고 서로 각축을 벌이다가 동티모르는 포르투갈이 서티모르는 네덜란드가 지배하기로 합의하였다.

제2차 세계대전이 발발하자 일본군은 호주를 침략하는데 전략적으로 중요한 위치에 있는 동티모르를 1942년 2월부터 1945년 9월까지 점령하였다. 일본군 점령기간 중 약 4만 명에서 7만 명 정도가 일본군에 의해 학살당했으며 커피, 코코아, 고무 등의 작물은 황폐화되었다.

포르투갈은 경제적으로 별 가치가 없는 동티모르에 특별한 관심을 두지 않았고 세계적 추세에 따라 동티모르를 독립시킬 계획을 수립하고, 1971년 동티모르에 자치권을 부여했다. 1975년 11월 28일 동티모르 독립혁명전선(FRETILIN)을 중심으로 '동티모르 민주공화국' 독립을 선포하였다.

그러나 인도네시아는 동티모르가 독립은 선언한 지 10일째 되는 날인 1975년 12월 7일 미국의 묵인하에 동티모르를 침공하여 6만여 명의 주민을 학살하고, 1976년 7월 17일 동티모르를 인도네시아의 27번째 주로 편입하였다.

이후 동티모르 무장 세력인 동티모르 민족해방군(FALINTIL)을 중심으로 침략군에 대항하였으며, 독립운동지도자 조세 라모스와 벨로 주교는 1996년 노벨 평화상을 수상했다. UN은 동티모르 독립 여부를 결정하는 주민투표를 했으며, 1999년 8월 30일 투표 결과 독립이 결정되었다. 이때 친 인도네시아 지지파 민병대는 무자비한 살상, 방화, 약탈을 자행하여 2,000여 명이 희생되었으며, 25만 명의 동티모르인들이 서티모르로 피신하였다.

1999년 11월 인도네시아군이 철수하고 호주군이 진입함으로써 인도네시아의 지배는 끝나게 되었다. 1999년 10월 동티모르의 독립을 지원하기 위하여 유엔 과도 행정기구가 설치되었다. 2002년 4월 초대 대통령선거를 해 구스마웅이 83%의 득표로 당선되었고, 2002년 5월 20일 독립을 선포하게 되었다. 축하 행사는 대량 학살 묘지가 있는 딜리 외곽의 따사톨루에서 코피 아난 유엔사무총장, 빌 클린턴 미국 대통령, 메가와티 인도네시아 대통령 등이 참석한 가운데 거행되었다. 이렇게 하여 21세기 최 신생국가가 탄생하게 되었다.

호텔 방으로 갔다. 빈 시간을 이용하여 강 소장님이 주신 200페이지 정도 되는 베코라 기술고등학교에 대한 투자, 교육, 운영 등에 대한 프로젝트 계획을 두 시간 정도 정독했다. 우리나라의 전문계 고등학교 학교 교육 계획과 비슷했다. 이를 중심으로 내 프로젝트도 구안 추진해 나가면 되지 않을까 하는 생각이 들었다. 어제 사 온 비스킷으로 점심을 때우고, 베코라 기술고등학교장에게 제출할 나의 업무계획을 작성했다. 오후에 소장님을 뵙고 출력한 업무 계획서의 검토를 부탁드렸다. 업무 내용에는 내가 주도적으로 해야 할 일 즉, 비전과 목표 설정, 교육과정 구안, 학교 운영과 조직 관리, 학생 생활지도, 취업과 외국어 교육 등이 포함되었다. 외국어 교육에는 한국어 교육과 영어 교육을 추가했는데 필요한 경우에 직접 지도, 지원하겠다는 내용을 포함시켰다.

3시에 다시 사무실로 가서 Rui를 만났다. 그와 함께 살 집을 구하러 다녀야 하기 때문이다. 첫 번째 집은 백인이 주인인데, 조금은 허름한 이층집이었다. 전기세, 세탁 비용, 청소비용 등을 포함하여 월 650달러다. 참고로 동티모르는 아직 독자적인 화폐가 없다. 미국 화폐인 달러화를 그대로 사용한다. 따라서 최빈국에서 최 부유국인 미국의 돈을 그대로 사용하다 보니 인플레이션이 나날이 커지고 있다. 650달러면 우리 돈으로 월 75만 원 정도일 것이다. 한국보다 오히려 비싼 느낌이다. 이곳에는 UNDP(국제 연합 발전계획)에 근무하는 한국인 여성이 거주하고 있다고 했다. 집을 둘러보니 엉성하게 조립한 슬레이트 지붕의 집으로 안은 몹시 좁고 더웠다.

다음은 중국계 주인이 소유하고 있는 3층 집으로 갔다. 1층은 주인이 전업사 가게로 쓰고 있고, 3층에는 자신이 거주하고, 2층은 원룸 6개를 지어서 임대하고 있었다. 3곳은 거주인이 있고, 3곳은 비어 있었다. 전기와 수도세를 포함하여 월 550달러다. 월 60만 원 정도이므로 괜찮아 보였다. 마침 이곳에 두 분의 자문단과 한 분의 봉사단원이 거주하고 있어서 여러 가지로 편리할 것 같았다. 마침 최규환 자문관이 와 주어서 도움이 되었다. 가격을 50달러 정도 할인받았기 때문이다. 몇 곳을 더 가볼 수 있었으나 그냥 이곳에서 살기로 결정했다. 나는 살아오면서 여러 선택지가 있을 경우, 각각의 경우의 수와 기회를 신중하게 따지며 살아오지 않았다. 그냥 대충대충, 인상에 따라서 선택하는 편이다. 그래서 시간이 지나서 보면 손해와 이익 사이에서 자주 좌충우돌했음을 깨닫게 되기도 한다.

그런데 노트북을 점검해 보니 모든 기능에 이상이 없는데, 내가 사용하는 Daum 이메일이 열리지 않는다. 조금 걱정이 된다. 세상과의 문이 닫혔기 때문이다.

거리에서 미사 보는 신자들

이곳에 와서 거의 한 주가 지났다. 어제는 토요일이고 쉬는 날, 시내 구경에 나섰다. 엊그제 세네갈에 있는 이영호 교수와 통화했었다. 이 교수님은 한국 폴

리텍 대학교수로 인쇄 출판이 전공이신 분이다. 이 교수님과는 세네갈에 있을 때 많은 신세를 졌었다. 교수님은 사모님과 함께 계시고 차도 있으니 자주 도움을 받을 수밖에 없었다. 가끔은 집으로 초대해서 밥도, 생선 특식도 제공해 주셨다.

처음에는 한국에서 세네갈에 인쇄소를 지어주어서 현지 직원들에게 인쇄 기술을 가르치기 위해 PM(Program Manager)으로 파견되었다가 자문관으로 계속 근무하고 있다. 올해 12월에 1차 계약 근무 기간이 끝나는데 연장을 고려하고 있다고 한다. 인쇄 업무는 매일 수리, 보충, 지원 업무가 쏟아지고 있으니 지속적인 도움이 필요할 것 같다. 그리고 이곳 동티모르에 새로 부임하는 소장님은 전경무라는 분이라고 설명해 준다. 이 교수와 친분이 있나 보다.

이 교수와의 대화는 항상 유쾌하다. 사모님도 아주 친절하고 따뜻하고 똑바르신 분이다. 요즘 세네갈에는 민어가 잘 잡힌다고 한다. 갑자기 생선 생각이 난다. 세네갈에 있을 때는 함께 항구로 가서 오징어도 사고 생선도 사서 교수님 댁으로 가서 사모님이 맛있게 요리해 주었다. 그렇게 저녁을 자주 얻어먹었었다. 댁엔 전기밥솥이 있지만, 항상 가스로 솥 밥을 지어주었던 기억이 새롭다. 그 누룽지는 또 얼마나 일품이던가. 한 번은 복어 회를 실컷 먹은 적이 있었는데 걱정이 많이 되었다. 그러나 이 교수의 설명에 의하면 이곳에서 잡히는 복어는 독이 없다고 한다. 복어가 어떤 산호초를 먹고 자라느냐에 따라 독이 생기는데 대서양 이쪽에는 그런 산호초가 없으니 독이 있을 리 만무하다는 것이다. 이 교수도 그곳 한인 식당 사장이 하는 설명을 전했다. 폭식했으나 어쨌든 모두 무사했다. 세네갈에서는 비늘 없는 생선, 즉 갈치나 오징어 등은 원래 먹지 않는다. 그러나 요즘은 오징어를 먹기도 하는 등 동방 사람들이 자주 찾으니 몸값이 많이 올라갔다. 그러나 여전히 복어는 어시장에 가면 아주 싼 생선에 속했다.

우선 엊그제 세네갈 이영호 교수가 얘기했던 한국인쇄소를 찾아보기로 했다. 코이카에서 이곳에 인쇄소와 시설을 지원했고, 최종적으로 이를 검수하기 위해서 이 교수를 보냈다. 그 지경을 대충 들었는데 더듬어 가보기로 했다. 라멜라우 호텔에서 오른쪽으로 꺾어서 조금 걸으면 대로가 나온다. 그곳에서 왼쪽으로 쭉 30분 정도 내려가면 찾을 수 있다고 설명했었다. 가다 보니 며칠 전에 보았던 신축 중인 대성당이 보였다. 계속 가니 티모르 플라자도 오른편에 보였다. 20여 분 후에 건천이 나온다. 많은 토사가 여기저기 작은 더미로 쌓여 있는데 건축용으로 채취한 흔적들이 보인다.

거리엔 따가운 햇볕 때문에 사람들이 거의 보이지 않는다. 자동차와 오토바이들만이 먼지와 심한 매연을 내뿜으며 질주하고 있다. 이곳은 차량 통행이 우리와 반대다. 즉, 자동차 주행 방향이 왼쪽이다. 운전석은 오른편에 있다. 포르투갈과 영국의 교통 규칙을 따르는 모양이다. 그래서인지 이곳에서는 한국 차는 거의 보이지 않는다. 이곳에 운행되는 차들은 대부분 중고차인데 일본 차가 많다. 중고차의 경우 한국 차는 운전석이 왼쪽에 있기에 유럽이나 일본 차를 선호하는 것 같다.

한참 걷다 보니 동티모르와 한국의 태극기가 그려진 간판이 길가에 서 있다. Printing Center라는 말도 있다. 왼쪽으로 돌아서 5분 거리에 바로 인쇄소가 있었다. 경비가 서 있는데 한국인임을 알고서 들어가라고 한다. 넓은 인쇄소 구석에 한국 젊은이가 인쇄물을 편집하고 있었다. 최덕진 자문관이다. 그는 이 인쇄소를 짓고 시설 장비를 구축하는 일을 했는데 사업이 완료된 후에도 동티모르 교육부의 계약직으로 계속 근무하고 있었다. 아직 미혼이라고 하고 겉으로 보기에도 무척 성실해 보였다. 최 자문관은 애로 사항이 무엇인지 물어보며 친절히 답해주었는데 특히 이곳에서 인터넷 사용법을 자세히 설명해 주었다. 그리고 이런 땡볕에는 누구도 걸어 다니지 않으며 무리하다가는 바로 쓰러진다고 했다.

사무실을 나서는데 '아쿠아' 한 병을 손에 쥐여준다. 아쿠아는 이곳의 가장 유명한 생수 상표다. 제주도의 삼다수와 같다고나 할까. 물론 이곳에서 생산된 것이 아니라 인도네시아 수입품이다.

오다가 티모로 플라자 인근에 있는 슈퍼에 들렀다. 식품, 생활용품, 전자제품, 의류까지 없는 것이 없다. 그런데 채소류를 제외하고는 거의 수입품이다. 우선 칼 세트와 라면을 샀다. 식도는 손잡이 부분에 고무 같은 것으로 코팅되어 있는데, 아마도 미끄러지지 말라고 부착한 것 같다. 그런데 벌써 더위에 녹아서 끈적이며 손에 달라붙어서 귀찮다. 잘못 샀나 보다.

일요일, 8시 45분 미사에 참례했다. 신축 중인 거대한 티모르 플라자 성당으로 갔더니 벌써 인산인해다. 건축 중인 성당 안쪽으로 기존의 작은 성당에서 미사가 진행됐다. 군중을 헤집고 겨우겨우 성당 안으로 들어가서 왼편에 자리 잡았다. 맨 앞 오른쪽에 성가대가 있다. 점점 사람들이 몰려서 1/4는 성당 안에, 3/4는 성당 밖 공터와 나무 아래서 미사를 본다. 하물며 길 건너 쪽에도 사람들이 모여 있다. 집에서 의자를 들고 와서 앉거나 보자기를 땅바닥에 펴고 아이들과 미사 참례하는 신자들도 있다. 40도 가까운 땡볕이어서 큰 인내심이 필요해 보인다. 물론 신부나 제대는 볼 수 없고 스피커 소리만 듣고 참례하고 있다. 성가는 차분하고 천상적이며, 힘차고 역동적이라는 느낌이 들었다.

세 분의 신부가 집전하고 복사와 봉사자는 10여 명이다. 성체는 혀로 영하는데, 나는 손으로 받아 모셨다. 빈틈없이 들어선 신자들은 길 밖 큰 도로까지 메우고 있었다. 마치 심훈의 상록수에 나오는 창가에 매달린 아이들처럼 신앙에 목말라하는 착한 동티모르인들을 연상하게 했다.

미사가 끝나고 밖으로 나오는 데 많은 시간이 소요되었다. 너무 많은 신자 때문이다. 바로 길 건너가 티모르 플라자여서 장을 보았다. 물 끓이는 포트, 커피, 칼, 그릇, 세재, 통조림, 쌀, 화장지 등을 샀는데 금방 100달러를 넘어섰다. 조금 먼 거리지만 걸어서 호텔로 돌아왔다. 라면을 끓여 먹고 커피도 마시고 밖을 쳐다본다. 하늘은 한국의 가을처럼 더없이 푸르다.

이사 가는 날

오늘은 이삿날이다. 어제 사서 준비한 몇 가지 살림살이가 다섯 개의 비닐봉지에 담겨 있다. 작은 봉지들이어서 아주 적은 양이다. 현지 직원 Rui와 함께 코이카 차량으로 이동했다. 아침에 잠시 사무실에 들러 신승우 코디네이터와 집 계약 규정들에 관해서 이야기하고 감기, 배탈, 모기 퇴치제 등 몇 가지 비상 약품과 따가운 햇볕을 가려줄 모자도 얻었다.

이사할 집은 사무실에서 차량으로 25분 정도의 거리다. 그러니 걸어서 사무실을 오갈 형편은 안 되었다. 아프리카 세네갈에 있을 때는 가끔은 40, 50분 걸어서 사무실에 오가곤 했었다. 따가운 햇볕 속에 풀풀 날리는 먼지를 뒤집어쓰며 다녔다. 편리함과 위험함이 공존하던 시기였다. 내가 살 방은 2층 6개의 방 중에서 바로 들어서면 왼쪽 첫 번째인 2호실이다. 원룸이지만 침실은 따로 별실처럼 작게 분리되어 있다. 화장실에 작은 욕실이 붙어 있다. 여자 분이 청소를 하고 있었다. 모든 객실을 담당해 청소와 정돈을 하는 분이다.

짐을 풀고 정리를 시작했다. 그 사이 마트에서 산 것들은 밥그릇 4개, 국그릇 4개다. 숟가락, 젓가락은 한국에서 4벌씩 가지고 왔다. 칼도 이곳에서 샀다. 임대료는 월 550달러인데 전기세가 포함되어 있다. 수도는 자체의 지하수를 끌어 올려서 사용하기 때문에 무료다. 출입문 시건장치가 고장 나서 여닫기가 잘 안된다. 밑에 층 사원이 와서 고치는데 거의 하루가 소요되었다.

이 건물은 3층으로 1층은 주인이 전기 제품 가게로, 2층은 임대 주택으로, 3층은 주인 부부가 거주한다. 주인 부부는 중국인인데 호주 국적도 갖고 있다. 이곳의 임대 주택은 레지던트 개념으로 몸만 들어오면 살 수 있게 되어 한국의 원룸처럼 편리하다. 세네갈에서는 방만 임대한다. 나머지 가스레인지, 냉장고, 가구, 냉방기 등 모든 것을 임대인이 구입하여 사용해야 해서 불편한 것이 한둘이 아니었다. 집세는 아주 비싸서 거의 우리나라 수준이었는데 두 달 치 임대료를 선지급해야 한다. 1,100(120만 원 정도)달러. 이곳은 월 임대료는 550달러고 보증금(Deposit)이 550달러. 코이카에서 7월과 8월분 생활비를 미리 지급해 주어서 어려움은 없었다.

마실 물이 필요했기 때문에 아쿠아(Aqua) 생수를 10박스, 50달러어치를 샀다. 이곳에서는 공용 상수도가 거의 설치되지 않아서 조금 큰 건물에는 대개 자체의 지하수를 개발하여 사용한다. 모든 지하수는 석회석이 많이 함유되어 부옇다. 그대로 마시거나 식수로 사용할 수 없다. 물론 이곳 사람들은 음용수로 사용하는 것이 일반적이다. 이곳에는 생수를 생산하지 못하기 때문에 대부분 인도네시아에서 수입해서 판매한다. 아쿠아 생수도 인도네시아 생수다. 아마 이 생수는 인도네시아에서도 가장 일반적이고 고급형 생수일 것이다. 세탁기는 베란다에 두 개가 놓여 있다. 6가구가 공동으로 사용한다. 김치 냄새가 밴 와이셔츠 두 장을 세탁해 보았다. 괜찮다.

저녁때는 코이카 강형철 소장님의 송별 회식이 있다고 해서 참석했다. 장소는 Naris No. 1 Restaurant으로, 이곳에서 유일한 한국인 식당이다. 2층이 식당이고 1층은 소형 슈퍼도 겸하고 있어서 멸치 액젓과 소맥 우동 등 몇 가지 식품도 함께 샀다. 참석자는 모두 11명이다. 자문관 3명, 사무실 직원 4명, 시니어 단원 4명이다. 가장 연로하신 최 시니어 봉사단원은 초등학교 교장 출신으로 45년생이라고 한다. 중등 미술 교사 출신, 또 미술을 지도하는 다른 초등 교장 출신도 계셨다. 컴퓨터가 전공인 박 봉사단원은 자문관으로 근무를 마치고 다시 시니어 단원으로 오셨다고 한다. 한참 낮은 신분으로 다시 봉사활동을 하고 계시니 참으로 모두 대단한 분들이시다. 소장님의 베코라 기술고등학교 재설치 등의 업적에 대한 회고 등이 있었다. 돈가스, 불고기 등 푸짐한 대접을 받았고 특히 인도네시아 맥주 빙땅(Bintan)도 시원했다. 빙땅은 세계적으로 유명한 맥주다.

모임에 갈 때는 택시를 탔는데 탑승 전 택시 운전자와 미리 거래하고 탔다. 세네갈에서도 택시를 타게 되면 사전에 협상해야 한다. 타고 흥정을 하다가는 큰코다치기 일쑤다. 오늘은 한집에 사는 나를 포함한 세 분이 함께 탔고, 내릴 때 3달러를 지불했다. 각자 1달러씩 내라고 해서 공동 부담했다. 잘 이해되지 않았으나 이곳 단원들 사이의 문화려니 생각했다. 올 때는 코이카 차량을 이용했다. 저녁 7시만 되면 택시도 버스도 끊기니 어쩔 수 없다. 방안에 들어서니 모기가 윙윙거린다. 모기약을 뿌려 한두 마리 잡고 에어컨을 틀었다. 새집에서의 첫 밤이 시작되려나 보다.

녹슨 한국의 퇴역 전함

다음 날 인터넷을 개통하기 위해서 현지 직원 Olderico Da Silva와 함께 Timor Plaza로 갔다. 인터넷 모뎀을 구입하여 설치해야 하기 때문이다. 그 큰 전자 쇼핑몰에 Window 10용 모뎀이 없었다. 모두 Window 7 기반이었다. 쇼핑몰을 나와 다른 전자 상가로 갔다. 소위 한국의 용산 전자 상가라고 할 수 있는 곳으로, 소규모 전자상가가 20여 개 자리 잡고 있었다. 수소문해서 겨우 Window 10 모뎀을 살 수 있었다. 다시 Timor Plaza로 가서 30달러짜리 티모르 텔레콤 회사의 풀사(pulsa)를 구입했다. 풀사는 선불 인터넷 사용 카드다. 집으로 돌아와 파일을 깔고 인터넷을 겨우 개통했다. 아주 약하게 잡힌다. 이제 집에서 인터넷도 하고 카톡도 할 수 있으니 십 년 체증이 내려가는 듯 가슴이 뻥 뚫리는 기분이었다. 드디어 세상과의 소통의 장이 마련된 것이다.

아침에 최충호 자문관이 카톡으로 만나고 싶다고 했었는데 바로 집으로 찾아왔다. 최 자문관은 NIPA(정보통신진흥원 National IT Promotion Agency) 자문관이다. 코이카와는 별도 기관이다. NIPA 자문관은 주로 전기, 전자, 기계, 통신, 무역 분야에서 저개발국 자문 활동을 한다. 우리 집에서 100m 정도 떨어진 곳에서 거주하고 있다고 했다. 한쪽 다리가 조금 불편해 보였다. 근무하는 곳이 해양경찰서다. 자가용을 갖고 왔다. 자문단은 차를 가질 수 없으나 최 자문관은 장애가 있어 특별히 허용한 것 같다. 근무처에 가보지 않겠느냐고 해서, 함께 근무처로 갔다. 바닷가에 조그만 집 두어 채가 있는데 이곳이 해양경찰청이라고 한다. 경찰청에 붙은 조그만 방이 하나 있는데, 한 평 반 정도 되어 보였는데 책상 하나에 의자 두 개, 소형 냉장고 하나, 프린터 하나가 전부다.

몇 년 전에 한국에서 활용하다 수명이 다 되어 퇴역한 소형 전함 두 척을 동티모르에 기증했었다. 그냥 오랫동안 바다에 정박하여 두고 운항하지 않으니 많은 기관이 고장 나고 부식되었다. 이 전함을 수리하여 운용할 수 있도록 전문가를 파견해 주도록 요청했다. 최 자문관은 이 업무를 위해서 이곳에 온 것이다.

그는 열성적으로 전함을 세세히 살피고, 수리할 부분을 파악하여 예산을 정부에 요청하였다. 가까스로 반영되었던 예산은 더 급한 일들이 생겨서 전용되고, 전함은 그대로 방치되어 있다고 했다. 그가 손으로 가리킨 바로 50m 정도 거리에 낡은 전함들이 멍하니 동쪽 하늘을 쳐다보고 있었다. 내 신세가 참으로 처량하구나 하고 푸념하듯! 사무소 옆에는 바람 빠진 바퀴 위에 고무보트 두 대가 육상에 정박되어 있었다. 해양경찰청의 주요한 바다 지킴이 수단이 지금 바람이 나간 상태로 육지에 박혀있다고 한다.

최 자문관은 심적 상태가 몹시 괴로워 보였다. 이제 거의 4년이 다 돼 가는데 자신의 업무는 이 나라의 예산 집행 과정의 불성실로 번번이 무산되어 실적이 없다는 것이다. 그러나 수시로 상황을 파악하여 정부와 한국에도 알리면서 상황 개선을 위해 열심히 노력하고 있는 것 같았다.

최 자문관의 도움을 받아 이곳에서 근무하면서 필요하게 될 컴퓨터 등 사무용품 견적을 받으러 다시 전자 상가로 갔다. 컴퓨터, 프린터 등의 견적서를 두 곳에서 받고, 티모르 플라자로 가서 몇 가지 물건을 샀다.

저녁때 처음으로 찌개를 끓였다. 고등어에 감자, 양파, 간장을 넣었다. 이 집에 거주하는 두 자문관은 경찰청에 근무하는 최규환 자문관과 결핵 검사소에서 일하는 박찬홍 자문관이다. 또 맨 안쪽에는 한국어 교사인 경은지 여자 봉사단원이 있다. 오늘은 두 분을 식사에 초대했다. 최규환 자문관은 이미 식사를 했는지 참석하지 않았고, 박 자문관과 저녁을 함께했다. 찌개에 멸치, 콩 통조림이 전부다. 조촐한 식사 후 망고를 잘랐는데 맛이 없고 시기만 했다. 아마 덜 익었나 보다.

박 자문관도 불평이 많아 보였다. 우선 결핵 검사를 하는데 필요한 물품들을 한국에서 구입해야 하는데, 주문한 지가 오래되었지만, 도착하지 않아 제대로 활동을 못 하고 있다고 했다. 결핵 검사소 담당 국장은 여러 가지 약속을 해 놓고도 전혀 지키지 않아 업무 추진에 어려움이 많다고 했다. 함께 식사하기로 해 놓고서는 사모님이 찾아왔다며 갑자기 자리를 떠버리는 등 무례한 행동을 자주 한다고 했다. 최 선생님은 퇴근할 때마다 4개에 1달러 하는 작은 훈제 닭다리를 사와서 저녁을 먹는다는 얘기도 한다. 뼈는 아래층 개에게 준단다. 나는 개가 닭 뼈를 먹으면 죽는다는데 아니냐고 물어보니 전혀 근거 없는 얘기라며 자신의 개 땡칠이는 자주 먹는다고 한다.

오늘의 또 하나의 사건은 어제저녁에 끊긴 수도가 오후에 개통되었다는 것이다. 앞서 얘기했듯이 이곳에는 거의 수도가 공급되지 않는다. 지하수를 사용하고 지하수가 없는 집은 있는 집에서 길어다 쓴다. 어떤 집은 트럭 하나에 50달러씩 내고 실어다 사용한다. 아침에 수돗물이 안 나와서 위층 주인에게 얘기했더니 마당에 있는 지하수 공급 장치를 점검했다. 이상을 발견하지 못했다. 결국 빈 원룸에 가서 샤워했다. 물과 수도가 제대로 공급되지 않으면 모든 생활이 마비되기 마련이다. 다행히 낮부터 다시 수돗물이 나오기 시작했다.

달콤 시원한 코코아 야자

어제와 오늘은 주변 거리 탐방을 했다. 어제 아침엔 Tetum어 공부를 좀 하다가 머리도 식힐 겸 박찬홍 자문관의 말이 기억나서 바다 쪽으로 가보기로 했다. 동티모르의 공용어는 포르투갈어와 Tetum어이다. 포르투갈어는 동티모르가 포르투갈의 식민지였기 때문이고, Tetum어는 동티모르의 가장 높은 비율을 차지하는 종족이 테툼족이기 때문이다. 테툼족이 40%를 차지하고 그 밖에 말레이족, 파푸안 족 등 총 32개 종족이 있다. 따라서 Tetum어도 공용어이다. 이곳에 파견되기 전에 일주일간 Tetum어 공부를 했는데 이곳에서 틈나는 대로 독학하기 위해 세 권의 교재를 갖고 왔다. 물론 포르투갈어도 조금 익혀야 한다.

덥고 건조한 날씨에 수많은 차량과 오토바이가 우리와 정반대 방향에서 달려오니 이리저리 피하면서 바다로 향했다. 가면서 보니 집에서 멀지 않은 오른쪽에 성당이 있고, 무슨 행사가 있는지 수많은 사람이 운집해 있다. 시간이 오후 3시인데 무척 궁금했다. 인파를 헤치고 성당 안으로 들어가니 운구 차량 등이 있어서 장례식이 진행되고 있음을 알 수 있었다. 밖에도 사람들이 많아서인지 스피커를 통해서 위령 찬송가가 멀리 오랫동안 퍼지고 있었다.

성당을 나와 20여 분 내려가니 바다가 보였다. 바닷가에는 30여 개의 과일 가게가 바닷가를 뒤로하여 길을 따라 길게 늘어서 있었다. 우선 바다 구경을 했다. 바닷물은 온통 흙탕물이다. 이곳은 하수 정화 시설이 없기에 하수와 생활용수 등을 바로 바다로 흘려보낸다. 물론 하수 시설이 있는 곳도 제구실을 하지 못하고 거의 모든 하수는 소로 하천을 통해 그대로 바다로 흘러 들어가는 구조다. 길 양쪽으로 파인 홈이 있고 그 홈은 건천으로 연결되어 바로 바다로 흘러간다. 바다가 종말 처리장 구실을 하는 셈이다. 그래서인지 얼마 전에 최규환 자문관이 이곳 바닷고기는 절대로 먹어서는 안 된다고 일러주었다. 이 물을 보면서 어찌 생선 먹을 생각이 나겠는가. 우리의 60년대 옛날 모습 그대로였다.

바닷가 노점에서 코코넛 야자열매 한 개를 샀다. 1달러다. 큰 정글 칼로 능숙하게 위쪽을 잘라준다. 빨대를 꽂아 바로 마시면 된다. 안에 가득 찬 물이 달콤하다. 주변 사람들이 다 마시고 코코넛의 흰 육즙을 긁어서 먹는다. 주인이 야자나무를 작은 칼처럼 만들어서 주며 긁어먹으라고 한다. 조금 먹어보니 먹을 만하다. 하지만 바로 옆의 아주머니와 아이가 빤히 나를 쳐다보고 있어서 나는 맛만 보고 넘겨주었다. 늘어선 과일 가게는 오렌지, 당근, 토마토, 파파야, 아보카도, 망고, 사과, 바나나 등 열대 과일을 많이 팔고 있었다. 한번 둘러보고 그냥 돌아왔다. 집에서 20분 정도의 거리에 있으니 앞으로 자주 올 수 있겠다.

집에 돌아와 쉬는데 6시경에 또 박 자문관이 과일 시장에 함께 가지 않겠느냐고 물어 다시 가기로 했다. 알고 보니 그 노점들 앞에 Dili 마트와 또 다른 슈퍼가 있었다. 대부분 수입품이었으나 물건들이 좋아 보였고 또 야채도 싱싱해 보였다. 나는 1달러 밖에 없어서 청경채를 샀다.

오는 길에 다시 성당에 들렀다. 집에서 10분 정도의 거리다. 성당 안에 한 젊은 이가 오토바이에 앉아 있기에 미사 시간을 물어보니 일요일엔 아침 7시에 Tetum어 미사, 9시에 영어 미사가 있단다. 평일엔 아침 6시 30분 미사가 있다. 나는 일요일 아침 9시 영어 미사에 참례하면 되겠다고 생각했다.

돌아와서 어제처럼 신라면에 밥을 말아서 먹었다. 역시 한국인의 입맛엔 라면이면 모두 오케이다. 약간 매운맛이 속을 편하게 하는 것 같기도 하다. 저녁 후에 박 자문관과 한 시간 정도 이런저런 얘기를 나눴다. 한국에 주문한 결핵균 배양용 배지가 도착했는데 통관되지 않아 일을 못 하고 있다고 한다. 또 사무실 직원들은 전혀 지시에 따르지 않고 지원 요구는 계속한다고 한다. 오늘도 어느 직원이 아쿠아 생수 두 병을 끈질기게 사달라고 했는데 오늘은 거절했다고 한다.

한국에 있는 박 선생님 사모님이 위에 이상이 있는 모양이다. 내일 아들과 병원에 조직 검사 결과를 보러 간다고 카톡으로 알려왔다고 한다. 아프고 어려울 때 옆에 있어야 부부이고 가족인데, 너무도 먼 곳에 떠나와 있으니 마음이 얼마나 아프고 괴로울까 하는 생각이 들었다. 이제 어느덧 두 주가 다 지나간다.

똘망똘망한 천의 얼굴들

어제는 일요일이라서 성당 미사에 참례했다. 9시 영어로 진행되는 미사다. 신자가 워낙 많으리라 생각되어서 8시 30분에 미리 도착했다. 제대를 중심으로 앞 오른쪽에는 성가대석이 분리되어 있었다. 그곳에는 교복을 단정히 차려입은 여학생들이 30명 가까이 앉아 있었다.

미사가 시작되기까지는 시간이 좀 있어서 어제 가게에서 사 온 십자가와 묵주 등 성물들을 신부님 축복을 받고 싶었다. 사무 보는 남자와 여자에게 신부님이 어디 계시는지 영어로 물어보았으나 말이 통하지 않았다. 또 다른 여자에게 물어보니 눈치로 건물 이층에 있다 했다. 신부님도 마침 내려오는 중이어서 십자가상, 성모상, 묵주 등을 보이면서 축복해 달라고 부탁했다. 신부님은 잠시 기다리라고 한 후에 자동차 트렁크에서 영대를 꺼내고 따라오라고 한다. 사무실로 가서는 성물들 위로 성수를 뿌리고 스마트 폰에서 기도문을 검색하더니 한참 동안 기도하고 축성해 주었다. 이렇게 오랫동안 정성스럽게 성물에 축복하는 신부님은 처음 보았다. 대단한 축복을 받은 느낌이었다.

미사는 또 다른 신부님이 집행했는데 차분하고 성스러운 분위기였다. 여학생 성가대들이 영어 성가를 하는데 성스럽고 아름다운 하모니가 성당을 감싸고 있었다. 10여 곡을 모두 영어로 부르니 영어로 의사소통을 하는 데 어려움이 없지 않을까 하는 생각이 들었다. 외국인은 두, 세 명 정도 보였고 모두가 현지인인데 이렇게 많은 사람이 영어 미사에 참석하는 것이 특이해 보였다. 미사 후에 Dili 마트에 갔는데 그곳에서 한 분의 시니어 봉사단원을 만났다. 발전소에 근무한다고 한다. 양파, 오이 등을 샀다. 세네갈처럼 양고기나 소고기밖에 안 파나 했는데 돼지고기도 팔고 있어서 다음에 와서 사야겠다고 생각했다. 이곳은 무슬림이 아니라 가톨릭 국가이니 돼지고기를 먹는 것이 당연하다.

오늘은 첫 출근하는 날이다. 우리 아파트 맨 뒤쪽에 사는 경은지 봉사 단원에게 들어보니 학교는 8시에 일과를 시작한다고 했다. 그녀는 베코라 기술고등학교에서 한국어를 가르치고 있다. 학교 일과가 일찍 시작하게 되니 어제부터 마음이 급했다. 첫날이어서 지리도 살필 겸 걸어가 보기로 했다. 에코 가방에 카메라, 필기도구, 식빵 두 쪽, 생수 등을 넣고 양복 차림으로 출발했다. 이른 아침이어서 아직 태양이 뜨지 않아 모자를 쓰지 않고 나섰다. 건조한 먼지와 매연이 엄청나다. 코와 입이 턱턱 막힌다. 아프리카 세네갈과 별반 차이가 없어 보인다. 세네갈은 하마탄이라는 모래바람이 심해서 매연이 많이 생겨도 금세 날아가지만, 모래 먼지가 또 심하기도 했다. 35분 걸어서 7시 40분에 학교에 도착했다.

경은지 선생님이 함께 가면 길도 안내해 주고, 여러 가지 설명도 해 줄 수 있으련만, 선생님은 오늘 출근하지 않겠다고 한다. 오늘은 마침 방학을 마치고 개학하는 날이다. 이곳은 3학기제다. 개학하게 되면 1주일간 수업이 실제로 이루어지지 않으니까 1주일 후에 출근한다는 것이다. 참으로 이상한 나라의 학교다.

학교 쪽으로 방향을 잡으면 아주 큰 문이 있다. 이 문은 마치 개선문처럼 이 지역에 위치한 여러 학교가 함께 사용하는 문이다. 학생들이 서넛씩 무리 지어 등교하고 있다. 우리 학교 교문을 들어서자 노란색으로 단장한 10여 개의 건물이 한눈에 들어온다. 푸른 잔디와 큰 나무들과 어우러져 노란색이 더욱 선명하다. 본관 머리 기둥에는 현수막이 아직 힘차게 걸려 있다. 내용은 몇 달 전에 한국의 코이카에서 새 건물과 시설에 대한 준공 기증식을 했는데 그 축하 기념 현수막이다.

사진을 두어 장 찍고 본관 문을 열어보지만, 열리지 않는다. 아직 교직원은 아무도 출근하지 않은 것이다. 학생들은 그늘에서 삼삼오오 잡담하고 있다. 어떤 아이들은 벌써 벤치에서 잠을 청하고 있다. 이때 한 분이 오토바이를 타고 현관으로 접근한다. 내리는 분을 보니 교감 선생님인 Duarte da Costa다. 인사를 나누고 내 사무실로 갔다. 지난번에 사무실 문에 시건장치가 고장 나서 고쳐주기로 했는데 아직 그대로다. 또 새 건물인데 철제 문틀이 어긋나 닫지도 못하고 있었다. 코이카에서는 임시로 자물쇠를 사다가 잠금장치를 해주겠다고 했으나 코이카 역시 무소식이다. 결국 옆에 있는 다른 사무실을 쓰기로 했다. 역시 자물쇠가 고장 나서 새로 마련해야 한다고 했다.

몇몇 선생님들과 인사를 나누고 있는데 마침 교장 선생님 Francisco Guterves도 도착하여 인사를 나누었다. 그 사이에 학생들이 체육관 앞 공터에 모두 모였다. 파우스티노 학생부장이 장황하게 개학 후 학교생활에 관한 안내를 하고 난 후 갑자기 교감 선생님이 나를 소개했다. 조금 당황스러웠지만, 영어로 자기소개를 했다. 한국에서 왔고, 교장을 지냈고, 세네갈에서 자문 활동을 했으며, 이곳에서도 학교 발전계획 수립 등 학교 운영과 발전에 자문 역할을 하게 될 것이라고 전했다. 모인 학생 수는 천 명 정도 되어 보였다. 학생들은 청소를 조금하다가 모두가 쉬고 있다. 그런데 선생님들은 서너 명밖에 보이지 않는다.

내 사무실에 책상과 의자, 탁자가 배치되었다. 모두 한국에서 제공한 것으로 LG로고가 찍혀 있다. 몹시 반갑다. 두어 차례 교정을 둘러보았다. 나한테 학교 근무 시간을 자율적으로 정하라고 해서 9시에서 오후 3시까지 근무하기로 협의했다. 고장 나서 옮긴 사무실이 오히려 좋아 보였다. 전 사무실은 두 사무실 중간에 있어 덥고 채광도 잘 안 되었으나, 새로운 곳은 양쪽으로 창이 나 있어 햇볕도 잘 들고 또 일하면서 밖의 아이들도 잘 볼 수 있다. 교장과 교감에게 인사하고 퇴근했다. 풀풀 날리는 먼지 속을 헤집고 40여 분을 걸어 귀가에 나섰다.

말라리아와 뎅기열

우리나라에서는 광복절이다. 또 가톨릭에서는 성모 몽소 승천 대축일이다. 원죄 없이 태어나신 성모님이 하늘로 올라가신 날이다. 전에 근무했던 아프리카 세네갈에서는 가톨릭 신자가 5%밖에 안 되지만, 국경일로 성대하게 지내는데, 이곳은 인구의 95%가 가톨릭인데도 평일로 지낸다. 조금 아이러니한 대축일이다.

미사는 아침 6시 30분 밖에 없다. 한국인에게는 의무 축일이어서 미사 참례에 궐하면 큰 죄를 범하는 것이 된다. 아침 미사에 참석하기 위해서 어제저녁 일찍 잠자리에 들었다. 그래선지 잠이 잘 오지 않았다. 잠시 잠들었는데 새벽 2시 30분에 깼다. 그냥 뒹굴다 4시경에 새벽 기도를 하고 또 잠에 빠졌다. 5시 20분에 일어나서 세면하고 성당으로 향했다. 이른 새벽이어서 밖은 깜깜했다. 희미한 가로등이 조는 듯 겨우 불빛을 밝히고 있었다. 아침을 열고 일하러 가는 사람들이 듬성듬성 보인다. 집 앞을 쓸고 있는 아이들도 있었다.

도착하고 10분 후에 영어 미사를 집전하던 야곱 신부님이 미사를 하신다. 성가대는 무반주지만 성스럽고 아름답다. 테툼어 성가다. 기도문은 역시 테툼어다. 컴퓨터로 제대 앞 벽면에 프로젝트를 비추고 신자들은 이를 보면서 미사에 참례한다. 기도서나 성경책 또는 성가 책을 들고 있는 신자는 아무도 없다. 아는 단어들 몇 개가 눈에 들어온다.

미사 중에 유심히 보니 수백 마리의 모기떼가 이리저리 쉬지 않고 우리를 헤집고 날아다니고 있었다. 아무리 쫓아내도 계속 집요하게 달려든다. 모기와 싸우다 보니 미사에 집중하기 어려웠다. 그러나 긴팔 옷에 팔 보호대인 토시를 하고 있어서 어느 정도 피할 수 있었다. 여자들은 거의 짧은 팔에 스커트와 치마를 입기 때문에 모기에 많이 노출되었으리라. 이곳에도 말라리아와 뎅기열이 창궐한 데 주민들은 자주 말라리아와 뎅기열에 걸리고 치료하고 하는 과정을 겪으며 산다.

오늘은 미니버스인 미크롤렛을 타고 출근해 보기로 했다. 미크롤렛은 크기가 아주 작은 미니버스로 인도네시아에서 사용하던 버스들이다. 옛날 제주도에서 5.15 도로를 횡단하는 작은 마이크로버스라는 미니버스가 있었는데 이와 비슷하고 크기가 더 작아 보였다. 고개를 숙이고 들어가면 양쪽으로 의자가 있다. 10명 정도가 정원인데 어떨 때는 20명 이상이 서로 부딪히며 안고 서고 해야 하기도 한다. 때로는 출입문에 서너 명이 매달리기도 한다. 성인은 25센트다. 이곳에는 버스 정류장이 없다. 아무 데서나 서고 내린다. 내릴 때는 동전으로 기둥이나 벽을 두세 차례 두들기면 기사가 알아서 멈춘다. 편리하나 불편하기도 하다.

교장에게 선물할 티셔츠를 몇 벌 갖고 갔다. 제주시에서 학생복을 판매하는 스쿨룩스 박기반 사장님이 협찬해 주신 것이다. 세네갈에 있을 때도 도와주셨는데 이곳에 오게 된다고 하니 다시 지원해 주셨다. 그러나 수하물의 한계 때문에 20여 벌밖에 갖고 올 수 없었다.

사무실에 가보니 역시 문 시건장치는 고장 난 상태다. 옆 건물에 아직도 교사를 보수하느라 근무하고 있는 현장 사무소가 있었다. 전 소장님이라는 한국분이 계셔서 부탁했더니 고쳐주었다. 교감 선생님은 캐비닛과 서랍장도 갖다주었다. 탁자와 의자도 몇 개 보충해 주었다. 이제 제법 격식을 갖춘 사무실이 되었다. 사무실을 정리하면서 교감 선생님이 말한다. 작년에 교장과 교감 그리고 전공 교과별 교사들이 한국에 초청되어 2주간 집중 연수를 받았었다. 한국에서 건물과 시설을 갖춰주고, 교사 연수도 시켜주었으니 한국에 대한 호감이 클 수밖에 없어 보였다. 이 학교는 너무도 큰 혜택을 받고 있었다. 코이카에서 동티모르 시범 지원 사업으로 이 프로젝트를 추진했기 때문에 가능했을 것이다.

점심은 카페테리아(구내식당)에서 현지식을 주문해서 먹었다. 1달러 50센트다. 밥, 야채, 닭고기 1점, 소시지 3점 등을 조그만 플라스틱 접시에 담아 주었다. 학교에 제대로 된 구내식당을 갖춘 학교는 이 학교가 거의 유일하다. 구내식당은 새로 지은 건물에 있다. 이곳에는 원래 점심시간이 따로 없다. 점심을 갖고 등교하는 학생은 거의 없고, 수업 중간 조금 긴 쉬는 시간에 구내식당이나 교문 밖 간이 가설 매점에서 약간의 음식을 사 먹거나 하지만 대부분 굶는다. 우리의 아주 옛날 학교생활과 비슷하다.

오후에 코이카 사무실을 방문했다. 오늘은 한국에서 광복절이어서 모두가 쉬고 있는데 정혜진 과장은 근무하고 있었다. 집에서 마실 물은 아쿠아 생수를 쓰면 되지만, 그릇 씻고 식수로 쓰려면 간편한 정수기인 독일제 브리타 정수기가 필요해서 갔다. 원래 한 개씩 공급되는데 나의 지원 물품이 한국에서 아직 도착하지 않아서, 사무실에 있는 여분의 정수기를 우선 빌려주었다. 이 정수기기는 그냥 위에 물을 부으면 필터를 거쳐서 바로 간이정수가 되어 식수로 쓸 수 있다. 정밀하게 여과되지는 않는다. 그러나 조리 등을 하는 데는 문제가 없다. 잉크가 맑게 정수되어 나온다고 하니 성능은 우수해 보인다. 사무실 컴퓨터를 이용하여 작성해 두었던 일 년간 추진할 업무 계획서를 5부 인쇄했다.

저녁때는 광복절이기도 해서 두 자문관을 내 방으로 초대했다. 뻥땅 맥주 여섯 캔, 오이, 오징어포, 포테이토 칩 등을 펼쳐 놓고 대화를 나누었다. 최 자문관은 경찰 고위 간부 출신으로 이번이 세 번째 동티모르 근무라고 한다. 동티모르 독립 지원, 선거 관리 그리고 이번은 경찰 특수 업무 추진 협력을 위해 온 것이다. 박 자문관은 결핵 검사 관련 한국 최고의 전문가로 이곳은 처음 근무다. 셋이 한 건물에 거주할 수 있어서 나는 너무 운이 좋고 행복하다고 얘기하며, 밤이 으스러지도록 살아온 이야기들을 펼쳤다.

앵무새 돔과 양파장아찌

드와르테 교감 선생님과 함께 학교 시설과 학생 수업 현황을 살펴보았다. 여학생들이 황록색 예쁜 교복을 입고 치마 차림으로 시멘트 벽돌을 쌓고 있다. 타는 듯한 땡볕이 까만 머리 위로 타들어 가고 있었다. 건축과는 3개 반이 있는데 교대로 목공, 측량, 건축 시공, CAD 설계 등을 익힌다. 또 기계과에 가보니 철판을 자르거나 밀링 작업을 하고 있었다. 나머지 교실들은 수업이 거의 없어 보였고 IT 학과에서는 몇몇 학생들이 컴퓨터를 하고 있었다. 모든 제품은 삼성 제품이다. 자동차과, 전기과, 전자 통신과도 잠깐씩 둘러보았다. 시설과 기기는 모두 한국에서 가져온 것으로 모두가 최신 장비다. 자동차과의 차량과 부품들은 모두 현대 자동차 제품들이다. 기계과 등에서는 아직 포장도 뜯지 않은 제품과 기계들도 꽤 있었다.

저녁때 NIPA(한국정보통신산업진흥원) 최충호 자문관이 카톡으로 생선을 구했는데 함께 들자며 박형규 시니어 봉사단원 집으로 오라고 한다. 많은 단원이 우리 숙소에서 멀지 않은 곳에 기거하기 때문에 좋은 점이 많은 것 같다. 5시 30분에 박 선생님 댁에 도착했다. 처음 가는 집이지만 설명 들은 대로 10분 정도 걸어서 도착했다.

3층 집이다. 2층은 원래 집이고 3층은 덧대어 허술하게 지은 옥탑방 같았다. 2층에서 3층으로 올라가는 계단은 철재로 얼기설기 만들어서 술에 취해서 밤에 오르내릴 때는 각별한 주의가 필요해 보였다. 거실과 침실 투 룸인데 한 달 임대료가 천 달러다. 우리 돈으로 110만 원 정도다. 내부 청소와 세탁, 설거지, 옷도 다려 준다고 했다. 아직 잘 알지는 못하지만, 해외봉사단원이 이처럼 좋은 대우를 받으면서 생활한다니 다소 이상해 보이기도 했다.

문제는 임대료를 자신의 생활비로 내는 것이 아니라 코이카에서 부담해 주기 때문에 이런 일들이 있어 보인다. 일반봉사단원의 경우 집을 구하는 것은 봉사단원이 하고, 코이카에서는 임대료를 지원한다. 국가마다 부담 비용은 다른데 이곳의 경우는 일반봉사단원은 월 650달러, 시니어 단원은 1,000달러 정도인 것 같다. 설명을 들어보니 이곳이 임대료가 비싼 이유는 최근까지 이루어진 유엔군 파견 등에 기인한다고 한다. 이곳에 파견된 유엔 관련 봉사, 근무자들이 많았는데 살만한 집은 거의 없고 하다 보니 허술한 집도 보통 월 1,500달러 이상 받았다고 한다. 그들이 떠나고 집 가격이 많이 내렸는데도 기존에 받았던 것을 생각하며 내리지 않고 있다는 것이다. 또 옆에서 말하는 것을 보니 김 시니어 단원의 경우는 단독 저택에 살고 있다고 한다. 단원들은 지원하는 돈을 최대한 활용하다 보니 자연히 여건과 시설이 좋은 집을 찾아 거주하는 것 같다.

반면에 자문단들은 모두가 겨우 살아갈 정도의 검소한 환경에서 생활하고 있었다. 모두가 500에서 600달러 정도의 거주를 선택하고 있었다. 자문단들은 일정한 생활비를 주고 스스로 그 생활비 안에서 모든 것을 해결해야 하므로 가능한 절약하려는 정신이 배어있는 듯하다.

12명이 모였다. 자문관 두 분, 시니어 세 분, 나머지는 일반단원이다. 최 자문관은 이미 80cm 정도의 참돔과 40cm 정도의 앵무새 돔을 작업해 두어서 그냥 먹기만 하면 되었다. 이곳이 아열대 기후라 생선들은 조금 무르고 힘이 없어 보였으나 맛은 좋았다. 뼈와 머리로 지리를 끓이고 맥주를 곁들여 맛있는 저녁을 먹었다. 최 선생님이 아침에 바다에 가서 산 것이어서 자문단과 시니어 단원들이 조금씩 모아 생선값을 보태드렸다. 일반적으로 다른 나라에서는 NIPA와 코이카는 별개의 기관이어서 두 부서 자문관끼리 친하게 지내지 않는데, 최 자문관은 성격도 좋고 주변을 돕는 일도 잘하시니 모두 한 가족처럼 지내는 것 같다.

오늘은 드와르테 교감 선생님과 함께 학교 시설을 세세히 점검했다. 한국 회사에서 10여 개의 건물을 신축하거나 리모델링했는데 학교 측에서 불평이 많아 보였다. 내 사무실만 하더라도 문틀이 바르게 설치되지 않아 문도 잘 안 닫히고, 잠금장치도 고장 났고, 벽체는 이미 여러 곳에 금이 가 있다.

대충 살펴봤는데 최소 13군데는 크게 보수 작업을 해야 할 것 같다. 학교 울타리 철제 구조물은 반은 페인트를 하고 반은 녹슨 채 방치되어 있다. 세어보니 15군데가 새로 페인트를 해야 할 것 같다. 배수 수도관 일부가 파열되어 계속 물이 누수 되는 것은 물론 화장실 수도관도 고장 나거나 파열되어 여러 곳에서 계속 물이 새고 있다. 여러 건물 천장에서는 금이 가 있고 일부에서는 비가 새고 있다. 벽체도 금이 가거나 이음새가 많이 벌어진 곳이 많았다.

정화조가 너무 낮게 설치되어 비가 오면 정화조 위가 호수처럼 물이 고인다. 하수구 배수로 경사가 잘못되어 우기에 물이 역류하고 있고 화장실에 악취가 심하여 환풍기를 설치했는데 정작 전선을 연결하는 코드는 없어서 무용지물이다. 벽체에 물이 새어 페인트가 벗겨지고 바닥에 물이 고여 있다. 리모델링한 천장 막음막이 대부분 어긋나거나 잘못 시공되어 틈새가 많이 벌어져 있다. 지하수 펌프 시설이 불량하여 이미 고장이 나서 제대로 급수가 되지 않는다.

이런 내용을 정리하여 코이카 사무실에서 근무하고 있는 류광하 건축담당 전문가에게 전해주었다. 내일 함께 점검해 보자고 하는데 어떻게 될는지 모르겠다.

오늘은 조금 일찍 집에 와서 식초, 설탕, 간장, 물을 1:1 비율로 섞어서 만든 소스를 끓여서 양파장아찌를 담갔다. 어제 간장은 중국 슈퍼에서 사고, 식초는 말이 통하지 않아 둘러봤는데도 찾지 못했다. 오늘 인터넷으로 찾아보니 인도네시아어로 식초가 Cuka였다. 상표를 보고 구할 수 있었다. 아프리카에서도 양파양아치를 몇 번 담가 밥반찬으로 잘 먹었기에 쉽게 마무리할 수 있었다. 이제한 일주일만 있으면 새콤달콤 상큼한 양파장아찌를 맛볼 수 있을 것이다.

Royal Robster와 ABBA

어제는 학교에서 귀갓길에 쌀을 사기로 했다. 오는 길에 쌀가게가 있어 들어갔다. 상표가 Royal Robster인 쌀 15kg가 21달러다. 집까지 거리가 멀어서 들고 가기가 힘들 것 같았다. 우선 간장, 돼지고기, 유리잔 등을 사서 집으로 왔다. 쌀을 사기 위해 다시 집을 나섰다. 지난번에 보아 두었던 인근 슈퍼, Mai Supermarket이 떠올랐다. 걸어서 7, 8분 거리다.

가는 도중에 누가 경적을 울린다. 돌아보니 최충호 자문관이다. 쌀 사러 간다고 하자 차에 타라고 한다. 슬리퍼도 사야 한다고 하니까 지난번 왔던 가게로 안내한다. 한참 찾았는데 내가 찾는 슬리퍼, 엄지발가락 사이에 끈이 없는 한국에서 흔히 보는 슬리퍼가 하나 보였다. 아주 구석에 상자들 밑에 깔려 있었는데 곰팡이가 많이 슬어 있는 게 무척 오래되어 보였다. 4달러다. 사무실에서 신으려고 한다. 바로 앞에 다른 슈퍼가 있어서 갔다. 10kg Royal Robster가 14달러다. 그런데 5kg짜리가 있어서 10kg짜리를 되돌려 주고 5kg짜리 두 개를 샀다. 주인은 50센트를 거슬러 준다. 좀 이상해서 15kg 포장을 보니 22달러다. 낱개 포장은 싸고 큰 포장일수록 가격이 더 비싸니 이해하기 어려웠다.

집에 도착하여 최 선생님과 함께 차를 마시며 두 시간 정도 살아온 얘기를 나누었다. 그는 인천에서 나서 인천에서 자라고 공부한 인천 토박이다. 인하 공대 조선공학과를 나왔다. 1학년 때는 공통 계열로 모집하고, 2학년 때부터 전공별로 나누었는데 그가 선택하기 전에는 조선공학과가 별로 인기가 없었다고 한다. 그런데 현대조선, 부산 조선 등이 생겨나면서 갑자기 조선 설계 전문가들이 많이 필요하게 되었다. 현대조선에서 300명가량 필요한데 그 당시에 서울대, 인하대 등 세 학교밖에 조선공학과가 없었고 학생 수는 120명에 불과했다. 회사에서는 2학년 때부터 스카우트 경쟁을 벌였다. 현대조선에서는 2, 3학년은 월 20만 원씩, 4학년은 월 30만 원씩 장학금을 지원했다. 그 당시 공무원 월급이 10만 원 정도여서 갑자기 가장 인기 있는 학과가 조선공학과가 되어버렸다.

졸업 후 부산 조선 공사(후에 대한 조선 공사로 상호 변경)에 입사했다. 졸업자는 대부분 설계, 경영 분야에 근무하기를 원하는데, 최 선생님은 기술 현장 업무를 지원하여 관리자들도 조금 의아했었다.

2, 3년 근무하다 현장 근무에서 관리부서로 전출되었다. 근무 중 갑자기 영국 선급 감독관 수행하는 일을 하라는 인사명령이 떨어졌다. 영어 회화를 못 한다며 극구 사양했으나, 결국 영국 선급 감독관을 수행하게 되었다. 영어 회화 능력이 모자라서 대화가 거의 불가능했다. 며칠 후에 상급 부장이 사무실로 들어서더니만 갑자기 그의 뺨을 후려쳤다. "야! 어떻게 영어 한마디도 못 하는 녀석이 영국 선급관을 수행하고 있어!" 하는 것이 아닌가. 너무도 당황스럽고 창피스러웠다. 그냥 뛰쳐나와 다시 회사로 돌아가지 않았다.

며칠 후 과장이 집으로 찾아와서 그 부장에게 뺨을 맞지 않은 직원은 한 사람도 없다며 다시 나오라고 애원했다. 다시 출근했다. 그리고 결심했다. 우선 영국 선급 관을 찾아가서 수기로 자신 생각을 전달했다. 당신도 알다시피 나는 영어를 한마디도 못 한다. 그러나 오늘부터 영어 학원에 다니면서 회화도 배우고 잘 협조할 것이니 함께 일하게 해달라고 부탁했다. 일과 후에 6개월간 영어 학원에 다니면서 피나는 노력을 했다. 또 그 영국인도 부산에 친구가 없어 3년 동안 거의 매일 같이 붙어 생활하다 보니, 유창하게 의사소통을 하게 되었다. 어느덧 회사에서 가장 회화를 잘하는 직원이 되어 있었다.

그 후 사우디아라비아 주재 현장 소장을 선발하는 공고가 났다. 뽑혀서 3년간 파견 근무를 했다. 월급이 한국에서보다 3배가 많았다. 귀국 후에 직장을 바꿔 LIOYD 회사 선급관이 되었다. 23년간 로이드 선급회사에서 선급 관으로 근무하다 3년 전에 퇴직했다. 퇴직 후 3년째 NIPA 자문관으로 선발되어 동티모르 해양경찰청에 근무하는 것이다.

어떤 일이 있었는지 모르지만, 다리를 절고 있다. 그는 노래를 무척 좋아한다. 그의 차에 타면 항상 ABBA의 경쾌한 노래가 흘러나온다. 나도 ABBA 노래를 무척 좋아한다. 나도 I Have A Dream, Dancing Queen, 치키치타 등을 귀에 달고 산다. 그가 사는 집은 월 400달러. '나는 싼 맛에 산다'라며 자기 집을 자랑한다. 아주 검소하고 순박한 성품을 지닌 분이다. 많은 해외 경험이 있으니 아주 잘 적응하며 사는 것 같다. 올해 11월이면 임기가 만료되어 떠난다고 한다.

가족 얘기도 한다. 딸이 둘 있다. 장녀는 과테말라 거주하고, 차녀는 치과의사로 서울에 산다. 부인도 이곳에 와서 살았는데 일주일 정도 머물다가 도저히 못 살겠다며 귀국한다고 한다.

오늘부터 아침 미사에 참례해 보기로 마음먹었다. 아침 5시 20분에 기상해서 아침 기도를 30분 정도 바치고 세면 샤워를 끝내니 6시 15분이다. 집 근처 성당은 모기가 너무 많아서 집과 학교의 중간 지점에 있는 베콜라 성당에 가기로 했다. 등굣길에 있으니 30분 정도 미사를 하고 7시쯤에 나와서 걸어 학교에 도착하면 7시 20분 정도 될 것 같았다. 동이 트지 않아 아직 거리는 희미하고 한산하다. 그러나 일터로 가는 사람, 운동하는 사람, 차를 기다리는 사람, 거리에서 빵 파는 사람들이 아침을 열고 있다. 20분 정도 걸어서 도착해 보니 이미 제1 독서가 진행되고 있었다. 조금 늦었다.

신자는 거의 2백 명 정도 되어 보였다. 수녀님들만 50분 정도 참례하고 있었다. 미사 집전 신부님은 작은 체구에 차분하고 점잖고 기품이 있어 보인다. 테툼어 미사로 독서, 복음 등의 내용을 전면 벽면에 프로젝터로 비치면 신자들이 보면서 따라 한다. 성가 책, 매일 미사 책, 성경책을 가진 신자는 한 명도 없다. 모두 기도문 등을 암기해서 응송을 바치거나 노래한다. 이곳은 모기가 보이지 않아서 다행이다.

성당을 나서니 길 맞은편에 다른 초대형 성당을 짓고 있다. 곳곳에 대형 성당을 많이 짓고 있는데 그 비용을 어떻게 감당하는지 모르겠다. 신자들은 모두 가난하기 때문에 그 경비를 감당할 여건이 안 된다. 나중에 지인에게 물어보니 국교가 가톨릭이기 때문에 대부분이 국가와 교구청에서 부담한다고 한다. 미사 끝내고 걸어서 등교하면서 보니 여기저기 수도원 같은 종교시설과 성모상이 보였다. 거리와 지역이 갑자기 성스러워 보였다. 아침 미사를 볼 수 있어서 기뻤다. 다음부터는 지각하지 않게 조금 빨리 집에서 출발해야겠다.

한글 교재를 만드신 선생님

교감 선생님이 오늘은 일찍 학교에 나와 사진 촬영을 해야 한다고 해서 7시 40분경에 도착했다. 평소에 등교하는 시간이다. 나중에 알고 보니 3명의 코이카 봉사단원이 3개 기관에서 OJT(On the Job Training, 현장에서 진행되는 실무 직업 교육) 훈련 연수를 끝내고 오늘 코이카 사무실에서 봉사단원 인수인계를 한다고 한다. 코이카 사무실에서 근무처별로 프레젠테이션을 하게 되었고 교감 선생님이 가서 학교 소개를 하는 데 사진 자료가 필요하다는 것이다. 우리 학교에는 새 한국어 교사로 이무현 봉사단원이 오게 되어 있었다. 나는 에코백에 감색 양복 상의와 넥타이를 갖고 갔다. 우리 학교 한국어 교사인 경은지 봉사단원도 사진을 찍어야 한다고 해서 함께 촬영했다. 며칠 전에 미리 준비하면 좋으련만 시연 몇 시간 앞두고 자료를 만들려고 허둥대는 모습이 이해되지 않았다.

나도 카메라를 갖고 갔으니 학교 운영 내용을 영상으로 담고 싶었다. 교실을 둘러보니 수업에 참여하는 학생들은 일부이고 많은 학생은 밖에서 뛰놀고 있다. 교사들도 어디로 갔는지 그냥 방치해 둔 느낌이다. 수업을 진행하고 있는 곳들을 촬영했다. 한 교실에서는 수녀님이 지도하고 있었다. 포르투갈어 수업이었다.

경은지 선생님도 오랜만에 등교하여 한국어 수업을 하고 있었다. 한국어 교실은 내 사무실 바로 옆에 있고 한국에서 여러 가지 수업 교재와 시설을 가져다가 마치 한국의 교실처럼 최신식으로 꾸며 놓았다. 한국 문화를 한눈에 볼 수 있는 사진들, 장구와 북, 인형, 컴퓨터와 프로젝터 등 모든 시설이 완벽하다. 한국어 수업을 살펴본다. 0에서 10까지 숫자와 아버지, 어머니 등 가족 관계를 가르쳤다. 은지 선생님은 자상하고 정감 있고 친절하게 잘 지도하고 있었다.

며칠 후에 코이카 강 소장님이 동티모르를 떠나게 되니 깜짝 작별 선물을 경은지 선생이 준비하고 있다. "강 소장님 감사합니다."를 주제로 한 짧은 석별 인사를 동영상으로 촬영했다. 나도 이 험지에 와서 많은 고생을 하고 뜻깊은 결실을 남기고 떠나는 소장님과의 이별이 아쉽다는 내용을 녹화했다. 은지 선생님은 정성과 사랑이 넘치는 분이라는 생각이 들었다. 아마 최고의 석별 선물인 동영상이 제작되리라 여겨진다. 이곳에 있는 모든 단원이 석별의 말들을 모아 완성될 것 같다.

얼마 후에 김현진 한국어 선생님이 왔다. 그녀는 올해 11월에 임기가 끝나 귀국한다고 한다. 3년간 근무한 것이다. 이곳에서 아주 멋진 일을 했는데, 테툼어로 배우는 한국어 교재를 제작했다고 하면서 견본을 보여준다. 컬러 인쇄로 어디에 내놔도 손색이 없어 보이는 훌륭한 교재였다. 물론 독자적으로 만든 것은 아니고 전에 있던 교재를 수정 보완했다고 한다. 큰 노력과 정성이 책 속에 스며 있어 보였다. 그녀는 안산에 살고 있고 원래 수학 선생님이었다. 학교와 학원 등에서 일하다 코이카 봉사단원이 되어 동티모르에서 헌신하고 있다.

김현진 선생님을 대신할 새 한국어 선생님이 오늘 부임하는 이무현 선생님이다. 1시경에 온다고 했는데 다시 2시 30분에 도착한다는 연락이 왔다. 이 선생님을 맞아 여러 가지 학교, 수업 현황 등을 설명할 예정이었던 경은지 선생님은 그의 도착이 늦어지자 약속이 있다며 그냥 퇴근해 버린다. 내가 맞기로 했다. 사실 나도 아는 것이 별로 없는데 어쨌든 며칠 먼저 왔으니까 선배 역할을 해야 할 것 같다.

교감 선생님과 이무현 선생님이 함께 도착했다. 회의 후 라멜라우 호텔에서 점심을 먹고 오다 보니 늦었다고 한다. 이 선생님은 지난번에 최 자문관과 함께 식사한 적이 있어서 낯설지 않았다.

학교 시설을 둘러보면서 설명도 해 주었다. 도서관 옆에 있는 한국어 교사 교무실로 갔다. 이곳은 예전에 현장 건설사무소로 쓰이던 공간으로 냉장고, 탁자 등이 있어서 지금은 한국어 교사들이 사무실로 쓰고 있었다. 그러나 실제는 한국어 교실에서 거의 근무하기 때문에 이곳은 항상 문이 잠겨 있다.

이무현 선생님은 삼성에 근무하다 조기 퇴직했다. 인도네시아 현지 회사에 오래 근무했고, 그 근무 기간에 인도네시아에서 대학도 졸업했다. 이곳은 얼마 전까지만 해도 인도네시아의 식민지였으니 인도네시아어는 많이 사용되고 있고, 테툼어에도 인도네시아어가 많이 용해되어 있다. 마치 한국어에 일본어가 많이 스며있는 것과 같다. 선생님은 퇴직 후 귀국 후에 한국어 교사 자격증을 취득하여 이주민센터 등에서 봉사활동도 많이 했다. 여러 차례 코이카 봉사활동 단원 선발에 도전했고, 드디어 합격하여 오게 된 것이다. 60대인데 활달한 성격과 추진력은 젊은이 못지않아 보인다.

기다리고 안내하느라 점심을 못 먹었다. 구내식당에 가보니 밥은 떨어져 없고 감자튀김만 있다. 50센트에 6개를 샀다. 너무 맛이 없어서 3개만 먹고 세 개는 종이에 싸서 가지고 나왔다. 집에 도착하여, "땡칠아!"하고 강아지를 불렀다. 대답이 없다. 대문 앞에서 한 아주머니가 닭고기 꼬치구이를 구우며 팔고 있는데, 그 옆에 쭈그려 앉아 냄새에 취해 있는 녀석이 그 녀석 같다.

저녁때 마당에 가서 "땡칠아!"하고 부르니 녀석이 나타났다. 튀김 하나를 던져주니 물고 사라진다. 다시 부르니 와서 또 물고 사라진다. 자세히 보니 모래 더미를 파고 묻는다. 다시 부르니 또 와서 물고 간다. 이 녀석은 먹을 것이 생기면 바로 먹지 않고 숨겨 저장해 두었다 먹는 버릇이 있나 보다.

사실 이곳에서는 개들이 엄청나게 많은데 자기 개에게 먹이를 주지 않는다. 남겼다 줄 여분의 음식이 없을뿐더러 따로 만들어 줄 여유도 없다. 그러니 대부분의 개는 뼈만 남은 채 거리와 하수구 뒤지며 이리저리 먹이를 찾아 몰려다닌다. 우리 집에서도 개에게 먹이를 주거나 또 개에게 잘 곳을 마련해 주지도 않는다. 모든 것을 스스로 알아서 해야 한다는 것이 개 주인들의 생각 같다.

흰회색에 옅은 갈색 무늬가 조금 있는 우리 집 개는 아주 온순해 보인다. 개이름 "땡칠아!"는 박찬홍 자문관이 붙여준 것이다. 그리고 박 자문관이 틈틈이 먹을 것을 챙겨주니 그를 무척 따른다. 거의 어미만 한 새끼 한 마리와 같이 사는데 어미 것을 뺏어 먹거나 배고프면 지금도 어미젖을 자주 빨아서 땡칠이 젖 주변에는 상처가 많이 나 있다. 박 자문관은 새끼가 배은망덕한 나쁜 놈이라고 욕한다. 그러나 지금도 그 큰 녀석에게 젖을 물리고 있는 것을 보면 어미 땡칠이의 자식 사랑이 지극한가 보다.

흉기 들고 날뛰는 학생

코이카 사무실에서 근무하는 류광하 건축 전문가가 학교 방문을 했다. 내가 지난번에 조사한 13곳의 주요 하자 보수 내용을 실제 점검하고 조치하기 위해서이다. 류 전문가, 교감 선생님과 함께 현장을 일일이 점검하며 사진을 찍었다. 그러나 그의 설명에 의하면 건축업자가 모두 보수해 주는 것은 아니라고 한다. 그 사이에 학생이나 교사들의 사용에 의한 오작동이나 파손, 시간에 의한 감가상각 등은 지원이 안 된다고 한다. 타당한 설명이다.

오후 1시경에 갑자기 밖이 아주 소란스러웠다. 밖을 보니 한 젊은이가 손에 낫 같은 흉기를 들고 큰소리로 외치며 뛰어다니고 있다. 많은 학생이 그 뒤를 쫓고 있다. 이어서 유리창 깨지는 소리가 크게 들리고, 또 학생들 함성이 요란히 들린다. 내 사무실 바로 옆 학생부장의 근무하는 곳 유리창이 박살 나 있었다. 급히 밖으로 나가니 그는 운동장 쪽으로 뛰어나가고 있다. 나도 두려움을 느꼈다. 선생님들은 한 분도 안 보인다. 내용을 모르니 어찌할 바를 알 수가 없었다. 그는 한바탕 소동을 벌이다가 사라졌다.

나중에 교감과 영어교사 Felix의 설명에 의하면 교칙을 세 번이나 어긴 그 학생이 어제 열린 교무회의에서 제적 처분을 받았다고 한다. 불만을 가진 학생이 학교를 찾아와서 행패를 부리고, 담당자인 학생부장 사무실의 유리창을 파손한 것이다. 학교에서도 속수무책이었다. 날뛰는 학생이 흉기를 소지하고 있어서 아무도 성큼 나설 수 없는 상황이었다.

경찰을 불렀고, 총기를 휴대한 경찰관들이 도착하자, 그 학생은 빠져나간 것이었다. 나는 Felix에게 이런 일이 자주 있는지 물었다. 이번이 처음이라는 것이 그의 대답이었다. 앞으로 이런 일이 생기면 어떻게 해야 하는지 잘 생각해 두어야 할 것 같다. 이 학생은 시골에서 수도 딜리로 유학 온 학생이었다. 나중에 학부모에게 연락하여 파손된 기물을 변상하라고 했으나 아무 대답이 없었고, 결국 6개월 동안 파손된 유리창은 그대로 방치되었다.

우리 아파트에 함께 거주하는 자문관들에게 우환이 많이 생기고 있다. 최규환 자문관은 처제가 세상을 떠나 내일 한국에서 발인한다고 한다. 독실한 불교 신자인 그는 오늘 밤 힘든 시간을 보낼 것 같다. 그의 방에는 부처님 탱화가 모셔져 있고 매일 기도를 드린다고 한다.

또 박 자문관은 요즘 근심에 가득 싸여 있다. 나는 거의 매일 저녁 식사를 마치면 그의 방으로 건너간다. 차를 함께 마시거나, 빙땅 맥주를 한 캔씩 나누면서 그날의 업무나 한국의 가정 얘기를 나눈다. 2주 전부터 사모님 얘기를 많이 한다. 사모님에게서 종양이 발견되었다. 가끔 사모님이 울면서 전화를 하기도 한다. 그러나 이곳에서 어찌할 도리가 없으니 난감할 뿐이다. 모레 수술을 받는다. 오늘은 아들과 통화하면서 잘 살피라고 부탁하고 있다.

두 분 모두가 위로받고 또 좋은 결과를 기원해 본다. 내일은 코이카 신임 소장님이 학교를 방문한다. 처음 만남이어서 벌써 기대와 설렘이 교차한다.

정전 단수된 학교

오늘은 걸어서 등교하기로 했다. 걸으면 한 40분 정도 소요된다. 7시경에 집을 나섰다. 20분쯤 걸으니 왼편에 베코라 성당이 보인다. 성당에 잠깐 들러서 조배와 화살기도를 하고 나왔다. 먼지, 매연이 없으면 좋으련만 너무 심하고 목안도 매캐하다.

학교에 도착했는데 여전히 현관이 닫혀 있다. 선생님들은 한 분도 안 보인다. 학생 두세 명이 벤치에 앉아 있다. 테툼어로 '디악 깔라에!' 하고 인사하자 '디악, 디악!'하고 받는다. 영어로 풀어쓰면 'How are you?', 'So fine!' 정도에 해당할 것이다. 내 사무실은 본관 뒤 별동에 있어서 현관을 돌아서 사무실로 가서 문을 열었다. 이무현 선생님이 오셨다. 이 선생님은 아직 OJT(현장 실습) 중인데 일부러 시간을 내서 온 것이다.

수돗물을 틀어 보니 물이 안 나온다. 사실 어제부터 물이 안 나오고 있었다. 학생 수만 천 명이 넘는데 단수되면 보통 문제가 아니다. 화장실을 모두 수세식으로 바꿨기 때문에 문제가 더욱 심각하다. 본관 화장실에는 양동이에 물을 받아 놓았었는데, 이미 한 방울도 없다. 악취가 진동한다. 이 모든 시설을 코이카에서 했기 때문에 문제가 생길 때마다 나는 죄의식을 느낀다.

교감 선생님께 문의해 보니 전기가 나가서 수도 공급이 안 되고 있으며, 오전에 전기회사에서 봐주기로 했단다. 한국인 현장 소장이 와서 급수시설 배전판을 이리저리 살펴보지만, 작동되지 않는다. 코이카 사무소 류광하 전문가에게 전화했다. 2시경에 전기 기술자를 보내주겠다고 한다. 교장과 교감에게 이 내용을 전달했다. 그런데 시간이 지났는데도 교감이 부른 기술자도 안 나타나고, 코이카에서 보내겠다는 기술자도 감감무소식이다. 류 전문가에게 전화해도 받지 않는다. 나중에 다시 알아보니 차량이 없어서 못 오게 되었다고 한다. 어쨌든 본의 아니게 내가 두 번 거짓말한 격이 되어버렸다.

저녁때 유튜브에서 음악을 다운받았다. 성가, 찬송가, ABBA, 7080 노래 등이다. 이곳에서 잘 버티려면 음악이 많은 위로가 된다. 저녁 식사 후에 건넛방 박찬홍 자문관 방을 노크했다. 어제 사모님이 한국에서 종양 제거 수술을 했는데 걱정이 되었다. 얼굴빛이 밝다. 수술은 잘되었고 벌써 회복 중이라고 한다. 이야기 중에 박 자문관 아들이 전화했다. 아들은 '어머니가 수술을 잘 받고 회복 중이며, 조직 검사 결과를 기다리고 있다.'라고 한다. 아주 차분하고 착실한 아들 같다. 한고비를 잘 넘겼으니 이제는 건강히 잘 지냈으면 좋겠다.

병 없는 세상은 없을까? 몸이 건강하면 또 마음에 병이 찾아온다. 생로병사라는 말이 절실하게 다가옴을 느끼게 하는 시기다. 고통 고민이 없는 세상은 영원히 오지 않는 것일까?

아쿠아와 타이스

어제 퇴근할 때까지 전기 수리 기사가 오지 않았기 때문에 수돗물 공급이 걱정되었다. 교감을 만나 상황을 여쭤보았다. 어제 퇴근할 때까지 기사가 오지 않았다고 한다.

조금 있으니 공사 현장사무실에서 근무하고 있는 현지인 '마디'가 왔다. 그는 한국에 산업연수생으로 3년 정도 근무했기 때문에 한국어도 조금 한다. 그의 설명에 의하면 어제저녁 8시까지 고쳤다고 한다. 이제 물을 옥상 수조에 끌어 올리면 된다고 설명한다. 함께 가서 물탱크 개폐 장치를 풀고 전기를 켜서 물을 올려 본다. 물이 올라가는 소리가 들린다. 20분 정도 물을 받은 후에 보내면 될 것 같다.

현장 사무소 정 소장이 도착했다. 고맙다고 인사를 건넸다. 어디에 이상이 있었느냐고 물어봐도 그도 잘 모르는지 설명이 명료하지 않다. 교감에게 네 개의 연결선이 있는데 고장 나면 다른 쪽으로 연결하면 된다고 할 뿐이다. 교감에게도 아주 불친절하게 설명한다. 어쨌든 물이 나오니 다행이다.

잠시 후에 코이카 류 전문가가 왔다. 그는 공사 전반에 관해 설명을 해 주었다. 한국 현지 회사에 공사 지체 보상금으로 18만 달러가 부과되었다고 한다. 거의 2억 원에 해당하는 금액이다. 현장 소장이 이 일로 교체되지나 않을까 자신도 걱정하고 있다. 지난번에 내가 작성한 하자 보수 내용은 내일 공문으로 회사에 보낼 예정이라고 한다. 엎친 데 덮친 격이라 현장 소장의 고민이 크리라 생각되었다.

10시에 강형철 코이카 소장과 전경무 신임소장이 함께 방문할 예정이다. 교장, 교감 선생님에게는 신구 두 코이카 소장님이 방문한다는 얘기를 미리 했는데도 불구하고 아무도 보이지 않는다. 나는 거의 20분 전부터 기다렸다. 10시가 되자 교감과 교장이 나타났다. 류 전문가, 김현진 선생님, 이무현 선생님이 현관 앞에서 함께 기다렸다. 10시가 조금 지나 두 분이 도착했다.

강 소장님이 근무 기간 중 가장 심혈을 기울여 완성한 사업이 베코라 기술고 등학교 관련 프로젝트다. 이 멋진 완성품을 자랑스럽게 새 소장에게 인계하는 시간이다. 전경무 새 소장님은 180센티 이상의 훤칠한 키에 외국인 같은 미남형 의 외모를 지니고 있었다.

우리는 교장실로 갔다. 그런데 테툼어 통역이 없다. 마침 우리 학교 한국어 교사 김현진 선생님이 있어서 다행이었다. 교장과 교감이 자리를 비우더니 7, 8분 후에 들어왔다. 교장이 두 분에게 긴 수건을 목에 걸어준다.

타이즈라고 해서 동티모르나 인도네시아에서 귀하고 소중한 사람을 처음 만날 때나 헤어질 때 목에 걸어주는 기념품이다. 화려한 색실로 짜고 환영, 기쁨, 아쉬 움 등을 새기고 때로는 상대방의 이름을 수놓아서 선물한다. 교장은 새 소장에게 한국인 기술교사 파견을 건의하고 지속적인 지원도 부탁한다.

함께 학교를 둘러보았다. 전임 강 소장이 자세히 건축 내용을 설명한다. 천장 이 깨지고 내려앉은 부분이 많은데 앞으로 더 내려앉거나 비가 새지 않을까 걱정 한다. 천장 일부는 석고 보드로 교체했지만, 대부분은 합판형 보드를 붙인 상태 다. 그런데 합판이 그 무게를 견디지 못하고 깨지면서 내려앉고 있다. 부실 공사 를 그나마 재설계 시공으로 일부 보완할 수 있었다고 설명한다.

일행이 떠나고 구내식당에서 1달러 30센트짜리 식사를 시켰다. 플라스틱 접 시에 밥과 치킨 두 조각, 그 위에 짭조름한 소스를 조금 부어준다. 마실 물이 없어서 사무실로 와서 생수를 마셨다. 며칠 전에 두 종류의 생수를 샀다. 마시 는 아쿠아 생수와 설거지나 차 끓일 때 쓰는 1갤런들이 대용량 생수다. 아쿠아 생수는 학교 앞 가게에서 20개들이 한 상자를 부탁했었고, 대용량 생수는 구내 식당에서 샀다. 이 갤런 생수는 한국의 사무실에서 흔히 보는 뒤집어 사용하는 큰 생수통이다. 이곳에서는 갤런이라고 부른다.

그런데 얼마 후에 다시 단수되고 정전이 되었다. 아무리 기다려도 전기가 오 지 않는다. 퇴근 시간이 되자 할 수 없이 책상 위에 올라가 높은 곳에 꽂힌 에어컨 코드를 뽑고 퇴근했다. 리모컨으로 켜고 *끄는데*, 켜져 있는 상태에서 정전이 되었기 때문에 그냥 놔두면 전기가 들어와서 밤새 에어컨이 작동할 수도 있기 때문이다.

엊그제 유튜브를 다운로드해서 그런지 인터넷 모뎀이 바닥났다. 3주가 안 되었는데 4만 원 충전이 다 소모된 것이다. 급히 버스로 티모르 플라자로 갔다. 30달러 모뎀을 충전했다.

바로 이어진 리더스 슈퍼로 가서 사무실에서 사용할 물품들을 샀다. 찻잔, 컵, 커피, 토마토, 통조림 등을 샀다. 조금 무거워서 낑낑대며 버스에 오른다. 버스는 이미 만 원이다. 허리를 굽히고 들어섰다. 뒤편에 겨우 틈을 내서 궁둥이를 붙여 본다. 후텁지근한 열기와 야릇한 냄새들에 숨이 턱턱 막힌다. 그러나 내일모레가 휴일이어서 마음은 가볍다.

고무줄 승차 인원

오늘은 동티모르 코이카 소장님이 임기를 마치고 귀국하는 날이다. 부산지부장으로 발령받았다. 매사에 적극적이고 추진력이 남다른 분이다. 옆방 박 자문관은 소장님이 모든 단원에게 이임 인사를 카톡으로 보내왔는데, 그 내용 중 일부에 조금 섭섭해하는 것 같다. 또 박 자문관이 하는 보건 업무 관련 사업에 적극적으로 도와주지 않았다며, 서운했던 이야기들을 늘어놓는다. 나이 든 사람이 굳이 공항에 전송하러 갈 필요가 있겠느냐며 안 가겠다고 한다.

나는 인근에 사는 NIPA 최 자문관의 승용차를 이용하기로 했다. 중간에 손님들이 계속 타서 조수석에 여자 단원 둘, 뒷좌석에 남자 단원 다섯, 모두 8명이 동승했다. 이곳에서는 승차 인원 초과 단속이 없다고 한다. 하긴 트럭에 사람들이 가득가득 타서 다니고, 미크롤렛 미니버스는 창밖에 두세 명씩 매달려 다니는 모습이 일상이다.

공항에는 환송객이 40여 명 가까이 나와 있었다. 딜리에 거주하는 거의 모든 단원, 또 그사이에 인연을 맺은 교민들이다. 이곳에서 처음으로 이영대 자문관을 만났다. 하얀색 계열의 세련된 복장에 또 잘 어울리는 흰색 모자를 쓰고 있었다. 사모님도 함께 왔다. 부부 옆에는 키 큰 외국인이 함께 있다. 알고 보니 돈보스코 기술학교 경영 담당 요셉 신부님이었다. 인도 신부님이다. 이 자문관은 이 돈보스코 기술학교에서 자동차 관련 기술 전수와 학교 운영을 지원하고 있다. 그는 한국에서 자동차 부품 회사 사장을 했던 것으로 들었다.

경은지 선생님이 거의 모든 단원이 참여해서 만든 롤 픽쳐(두루마리 긴 그림)를 소장님께 송별 선물로 드렸다. 가로 2m, 세로 1m 정도 되는 종이에 단원들의 사진과 각 단원이 보내는 감사의 메시지가 모두 담겨 있었다.

돌아오는 길엔 승용차에 5명이 합승했다. 이번엔 승차 인원을 지킨 것이다. 옆에 최희철 시니어 단원이 함께 탔다. 오늘 처음 본다. 그는 담수화 사업을 담당하고 있다. 물을 걸러서 식수로 사용하는 필터링 형식의 담수화라고 했다. 차량을 지원해 준 최 자문관이 이왕 나온 김에 바람도 쐴 겸 드라이브를 좀 하자고 한다. 모두 한가한 주말을 보내고 있으니 아주 기분 좋은 말씀이었다.

가는 곳은 티바 지역이다. 해안선을 따라가는데 처음에는 포장도로이다가 나중에는 비포장도로로 바뀌었다. 공항에서 20km 정도 떨어진 곳이었는데 꽤 높은 산정에 카페가 있다. 바다가 내려다보이고 주변은 푸른 숲으로 둘러싸인 전망이 빼어난 멋진 곳이다. 인도네시아산 Bintan 맥주를 한 캔씩 마셨다. 오랜만에 몸과 마음이 치유되는 느낌이다.

나하고는 만나자 이별이었지만, 그동안 치열하게 일하면서 많은 성과를 내려고 노력해 오신 강 소장님의 무사 귀국을 축하드리고, 내내 건강 행복하기를 기원해 본다.

나비같이 화사한 부부

저녁때 이영대 자문관이 집으로 초대했다. 내가 이곳에 부임하기 전에 궁금한 점, 준비할 것들을 메일로 알려주기도 했던 자상한 분이다. 선생님은 만도기계에서 중역으로 근무했었다. 이 회사가 현대자동차 부품 회사로 바뀌자, 그곳에서 고위층 임원으로 일했다. 그 후 외국인 회사에 취업하여 프랑스, 중국, 방글라데시 등에서 최고경영자로 근무하다 퇴직했다고 한다. 이곳에 온 지 9개월 정도 되었는데, 돈보스코 기술 전문학교에서 자동차 전문가로 기술과 경영을 자문해 주고 있다.

파파야, 망고 등을 들고 갔다. 배추 나비처럼 화사한 미소와 세련된 복장의 예쁜 부인이 반갑게 맞아주었다. 새집으로 이사를 와서 다른 단원들도 함께 방문했다. 최 자문관의 차로 박형규 시니어 단원도 함께 갔다. 집은 공항을 지나 돈보스코 기술학교 근처의 비포장도로를 따라 5분 정도 가면 되었다. 집은 단단한 철문과 근엄해 보이는 경비가 잘 지키고 있는 방갈로형 고급 주택 단지 속에 있었다. 넓은 정원에 야자수, 파파야 등 관목뿐만 아니라, 수많은 아열대 꽃들이 흐드러지게 피어 있다. 수영장이 있고, 단층집들이 수십 채 성안에 자리 잡고 있다.

이 선생님 부부는 전엔 라멜라우 호텔에서 장기 거주를 했었는데, 악취가 때때로 올라오고 답답해서 이리로 이사했다고 한다. 임대료가 월 2천 달러라고 했다. 220만 원 정도다. 최고급 임대 주택이다. 나는 도저히 감당할 수 없는 금액이다. 이 자문관은 생활이 아주 여유롭고, 또 사모님도 함께 살고 있으니 필요하고 가능하리라 여겨졌다.

사모님은 여러 가지 음식과 반찬을 준비했다. 연근조림, 김치, 양파김치에 쇠꼬리 탕을 내놓았다. 서로들 해외 근무 경험에 대해서 많은 얘기를 나누었다. 나는 아프리카 세네갈에 대해서, 박형규 단원은 에티오피아에서 근무했던 얘기를, 최 자문관은 사우디아라비아에서의 무슬림의 생활을 얘기했다. 이 자문관은 주로 듣는 편이었다.

이 자문관은 한국에서 최신 프로젝터를 사 왔는데, 설치를 박 선생님께 부탁했다. 박 선생님은 컴퓨터 전문가여서 핸드폰으로 구동할 수 있도록 설치해 주었다. 한국에서는 요즘 젊은이들이 TV를 사지 않고 이런 프로젝트 기기로 TV뿐만 아니라 인터넷의 모든 프로그램을 시청한다고 했다. 집 안에 대형 영화관을 설치한 것 같았다. 저녁 8시경에 집으로 향했다. 좋은 음식과 분위기를 제공해 주시느라 수고한 이 자문관과 사모님께 감사드린다. 참으로 푸근하고 좋은 분들이다.

독립결정 투표 기념일

오늘은 동티모르 독립결정 투표 기념일로 공휴일이다. 독립기념일이 아니라 독립결정 여부를 투표로 정한 날을 공휴일로 정한 것이다. 우리에게 특이한 국경일이다. 이곳의 공휴일을 보면 부활절 전 예수 수난 성금요일, 예수 성체 축일, 이슬람교 금식(라마단) 종료일, 이슬람교 희생절, 가톨릭 성인 대축일, 가톨릭 위령의 날, 성모마리아 잉태일 등이다.

우리 학교는 수요일부터 일요일까지 5일간 쉰다. 나는 특별히 할 일이 없어 우선 새벽 미사에 참례하기로 했다. 조금 일찍 일어났다. 그런데 물이 안 나온다. 받아 놓은 물로 대강 씻고 나섰다. 너무 이른 아침이어서 주인에게 전화할 수도 없었다. 집을 나서며 물이 안 나온다는 메시지를 남겼다.

가까운 비다우 성당으로 향했다. 모기가 많은 곳이어서 모기 기피제를 양말과 다리에 발랐다. 이곳 새벽 미사는 6시 30분이다. 그런데 6시 20분경에 도착했는데 이미 미사가 시작되고 있었다. 일반적으로 예정 시간 보다 늦는 게 일상인데 일찍 하는 걸 보니 공휴일 미사 시간은 다른지 모르겠다. 지난번보다는 많지 않으나 쉬지 않고 모기가 날아다니며 공격한다.

올 때는 다른 길을 선택했다. 한참 가다가 길을 잘못 들었다는 느낌이 들었다. 다시 돌아와 왔던 길로 귀가했다. 하긴 지금은 남는 게 시간이니 뭐 크게 후회할 일도 없어 보였다. 집에 와서 우선 물을 틀어 본다. 물이 나온다. 주인에게 무슨 일이 있었느냐고 물었더니 간밤에 밑에 사는 관리인이 물을 틀어 놓고 잠자리에 들었다고 한다. 밤새 물탱크에 있던 물이 다 빠져나가서 물 공급이 안 된 것이다. 이곳에 와서 벌써 물 문제가 생긴 것이 세 번째다.

아침을 대강 먹고 쉬는데 양주윤 한국 산업인력공단 동티모르 한국어 평가원 원장님의 전화가 와 점심을 그의 집에서 하자고 한다. 얼마나 고마운 일인가!

과일을 좀 사고 미크롤렛 버스를 타고 12시 30분경에 티모르 플라자로 갔다. 그의 집은 티모르 플라자의 고급 아파트에 있다. 티모르 플라자 바로 뒤에 있는 같은 건물군 일부가 아파트다. 투 룸의 아파트인데 주방 겸 거실과 침실로 되어 있다. 이곳은 양 원장의 사무실 겸 숙소다. 물론 한국어 평가 연수원은 우리 학교 가는 길에 넓은 공터를 지닌 건물이다. 그곳은 아마 동티모르 정부에서 지원하는 시설 같다.

조금 있으니 한 청년이 들어선다. 송명건이라는 한국어 평가원의 교사였다. 제주시 화북 출신으로 대기고등학교를 졸업했다고 한다. 우리 아들도 같은 학교를 나왔기 때문에 후배 같은 느낌이 갑자기 솟구쳤다. 이곳에 7년째 살고 있고 한국어 교육과 평가 업무의 실무적인 것을 모두 책임지고 있다.

양 선생님은 오늘은 샤부샤부를 먹자며 얇게 썬 돼지고기를 내보인다. 슈퍼에서 샤부샤부용 돼지고기도 판다고 한다. 야채를 넣어 육수를 끓이고 돼지고기를 익혀서 참이슬 한 잔과 함께 먹으니 천국이 따로 없다. 양파장아찌도 내놓았는데 맛이 일품이다. 해외에 나오면 누구나 딱히 좋은 밑반찬이 없는데, 양파장아찌야말로 구원 투수라고 할 수 있다.

양 원장님은 사모님 이야기를 많이 했다. 요즘 이름 해설과 작명으로 대단히 바쁘다고 한다. 작명에 입문하게 된 이야기가 무척 흥미로웠다. 부인은 독실한 기독교이다.

어느 날 TV를 보는데 어떤 유명 작명인이 그날의 초대 인물이었다. 그리고 앞에는 또 다양한 직업을 가진 여러 사람이 앉았는데 사람들의 이름만 보고도 그들의 직업을 모두 알아맞히는 놀라운 광경을 연출했다. 사모님은 그 작명인의 주소를 알아내 통화하고, 자료를 제공받으며 오랫동안 공부했다. 그런데 아주 중요한 내용을 배울 수 있는 책은 절대 보내줄 수 없다고 했다. 인터넷을 통해 수소문했다. 청계천에서 작명과 운명에 관한 그 책을 겨우 구했다. 다시 일 년 간 공부에 몰입했다.

지금은 작명 전문가가 되어 이름만 보면 그 사람의 운명을 내다볼 수 있는 경지에 이르렀다. 양 소장님도 원래 이름은 양황일이었으나 부인이 단명할 이름 이라고 개명을 줄기차게 주장해서 결국 지금의 양주윤으로 바꿨다. 개명한 후로 모든 일이 잘 풀리는 것 같다고 한다.

지금까지 사모님의 권유로 50명 정도가 개명했고, 친족도 5명 가까이 이름을 바꿨다. 양 선생님은 계속 부인 이야기를 이어갔다. 부인은 몇 년 전에 어떤 연수를 받고 있었다. 그 연수단 단장을 맡은 여자의 이름이 특이해서 유심히 살폈다. 그런데 어느 날 몇 단원들과 함께 차를 마시게 되었는데, 사모님이 그 단장에게 '혹시 혼자 사시지 않느냐?'고 물었다. 그녀는 깜짝 놀라며 '어떻게 그런 사실을 알게 되었느냐?'고 반문했다. 사모님은 그녀의 이름에 그렇게 쓰여 있다고 설명했다. 같이 있던 사람들도 모두 엄청나게 놀랐다. 양 선생님은 덧붙인다. 각기 다른 병에서 키우고 있는 두 개의 양파를 두고 매일 좋은 말만 하는 것과 나쁜 말만 늘어놓는 것은 시간이 흐르면 좋은 말만 들은 양파는 예쁘게 자라지 만, 나쁜 말만 들은 양파는 지저분하게 구겨진다.

이 양파의 비교 실험은 나도 EBS 방송에서 보았고, 이 동영상을 다운받아 학생들에게 훈화하면서 보여준 적도 있었다. 좋은 이름은 자주 불리면 아주 궁정적으로 변화하지만, 부정적인 성격을 지닌 이름은 그의 운명에 먹구름을 끼게 한다는 말이었다. 좋은 얘기다. 그러나 작명 운이 모든 이에게 적용되는 말은 아닐 것이다. 또 작명 운에 따라 개명한다는 것은 나로서는 힘든 결단처럼 보였다. 오늘은 작은 재 동티모르 제주도민 향우회가 있었던 날이었다.

집을 나서서 티모르 플라자 바로 옆에 붙어 있는 다른 슈퍼인 Leaders Market에 들렀다. 이곳은 티모르 플라자보다 조금 싸고 학용품, 전자제품, 식기류 등이 많이 판매되는 곳이다. 양상추, 양파, 차 끓이게 등을 샀다. 내일은 나도 양파장아찌를 담가봐야겠다.

고기 국수

어제는 같은 아파트에 사는 두 자문관을 내 방으로 초대했다. 딱히 대접할 것은 없었으나 '고기 국수'를 대접하면 어떨까 해서 준비했다. 고기 국수는 원래 제주도의 향토 음식인데, 요즘은 일반화되어서 전국 어디서나 맛볼 수 있는 명품 식단이 되었다. 진한 돼지고기 육수에 삶은 국수를 넣고 돼지고기 수육을 몇 점 고명으로 올려놓는 것이 일반적이다. 김 가루를 뿌리면 맛이 더 깊어진다.

티모르 플라자에 있는 한국 슈퍼에서 사 온 소면을 삶았다. 물론 이제는 면 삶는 법은 잘 안다. 일 인분은 엄지와 검지로 5백 원짜리 동전 크기 양을 잡으면 된다. 물이 끓으면 찬물을 부으면서 세 번 정도 반복하면 끓여주면 맛있고 쫄깃한 면이 된다. 냉동 돼지고기를 전자레인지에 10분 정도 돌려서, 해동하고 적당히 썰었다. 마늘, 양파, 감자를 썰어 넣고 진간장으로 간했다.

준비를 다 해 놓고 두 분을 불렀다. 박 선생님은 바로 왔지만, 최 선생님은 한참 후에 들어온다. 그런데 두 손에 무엇을 들고 온다. 비빔면과 계란 3개다.

내가 다 준비했다고 했는데 잘못 들으셨나 보다. 나중에 알게 되었는데 한쪽 귀가 조금 먹어 평소에는 보청기를 쓰지 않기 때문에 잘 듣지 못한 것이다. 앞으로는 가까이서 천천히 말해야겠다. 오랜만에 내 방에서 셋이서 국수를 나누며 떠드니 몸도 마음도 아주 가벼워짐을 느낄 수 있었다. 구석방 경은지 선생님도 불러 보았으나 문이 굳게 잠겨 있었다. 옆방 박 선생님이 말하길 아마 어제 친구 집에 가더니 아직 안 돌아온 것 같다고 한다. 가까운 곳에 국립병원 간호사로 일하는 친구가 있다.

어제는 그제 남은 밥이 있어서 다 먹었더니 속이 더부룩하고 불편했다. 살아오면서 항상 느끼지만, 과식으로 고생하는 것보다 어리석은 일은 없어 보인다. 우리 인류도 아주 옛날에는 하루 한 끼, 나중에는 하루 두 끼, 지금은 세 끼를 먹게 되었다고 한다. 그래서 지금도 일일 일식하는 사람, 일일 이식하는 사람들이 있다. 생활 형편이 여의치 않은 이곳에서는 하루에 두 끼만 먹는 사람과 학생들이 아주 많다. 식사도 알고 보면 습관이다. 앞으로는 가능한 한 소식하려고 애써야겠다.

노트 한 권, 볼펜 한 자루

어제는 오른쪽 위 잇몸이 너무 아파서 거의 잠을 이루지 못했다. 왼쪽 위 어금니는 옛날부터 시원치 않았는데 지금도 계속 말썽을 부리고 있다. 관리를 부실하게 한 탓이다. 한국에 있을 때 여러 차례 치료를 받았는데 여기 와서는 치료받을 곳도 없고 난감하다. 2주 전부터 조금씩 부어서 잇몸 치료에 좋다는 치약을 일부러 사다가 써 보아도 별 효과가 없다. 아침엔 물만 마시고 점심때는 파파야의 부드러운 부분만 잘라서 먹었다.

전에 세네갈에 있을 때도 온도가 내려가면 잇몸이 아팠다. 한 번은 보철했던 부분이 떨어져서 치과를 찾았다. 한번 소제하고 한번 다시 붙였는데 20만 원 정도 지불했다. 어쨌든 잘 다스리며 관리해 봐야겠다.

이곳은 파파야가 아주 흔하고 유명하다. 그 크기가 아이 머리만 하고 길이는 4, 50센티는 되어 보인다. 퍼런 것을 벽에 일주일 정도 세워 두면 노랗게 익는다. 너무 커서 1/3 정도씩 잘라서 먹는다. 나머지는 냉장고에 두면 된다. 지난 일요일 바닷가 과일 시장에서 3달러 주고 샀다. 제일 큰 것을 샀다. 파파야 열매는 쌉쌀한 단맛과 독특한 향기가 있다. 잘 익은 파파야를 먹어보면 산미는 전혀 없고 단감처럼 매끄러운 단맛이 난다. 반으로 자른 다음 껍질을 벗겨서 먹으면 좋다. 식감이 부드럽고 다양한 음식과 조화를 잘 이뤄 아침 식사로 흔히 이용하며 샐러드, 주스, 파이 등을 만드는 데도 쓴다.

열매는 공 모양, 달걀을 거꾸로 세워놓은 모양, 긴 달걀 모양 등이고 녹색을 띤 노란색에서 붉은색을 띤 노란색으로 변한다. 자르면 과육이 노란색, 주황색, 오렌지색, 붉은색 등 다양하며 까만 씨가 많이 보인다. 파파야 뿌리는 부드럽고 전분을 함유한다. 그래서 제2차 세계대전 때 남방의 섬에 고립된 일본 군인들이 파파야 열매를 먹은 뒤 뿌리까지 파내어 연명했다는 이야기가 전한다. 이곳에는 집집마다 파파야 나무가 있고 엄청나게 많이 열린다. 우리 아파트에도 몇 그루 있는데, 열리는 족족 일꾼들이 따먹어서 우리까지 많이 돌아오지 않는다.

아침에 조금 일찍 출발해서 성당에 들러 잠깐 기도를 드리고 학교로 갔다. 학교에는 교감 선생님이 나와 있었다. 수돗물이 안 나온다고 한다. 두 개의 모터 펌프가 있는데 하나는 파손됐고, 하나는 힘이 너무 세서 물을 끌어 올리는 수도관이 감당하지 못해서 고장 났다고 한다. 설명이 이랬다저랬다 하니 정확한 사실 파악이 어렵다.

요즘 학교생활과 교육에 꼭 필요한 것이 수도와 전기 그리고 인터넷인데 어느 것도 정상적으로 작동하지 않는다. 오늘은 수업을 세심히 참관해 보기로 했다. IT 수업 두 곳, 포르투갈 수업 한 곳, 영어 수업 한 곳을 참관했다. 포르투갈 수업을 제외하곤 제대로 수업이 이루어지고 있지 않다.

학생들은 교과서가 없다. 보통은 노트 한 권 볼펜 한 자루 가지고 등교한다. 이곳에서는 학교에 교과서가 있고 학생은 교과서가 없다. 아이들은 도서관에서 교과서를 임대해서 공부할 수 있지만, 빌려 가면 잃어버리고 또 변상해야 하니 대부분 그대로 학교 와서 듣고 쓰고 할 뿐이다. 아이들은 얌전하고 모두 교복을 착실히 입고 있으며 열심히 듣고 있다. 그러나 여러 교실은 선생님이 없거나 있어도 아이 따로, 교사 따로다.

오후에는 우리 학교에 새로 한국어 교사로 부임하는 조희영 선생님이 도착한다고 해서 공항으로 마중 나갔다. 아주 얌전하고 참해 보인다. 이곳에 오는 봉사단원들은 임시로 며칠간 라멜라우 호텔에 머물면서 두 달가량 현지어 학원에서 테툼어를 익힌다. 그러면서 자신이 거주할 숙소를 물색하게 된다. 코이카 사무실이 호텔 구내에 있어서 편리한 점이 많다. 나는 사무실에 가서 옥스퍼드 영어사전, 소설 Me Before You를 빌렸다. 그리고 감기약, 위장약, 외상약 등을 조금 가져왔다. 읽을거리와 구급약품을 사무실에서 구할 수 있어 무척 편리하다.

저녁 먹고는 박 자문관 방으로 갔다. 한 건물 안에 거주하니 적적할 때 문만 열고 나가면 만날 수 있어 너무 좋다. 반갑게 맞아준다. 오늘은 살아온 얘기를 많이 한다.

그는 소위 한국 결핵연구원의 전설이다. 자신이 몸소 3번이나 결핵에 걸리면서 결핵 임상 분야에서 한국 최고의 권위자가 되었다. 우리는 대개 결핵 예방주사(TB)를 어려서 맞는데, 그의 말에 의하면 예방 주사를 맞아도 결핵균에 과도하게 노출되거나 면역력이 약해지면 감염된다고 한다.

이곳에 올 때도 자신은 이곳 근무에 별 관심이 없었다. 정년퇴직 후 국내에서 자신의 능력을 필요로 하는 곳이 너무 많아서 오히려 어느 곳을 선택해야 할지 고민될 정도였다. 그런데 이곳에 결핵 연구소를 설치 감리한 친구인 PM(Program Manager)이 꼭 지원해서 동티모르 결핵 연구와 검사의 기반을 쌓아 주도록 부탁해서 지원하게 되었다. 코이카 사무실에서 면접과 신체검사도 꼭 받아달라고 부탁했다. 그는 영어시험이나 영어 면접에서도 나는 영어 한마디도 못 한다고 말했다고 했다. 코이카에서는 3명이 필요한데, 한 사람만 지원했으니 전공 외의 소양들은 문제가 안 되었던 모양이다. 단기 복무인 6개월 계약으로 이곳에 파견되었다. 6개월 임기를 마치고 귀국하려는데, 현지 소장이 계속 연장 근무를 간청해서 할 수 없이 다시 6개월 연장하여 근무 중이다.

결핵 연구소에서는 주로 결핵 검진을 하는데 이를 운영하기 위해서는 예산지원이 지속해서 이루어져야 한다. 그런데 코이카도 동티모르 정부도 돈을 주지 않고 업무를 지속하라고 하니 문제라고 한다.

예를 들어 공조 시설을 24시간 가동해야 하는데, 계속 가동하려면 3개월마다 공조 벨트를 교환해야 한다. 공조 벨트 지원을 자주 요청하지만, 어느 쪽에서도 관심도 지원도 없어 할 수 없이 검사하는 아주 짧은 시간만 가동하고 있다. 언제 체인벨트가 끊어질지 모르기 때문이다. 일 년에 2천 달러만 있어도 가능한데 참으로 답답하다. 24시간 가동하지 않으면 시료가 변질되어 제대로 된 검사도 불가능한데 어찌할 바를 모르겠다고 한다. 국립 결핵 검사소를 코이카에서 엄청난 돈을 들여 지어주었지만, 그 운영비는 아무도 신경 쓰지 않으니 운영 책임자가 어려움에 처할 수밖에 없다. 알고 보면 코이카는 건축과 시설을 마련해서 해당 국가에 기증하는 것이고, 그 이후의 관리 운영은 해당 국가에서 해야 하는 것이 바른 설정이다. 그러나 후진국에서는 그 운영 예산을 마련하기가 쉽지 않다. 박 자문관은 사무실의 현지 직원들도 교육하고 업무를 부여하고 감독 관리를 해야 하는데, 또 소통에 어려움이 있어 여러 가지 고통에 직면해 있다.

그는 일요일부터 오에쿠시 출장을 가야 하는데 사무실 직원에게 VISA 발급을 위해 인도네시아 대사관에 함께 가달라고 부탁했으나, 내일 가자고 하면서 퇴근해 버렸다. 직원들도 아주 비협조적이다. 오에쿠시는 인도네시아 영토인 서티모르 안에 있는 동티모르이기 때문에 육로로 갈 경우 인도네시아를 통과해야 한다. 그래서 VISA가 필요하다. 어려움이 있으면 내가 함께 가서 VISA 발급을 도와주겠다고 말했다. 아리던 잇몸이 조금씩 나아져서 그나마 다행이다.

본디아!

새벽 4시에 일어났다. 나이 들면 잠이 없다고 하는데 요즘 실감하고 있다. 일어나면 30분 가까이 아침 기도하고, 간단한 체조와 팔굽혀 펴기를 백번 정도 한다. 세네갈에 살 때부터 해오던 오래된 습관이다. 일찍 일어났으니 아침 미사를 보고 등교하기로 마음먹었다.

등굣길에 있는 성당은 걸어서 25분 정도 걸린다. 미사 시작 직전에 도착했다. 테툼어 미사 전례 기도문이 파워포인트로 성당 앞면 전체에 비친다. 이곳에서는 누구도 손에 매일 미사 책이나 성경, 성가 책을 들고 미사 참례를 하지 않는다. 한국에서는 매달 매일 미사 책이 발간되는데 그날그날의 독서, 성경, 미사 통상문이 실려 있어 이 책 하나만 있으면 되니까 달마다 한 권씩 산다. 값도 아주 싸서 천 원이다. 이곳에는 제대로 된 인쇄소도 두 곳에 불과하니 어떤 욕심을 낼 여건은 아닌 듯하다.

참석한 신자 수는 백 명은 넘어 보이는데 학생들이 많다. 미사 후 학교로 가는데 앞서가던 아이 달린 어머니가 인사를 한다. 이어서 아이가 "안녕하세요?"하고 우리말로 인사한다. 이곳 사람들은 한국어 인사는 많이 아는 것 같다. 아마 한국에 대한 좋은 인상을 갖고 있는 듯하다. 조금 더 가니 한 할머니가 "본디아(안녕하세요)"하면서 인사한다. 나도 "본디아!"하고 답한다. 아마 이 성당 신자인가 보다. 내가 요즘 이 성당에 자주 들리니 아마 친근감이 들었을 것이다.

학교에는 7시 40분경에 도착했다. 교정엔 학생 네댓 명이 보인다. 조금 있으니 교장 선생님이 오토바이를 타고 온다. 나는 사무실에서 테툼어 공부를 하면서 카푸치노 커피를 마신다. 커피 향이 가득 방안에 퍼진다. 아침을 건너뛰고 등교했는데 그래도 커피 한 잔으로 속이 따뜻해졌다.

오늘은 3주 동안이나 부탁하고 벼르던 수도 관련 전기 기술자가 오기로 한 날이다. 그런데 류광하 전문가도 기술자도 연락이 없다. 전화 연락을 해도 받지 않는다. 9시경에 전화가 왔다. 언제 기술자가 오는지 알 수 없다고 한다. 11시가 되어 다시 전화하니 오후에 온다고 한다. 시간은 모른다고 한다. 이곳에 살다 보면 한국 사람도 티모르사람처럼 살게 되나 보다. 구내식당에서 1달러 50센트 점심을 시켜 먹었다. 교감 드와르테를 찾아봐도 보이지 않는다. 겨우 찾아서 오후에 전기 기술자가 온다는 얘기를 전하고, 나는 코이카 사무실로 갔다. 집에 우선 들렀다 사무실로 가야겠다.

오는 길에 며칠 전에 산 멀티탭이 고장 나서 교환하려고 중국 상점 XI HONG에 들렀다. 교환을 요청하자 젊은 남자 주인이 오래 써서 교환이 안 된다고 한다. 나는 중국어로 2, 3번밖에 쓰지 않았다고 했으나 막무가내다. 기분이 상했지만 한 푼도 손해 보려 하지 않는 중국인의 습성을 잘 알기에 교환을 포기했다. 고장 난 멀티탭은 가게에 그냥 선물로 기증했다. 다음부터는 좀 비싸더라도 믿을 수 있는 곳, 교환이 가능한 곳에서 사야겠다고 다짐했다. 집까지 걸어서 왔더니 땀이 온몸에 흥건했다. 파파야를 조금 먹고 물을 마셨다. 10번 버스를 타고 사무실로 향했다. 신승우 대리로부터 생활비와 생활용품 상자를 받았다. 한국 본부에서 모든 신입 단원에게 현지 도착 후에 보내준다. 상자에는 모기장, 전기 담요, 경보기, 전등, 라면, 과자, 고추장, 된장, 고춧가루 등 안전 도구와 생필품이 가득 담겨 있다. 그런데 오늘 내가 받은 것은 한국에서 내게 보낸 것은 아니었다. 최근에 컴퓨터 교사로 지원했던 신입 단원이 이곳에 와 보고는 도저히 근무하지 못하겠다며 중도 귀국을 하게 돼서 내가 대신 가져다 쓰게 되었다. 내 것은 나중에 도착하면 사무실에서 교환 처리하면 될 것이다.

저녁은 어제 먹던 소고기 통조림 찌개와 식은 밥으로 해결했다. 샤워하고 약간 매운맛이 감도는 파파야를 먹으니 행복감을 느꼈다. 저녁때 교감 선생님께 전화해서 수돗물이 어떻게 되었는지를 문의했다. 배전판에 자동으로 되어 있는 것을 수동으로 바꿨더니 작동이 된다고 했다. 그러나 문제는 수동으로 하면 물을 끌어 올릴 때마다 사람이 작동시켜야 하는 문제가 있다. 교감이 더욱 바빠질 것 같다. 어쨌든 수도 문제가 해결되었으니 다행이다. 잠이 잘 올 것 같다.

'상록수' 성당

　오늘은 Becora 성당 주일 미사에 참례해 보기로 했다. 지난번 들은 바로는 8시에 포르투갈어 미사가 있다고 했다. 시간이 여유로워서 천천히 출발했다. 문제는 조금 더운 날씨에 도보로 가려니 시간도 걸리고 많은 땀이 벌써 등줄기를 많이 적시고 있었다. 멀리서부터 성당 앞 주변에 수많은 오토바이와 뒤얽힌 사람들로 인산인해를 이루고 있다. 아마 직전 미사가 아직 진행 중인 것 같았다. 가까이 가보니 나무 그늘마다 그리고 땡볕인데도 성당 마당 가득히 사람들이 모여 서서 미사 참례 중이었다. 길가와 인도도 가득하다. 길 건너 쪽 인도까지 많은 사람이 성당 방향으로 서서 미사에 참례하고 있다. 곳곳에 아이들은 흐트러진 모습으로 장난치기에 바쁘다. 몇 군데 설치된 확성기로 성당 안에서 진행 중인 미사 내용이 전달되고 있었다. 마치 우리나라 심훈의 계몽 소설 '상록수'가 연상된다. 다닥다닥 교실 밖 유리창에 눌어붙어 글을 배우려고 매달린 아이들과 매미 소리가 잘 어울리는 것처럼, 밖에서 스피커 소리에 맞춰 미사 보는 신자들의 모습이 비슷해 보였다.

　멀리서 들리는 성가 소리는 웅장하고 성스럽다. 동티모르의 대중가요나 성가들은 우리의 정서에 잘 맞는다는 생각이 늘 들었다. 미크롤렛을 타면 아주 크게 가요를 틀어 놓는데 서정 깊은 곡조가 항상 마음을 차분하게 가라앉히곤 한다. 그 작은 버스에 스피커는 어디 있을까 궁금했는데 의자 밑에 대형 스피커가 자리 잡고 있었다. 우리나라 7080 노래의 음조와 거의 비슷하다는 생각이 든다.

　7시 50분에 도착했는데 8시 35분에 미사가 끝났다. 미사 앞부분을 빼먹었으니 다시 도미니크 성당으로 돌아가서 미사를 보기로 했다. 9시 미사가 있으니 서두르면 될 것 같았다. 버스를 타고 성당으로 갔다.

　8시 30분 포르투갈 미사가 금방 시작되고 있었다. 포르투갈 미사는 처음이다. 몇몇 단어들이 조금 익숙하게 들려왔다. 관계대명사 que가 프랑스어와 같고,

또 숫자와 일부 명사는 테툼어와 비슷했다. 아마 테툼어에 포르투갈어가 채용되어 사용되다 보니 그렇게 된 것이 아닌가 하는 생각이 든다. 또 익숙한 라틴어들도 들린다. 신부님은 두 분이고 복사는 10명 정도다. 미사는 조용하고 경건하다. 강론(Homilia) 부분은 너무 길다. 한국에서는 보통 5분에서 7분 정도인데 이곳에서는 30분 가까이하는 것 같다.

일요일에 두 곳 미사에 참석하다 보니 너무 지쳤다. 버스를 타고 가까운 마트로 갔다. 계란 한 판 30개들이와 돼지고기를 조금 사고 귀가했다. 아침 겸 점심을 먹었다. 닭고기와 양파를 넣어 닭 육개장 비슷하게 만들었다. 빨래하고, 컴퓨터로 음악을 들으면서 조용히 오후를 쉬었다.

무너져 내린 천장

아파트 여주인 Jany가 아침 8시 30분경에 갑자기 내려와 문을 두드린다. 며칠 전 싱크대 안쪽 밑에서 계속 물이 흘러내려서 수리를 부탁했었다. 그리고 침실 천장 네 모서리에 장식으로 붙인 졸대 한쪽이 떨어져서 나무와 접착제인 흰 석회들이 부서져서 침대와 온 방이 엉망이 되었다. 인부 4명이 함께 들어온다. 모두가 이 집에서 주인 사장과 함께 전기 설비 등을 하는 기사들이다. 한 사람은 치오콜로 싱크대 배수관을 땜질하고, 세 분은 사다리를 들고 와서 천정에 떨어진 장식을 새로 붙인다.

손으로 석회를 개어서 엉성하게 바르다 보니, 결국 멀쩡했던 다른 장식들도 계속 떨어져 내린다. 점점 공사할 부분이 늘어났다. 어쨌든 3, 40분 정도 해서 수리는 끝났다. 엊저녁에 얘기했는데 오늘 아침에 수리해 준 것은 대단한 성의처럼 느껴졌다.

옆방 최 자문관이 와서 보면서 자기 방 얘기를 한다. 몇 달 전에 그곳도 수리해 달라고 여러 차례 부탁했는데 엊그제야 손봐주었단다. 치오콜로 금 간 곳들을 채우면서 여기저기 부스러기들이 많이 떨어져서 잔해들을 치우느라 온종일 걸렸다고 한다.

오늘은 오전 9시 30분에 검찰청에 근무하는 박형규 시니어 단원을 만나 함께 컴퓨터와 프린터 등 사무 관련 전자제품을 사기로 약속했다. 집수리를 마치고 대강 정리하니 9시가 되었다. 급히 미크롤렛을 타고 가서 주교좌 대성당 앞에서 내렸다. 이 대성당은 동티모르에서 가장 큰 성당으로 대주교가 거주하고 있고, 성당이나 국가의 중요한 행사들이 치러지는 성지와 같은 곳이다. 박 선생님이 설명해 준 대로 차에서 내려 바다 쪽으로 쭉 내려가다가 길을 건너 조금 가니 동티모르검찰청(PGR) 건물이 오른쪽에 보였다.

중앙 현관문 안으로 들어서니 멀리 떨어져 있는 수위실에서 잡담하던 경비가 부른다. 모자를 벗으라고 한다. 모자를 벗었더니 그냥 들어가라고 한다. 내가 코이카 모자를 쓰고 있어서, 코이카 관련 봉사단원을 만나러 왔다고 생각하는 것 같았다. 건물 안 안내 데스크 여자분께 코이카 박 선생님을 찾아왔다고 하니 근무하는 사무실까지 친절히 데려다주었다.

조그만 전산실 사무실엔 박 선생님과 여직원 한 명이 있었다. 권하는 아쿠아 생수를 한 모금 마시고 조금 있으니 한 젊은이가 또 들어왔다. 전산 담당 공무원이라고 한다.

밖으로 나와 10여 분 걸어서 컴퓨터와 전산용품 전문 상가인, 서울 같으면 용산 상가 같은 곳으로 갔다. 지난번 인터넷용 윈도우 10 모뎀을 샀던 곳이다. 며칠 전에 견적 받았던 '오블리가도(포르투갈어로 감사합니다의 의미)' 상점으로 갔다. 그런데 주변 거의 모든 상점에 상호 간판이 없다. 설명에 의하면 요즘 간판의 크기에 따라 세금을 매기는 새로운 세법이 통과되어 모두 간판을 내려버렸다고 한다. 그러니 처음 가는 가게는 수소문해서 상점을 찾아가는 수밖에 없다. 여사장과 약속했던 10시가 되었는데 나타나지 않는다. 이곳 남자 사장은 인도네시아 사람이고 여사장은 한국인이다. 여사장은 코이카 봉사단원으로 왔다가 인도네시아의 부유한 집안 출신인 남편을 만나 결혼해서 살고 있다고 한다.

한참 기다려도 오지 않으니 여직원에게 견적 받은 물건값을 조금 내려줄 수 없는지 부탁해 보았다. 직원은 이 견적서가 이미 할인된 것이므로 조금도 깎아 줄 수 없다고 한다. 박 선생님이 자기가 아는 다른 단골 가게가 있으니 한 번 그곳에 가서 가격을 비교해 보자고 한다. 'Braun' 상호의 컴퓨터 가게로 갔다. 착해 보이는 어린 여직원과 남자 사장이 있었다. 동일 사양인데 가격이 훨씬 저렴하다. 컴퓨터, 프린터, 전산 부품 등 1,280달러에 구입했다. 원래 이곳은 물건 배달은 안 되지만 내가 부탁하니 기꺼이 배달해 주겠다고 한다. 사장 승용차에 물건을 싣고 학교로 왔다. 박 선생님이 컴퓨터 전문가이기 때문에 사장은 떠나고 박 선생님이 컴퓨터를 세팅했다. 그런데 프린터를 설치했는데 인쇄가 안 되어 교환해야 할지를 고민하고 있는데 정상적으로 작동되었다. 이 프린터는 대용량으로 잉크를 아주 오래 쓸 수 있고 잉크를 직접 충전할 수 있기에 조금 기다려야 잉크가 올라오는 것이었다.

문제는 윈도우 10이 영문판이어서 한글 버전으로 바꿔야 하는데 그것이 보통 문제가 아니다. 아프리카에서 근무할 때 내가 아는 자문관으로부터 영문판을 인터넷을 통해 한글판으로 바꾸는 방법이 있다는 얘기를 들은 적이 있어서, 박 자문관에게 말했으나 잘 모르겠다고 한다. 이곳에는 한글 윈도우가 없어서 만일 전환이 안 되면 보통 문제가 아니다. 영문판을 쓰면 되지만 많이 불편할 것이다. 자판도 영문판이라 단원들은 영문판에 한글 자모를 글로 써서 붙여서 사용하기도 한다. 나는 이곳에 올 때 한글 자판을 갖고 와서 그나마 다행이었다.

설치를 마치고 버스로 집 근처 중국 식당으로 가서 볶음밥, 새우튀김 등으로 푸짐하게 편히 점심을 먹고 근처에 있는 박 선생님 댁에 가서 커피도 마셨다. 이제야 사무실에서 근무할 수 있는 최소한의 사무 환경이 조성된 것이다.

박 선생님도 이제 살아온 얘기를 펼쳐 놓는다. 박 선생님은 원래 사범대학에서 수학교육을 전공했다. 컴퓨터에 능해서 군 제대 후 교직으로 가지 않고 동아 생명에 스카우트 돼서 전산 분야에 뛰어들었다. 한국뿐만 아니라 해외에서 컴퓨터 분야 일을 많이 했었다. NIPA 자문단으로 3년간 일했고, 코이카 자문단으로도 근무했었다. 지금은 코이카 시니어 단원으로 봉사하고 있다. 박 선생님은 성격이 너그럽고 온화하며 다른 사람에 대한 배려심이 깊은 분이다. 지금은 자기도 학교 같은 곳에서 직접 아이들을 가르치는 일을 하고 싶다고 한다. 이곳 검찰청에서 전산 업무도 하고 연수도 주관하다 보니 사범대학 출신의 교사 본능이 이제야 나타나는 것 같다. 어학에 대한 콤플렉스가 항상 따라다녀서 요즘은 주말에 인도네시아 대사관 제공하는 무상 인도네시아어 학습 프로그램에 참여하고 있다고 한다.

집에 와서 윈도우 10 영어 버전을 한국어 버전으로 전환하는 프로그램을 검색해 보았다. 가능할 것 같다. 오늘은 소위 정신 못 차리게 바쁜 그러나 보람찬 하루였다.

갑작스러운 귀국

갑자기 한국으로 휴가 출국했다가 3주 만에 다시 동티모르로 귀국했다. 그 사이에 장인어른이 귀천하셨다. 오래 비웠던 아파트 문을 열고 들어서니 뭔가 썩는 냄새와 날 파리들이 달려든다. 살펴보니 가스레인지 위 냄비 주변에 날 파리들이 몰려있고, 그 주변엔 조그만 애벌레들이 기어 다니고 있다. 냄비 뚜껑을 열어보니 부패한 찌개 위로 날파리 애벌레들이 득실거리고 있다. 문을 열고 우선 설거지를 했다. 이어서 대청소를 했다. 소독약으로 온 집안을 소독하고, 파리와 모기 구제용 에어로졸로 날파리를 모두 제거했다.

지난 7월 출국할 때부터 장인어른은 몸이 쇠약해져서 입원과 퇴원을 반복하고 있었고, 결국 입원한 상태에서 출국했었다. 그 사이에 어르신이 건강이 안 좋으시다는 소식은 계속 전해 들었다.

3주 전 9월 13일 학교에 출근했다가 인터넷 모뎀이 바닥나 충전하려고 오전 일과를 마치고 학교를 나섰다. 잠시 집에 들러 인터넷을 켜보니 그사이에 카톡과 전화가 여러 차례 와 있었는데 받지 못했었다.

메일을 열어보니 딸이 어르신 소식을 알려왔다. 급히 집사람에게 전화했더니 왜 통화가 안 되냐고 성화다. 모레가 발인이라고 한다. 코이카 사무실로 전화하니 신승우 대리가 빨리 공항으로 출발하라고 한다. 간단한 짐과 여권, 여비를 갖고 택시에 올랐다. 정말 무엇을 챙겨서 가야 할는지 전혀 생각이 정리되지 않았다. 그러니 이런 상황에 대비하여 무엇을 준비하고 또 필요한 것은 어디에 두고 있는지 기억해 두는 것이 정말 중요하다는 것을 알게 되었다.

공항에 도착해 보니 신 대리와 정 과장이 미리 와서 표를 예약하고 기다리고 있었다. 표를 샀다. 신 대리는 발리에 도착하면 카톡을 켜 놓고 2층 대합실로 가라고 한다. 그곳에서는 카톡이 켜지기 때문에, 열어보면 발리에서 한국으로 가는 표 예매 내용을 알 수 있다고 한다. 지금 사무실로 돌아가 표 예매를 해두겠다고 한다.

2시 30분 비행기를 가까스로 타고 발리에 도착했다. 카톡을 열어보니 대한항공 비행 편이 구매되어 있었다. 김포에 도착했다. 문제는 김포에서 제주로 가는 비행 편이 오늘은 모두 만석이었다. 대기도 힘들다고 한다. 상황을 얘기하고 대기표를 끊고 해서 겨우 제주에 도착했다. 오후 3시 30분이다. 제주시 집에 짐을 풀고 서귀포 장례식장으로 갔다. 동티모르 너무도 먼 곳이지만 여러 사람이 모두가 힘을 합치니 무사히 빨리 도착할 수 있었다. 많은 모임과 친구들이 와서 망인의 명복을 빌어주었고 또 나를 위로해 주었다. 참으로 고마우신 분들이다. 이튿날 어르신은 사시던 집에서 노제를 드리고, 신효 공동묘지 유택에 영면하셨다.

어르신의 나이는 95세이시다. 어르신을 유택에 모시고 나서 낙천사 절로 가서 불공을 드렸다. 집으로 돌아오니 안마당에서 서성이며 집을 보살피시던 어르신 모습이 아른거렸다.

아버님은 젊어서 일본 사할린에 강제 징용을 당하셨고 해방 후에는 돌아와서 줄곧 농업, 주로 감귤 농사에 평생을 바치신 분이다. 거의 두세 해마다 밭을 사서 감귤을 심고 아들 다섯과 딸 하나를 지극 정성으로 키웠다. 그리고 그중 넷을 서울에 있는 연세대, 서강대, 중앙대 등에 유학 보냈으니 이 작은 시골 마을에서 참으로 대단한 일이 아닐 수 없었다. 우리 집사람은 신효 마을 여학생으로는 두 번째로 서울로 유학한 대학생이었다. 여섯 자녀가 출가하여 살림을 차릴 때는 모두 생활기반을 마련해 주기도 했다.

우리도 많은 도움을 받으면서 살아왔다. 우리가 결혼하게 되었을 때 장모님은 달가워하지 않았지만, 장인어른이 적극 지원해 주셔서 쉽게 가정을 이룰 수 있었다. 어르신은 젊었을 때 노래 부르기를 즐겼다고 하지만 제대로 들어본 적은 없다. 가끔 가요무대 방송을 보면서 따라 부르는 소리를 먼발치에서 엿듣곤 했었다. 음주는 안 하시고 담배는 즐겼다. 그나마 몇 년 전에 장모님의 성화로 끊으시고, 최근까지 경로당을 오가며 한가히 지내고 계셨는데 나이도 있고 해서 자주 폐렴 증세가 있었다. 나는 돌아가시던 날 밤에 꿈을 꿨는데 이미 오래전에 돌아가신 나의 친아버지가 나에게 심하게 꾸중하는 꿈이었다. 좀 이상하다는 생각이 들었다.

동티모르에서 허겁지겁 출국하다 보니 이런 상황이 되었다. 가스 불을 켜놓고 떠나지 않은 게 천만다행이었다. 신 대리와 황 과장이 신속 정확한 일 처리로 대사를 잘 치르도록 도와주어서 너무도 고마웠다.

노인들의 추석나기

추석이다. 한국에선 10월 2일을 임시 공휴일로 정해서 유례없는 열흘간의 황금연휴를 보내고 있다. 나는 추석 전날까지 휴가여서 어제 귀국했다. 그리고 오늘은 동티모르에서 보내는 첫 추석이다. 그러나 이곳은 휴일이 아니다.

아침에 일어나서 성당에 갈까 말까 망설이면서 우선 세면을 했다. 미사에 참례하려면 20분 정도 일찍 일어나야 하는데, 여행 여독 때문인지 조금 늦잠을 잤다. 조금 늦더라도 성당에 가기로 마음먹었다. 걸어가는데 족히 20분은 걸리기 때문이다. 육중한 철문을 밀고 나서니 마침 미크롤렛이 지나간다. 25센트 동전을 찾으며 급히 차에 올랐다. 이른 아침이라 차 안은 한가하다. 마침 1달러짜리 지폐가 있어서 성당 앞에서 내렸다. 이곳에서 하차하는 방법은 동전으로 철제 기둥이나 벽 등 아무 데나 툭툭 두들기면 된다. 미사는 시작 전이었다. 지금까지 추석 추모 미사에 빠진 기억이 없는데 다행히 이번 추석 때도 미사에 참석할 수 있었다. 평일인데도 성당이 가득하다. 교복 입은 어린이와 학생들이 아주 많다. 참으로 신앙심이 깊고 부지런한 국민이라는 생각이 들었다.

미사가 끝나고 학교까지 걸어가는데 몹시 덥다. 벌써 땀이 등줄기를 따라 흐른다. 학교에 도착해 보니 역시 교무실은 잠겨 있다. 몇몇 학생들이 다가와 "디악 깔라에!" 하면서 인사한다. 나도 "디악, 디악!" 답한다. 3주가 지났으니 벌써 조금 어색한 느낌이다.

사무실 문을 따고 들어가니 역시 3주 전 나갔을 때 그대로이다. 컴퓨터는 작동이 되지만 프린터는 출력이 안 된다. 다시 인쇄 명령을 내리고 한참 기다리니 프린터도 작동된다. 오래 쓰지 않아서 잉크가 굳었었나 보다. 프린터는 쓰지 않더라도 일주일에 최소 한 번 정도는 출력해야 잉크가 굳지 않는다.

교장과 교감에게 인사하고 그 사이에 있었던 일들을 설명했다. 학교 사정을 물어보니 별일은 없었다고 한다. 수도 전기가 정상적으로 공급되고 있으니 다행이다. 새로 설치한 비상 발전기 가동에 관하여 물어보니, 한 번도 작동해 보지 않아서 전혀 모르겠고 또 발전실 문이 잠겨 있어서 들어갈 수도 없다고 한다. 시공했던 전기 기술자의 도움이 필요해 보인다.

오후에는 사무용품, 컴퓨터 부품, 서적 등을 사려고 나섰다. 또 사무실에 인터넷이 안 되니, 사무실용 모뎀을 다시 사야 한다. 물론 집에서 쓰는 모뎀 충전도 해야 한다. 현지 휴대폰도 고장 났으니 다시 사든지 알아봐야겠다.

우선 전자 상가로 갔다. 컴퓨터용 스피커, 모뎀, 테툼어와 인도네시아어 사전 등을 샀다. 다시 티모르 플라자로 가서 사무실 모뎀도 개통하고 휴대폰 교환을 부탁했으나, 교환은 안 되고 배터리는 교환이 가능하다고 한다. 배터리를 바꾸자 정상적으로 통화가 되었다. 오늘 300달러를 썼다. 집에 오니 6시가 다 되었다.

오늘은 추석이 아닌가. 급히 최 자문관, 박 자문관을 불러 함께 15분 거리의 중국집으로 갔다. 성당에서 돌아오면서 보아 두었던 식당이다. 오늘은 내가 주최하기로 하고 각자 원하는 음식들을 주문하도록 말씀드렸다. 볶음밥, 야채 조림, 치킨 등을 주문했다. 최 선생님도 추가로 새우탕 등 두 가지 요리를 시켜서 멋있는 저녁을 먹었다. 처음으로 셋이서 한 외식이었다.

최 선생님은 눈 수술을 위해서 출국한다고 한다. 백내장인 것 같다. 처음에 발리를 경유하는 비행기 표를 샀었다. 그런데 최근 발리 화산이 계속 폭발하고 있어서 사무실에서 발리 경유 모든 비행 편 탑승을 금하고 있다. 그래서 싱가포르 경유 비행기를 타야 하는데 추가 비용이 200만 원 정도 더 소요된다면서 몹시 걱정한다. 눈 수술을 이곳에서 할 수 있는 게 아니어서 선택의 여지가 없다. 이곳도 병원이 몇 군데 있으나, 우리나라 시골 병원 정도의 수준이기 때문에 해외 봉사자들이 건강에 문제가 생기면 참으로 난감하다. 싱가포르로 가거나 귀국해서 치료받거나 하는 것이 일반적이다.

세 늙은이는 모두 많은 사연을 담고 어려움을 헤쳐나가고 있다. 서로 고충을 나누면서 지혜롭게 살아가자고 다짐해 본다. 세네갈에 있을 때는 추석에 인근 자문관이나 단원들을 집으로 초대하여 직접 요리하여 대접하곤 했었는데, 이번에는 한국에서 바로 귀국하다 보니 준비할 시간이 없었다.

또 오늘은 내가 이곳에 와서 처음으로 비를 맞아본 날이다. 우기에는 이곳에도 비가 많이 내리지만 나는 건기에 왔기 때문에 그사이에 비 구경을 못 했었다. 장 보러 나가면서 처음으로 우산을 폈다. 큰 빗줄기를 맞으면서 20분 정도 걸었다.

한국에서는 첫눈이 내렸다고 하는데 이곳에는 첫 비가 내렸다. 반가움에 좀 걷다 보니 바지는 여기저기 흙탕물이 튕겨서 지저분해졌다. 상의도 얼룩이 심하다. 살펴보니 오랜만에 비가 내리면서 공기 중의 먼지를 가득 품은 빗방울이 우산에 떨어지고, 우산의 오염된 낙수가 옷으로 흘러내린 것이다. 우리나라에서는 아무리 먼지가 심하더라도 빗물이 흙물이 되어 내리지는 않는다. 다음에는 우산 속에 꽁꽁 숨어다녀야겠다. 오늘은 바빴지만 그래도 기쁜 날이었다.

와이파이와 카톡

일찍 학교에 갔다. 7시 20분이다. 모뎀을 컴퓨터에 끼워서 작동해 보았다. 실행이 안 된다. 여기저기 다른 컴퓨터 파일을 실행해 보니 드디어 정상적으로 작동된다. 아무래도 나는 프로그램 시스템 운영에 서툰 것 같다. 앞으로 잘 구동되었으면 좋겠다. 카톡 PC 버전을 실행해 보니 핸드폰으로 인증번호를 보냈다고 하고 30분 이내로 인증번호를 입력하라고 한다. 핸드폰을 집에 두고 와서 더 진행할 수 없다.

마침 코이카의 새 코디네이터 강동혁 선생님이 바로 만디리 은행으로 오라고 해서 여권, 통장을 가지러 집으로 가야 했다. 버스를 타고 우리나라의 서울대학에 해당하는 UNTL 대학 근처에서 내렸다. 알려준 대로 10여 분 걸으니 눈에 보인다. 다국적 은행들이 들어서 있고, 그중에서 가장 큰 은행이 인도네시아 만디리 은행이다. 동티모르는 자체 은행이 없다. 이미 박찬홍 자문관이 와서 업무를 보고 있었다.

현지인들은 창구에서 많이 기다려야 하지만 우리는 VIP 방으로 안내되어 편히 신속히 일을 볼 수 있었다. 나는 한국으로 4천 달러를 송금하려고 한다. 은행원은 천 달러는 바로 송금이 되지만, 그 이상은 계좌이체만 가능하기에 일단 통장에 입금하고 다시 한국으로 보내야 한다고 해서 절차를 밟다 보니 시간이 조금 많이 걸렸다. 전에 세네갈에 근무할 때는 배윤정 코디가 생활비 중 송금 금액을 얘기하면 내가 은행에 가지 않더라도 필요한 절차를 다 밟아주었다. 이곳에서는 모든 은행 일도 내가 직접 처리해야 될 것 같다.

집으로 돌아와 간단히 점심을 먹고 다시 학교로 갔다. 1시경이다. 그런데 이번엔 와이파이가 터지지 않는다. 와이파이가 터지지 않으니 핸드폰으로 인증번호를 읽을 수 없다. 이무현 선생님이 방에 들렀는데, 도서관에는 와이파이가 터진다고 한다. 급히 도서관으로 갔다. 인증번호를 받아 입력했다. 이제 PC로도 카카오톡을 할 수 있게 되었다. 내방에도 와이파이가 제공되면 좋겠다. 교장, 교감에게 부탁했으나 증폭기 설치 등 예산이 드는 문제여서 어려울 것으로 보인다.

퇴근하고 집에 와서 컴퓨터로 7080 가요를 들으면서 몸을 뉘어본다. 김연숙의 '갈대숲에 우는 소리'를 여러 차례 들었다. 나는 서정적이며 슬픔이 배인 노래를 좋아한다. 지난해 청주에서 주민자치위원회 교류 행사에서 그녀의 노래를 직접 들을 기회가 있었고 공연 후에는 함께 사진도 찍었었다. 그녀는 자기는 좋은 곡들을 많이 불렀는데 사람들은 '갈대숲에 우는 소리'만 기억한다고 볼멘소리를 했다.

카톡을 켜보니 건넛방 경은지 선생님의 부재중 통화가 찍혀 있었다. 보이스톡 해보았으나 통화가 안 된다. 저녁을 먹고 선생님 숙소로 가보았다. 미소가 특히 예쁜 경 선생님이 반갑게 맞아준다. 그녀의 방에서 차를 마신 것은 이번이 처음이다. 방값이 비싸다고 한다. TV, 소파, 침실, 거실 등이 있는데 내가 거주하는 곳보다 훨씬 넓고 좋아 보인다. 일반적으로 이곳 봉사단원들은 일반단원은 월 700달러, 시니어 단원은 1,000달러 정도를 주거비로 지원받는다. 이 비용에는 청소, 세탁, 설거지, 다림질 등이 포함되는 경우가 많지만, 대부분 단원은 자기가 할 수 있는 것은 스스로 처리한다. 반면에 자문단은 일정액의 생활비를 지급하기 때문에 절약이 몸에 배어 수수하게 생활하고 있다.

경 선생님이 전화한 이유는 외할아버지가 위독한 상태인데 어떻게 대비하고 있으면 되는지 나의 경험을 전해 듣고 싶어서였다. 여권, 현금 등 꼭 필요한 것들은 가방에 미리 챙겨둬야 실수하지 않고 떠날 수 있다고 설명해 주었다. 이 경우의 비행기 표 구매 등은 본인이 해야 하고, 정산은 나중에 하게 되는데 그 정산 방법과 제출 서류 등을 설명해 주었다.

그녀는 친구 여섯 명과 함께 휴가를 얻어 여행을 준비하고 있었다. 그런데 상황이 이렇게 되고 보니 여행을 포기하고 기다리는 중이었다. 그녀의 요즘 생활, 그리고 앞으로의 계획 등을 들어보고 조언을 곁들였다.

이곳의 방 배치 구조를 보면 현관에서 들어서는 왼쪽 첫째가 내방이다. 바로 뒤에 최 자문관이 살고, 그 뒤에 빈방이 있다. 가운데 복도가 있고 내 방 건너편도 빈방이다. 가운데는 박 자문관이 살고 맨 끝이 경은지 선생님 방이다. 나는 방을 나서다가 마침 나오는 최 선생님과 함께 바로 옆에 있는 박 자문관 방으로 갔다.

처음으로 박 선생님 방에서 셋이 모였다. 가정 이야기, 사무실 이야기, 살아온 이야기 등을 나누다 보니 새벽 1시가 되었다. 나는 방에서 오징어포를, 박 선생님은 맥주를, 최 선생님은 찹쌀 전병을 꺼내서 함께 먹으며 유쾌한 시간을 보냈다. 모두가 고민이 많고, 세상사에 대한 요구도 많다. 오늘은 일도 많고 말도 많았던 조금은 피곤한 하루였다.

대저택에서의 주말

아침 미사를 다녀오다가 거리에서 쇠고기 간을 샀다. 1.2kg 정도로 6달러다. 씻어서 세 토막으로 나누어 냉동해 두었다.

점심은 시니어 단원들과 함께 영양 보충을 하기로 했다. 김대섭, 최충호, 박형규, 양주윤과 사모님, 이동현 대사관 인턴, 여행사 사장, 이무현 등이 최 자문관 차로 김대섭 선생님 댁으로 갔다. 김 선생님은 초등학교 교장 출신으로 시니어 단원으로 봉사하고 있다. 초등학교에서 미술을 가르친다. 김 선생님은 어제부터 식자재 작업과 식기를 가져오고 새벽부터 장을 보고, 집 정원에서 끓이는 등 수고가 많다. 우리는 가서 먹기만 하면 되는 상황이다 보니 미안함이 컸다. 대문을 들어서니 밖에서 박형규 선생님이 큰 솥을 앉히고 땡볕 아래서 불을 때고 있었다.

김 선생님 댁은 큰 철문이 있는 저택이다. 넓은 정원이 있고 경계 담장에는 파파야 등 열대 수목이 무성하다. 집은 이층집인데 혼자 쓰고 있다. 이미 들은 적이 있지만, 이곳에서는 호화주택에 속해 보였다. 이 집은 동티모르 고위 관료가 살다가 갑자기 해외 근무를 하게 되어 김 선생님이 이사 오게 되었다. 월세가 1,000달러다. 주인은 뉴질랜드에서 근무하게 되어 임차하게 되었다고 한다. 방이 4개, 에어컨이 5개, 화장실 3개다. 큰 대문에 마치 성벽 같은 울타리가 있고, 망고, 파파야 등의 열매가 주렁주렁 달려 있다.

제주도에서 잠시 온 양주윤 사모님과 제주 이야기를 많이 나눴다. 제주도 땅값, 올레길, 신공항, 한라산 환경 보호 등등. 보신에 좋은 음식과 파파야를 마음껏 즐겼다. 우리를 태워 온 최 자문관은 술을 많이 마셨는지 잠이 들어서 대성당 앞에서 걸어서 4번 버스를 타고 집으로 돌아왔다. 다음 주에 네 분이 라렐라우산으로 등반한다고 한다. 나도 함께 가고 싶었지만, 주일 미사가 있어서 갈 수 없다. 오랜만에 많은 분을 만나서 얘기도 나누고 음식도 나누고 술도 함께 들이켰더니 기쁨이 충만한 느낌이다.

싱거운 실수

오늘은 아침 5시에 기상했다. 아무래도 6시 30분 미사에 참석하려면 30분 정도 일찍 일어나야 할 것 같다. 점심은 샌드위치 두 쪽, 삶은 달걀 하나, 사과 한 알로 준비했다. 에코 가방에 넣고 출발한다. 대문을 나서자 바로 버스가 온다. 성당에 조금 일찍 도착했다. 6시 30분이 되었는데도 미사가 시작되지 않고 있다. 6, 7분 늦게 시작되었다. 한국에서 가져온 매일 미사 책을 보면서 참례하니 독서와 성경 내용이 미사 예절과 일치한다. 전례 이해가 쉽다.

학교에 도착하여 어제 산 스피커를 데스크톱에 연결하여 작동해 보니 소리가 잘 나온다. 스피커를 두 개 샀는데, 어제는 집에서 노트북에 스피커를 연결했으나 소리가 나지 않았다. 스피커가 데스크톱용과 노트북용이 다른가 해서 검색해 봤으나 영문 해설판에 그런 내용은 찾지 못했다. 일과 후에 스피커를 갖고 구매했던 Mr. Braun 가게로 갔다. 사장은 어느 컴퓨터에서나 공용이고 집에 있는 노트북을 가져와 보라고 해서 다시 집에 다녀와야 했다. 그가 연결하니 소리가 나온다. 알고 보니 잭을 끼울 때 이중으로 넣어야 하는데 나는 살짝 넣었더니 연결이 안 되었다. 조금은 우습고 싱거웠다. 아니면 내가 잭을 제대로 끼울 만큼 힘이 없어진 것일까!

집에 와서 스피커로 남궁옥분의 음색 맑은 노래와 베토벤 5번을 들었다. 역시 음질이 내장 스피커보다 훨씬 좋다. 오늘 저녁은 흰밥에 고등어 통조림 찌개, 깍두기, 그리고 양파장아찌로 차렸다. 좋은 건강 식단이다. 후식으로 귀갓길에 샀던 큰 밤송이 모양의 과일을 시식해 보기로 했다. 세 개에 1달러였다. 집에 와서 잘라 먹어보니 아무 맛이 없는 맹맹한 과일이다. 싼 것이 비지떡이다.

박 자문관은 어제부터 아주 심한 감기에 걸렸다. 기침, 콧물감기다. 오늘은 쉬어도 될 텐데 출근했다. 한 기관을 책임지고 있으니, 불안과 조바심이 그를 쉬지 못 하게 하고 있나 보다. 최규환 자문관은 서울대 병원에서 눈 수술을 할 예정으로 출국했다. 지난번 집안에 문상이 생겨서 한국에 다녀왔는데 그때 각막이 찢어져서 레이저 수술을 했는데 이번에 추가 수술을 한다고 한다. 이런 오지에서 근무할 때는 건강관리가 가장 큰 문제다. 또 나이가 많다 보니 여러 가지 어려움이 더 많을 수밖에 없다. 건강히 잘 다녀오길 빈다.

항산(恒産)이 있는 곳에 항심(恒心)이 있다

이연실의 '새색시 시집가네' 노래를 듣는다. 이런 곳에서 생활하려면 꼭 필요한 것이 음악과 영화다. 영화는 보기 힘들고 음악은 유튜브에서 다운받아 들으면 된다. 이곳에서도 지난번 몇 곡을 다운로드받았는데 금세 모뎀이 다 소모되었다. 한국에선 거의 무한정으로 무료 다운로드가 가능한데 이곳에선 인터넷 사용 비용이 지나치게 많이 들기 때문에 아쉬움이 크다. 그래서 지난번 한국에 갔을 때 찬송가, 성가, 교향곡, 7080 가요 등을 USB에 저장해 갖고 왔다. 이제는 질은 한참 떨어지지만, 스피커도 설치했으니 마음이 부자다. 사무실에서도 음악을 들으며 일할 수 있게 되었다. 집에는 위성방송 케이블 TV도 있지만, 인도네시아 잡동사니 채널로 채워져 있다. 동티모르는 아직 TV 방송국이 없어서 인도네시아 방송을 주로 본다. 일본 NHK는 나오지만, 월드 KBS는 나오지 않는다. 주인에게 채널을 추가해 달라고 몇 번 말했으나 유료 채널이라면서 안 해 준다. 주로 한국 사람들만 사는 아파트이기 때문에 지원해 줄 수도 있을 텐데 막무가내다. 한국 뉴스를 보려면 한 달에 백 달러씩 더 내라고 한다. 그럴 수도 없어서 때때로 모뎀으로 컴퓨터로 접속하여 보고 있다. 영어방송 아리랑은 볼 수 있으니 그런대로 다행이다.

어제는 베토벤의 여러 교향곡을 들었다. 참으로 그는 악성, 음악의 성인이라는 생각이 들었다. 어떻게 이렇게 아름답고, 웅장하고, 섬세하고, 정감 넘치는 곡들을 썼을까. 나도 이런 노래 한 곡 만들 수 없을까 하는 공상에 잠겨 보기도 했다. 조금 전에 Kitty Conile의 'I Have A Dream'을 들었다. 감동적이다. 또 이정석의 '첫눈이 온다구요!', 노사연의 '님 그림자', 남궁옥분의 청아한 목소리를 들으면 많은 위로가 된다.

몇 년 전에 클라리넷을 용기 있게 시작했는데 결국 몇 개월 하다가 그만두었다. 음악은 인내와 재능과 특별한 애정이 필요한 분야같이 느껴졌다. 이번에는 들을 음악을 미리 준비해 왔으니 편하게 지낼 수 있을 것 같기도 하다.

오늘은 추석 격려품도 받았다. 코이카에서는 일 년에 두 번 추석과 설에 격려품 박스를 보내준다. 안에는 고추장, 된장, 컵밥, 카레, 죽, 스팸, 라면, 초코파이 등이 있었다. '항산이 있는 곳에 항심이 있다(無恒産者無恒心)'는 맹자의 말씀처럼 물질이 쌓이니 벌써 행복이 밀려온다. 구호품도 받았으니 다시 힘내서 잘 견뎌보자!

테툼어 미사 경본 만들기

양주윤 한국어 평가원장님이 점심을 함께하자며 초대했다. 티모르 플라자에서 만나기로 했다. 미크롤렛을 탔는데 머리를 몇 번 천장에 부딪혔다. 전에 다른 자문관이 천정에 머리가 부딪쳐서 몇 바늘 꿰맨 적이 있다더니. 실내가 1m 20cm 정도의 높이어서 허리 굽혀 타고 내리지 않으면 천정에 수시로 머리가 부딪친다. 5분 전에 도착하여 티모르 플라자 아파트 BC2 앞에서 전화했다. 양 선생님이 단정한 차림에 선글라스를 쓰고 나타났다. 부인은 외출했다 돌아와서 씻고 있어 나중에 식당으로 온다고 한다. Sky Restaurant으로 전에 함께 밥

먹었던 곳이다. 생선찌개, 가지볶음, 볶음밥과 생수를 주문했다. 30분쯤 후에 사모님이 왔다.

사모님은 풍채가 좋다. 아주 젊어 보이고 사교적이다. 신성여고 출신으로 우리 집사람보다 3년 후배다. 부인이 남편 일을 잘 설명한다. 이곳에 4년째 살고 있어서 이곳 상황에 아주 익숙해 보인다. 양 선생님은 한국 산업인력공단에서 정년퇴직했다. 퇴직 후 계약직으로 계속 근무 중이다.

부인은 지난번에도 조금 얘기했지만 사람 이름에 관한 연구와 전문성을 갖고 있다. 남편 이름도 개명했고 친족들도 많이 개명시켰다. 내 이름에 관해서 물었더니 평범한 생활을 할 이름이라고 풀이했다. 맞는 것 같다.

이곳에서 대사 부인과 친하게 지낸다고 한다. 알고 보면 대사 부인도 여러 가지 제한 때문에 이곳에서 마음에 맞는 좋은 말벗을 찾기가 쉽지 않을 것이다. 오늘도 식사 후에 대사 부인과 만남이 있다고 한다. 전 대사는 육군 중장 출신인데 아주 화통하여 자주 양 선생님 사무실로 찾아와 차도 마시고 얘기도 나눴다고 한다.

부인은 재테크가 뛰어나 아파트를 두 채나 갖고 있다. 귀가할 때는 양 선생이 집까지 픽업해 주었다. 오는 길에 예수상이 있는 공원인 크리스토 래이에 잠깐 들르고 싶었다. 이 나라는 국교가 천주교여서 마치 브라질 상파울루처럼 이곳 딜리에서 제일 높은 언덕 위에 예수상이 있다. 한번 꼭 가보고 싶었다. 그런데 오늘 아침에 운동 삼아 양 선생이 이미 다녀왔다고 하니 그냥 집으로 향했다.

집에 돌아오니 경은지 선생 외할머니가 돌아가셨다고 한다. 계속 걱정하던 일이 현실이 되어버렸다. 나이가 아흔이 넘었다고 하니 천수를 누리신 것 같다. 잠시 위로의 말을 전했다. 준비할 물건들을 다시 한번 점검해 주었다. 그사이 심려가 깊었으나 이제 가서 고인의 마지막 길을 잘 보고 오라고 전했다.

오늘은 또 하나의 일을 마쳤다. 이곳에서는 모두가 테툼어를 쓰니 성당 매일 미사도 테툼어로 한다. 그래서 이 미사 경본을 지난번 등굣길 베코라 성당에 부탁하여 파일을 받았다. 테툼어 기도와 경본을 한국어와 병기하여 새로운 매일 미사 책을 내가 만들었다. 이제 미사를 보면서 테툼어 미사 내용을 우리말로 파악하며 미사를 볼 수 있게 되었다. 전에 세네갈에 있을 때도 프랑스어 경본을 우리말과 병기 편집하여 미사에서 사용했었다.

두려운 첫 수업

아침 미사를 하고 걸어서 등교했다. 물품 기증서를 출력하고, 학교 발전 추진 계획서 서론 부문을 정리했다. 물품 기증서는 코이카 지원금으로 컴퓨터 등 사무기기를 사서 사용하다가 출국할 때 기증한 후, 이를 정히 수령하였다는 영수증이라고 할 수 있다. 구입할 때부터 미리 작성하고 확인하지 않으면 도중에 분실 등의 상황이 발생할 수 있어서 미리 준비해야 한다.

이무현 선생님이 들어오신다. 교장실에 신규 코이카 단원이 왔다. 조희영 선생님이 왔다고 한다. 아주 차분하니 예절 발라 보인다. 정혜진 과장과 현지 직원 Sylba가 동행했다. 인사하고 업무를 협의했다. 오늘부터 조 선생님은 OJT 현장 실습에 들어간다고 한다.

과장 일행이 떠나고 선생님들은 수업하러 갔기 때문에 내 사무실로 조 선생님을 안내하여 두 시간가량 학교 현황을 소개하고 차를 마셨다. 조 선생님은 원래 국어국문학과와 유아교육을 복수 전공했고, 후에 다시 사회 복지를 공부했다고 한다. 베트남에서 아동 지원 사업 관련 NGO 단원으로 1년간 회계 관련 업무를 했었다. 귀국 후 쉬다가 코이카에 한국어 교육 교사로 지원한 것이다. 제 고등학생을 가르쳐 본 경험이 없어서 걱정을 많이 한다. 겉모습도 아주 여려 보인다. 내가 수업 참관을 해보니 2년째 공부하는 2학년도 겨우 숫자, 가족 관계, 인사말 정도를 반복 공부하고 있으니 전혀 걱정할 필요 없다고 격려했다. 조심스러운 마음가짐으로 접근하면 걱정이 없으리라 생각된다.

점심시간이 돼서 구내식당으로 옮겼다. 이미 음식은 다 팔리고 튀김 네 쪽만 남아 있었다. 마침 김현진 선생님도 들어와서 두 선생님이 사무실에서 두 쪽씩 먹었다. 나는 준비해 간 사과와 계란으로 점심을 때웠다.

오랜만에 와이파이를 작동해 보니 구동되었다. 물론 화면 전환 등은 안 되고 겨우 신호가 잡히는 정도다. 그러나 이 정도도 기적에 가깝다. 카카오톡을 할수 있었다. 인터넷은 안 된다. 지금은 Timor-Telecom 모뎀으로 인터넷에 접속한다. 모뎀만 갖고 다니면 어느 곳에서나 인터넷이 가능하다. 그러나 이도 됐다끊겼다 한다. 한 달에 30달러어치 모뎀을 사용하는데 한 달이 지나면 절약해도자동 소멸된다. 학교에서 와이파이가 잘되면 통신비를 절약할 수 있을 터인데아쉽다. 아프리카 세네갈에서는 사무실엔 인터넷이 유선으로 깔려 있어서 사무실 통신비는 절약할 수 있었는데 이곳은 유선망이 없으니 한참 어려워 보인다.

미크롤렛 풍경

오전에 수업 참관을 했다. 김현진 선생님 수업이다. 김 선생님은 사범대 출신인데 이곳에서 2년간의 한국어 교사 생활을 끝내고 12월 출국한다. 2학년 학생들은 발표 시험을 치르고 있다. 동티모르에 대한 설명을 우리말로 한다. 외워서하는 학생도 있고 노트를 보면서 읽는 수준의 학생도 있다. 성적이 반영되는 발표이니 모두가 나름 열심이다. 나는 선생님의 양해를 얻어 사진 몇 장을 찍었다.

오후에는 시내로 나갔다. 거의 한 달 만에 내 명함이 완성되었다고 한다. 2시반 경에 미크롤렛에 올랐다. 우선 집에 와서 바나나 두 꼭지로 점심을 때우고물 한 잔을 마셨다. 미크롤렛 10번을 타고 사무실로 향했다. 광고용으로 자동차가 지붕 위에 얹혀 있는 곳을 지나서 내리면 된다. 그곳에서 맞은편으로 걸어서 5분 정도 거리에 라멜라우 호텔이 보인다. 그 호텔 경내에 단층집 사무실이 있다.

미크롤렛은 옛날 제주도에서 516 한라산 횡단도로에 운행되었던 미니버스와 비슷하다. 높이는 1.2m 정도다. 타고 내릴 때 머리를 깊게 숙여야 하고 탑승 후에도 마찬가지다. 머리를 드는 순간 '쿵' 하고 천정이나 가로로 길게 부착된 알루미늄 봉에 부딪히게 되면 머리가 굉장히 아프다. 나도 한 번 머리가 조금 찢어서 피가 조금 난 적이 있다.

차 안은 항상 아주 크고 웅장한 음악이 그치지 않는다. 그 음악은 나의 정서에 잘 맞는다. 높지 않고 슬프고 차분한 음조다. 내용은 모르지만, 스페인 홀리오 이글레시아스의 음유 시인 노래 같은 느낌이다. 차의 운전석에는 아주 작은 인형들이 빼곡하다. 보통 20개 정도가 가로로 쌓여 있다. 거의 모든 차가 그렇다. 겨우 운전자가 앞을 내다볼 정도의 공간을 제외하고 전면이 모두 인형으로 가득차 있다. 또 유리창 등에는 성모마리아와 예수상 등 성화가 많이 붙어 있고, 공간에는 예수상 등 성물들이 자리를 빼곡히 차지하고 있다.

미크롤렛의 차비는 25센트다. 무척 싸다. 그래서 운수회사에서는 100% 인상을 주장하며 시위도 가끔 벌인다고 한다. 그러나 서민이 사용하는 교통수단이다 보니 정부에서 승인하지 않고 있다. 오늘도 오르며 내리며 차 안에서 머리가 서너 차례 부딪혀 아프다. 버스 정류장은 없다. 아무 데서나 사람이 손을 흔들면 선다. 또 내릴 때는 동전으로 두 번 정도 벽이나 지붕을 가로지르는 알루미늄 봉을 치면 된다. 그 시끄러운 음악 소리에도 기사는 분명히 알아듣고 정확히 세운다. 아무 데서나 설 수 있어 조금은 편한 약속 같기도 하다.

또 하나의 특이한 점은 탑승 인원이다. 기사를 포함하여 11인 정도가 정원 같다. 그러나 조수석에 2명, 출입문에 3명이 매달리고, 바닥에도 몇 명 앉고 해서 그 좁은 공간에 20명이 탄 것을 본 적도 있다. 가장 위험스럽게 보이는 것은 그 좁은 출입문에 3명이 밖으로 매달려 가는 것이다. 약간의 진동이나 급정거가 있으면 바로 사고가 날 것 같다. 그러나 그들은 아주 기품 있게 잘 매달려 탄다. 차 안의 시설들은 형편없다. 찢어진 의자, 깨어진 창문 등이 흔하다. 또 실내에는 대개 스페어타이어가 바닥에 놓여 있는데 이 또한 불편하다. 그러나 아주 느리게 천천히 다니기 때문에 별 사고가 나지 않는 것 같다.

사무실에 도착하여 인쇄된 명함을 받고 돈을 냈다. 200장에 5만 원이다. 아는 곳이 없어서 사무실에서 인쇄 업무를 위탁하는 곳에 부탁했는데 역시 아주 비싸다. 사무실에서 또 10kg 정도의 구급 배당을 주면서 위급할 때 사용하라고 한다. 전쟁이나 내란 등 비상사태가 일어나지 않으면 집에 잘 보관했다가 귀국할 때 반납하면 된다. 무엇이 들었는지 잘 모르지만, 비상 상황이 발생하면 탈출하여 며칠간 생존에 필요한 식료품 등 여러 종류의 구급 물건들이 들어있을 것이다. 땀을 뻘뻘 흘리면서 무거운 짐을 들고 버스에 오른다. 내려서 한참을 낑낑대며 걷는다. 그래도 무사히 귀가했다.

우윳빛 수돗물

어제 아침에 수돗물이 끊겼었다. 그제도 수돗물이 안 나와 받아 놓았던 물로 대강 씻고 출근했다. 세면과 화장실 사용이 난감하다. 남자 주인 란도에게 전화하니 잠시 후에 물이 조금 나왔다. 한참 샤워를 하고 있는데 다시 물이 끊겼다. 아마 모터가 고장 난 모양인데 임기응변식으로 처방하다 보니 자주 수돗물 공급이 끊기고 있다. 아마 모터 수명이 다 된 모양이다. 지금까지 고장 난 횟수는 10번이 넘었다.

다시 전화했더니 모터를 교체하겠다고 한다. 대충 씻고 출근했다. 퇴근했는데도 역시 물이 안 나온다. 전화로 확인하니 새 모터로 교체 중이라고 한다. 펌프가 있는 곳으로 가보니 3명의 인부가 작업 중이었다. 1시간 후에 물이 나왔다. 잠시 후에 난도가 문을 두들긴다. 이제 모터를 교체했으니 새벽에 전화하는 일이 없을 것이라고 한다. 제발 그러기를 기대한다.

이곳에는 상수도가 없다고 봐야 옳을 것이다. 조금 큰 집들은 모두 집에 집수정을 만들어 펌프로 퍼 올려서 사용한다. 물을 석회질을 많이 포함하고 있어서 모든 물은 희뿌연 색을 하고 있어서 바로 식수로 사용할 수 없다. 그러나 일반인들은 그런 물이라도 마음대로 사용할 수 있으면 천만다행이다. 학교 가는 길에 보면 간이 하수구를 따라서 플라스틱 가는 수도관들이 연결된 모습을 보게 된다. 집에서는 그 관에 다시 가는 관을 연결하여 물을 받거나 하수도에 물이 공급되는 시간에 맞춰 물을 받아서 쓴다. 아침에는 물통들이 줄을 지어 있고 차례를 기다리는 사람들도 많이 모여 있는 모습을 볼 수 있다. 아침에 한두 시간만 물이 공급되니 이때 나와서 물을 받아 놓지 않으면 안 된다.

우리 집 샤워실 유리문은 회색 칠을 해 놓은 듯 뿌옇게 변해 있다. 석회석 수돗물이 튕겨서 마치 페인트칠을 해 놓은 것처럼 보인다. 그나마 집안에서 수돗물을 쓸 수 있는 집은 행복한 집이다.

집에서 인터넷을 쓸 수 있도록 지원해 주면 좋겠지만 주인은 한 푼도 돈 드는 일은 하지 않는 사람이다. 이 건물에는 와이파이가 설치되어 있다. 비밀번호를 알려주면 함께 쓸 수 있을 것이다. 그런데 주인은 자기네만 쓰고 절대 알려주지 않는다. 케이블 TV도 자기네 집은 모든 채널을 보고 있지만, 우리에게는 무료 프로그램만 공급하고 있다. 수도 모터와 물탱크도 마찬가지인데 주인집은 다른 모터와 탱크를 사용한다. 그곳에는 고장이 없다. 어쨌든 며칠간 힘들었는데 수돗물처럼 이제 모든 사정이 잘 풀려 흘러갈 것이라는 기대에 기분이 좋아졌다.

조금 쉬다가 밖으로 나갔다. 오늘은 식당 수배에 나서야 한다. 토요일 교감 Duarte 가족과 저녁 식사를 하기로 약속했는데 아는 식당이 없으니, 근처에 있는 괜찮은 식당들을 찾아보고 전화번호도 알아보고 가는 길도 익혀둬야 하겠다. 전에 갔던 중국 식당이 좋을 것 같다. 찾아보자. 버스에서 내려 익숙한 햄버거

가게로 갔다. 그러고 보니 그곳에서 바다 쪽에 또 다른 중국 식당이 있다. 들어가서 명함을 달라고 하니 없다고 한다. 전화번호도 식당 것은 없고 카운터를 보는 사원의 개인 그것밖에 없었다. 개인 번호를 얻고 다시 오면서 Burger King으로 갔다. 역시 식당 전화는 없어서 지배인 전화번호를 알아봤다. 언제 몇 명이 오느냐고 시시콜콜 묻는다. 대강 파악을 했으니 전화번호와 식당 이름과 약도를 그려 교감에게 전달하면 될 것 같다.

오늘 지난 일주일간 작성했던 제1분기 활동 보고서가 완성되었다. 신승우 대리에게 이메일로 보냈다. 봉사단원들의 공용 SNS로 사용하는 이코브가 있는데 여러 차례 시도했으나 활성화되지 않아 할 수 없이 이메일로 우선 보냈다. 인터넷이 제대로 작동하지 않으니 항상 업무 추진에 많은 어려움이 있다. 자문단은 분기별로 상세한 활동 보고서를 작성하여 제출하는데 이 또한 많은 정성과 노력이 필요한 부분이기도 하다. 물론 효과적이며 실제적인 활동 실적이 기본이다.

시위와 비상사태

어제저녁 10시경에 코이카에서 전화가 왔다. 요즘 일찍 잠자리에 드는데 8시 30분경에 잠자리에 들었다. 한참 잠에 빠진 것 같은데 전화벨 소리에 잠을 깼다. 코이카 인턴 선생님이 카톡 연락이 안 돼 늦게라도 전화했다고 한다. 내용은 국회의사당 주변에서 시위가 있을 예정이니 내일은 출근하지 말라는 것이다. 옆방 박찬홍 자문관도 연락이 안 된다며 전달을 부탁받았다. 옷을 추슬러 입고 문을 두들기니 TV를 보고 있었다. 박 선생님은 12시나 1시가 되어야 잠드는 분이다. 내용을 전했더니 이미 알고 있고, 회신을 보냈는데 착오가 있는 모양이라고 한다. 그러나 내일 사무실에 출근하여 국내 휴가 건을 처리해야 한다면 잠시 나가봐야겠다고 한다. 우리가 거주하는 곳은 도심에서 조금 벗어난 곳이기 때문에 일률적으로 적용하여 근무 지시를 하는 것은 타당해 보이지는 않는다.

아침에 카톡을 보니 상황이 호전되어 조심하라고만 되어 있다. 출근이 가능한 것 같았다. 베코라 성당에서 미사를 보고 등교하다가 되돌아왔다. 오늘 통장 사본을 강동현 대리에게 보내야 하는데 깜빡했다. 프란치스코 교장에게 지난번 휴가 갔던 휴가 기안문을 결재받고, 통장 사본도 스캔하여 사무실로 보냈다.

교감 선생님과 몇몇 선생님들도 보인다. 인터넷으로 지난 뉴스도 보고, 일도 처리하면서 차분히 지냈다. 활동 보고서를 코이카 SNS 계정인 이코브(ekov)로 보내려고 여러 차례 시도해봤으나 열리지 않는다. 해외 오지에 근무하다 보면 인터넷 문제가 가장 우리를 피곤하게 한다.

학교도 휴교 중이어서 조금 일찍 귀가했다. 박 선생님도 출근했다 돌아왔다고 한다. 오늘 본인 객담 검사를 했다고 한다. 결핵에 걸리지 않았다니 다행이다. 박 선생님은 세 차례나 결핵에 걸려 치료를 받은 경험이 있다. 매일 결핵균에 노출되어 일하다 보니 자주 걸리나 보다. 우리도 TB(튜베르클린 예방주사)를 모두 맞았지만, 면역력이 약화되거나 자주 결핵균에 노출되면 계속 감염된다고 한다. 어쨌든 박 선생님은 우리나라 최고의 결핵 감염 진단 전문가이다. 그는 귀국 후에는 다시 검사받아 보겠다고 한다.

선생님 방에 바나나가 걸려 있다. 이곳 사람들은 보통 바나나를 끈에 묶어 높은 곳에 걸어 놓고 팔기도 하고 먹기도 한다. 나도 바나나를 사 오면 높은 곳에 매달아 놓고 하나씩 뜯어 먹는다. 보통 바나나 한 손에는 17개에서 20개 가지가 매달려 있다. 충실해 보이는 데 1달러에 샀다고 한다.

박 선생님이 근무하는 국립 동티모르 병원은 이 나라에서 가장 큰 병원이다. 그러나 내용은 너무 허술한 곳이기도 하다. 코이카에서는 이곳에 국립 결핵 검사소 건물을 짓고 최신의 결핵 검사 장비를 설치하여 운영 지원을 하고 있다. 병원에 다시 나간다고 하니 나도 가는 길에 병원도 가보고 거리 노점에서 바나나를 좀 사기로 했다. 가는 길에 한 아주머니가 리어카에 바나나 10손 정도를 싣고 팔러 다니고 있다. 한 손을 반으로 나눈 10개짜리다. 큰 것과 작은 것 합쳐서 1달러다. 돌아오다 다시 가서 다시 한 손 더 샀다. 다음 주에 학교에 점심으로 바나나를 가지고 가면 될 것 같아 조금 많이 샀다.

얼마 전에는 작은 것 한 손에 2달러를 주었는데 오늘은 횡재다. 이곳 사람들도 외국인에게는 바가지를 씌운다. 기부하는 마음으로 조금 비싸게 사는 것이 마음이 편하다. 저녁에는 닭 모이주머니를 끓여 먹었는데 맛이 시원치 않다. 멸치 육수를 넣은 게 잘못된 것 같다. 이곳에서도 싼 것이 닭 모이주머니와 돼지 껍질 등이다. 나는 모이주머니는 잘게 썰고, 돼지껍데기는 커터 칼과 가위로 잘게 잘라서 조리하고 있다. 그런데 돼지껍데기를 과다 취식하면 건강에 어떤 영향이 있는지 조금 걱정이 되기도 한다.

아들 부자 교감 선생님

아침에 미사를 다녀오고 테툼어 공부를 했다. 오늘은 점심때 드와르테 교감 식구들과 점심을 하기로 했었다. 1시에 Eastern Burger King Restaurant에서 만나기로 했었다. 11시쯤에 확인하기 위해서 교감에게 전화해 보니 12시가 아니냐고 묻는다. 내가 포스트잇 쪽지에 시간, 장소, 전화번호, 약도까지 그려서 주었는데 아마 잊어버린 모양이다. 1시에 만나자고 다시 말하고 전화를 끊었다.

12시 25분 출발했다. 그런데 정작 내가 그 식당을 찾지 못하겠다. Orchard Hotel 근처 같았는데 안 보인다. 주변 사람, 학생들에게 물어봤으나 모두 모르겠다고 한다. 기억을 되짚으며 바닷가에서 출발하여 찾아보니 눈에 보인다. 1시 5분 전에 도착했다. 약속 장소에 교감은 아직 보이지 않았다. 혹시나 하여 여러 번 전화했으나 받지 않더니 겨우 통화되어 밖을 보니 맞은편 Burger King에

방금 도착하고 있었다. 오토바이 한 대에 부인과 아들 다섯 명 해서 모두 일곱 명이 내린다. 어떻게 다 타고 왔는지 모르겠다. Burger King과 중국 식당, 동방 중에서 원하는 곳이 어디냐고 물어보니 그냥 내가 있는 곳인 중국 식당으로 가겠다고 한다.

아주 순해 보이는 부인과 아들 다섯 명이 반갑게 인사한다. 딸이 하나도 없다. 여섯 남자를 돌보는 사모님의 고생이 많아 보인다. 중학교 1학년 아들이 두 명, 초등학생이 두 명, 취학 전 아이가 한 명이다. 두 아들은 내가 한국에서 갖다준 티셔츠를 입고 있다. 아주 잘 어울린다. 큰아들이 왜 작은아들과 같은 중학교 1학년인지 물어보았다. 큰아이가 중학교 입학시험에 두 번 떨어져서 같은 학년이 되었다고 한다.

나는 볶은 밥을 일곱 식구는 닭고기 정식을 시켰다. 그리고 음료와 채소 요리 등을 주문했다. 오붓하게 외식을 하는 것은 아주 드물어 보였다. 부인은 요즘 몸이 많이 안 좋다고 한다.

식사하면서 궁금한 일들도 알게 되었다. 교감, 교장의 임명은 2년에 한 번씩 2명 복수 추천하면 장관이 임명하고 시험이 있다고 한다. 그러나 교감과 교장 자격증은 없다. 지금까지 개교 이래 6명의 교장이 있었고 3명은 퇴직했고 3명은 평교사로 재직 중이다. 드와르테 교감은 6년째 교감을 하고 있는데 내년에는 그만두겠다고 한다. 코이카에서 지원하는 석사과정에 응시하여 한국에서 공부하고 싶다고 한다. 이 제도는 저개발국의 학생들에게 아주 매력적인 제도다. 학비, 생활비 등 모든 비용을 제공하고 석사, 박사 과정을 마칠 수 있다. 교감은 우리 학교에서 영어를 가장 잘하는 선생님이다. 나도 그의 한국 유학 소망이 이루어지기를 기도한다.

나는 프로젝트 추진을 하면서 테툼어를 영어로 번역하는 업무들이 있는데 도와 달라고 부탁했다. 지금은 영어 교사인 Felix의 도움을 받고 있는데 앞으로는 가족이 많은 교감에게 부탁해야겠다. 왜냐하면 번역료를 내가 책정할 수 있는데 생활비에 많은 도움이 될 것으로 보이기 때문이다. 맘껏 먹고 마셨다. 가족사진을 함께 찍고 즐겁게 헤어졌다.

걸어오면서 마트에 들렀다. 쌉싸름한 채소 갓이 있다. 한 묶음 1달러 50센트다. 집에 와서 멸치 액젓, 간장, 고춧가루, 마늘을 넣고 갓김치를 엉성하게 담가봤다. 맛이 어떨는지 궁금하다.

국가졸업시험

오늘은 고등학교 졸업 국가시험이 있는 날이다. 7시 30분경에 등교해 보니 이미 많은 학생이 대강당 주변에 모여 있다. 교무실 주변에도 많은 오토바이가 주차되어 있다. 이곳에서는 학생들에게 오토바이 사용이 허가되어 있어서 학생들이 많이 이용한다. 대회의실에서 시험관 감독 회의가 열리고 있었다. 들어가니 교감이 의자를 권한다.

감독관 회의가 시작되었다. 우선 교장이 한 여교사에게 앞으로 나와 기도를 이끌도록 지시한다. 여교사 주도로 주모경, 즉 주의 기도, 성모경, 영광송을 함께 합송하고, 오늘 시험이 잘 이루어질 수 있도록 통성 기도도 했다. 이어서 십자 성호경으로 마무리되었다.

프란치스코 교장 선생님의 인사에 이어 교육과정 담당 교감의 시험 일정 안내가 있다. 학교에는 재무 당당 교감과 교육과정 담당 교감이 복수로 있다. PPT가 잘 준비되어 있었다. 감독관은 26명이다. 모두 다른 학교 선생님들이다. 또 같은 숫자의 우리 학교 선생님들이 다른 학교로 교차 감독을 나갔다. 회의에 늦은 선생님들도 5, 6명 보인다.

회의 중에 작은 키에 콧수염을 기르고 있는 어떤 분이 들어왔다. 교장 선생님이 앞으로 나가서 맞는데, 들어오시는 분이 'Continue!', 계속 진행하라고 한다.

맨 앞으로 모신다. 교감이 저분이 교육부 차관이라고 한다. 인사말이 끝나자 함께 나오면서 나는 명함을 주고 인사하고 사진도 함께 찍었다. 학교를 둘러보고 싶다고 해서 교장 선생님과 함께 학교를 안내했다. 한번 만나 뵙고 싶다고 했더니 언제라도 오라고 한다. 아마 대학보다 모든 시설이 더 뛰어난 이 학교를 한국에서 짓고 시설하고 인력 지원도 하고 있으니 고마워하는 마음이 있어 보인다.

시험은 이틀간 실시된다. 오늘 두 과목 내일 두 과목이다. 오늘은 8시에 시작하여 11시 30분에 모두 끝났다. 4지 선다형이고 오늘 본 시험 과목은 수학과 영어다. 시험이 끝나고 아이들에게 난이도를 물어보니 좀 어렵다고 한다. 일반계 고등학교는 6과목을 보고 3일간 시행된다. 감독은 1명씩이고 한 교실에 30명씩 넓게 자리를 분산하여 시행한다.

10시 반 경에 감독관에게 간식이 배급되었다. 떡 종류 1개, 빵 한 개, 물 한 컵, 주스 캔 하나였는데 충분한 간식이 되었다. 오늘은 선생님들에게는 휴일인데 출근해 보니 많은 것을 알게 되었다. 특히 이곳에서 행해지는 모든 행사는 반드시 천주교 기도로써 시작하고 마친다는 것이 아주 특이했다.

자문관들의 고뇌

동티모르 중장기 국가발전계획(2011~2030)을 인터넷으로 다운받아 PDF 파일로 저장했다. pdf 파일을 한글로 전환하는 파일을 또 다운로드했는데 시간이 오래 걸린다. 한국에서는 1분도 안 걸릴 용량인데 30분 정도 소요되었다. 다운로드 시작을 해놓고 학교를 둘러보았다. 졸업시험을 보고 있는 3학년 학생들도 몇 장 찍어 두었다. 교장 선생님도 만나 토요일에 저녁 식사를 가족과 함께하기로 약속하고 사무실로 돌아왔는데도 다운로드가 완료되려면 아직 15분이 남았다는 메시지가 떠 있다. 파일을 자세히 살펴 분석해 보면 추후 우리 학교 발전 추진 계획을 수립하는 데 큰 도움이 될 것 같다.

오늘은 이곳에 있는 유일한 한국 식당인 Naris No. 1 Restaurant에서 코이카 직원들과 자문단의 간담회가 있다. 전경무 코이카 소장님과 직원들 그리고 자문단이 함께 자리하는 것은 이번이 처음이다. 택시를 타고 바닷가에 있는 아름다운 대한민국 대사관으로 향했다. 택시 기사가 장소를 잘 몰라 헤맸지만, 시간에 맞춰 겨우 도착했다.

전 소장님과 강동현 대리의 부임 소감 등이 있었고 이어서 자문단 개인별로 경력, 현재하는 사업, 애로 사항 등을 얘기했다. 자동차 부품 전문가 이영대, 경찰 간부 출신 최규환, 결핵 검진 전문가 박찬홍, NIPA 조선 감리 전문가 최충호 그리고 나다. 나는 제주도에서 살아온 얘기, 세네갈 경험, 지금 근무하고 있는 베코라 기술고등학교에서의 생활과 문제점 또 앞으로의 계획 등을 간단히 설명했다. 그런데 이런 장소에서 항상 느끼는 것은 나이 든 자문단들이어서 그런지 자신이 하는 일에 대한 자부심이 워낙 커서 처음 들으면 너무 자기 자랑을 늘어놓는 게 아닌가 하는 생각이 들게 된다. 나는 가능한 한 짧고 간단히 설명했다.

박찬홍 선생님은 다음 달에 귀국하게 되는데, 떠나게 됐을 때 후임자, 예산 추가 지원 문제 등을 얘기했다. 어제저녁엔 박 선생님이 코이카에서 결핵 연구소에 영문으로 보낸 공문을 보이며 해석해 달라고 해서 도와주었었다. 동티모르에서 결핵 검사 연구소에 운영 예산을 지원하지 않으면, 에어필터와 벨트 등이 마모되어 작동을 멈추게 된다는 내용이 포함되어 있었다. 사실 코이카에서 연구소를 건축하고 시설을 완비하여, 운영 인력을 투입하여 가동하게 되면 그 이후의 운영비는 해당 국가에서 부담해야 한다. 그런데 동티모르 국가에서 운영과 시설 보수 예산이 지속해서 지원되지 않아서 박 선생님이 자신의 생활비 일부를 쏟아붓는 것 같은 느낌이 들었다. 그러니 출국을 앞둔 박 선생님의 고민과 애로 사항이 많을 수밖에 없다.

귀갓길은 나이파 최 자문관이 자기 차를 이용하라고 권한다. 그런데 날이 한참 어두운데 두 분은 그냥 알아서 가겠다고 떠나버린다. 이웃에 살면서 이럴 때는 합승해도 좋으련만 조금은 이해되지 않았다. 나는 최 선생님의 차로 편히 집에 올 수 있었다. 항상 고마운 본이다.

집에 와서 테툼어 공부도 하고 음악도 들었다. 베토벤 교향곡 1,2,3번을 감상하고 이연실의 7080 노래도 듣는다. '민들레, 찔레꽃, 소낙비, 목로주점, 새색시 시집가네' 등을 따라 부르니 고향 생각도 나고, 노래에 깃든 정겨움과 서러움이 먹먹한 내 가슴을 많이 적신다.

동티모르에서 듣는 '고향의 봄'

오늘은 우리나라 개천절 행사가 라멜라우 호텔에서 개최되었다. 원래 10월 3일이 개천절이지만 해외에서는 상황에 따라 그 근처 날에 열리기도 한다. 학교에서 근무하다 조금 일찍 귀가했다.

학교는 3학년 졸업 고사 교내 시험일이기 때문에 1, 2학년은 쉬고 3학년만 등교하고 선생님들은 감독만 하면 된다. 회의실 입구에서 좋은 냄새가 난다. 가보니 튀김들을 여러 접시에 담아서 생수를 곁들여 맛있게 먹고 있다. 나도 아침을 거르고 왔기 때문에 두 조각 먹었다. 우리 입맛에 맞게 담백하고 고소하다. 사무실로 돌아와서 동티모르의 국가 현황, 교육 현황, 센서스 내용 등을 인터넷으로 파악했다.

국경일 행사는 나이파 최 자문관 댁으로 가서 합승했다. 중간에 박형규, 정승균 단원들도 탔다. 호텔엔 대사님과 직원들이 이미 도열해 있었다. 사모님은 오늘 처음 뵙는데 키도 크고 우아하고 한복이 아주 잘 어울리는 분이었다. 코이카 단원들이 활동 모습을 담은 사진들이 20여 개의 대형 캔버스에 전시되어 있어서 혹시 내가 들어간 것도 있나 살펴보았다. 나는 이제야 왔으니 당연히 보이지 않는다. 우리 학교 모습과 경은지 선생님의 수업 모습이 보인다.

200여 명의 내외국인이 참석했다. 교민 중에는 처음 뵙는 분들이 많았는데 목사님, 토목 공사하시는 분, 커피 농장주, 건축사 대표, 여행사 사장님 등과 인사를 나누었다. 일본인 중에는 일본에서 역사 선생님으로 일한다는 분과 잠시 대화를 나누었다.

동티모르로 외무부 장관이 도착하자 개천절 행사가 시작되었다. 초등학교 학생들이 애국가와 동티모르 국가를 합주했다. 우리 단원이 봉사하는 학교의 동티모르 어린이들이 하는 연주다. 김기남 대사님의 인사말에 이어 장관의 축사가 있었다. 동티모르 아이들이 우리 동요 '고향의 봄'인 '나의 살던 고향은…'을 부른다. 모두가 숙연해진다. 나도 눈시울이 촉촉해진다.

식이 끝나고 화려한 뷔페 식사를 했다. 음식과 더불어 대사님, 동티모르 외무부 장관님과도 사진을 찍었다. 무엇이나 기록이 중요하다. 말은 사라지지만 기록과 사진은 남기 때문이다. 찍을 때는 용기와 쑥스러움이 동반되지만, 시간이 지나면 좋은 추억이 된다.

저녁 9시에 귀가했다. 이곳은 저녁 7시 정도 되면 버스도 택시도 끊긴다. 그러니 밤에 외출할 수 없고, 어디 가더라도 일찍 귀가해야 한다. 최 선생님 도움으로 편히 귀가할 수 있었다.

제 2 부

'크리스토 레이'에서 만난
코리언 드림

티 없이 맑은 동티모르 소녀들

크리스토 레이에서 만나 코리안드림

࿇

'크리스토 레이'에서 만난 코리안드림

오늘은 연휴 첫날이다. 이무현 봉사단원과 함께 크리스토 레이 예수 상을 보러 가기로 했다. 10시에 만나기로 했기에 아침 6시 30분 미사를 보고 집에 왔다가 다시 성당 앞으로 갔다. 15분 정도 걸어서 가니 벌써 나와 있었다. 나보다 두셋 정도 나이가 밑이지만 아주 예의 바르고 쾌활하다. 소위 사람들이 말하는 마당발이다. 한국어 교사로 코이카에 세 번째 지원해서 합격했다. 그런데 두 번은 신체검사에서 쓸개에 있는 돌, 담석 때문에 떨어졌다. 왜냐하면 아프리카 같은 곳에서 근무 중 담석 발작을 일으키면 그 고통과 치료가 속수무책이 되기 때문이다. 결국 담석을 제거하는 쓸개 제거 수술을 받고 합격하여 파견되었다. 인도네시아의 기업체에 근무할 때 현지에서 대학을 졸업한 경력이 있고, 또 많은 해외 생활로 인도네시아어가 유창하다.

12번 미크롤렛을 타고 20분쯤 해안선을 따라가니 예수 상에 오르는 계단 바로 밑까지 왔다. 계단에서 정상까지는 20분 정도 소요되는데 월요일이어서 사람은 별로 없다. 예수 고난을 조각으로 만든 14처가 계단을 따라 석고 부조로 만들어져 있다. 오르다 보니 어떤 14처에서는 젊은 남녀가 나란히 앉아 정담을 나누고 있었다.

각처는 콘크리트로 지붕을 만들고 그 안에 동판으로 예수의 고통스러운 형상을 세워 두고 있다. 바로 앞에 앉을 좌석과 촛불을 켜 놓을 공간이 마련되어 있다. 14처가 가장 아름다운 곳은 제주도 성이시돌 새미 동산의 14처이다. 청동으로 실물 크기가 장엄하게 조성되어 있다. 아마 세계 최고 최대의 섬세한 실물 크기의 14처일 것이다. 이곳은 규모가 작고 아주 조악해 보이지만 신심의 대상이어서 규모나 작품성으로 판단할 일은 아니다.

이곳 14처는 관리가 전혀 안 되고 있었다. 아무렇게나 켜 놓은 촛불의 촛농들이 여기저기 불규칙하게 흘러가다 굳어 있고, 14처 내용 현판들은 글자들이 많이 떨어져 나가 있었다. 중간에 화장실이 있었다. 세 칸인데 두 칸은 문이 잠겨 있고 한 칸은 오물이 흘러넘쳐 악취가 진동하고 있었다. 사용 불가능이었다. 오르면서 세 명의 대학생들을 만났다. 사진기를 들고 있었는데 대학에서 사진을 전공하고 있다고 했다.

정상에 세워진 예수상은 마치 브라질 상파울루의 예수상과 비슷하게 수도 딜리 번화가에서 가장 높은 곳에 세워져 있다. 1976년 인도네시아가 동티모르가 인도네시아의 27번째 주로 편입된 것을 기념하여 세운 높이 27m의 철제 예수상이다. 이곳 정상은 해 질 녘에 딜리 시내를 전경으로 노을을 감상하기에 좋다고 하는데 오전이어서 역광으로 사진도 잘 안 나오고 너무 더워 아쉬움이 컸다. 이어진 해안가는 긴 백사장의 해수욕장이 펼쳐져 있고 고기 파는 상점들도 늘어서 있었다.

이곳에서 우연히 Hellamen 이라는 12번 버스 기사와 대화하게 되었다. 한국어를 꽤 잘했다. 그는 한국에서 4년 8개월 산업연수생으로 일했었다고 한다. 이주 노동자였다. 용인, 수원, 광주 등에서 일했다. 성실하고 근면해서 버는 돈을 모두 모았다. 귀국 후에는 결혼하고, 집사고, 지금 운행하는 버스도 2,000만 원 주고 샀다. 이제는 누구에게도 뒤지지 않는 모든 것을 갖춘 행복한 가장이 되었다. 31세의 나이에 단 한 번의 한국 근무로 모든 것을 성취하고 유복한 생활이 보장된 행복을 얻은 것이다. 소위 '코리언 드림'을 실현한 사례가 바로 앞에 있었다.

오는 길에 중국 식당에 들렀다. 최근에 부임한 조희영 선생님도 근처에 사니까 불러서 함께 식사했다. 오늘 2시에 현지 언어 연수 졸업시험이 있다고 한다. 조마조마하단다. 불합격이 없으니 편히 보고 그러나 수석 졸업해야 한다고 농담을 건넨다.

오는 길에 최 자문관댁을 잠깐 들렀더니 지금 쓰고 있는 차를 팔기 위해서 처음에 샀던 딜러를 만나러 간다고 하면서 함께 가기를 권한다. 시간도 있고 따라나섰다. 5천5백 달러에 샀는데 4천 정도는 받을 수 있을 것이라 한다. 지금 사는 인도네시아 집주인이 4천 달러에 사겠다고 했었는데 다시 3천밖에 안 주겠다고 하니 시세가 얼마나 되는지 정확히 알기 위해서 가는 것이다. 그런데 집 찾기가 쉽지 않아서 겨우겨우 찾아 만났다. 그런데 그 딜러도 얼마가 적정한지 알지 못하겠다고 한다.

내일은 최 자문관, 이무현 선생님, 김현진 선생님과 식사하기로 했다. 김 선생님이 2년간 일하고 귀국하게 되니 작은 송별회 겸 석별의 시간을 갖고 싶다.

일본 봉사단원의 입주

10월의 마지막 날이다. 오늘도 이곳에서 휴일이어서 아침 미사를 보고 오전에는 집에서 테툼어 어휘 공부를 하면서 음악도 들으며 쉬었다.

12시 30분 점심 약속이 있어서 나선다. Eastern Burger King Restaurant (동방식당)에서 만나기로 했었다. 이곳은 메뉴가 다양하고 종업원이 친절해서 자주 오게 된다. 어제 최충호 자문관, 이무현 봉사단원, 김현진 봉사단원과 함께하기로 약속했었다. 내가 초대한 것이다. 나는 카레 우동을 시켰다. Curry

Chicken Noodles이라고 쓰여 있다. 처음 먹는 메뉴인데 양이 좀 적고 맛도 시원치 않다. 나는 기본적으로 양이 많아야 좋은 음식이다. 항상 주리며 어린 시절을 보냈기 때문에 양이 많아야 나는 좋은 음식이라고 평가하는 편견이 들어버렸다.

김현진 선생님은 12월 3일경에 임기를 종료하고 출국한다. 최충호 선생님은 12월 12일경에 출국한다. 그런데 모두 여행 일정이 확정되지 않아 심적으로 많은 혼란을 겪고 있다. 왜냐하면, 발리에 자주 화산 분출이 생겨서 출국 금지령이 내려지기 때문이다. 옆방 경은지 선생님도 두 친구와 함께 발리를 경유하여 태국 등을 여행할 계획인데, 코이카에서 승인이 안 떨어져 고민하고 있었다.

이곳에서 보면 학교에 근무하는 봉사단원들이 학기 중에 친구들과 해외여행을 떠나는 경우가 종종 있다. 학기 중에는 학생들에게 수업해야 하는데 별 조치 없이 그냥 떠나버리는 것이다. 휴가를 떠나게 되면 학생들을 걱정하지 않을 수 없다. 가급적 방학 중에만 휴가나 해외여행을 허용해야 할 것 같다. 코이카에서는 이런 점들을 잘 고려하여 승인해야 할 것 같다.

식사 후에 오에쿠시 배표를 알아본다고 해서 함께 가봤다. 오에쿠시는 서티모르 한가운데 있는 동티모르 도시다. 서티모르는 인도네시아이기 때문에 종교가 무슬림이다. 그런데 인도네시아 속의 이 도시만 가톨릭이다. 그러니 이곳에서 오에쿠시로 가려면 육로의 경우 인도네시아 비자를 받아야 한다. 그러나 바다로 우회하면 비자가 필요 없다. 동티모르에서는 아주 특이한 곳이기 때문에 단원들도 한 번은 꼭 가보고 싶어 하는 곳이다. 침대는 20달러, 방 한 칸은 40달러, 보통석은 8달러다. 친구들과 함께 가면 방 한 칸을 사는 게 적절해 보인다. 배로는 12시간이 소요된다. 쾌속선도 있는데 4시간 걸리고 출항 일시가 불분명하고, 비용도 얼마인지 문의했으나 정확한 정보가 없다고 한다.

나는 긴 바다 여행에는 자신이 없다. 뱃멀미가 심하기 때문이다. 제주도가 고향이어서 어렸을 때 배를 타고 부산이나 목포 등으로 가곤 했었는데 고생이 말이 아니었다. 또 가끔 배낚시를 하게 돼도 고생이 심했었다. 시니어 단원들과 최 자문관이 함께 오에쿠시 여행을 계획하고 있다고 한다. 4년 살면서 아직 못 가봤으니 출국 전에 가봐야 할 것이다.

어제저녁 때 남아 있는 원룸 두 곳에 자이카(JIKA), 즉 일본 봉사단원 두 사람이 입주했다. 아직 얼굴은 보지 못했다. 집에 들어오다 보니 주인이 가스통을 옮기고 수도를 고치고 있었다. 내 방도 화장실 바닥에 물이 고이고 부엌 싱크대 밑으로 물이 계속 떨어지고 하지만 잘 수리가 되지 않는다. 그냥 물도 훔치고 떨어지는 물도 플라스틱 그릇에 받혀 담으면서 살기로 마음먹었다. 조금 불편하나 견딜만하다.

오늘은 한국에서 장인의 49재가 있는 날이다. 장인은 불교 신자여서 절에서 제를 지낸다. 규모를 줄여도 상당한 예산이 소요된다고 한다. 한국에 가지 못하니 어제 저녁때 큰 처남, 장모님께 위로의 전화를 드렸다. 저녁때 위령 기도를 바치고, 성당에 가서 미사도 드렸다. 부디 좋은 곳에서 영생을 얻으시길 기원한 따름이다. 자손들에게 많은 사랑과 은혜를 베푸셨으니, 귀천 후에도 천국에서 편히 행복하게 지내시길 기도한다.

시력 찾은 동티모르인

오늘은 이곳에서는 가톨릭에 의한 모든 성인의 날 대축일이며 공휴일이다. 전 세계적으로 11월 1일은 천주교에서 모든 돌아가신 분을 기리는 날로 그들의 영혼을 위로하고 그들을 위한 기도를 드리는 날이다. 최근 통계를 찾아보니 동티모르의 가톨릭 신자는 97.45%나 차지하고 있다. 모두가 가톨릭 신자라고 봐도 무방할 것 같다. 그래선지 내가 세네갈에 근무할 때는 절도, 폭행, 사기 등을 당하지 않은 봉사단원들이 거의 없었는데, 이곳에서는 아직 한 건도 피해 본 사례를 들어보지 못했다. 물론 정치적, 경제적, 사회적, 민족적 환경이 다르기 때문일 것이다.

미사 중에 특별 헌금 봉헌도 있었다. 나는 한국에서 하는 정도의 헌금을 여기서도 하려고 노력하고 있다. 미사는 7시가 되어야 시작되었다. 평일에는 6시 30분인데 주일이나 대축일은 7시에 첫 미사가 있다.

11시 반에 아침 겸 점심을 먹고 12시경에 공항으로 출발했다. 오늘은 코디네이터인 신승우 대리가 2년간의 근무를 마치고 귀국하는 날이다. 최충호 자문관에게 전화했으나 안 간다고 하고, 다른 자문관들도 모두 안 간다고 한다. 신대리는 자문관 담당 코디네이터였는데 아무도 공항 송별을 하지 않겠다니 조금 이상했다. 그 사이에 서로 간에 서운하게 쌓인 일들을 있는 느낌인데, 최근에 도착한 나는 알 수가 없다. 내가 보기에는 예의 바르고 무척 친절했었는데 자문관들이 한 사람도 안 보이면 좀 섭섭해하지 않을까 걱정되었다. 버스 정류장이 있는 마을 시장 입구까지는 걸어서 가고, 그곳에서 미크롤렛 10번을 타고 공항 입구에서 내렸다. 정류장에서 공항까지는 도보로 10분 정도 소요된다. 땡볕에 걸어가는 사람은 나밖에 없다. 한적한 시골의 버스터미널 같은 곳이 이 나라 최고의 딜리 국제공항이다.

공항 로비는 비 가림 시설만 되어 있고 사방이 그냥 트여있다. 더위는 피할 수 없고 그늘 쪽으로 철제 의자들만 제공되고 있다. 왼쪽은 출국자를 위한 문이고, 오른쪽은 입국자용이다. 입국자 환영객들은 좀 있으나, 출국자 입구에는 사람이 거의 없다. 아무리 둘러보아도 익숙한 얼굴들은 안 보인다.

강동현 대리, 정혜진 과장에게 여러 차례 전화했으나 모두 받지 않는다. 10여 차례 전화해서 겨우 강 대리와 통화가 되었다. 2시경에 공항에 도착할 예정이라고 한다. 내가 사무실에 확인한 바로는 12시까지 나오면 된다고 했었다. 지금은 12시 30분이다. 3시에 출국한다고 했다. 이곳에서는 국제선을 타야 할 경우는 보통 3시간 전에 나오기 때문에 지금쯤 환송객이나 출발하는 사람이나 나와야 하는데 아무도 안 보인다.

한참 후에 김현진 선생님이 들어선다. 조금 있으니 한국인처럼 보이는 한 여자가 아이를 안고 들어온다. 김 선생님이 소개하는데 전자 상가 컴퓨터 가게 '오블리가도' 여주인이다. 지난번에 사장이 자기 부인이 한국인이라고 했던 말이 기억났다. 부인은 코이카 봉사단원으로 이곳에서 활동하고 있었는데, 이곳에서 전자 사업을 하고 있던 인도네시아 남편을 만나 결혼한 것이다. 그녀는 아주 미녀다. 데리고 온 딸 '다온'이가 아버지 쪽을 많이 닮았는데, 무척 귀엽다. 남편은 인도네시아에서 아주 부유한 집안 출신이라고 한다.

조금 있으니 김은비 선생님 등 몇몇 단원들이 도착했다. 그런데 한국 신부님이 보인다. 나는 가까이 가서 인사를 드렸다. 전에 한국 신부님이 계신다는 말은 들었으나 어디에서 사목하는지 알 수 없었다. 신부님은 이곳에 있지 않고 3시간 정도 떨어진 시골에서 사목하고 있었다. 복자수도회 소속이라고 해서 서귀포의 복자수도회, 또 세네갈의 복자수도회 수녀님들을 얘기했더니 내용을 잘 파악하고 계셨다.

신부님은 10여 명의 현지인과 함께 왔는데 신부님의 주선으로 한 맹인이 한국에 가서 눈 수술을 받았다. 시력을 얻게 되었고, 그 환자가 오늘 귀국한다는 것이다. 그의 가족들이 광명을 얻고 돌아오는 그를 만나러 먼 시골에서 온 것이다. 휠체어를 탄 환자를 보자 신부님과 온 가족들이 나가서 끌어안고 기뻐한다. 참으로 신부님이 큰일을 하신 것 같다. 어둠에 빛을 준 것이다.

2시가 넘어서자 신대리, 코이카 직원들, 소장, 인턴 등의 모습이 보인다. 신대리는 이곳에 코디로 와서 결혼했다. 아들도 낳고, 많은 보람을 안고 출국하고 있다. 그의 부인도 코이카 단원이었다. 그는 아주 차분하고 자상하고 배려심이 깊은 코디였다. 워낙 많은 업무로 무척 힘들어했던 것 같기도 하다. 귀갓길은 신대리 후임인 강동현 대리가 태워주었다. 티모르 플라자에서 내려 사무실에서 쓸 종이컵, 커피, 차 등을 사고 모뎀도 충전했다. 오늘도 몹시 덥다. 또 많은 시간 걸어서 다니느라 많이 피곤하기도 하다.

위령의 날

이곳에서 위령의 날이다. 6시 30분에 성당에 가보니 제대 앞이 온통 꽃들로 뒤덮여 있었다. 조그만 바구니에 집집마다 꽃을 가득가득 채워서 갖다 놓았다. 생화도 있지만 거의 조화다. 꽃병에 꽂은 것도 있고 꽃잎을 모은 것도 있다. 그러고 보니 오는 길에 다른 성당에 다니는 아이들이 꽃바구니를 들고 가는 것을 보았었다. 축일이어서 7시에 미사가 있다. 미사 집전 신부님은 처음 보는 나이가 많이 들어 보이는 분이다. 머리가 희고 권위가 있어 보인다. 미사가 끝나자 신자들은 자기가 가져온 꽃바구니를 들고 총총 집으로 돌아간다. 꽃바구니에 초가 담긴 것들도 있다. 나중에 알게 되었지만, 신자들은 미사에서 축복받은 꽃들을 망자의 무덤에 가서 뿌리거나 장식한다고 한다.

돌아오다가 중간에 있는 다른 성당을 지나게 되었다. 아직 미사가 진행 중이어서 나도 나머지 부분을 참례하기로 했다. 작은 성당인데 밖에 여러 대의 스피커가 설치되어 있어서 많은 사람은 성당 밖과 길 건너까지 늘어서서 스피커 소리에 맞춰 미사를 보고 있다. 택시와 차들도 오다가 군중들이 있으니 돌아서 간다. 신부님의 강복을 받고 집으로 왔다.

카톡을 열어보니 강 대리 메시지가 와 있었다. 전화하니 휴가 신청서가 잘못되었다고 한다. 어제 공항 다녀오면서 내가 강 대리에게 제출한 휴가 신청서 결재가 났는지 문의했었다. 바빠서 아직 보지 못했다고 했는데 이제야 확인한 모양이다. 기관장 승인서 대신에 물품 기증서가 첨부되었고, 또 휴가 신청서에 김현진 단원이 들어가 있다고 한다. 김 선생님께 휴가 신청했던 양식을 받아서 사용했는데, 그 양식을 잘 못 제출해 버린 모양이다. 이런저런 일들을 많이 처리하다 보니 첨부물을 바꿔서 보낸 것 같다.

오늘 휴일이지만 빨리 처리해야 할 일들이 많아서 출근했다. 여러 서류를 다시 보내야 한다. 거리는 텅 비어 있고 날씨는 너무 덥다. 학교에 도착하니 교문이 닫혀 있었으나 통 쇠로 잠근 것은 아니어서 열고 들어갈 수 있었다. 사무실 쪽으로 가니 드와르테 교감과 세 아들이 학교에 나와 있었다. 아이들은 자주 아버지를 만나러 학교에 온다. 특히 5살쯤 되는 막내는 군것질할 돈을 안 주면 가지 않고 계속 보챈다. 나도 보이면 돈을 쥐어준다. 모두 아주 귀여운 아이들이다. 사무실에 들어가서 에어컨을 켜고 커피도 한 잔 마셨다.

서류를 확인해 다시 보냈더니 강 대리가 추가할 서류가 세 가지 더 있다고 알려왔다. 가족관계증명서, 사유서, 화촉 청첩장 등이다. 우리 딸 진솔이의 결혼식 때문에 1주일 앞당겨 휴가를 가려고 하니 무척 복잡하고 힘들다.

겨우 마무리하고 집에 오니 1시 반이다. 라면으로 점심을 때우고 모처럼 한가한 오후를 맞았다. 그동안 미뤄놓았던 마늘이나 까기로 했다. 1kg쯤 되는 통마늘을 까는데 족히 두 시간이 걸린 듯하다. 마침 옆방 박 자문관이 준 의료용 실리콘 장갑을 끼고 하니 손도 안 아리고 껍질도 잘 벗겨졌다. 전에 세네갈에서 맨손으로 마늘을 깠는데 나중에 그 독성으로 손이 아리고 결국 손가락 껍질이 벗겨졌었다. 오전 성당에서 오는 길에 골목 가게에서 고구마를 사 왔었다. 저녁 때 고구마를 삶아 보니 단맛이 거의 없다. 간장에 찍어 먹으면서 저녁을 대신했다.

옆방에 일본 JIKA 봉사단원 두 사람이 이사 왔다. 후쿠오카 출신의 Yoshie Horiuchi와 동경 출신의 Hiromi Tomita라는 여자 단원들이다. 요쉬는 인력관리위원회에서 일하고, 토미타는 컴퓨터 전문가라고 한다. 모두 20대 여성이다. 일본 여자 특유의 상냥함과 밝은 인사성이 빛나 보인다.

정전과 뽈사

오늘은 어제 보아 두었던 좀 더 가까운 다른 성당 미사에 참례해 보기로 했다. 이 성당에도 아침 미사가 있는지가 우선 궁금했다. 수녀님 두 분이 들어가는 것으로 보아 아침 미사가 있는 모양이다. 나도 따라 들어갔다. 성당은 작지만 아주 깨끗하고 잘 정돈되어 있었다. 참례 신자 수는 40명 정도였다. 따뜻하고 차분하고 안정되고 엄숙한 분위기였다. 중앙에 십자가상이 있는데 뒤쪽으로 파란 천이 드리워져 있었다. 예수 수난 14처 그림과 성모상, 예수상이 있다. 좌석도 모두 새것이고 깨끗하게 청소가 되어 있다. 보통은 먼지가 많이 쌓여 있어서 앉으면 먼지나 흙이 바지에 묻기 때문에 털어 내거나 닦고 앉아야 하는데 이곳은 깨끗하다. 그러나 여전히 많은 모기가 왔다 갔다 한다. 우리나라 시골의 공소(신부가 상주하지 않는 작은 성당) 같은 분위기다.

시간에 맞춰 신부님이 나오시는데 시중드는 복사는 없다. 수녀님 여섯 명이 나와 있다. 남자는 나를 포함하여 세 명이고 나머지는 여신도다. 초등학생인 듯한 여학생이 앞쪽 일반석에 앉아 있다가 신부님이 필요할 때 복사 역할을 하고 있다. 미사가 끝나자마자 모두 재빨리 사라진다. 이런 모습은 한국과 비슷하다. 한국에서 보면, 성당 미사가 끝나자마자 거의 모든 신자가 바로 집으로 떠난다. 뜻깊은 예식을 마치고 서로 친교와 우정의 시간을 가지면 좋으련만, 바로 성당 문을 나서는 모습이 가톨릭의 공통적 성향인 것 같다.

오늘은 처음으로 오랜 정전을 경험했다. 한밤중에 화장실에 가려고 깨었는데 정전이었다. 3시경이었다. 밤중이어서 주인에게 연락하기도 미안하고 해서 아침에 일어나서 알리기로 했다. 6시쯤에 일어나 보니 역시 정전이었다. 그러고 보니 어제부터 계전기에서 계속 경고음이 울렸었다. 나는 무슨 일인지 알 수가 없었으나 내 방의 계전기에서 나는 것 같았다. 그러나 전기가 정상으로 돌아가고 있으니 별 신경을 쓰지 않았었다.

김현진 선생님이 했던 말이 기억났다. 김 선생도 이곳에서 살다가 불편함이 커 더 여건이 좋은 다른 곳으로 이사 갔다. 그녀에 의하면 이곳에서 살 때 뿔사(Pulsa)가 다 소모되어 직접 사다가 전기를 재가동하느라 고생을 많이 했었다는 말이 기억났다. 어제 들은 그 요란한 소리는 뿔사가 떨어져 가고 있으니 충전을 하라는 경고가 아니었을까? 처음 겪는 일이나 알 수가 없었다. 전기, 가스, 수도세는 임대료에 포함되어 있으니, 주인이나 관리인이 계기판을 수시로 점검하고 미리 충전해야 하는데 아마 잊어버린 것 같다.

아침에 일어났을 때 너무 어두웠는데 복도 쪽 커튼을 젖히니, 복도 불빛으로 사위를 조금 분간할 수 있었다. 초와 성냥이 필요하다는 것을 느꼈다. 일어나서 주인 란도에게 메시지를 보내고 전화를 했으나 계속 수신 불가 메시지가 뜨고 받지도 않는다. 이른 아침이라 귀찮을 것이다. 성당에 다녀왔으나 여전히 정전 상태다. 밑에 층 가게에서 일하는 집사에게 말했더니 와서 확인하고는 뿔사가 떨어졌다고 한다. 8시에 뿔사 판매업자가 출근하면 충전해 주겠다고 한다. 8시에도 여전히 정전이다. 밑에 층으로 가서 건물관리를 담당하는 여직원 Juday가 있어서 상황을 예기했더니, 9시에 가능하다고 한다. 9시가 지나서 전기가 왔다. 냉장고가 멈춘 지 6시간 정도가 되었으니 안에 있는 식품들이 아마 많이 변질하였을 것이다. 전기가 없으면 모든 생활이 멈추게 된다는 사실을 다시 한번 체험하게 되었다. 더위 정말 견디기 힘들다.

이곳은 전기가 모두 사전 구매로 이루어진다. 뿔사라는 것을 사면 고유번호가 있고 그 번호를 계기판에 입력하면 사용할 수 있는 전력량이 계기판에 뜬다. 전기가 회복되는 것이다. 그런데 알고 보니 수도 딜리의 경우 전기는 엄청나게 남아돈다고 한다. 생산량의 43%밖에 소모되지 않고 있다. 반면에 지방은 거의 전기가 공급되지 않고 있다. 또 지방에는 발전 시설 자체가 없다. 자가발전 시설을 주로 이용한다. 수도 딜리에는 전기가 남아돌지만, 송전 시설이 없으므로 지방으로 잉여 전력을 보내주지 못하고 있다. 전기 전력 인프라 구축이 필요하다.

우리 집은 자주 정전이 생기지만 자가발전 시설도 있어서 주전원이 나가면 자동으로 자가발전이 이루어진다. 이런 면에서는 조금 편리하다. 세네갈에서는 하루에 몇 번씩 정전이 되었는데 전기세는 후불제였다. 보통 하루에 서너 번은 정전되었었다. 그러나 이곳은 선불제이나 자주 확인해야겠다. 전기세는 임대료에 포함되는데 주인이 잘 살피지 않으니 우리가 자주 점검하지 않을 수 없다.

한인 미사

오늘은 한국인 미사에 참석하기로 한 날이다. 나는 이곳에 한국인을 위한 미사가 있는지 몰랐는데, 최근에 알게 되었다. 한인회장에게 연락했더니 오늘 10시에 픽업해 준다는 연락을 받았다. 5시에 일어나 체조, 청소, 샤워하고도 시간이 엄청나게 많이 남았다. TV로 독일 채널인 DW 뉴스를 보고, 프랑스 Lotus 영화도 잠깐 봤다. 또 테툼어 단어 공부도 하다가 시간을 보니 벌써 9시 45분이 되었다. 준비하고 10시 5분 전에 집 밖으로 나가니 이미 차가 기다리고 있었다. 운전석에는 금교건(아브라함) 한인 회장님이 조수석에는 장용기(스테파노) 형제님이 타고 있었다. 찾아가는 성당은 알고 보니 바로 우리 집에서 도보로 5분 거리에 있었다. 사회 복지 시설인 도미니코 고아원 부속 성당이었다. 이 고아원은 전에 내가 동네 성당을 찾으면서 밖에 성인들의 그림이 그려있어서 기웃거려 본 곳이었다.

금 회장님은 한국에서 가져온 헌 옷들이라며 보자기를 챙겨 내렸다. 성당에 가보니 20여 평의 좁은 공간인데 기타가 두어 대 놓여 있었고 익숙한 얼굴의 여학생들 몇 명이 눈에 들어왔다. 알고 보니 내가 다니는 성당에서 9시 미사 영어 성가를 부르는 여학생들이 그녀들이었다. 나중에 신부님께 여쭤보니 37명의 여학생이 이곳에 기숙하고 있다고 한다. 이곳은 도미니코 수도회 고아원 복지 시설이었다.

회장님은 동티모르 성당 소식지인 주보, 성가 책, 기도문 등 모든 것을 준비하고 있었다. 이곳에서 한국어 미사는 처음이다. 신부님 본명은 Saiz Santiago다. 우리말로 야고보 신부님이다. 다른 성당에서 미사하면서 여러 차례 뵌 분이다. 아주 인자하고 조용하고 차분한 신부님이다. 스페인 출신으로 일본어, 베트남어, 한국어 등이 유창하다. 성도미니코 수도회 신부님으로 소속 수도회가 있는 세계 곳곳에 파견되어 근무했었고 한국에도 10여 년 살았다고 했다.

미사에 참석한 분들은 한국대사관 이영철 영사, 대사관 여자 행정원, 코이카 단원, 현지 교민 등 17명이었다. 미사 끝에 생일을 맞은 분에 대한 축하와 새 신자 소개가 있었다. 나도 앞에 나가 간단히 자기소개를 했다. 코이카 단원으로는 정승균 시니어 단원, 김은비 단원, 김영숙 단원 등 4명이 참석했다.

미사 끝에 점심 모임이 있다고 한다. 교우 한 분이 9년간 이곳에 살다가 임지가 바뀌어서 인도네시아 자카르타로 떠난다고 했다. 한인회에서는 긴 타월인 타이즈를 목에 걸어 환송했다. 이름이 수놓아지면 더 좋을 것 같았다.

점심 장소는 대무지(중국어로 엄지손가락이란 뜻)라는 중국 식당이다. 음식은 두부조림, 탕수육, 새우튀김 등이고 회장님은 백주(백알)를 준비해 오셨다. 모든 음식이 입에 잘 맞는다. 이곳은 순수 중국 식당이다. 다른 곳들은 대부분 중식과 인도네시아식이 합쳐진 음식점들이다. 장용기 형제님은 아주 유쾌하고 성격이 좋아 보이고 사교적이다. 침술과 뜸 전문가라고 한다. 오랜만에 마신 백주는 40도나 되는 술이었다. 오는 길에 Dili Mart에 들러 양파, 간장 등 부식을 조금 사서 돌아왔다.

제 3 부

봉사단원들을 쓰러뜨린
뎅기열

이따우로 섬으로 가는 페리에 승선한 봉사단원들

봉사단원들을 쓰러뜨린 뎅기열

❧

하얀 밤

방학이 끝나고 거의 2주 만에 학교에 간다. 사무실 사무용품들을 큰 비닐 백에 가득 넣고서 두 손에 들고 걸어 등교했다. 햇볕이 너무 뜨거운데 도보로 오다 보니 온몸이 땀에 흠뻑 젖었다.

8시가 다 되었는데 교무실은 문은 아직 닫혀 있다. 교장과 교감도 안 보인다. 새로 부임한 조희영 선생님이 오늘 처음 수업하는 날이다. 수업 준비물을 가슴 가득 안고 들어선다. 그런데 김현진 선생님이 아직 출근하지 않아서 한국어 교실 문이 잠긴 상태다. 내 사무실에 와서 기다리며 얘기를 나눈다. 그녀는 어떻게 수업을 해야 하는지 계속 걱정하고 있다. 나는 위로 격려해 본다. 오늘 첫 시간이니 자기 이름, 나이, 학년, 가족 관계 등을 얘기하다 보면 금방 지나갈 것이고, 이를 통해 아이들 수준도 알게 될 것이므로 전혀 걱정하지 말라고 부추겨 본다.

20여 분 후에 김현진 선생님이 교실 문을 연다. 아이들도 교실로 들어가는 모습이 보인다. 조 선생님은 엊그제 30초 간격으로 아침까지 닭이 계속 울어서 잠을 못 잤다고 한다. 나도 오히려 20초 간격으로 집에서 개가 짖어서 잠 못 자는 경우가 많다고 덧붙였다. 세네갈에서는 결혼식이 있게 되면 이틀 전부터 아침까지 고성능 스피커로 쉬지 않고 음악을 흘려보낸다. 귀마개를 하고 수건을 뒤집어쓰고 해도 잠을 잘 수 없어 결국 밤을 하얗게 보냈던 기억을 얘기해 주었다. 내가 지금 사는 집 옆집도 많은 민폐를 끼치고 있다. 그 가족은 자주 가족 파티를 한다. 마당에 대형 스피커와 TV를 켜 놓고, 공휴일이나 축구 등 스포츠 행사가 있으면 모두 모여 먹고 마시며 떠든다. 이런 행사를 너무 자주 하니 어려움이 많다. 주변 사람도 배려했으면 좋겠다.

8시 30분이 되자 교무실 문이 열렸다. 프란치스코 교장을 만났다. 지 지난주 토요일에 교장 가족과 식사하기로 했었는데 나타나지 않았었다. 1시간 정도 기다렸고, 통화를 10차례 정도 시도했으나 받지도 않았다. 결국 혼자 밥 먹고 나왔었다. 교장은 고향에 일이 생겨서 가족들 모두가 시골에 다녀왔다고 한다. 나는 두 번씩 종이에 일시, 장소 등을 알려주었고, 세 번이나 얘기했었는데 참 한심한 분이라는 생각이 들었다. 이번 주 토요일에 만나기로 하고 쪽지에 다시 필요한 사항 등을 적어 주었다. 옆방 박 자문관이 그 병원 국장과 식당에서 만나기로 했으나 안 나타났다는 말이 이제야 이해되기도 했다. 이곳 사람들은 약속은 꼭 지켜야 한다는 개념이 정립되지 않은 모양이다.

학교는 개학했으나 수업은 이루어지지 않고 있다. 몇몇 학생들이 왔다 갔다 배회하고 있을 뿐이다. 방학이 끝나고 등교하면 으레 며칠간은 정상적인 수업이 이루어지지 않는다. 이무현 선생님도 오늘은 수업이 이루어지지 않을 것이고 내일부터 하게 될 것이라고 한다.

나는 한국 선생님들을 모두 사무실로 오게 해서 다과를 대접했다. 커피와 종이컵도 충분히 사 왔기 때문에 걱정이 없다. 사실 환경 문제가 심각하므로 컵과 유리잔을 여러 개 준비했었으나 물이 제대로 나오지 않기 때문에 설거지가 어려웠다. 그래서 다시 손님 접대용으로 종이컵을 샀다. 그래도 한국인 선생님들이 계셔서 정보도 교환하고 어려움도 함께 나누니 너무 마음도 놓이고 때로는 내심 기쁘기도 하다.

광견병 예방 접종

어제는 광견병 예방 접종을 했다. 그런데 문제가 생겼다. 광견병 예방 접종은 3회에 걸쳐서 1주일 단위로 실시한다. 그런데 오늘은 한 번에 접종이 끝나는 다른 백신을 주사하겠다고 간호사가 말한다. 우리는 애초에 3번 맞는 백신을 1회 이미 접종하였다고 하니까 의사와 전화하더니 다른 백신을 주사했다. 우리보다 먼저 와서 맞은 김영신 단원은 이미 1회 주사 후에 한 번에 끝난다는 주사를 맞고 떠난 뒤였다. 나는 걱정이 되어 그 백신이 어디서 생산된 것이냐고 물어보니 이곳 백신은 모두 방글라데시에서 수입한다는 것이다. 일단 믿고 맞았다. 이곳은 개들이 사람만큼 많고 또 그냥 밖에 내놓고 기르고 있으니 우리는 항상 광견병에 노출되어 생활하고 있다. 단원들도 많이 개에 물렸다.

오늘은 조금 늦게 일어났다. 스마트폰 알람이 들리지 않았다. 살펴보니 배터리가 모두 소모되었었다. 서둘러 세면을 하고 버스 타고 성당으로 갔는데 이미 미사는 시작되어 고백의 기도를 바치고 있었다. 한 5분 늦은 것 같다.

오늘은 학교로 전경무 코이카 소장을 비롯한 건축 관련 전문가와 기술자들이 학교를 방문했다. 연초에 완공된 건축 현황을 살피기 위해서이다. 한국 코이카 본부에서 네 명, 삼환종합건설 전 소장과 세 근로자, 또 현지 코이카 사무실 통역 현지 직원 등이 왔다.

교장은 건축 시설과 무관하게 모든 학과에 필요한 교사, 체육 교사, 음악 기구 등을 요청한다. 또 한국으로의 교환 학생 파견도 요구한다. 이미 엄청난 지원을 받은 상태임에도 또 너무나 많은 지원을 요청하는 것을 보고 조금은 어이없어 보였다. 이 학교에만 그렇게 많은 지원을 할 수는 없는 것이다. 이렇게 많은 지원을 했으면 자구 노력으로 나머지 부분을 메우는 것이 당연하다.

나는 점검반이 도착하기 전에 건물 하자 보수가 필요한 부분 18개 분야를 출력하여 준비했다. 그런데 이곳 건축 업무를 총괄하고 있는 코이카 류광하 건축 전문가가 배부하지 말아 달라고 부탁한다. 한국 본부에는 하자 보수가 필요한 내용을 일일이 알려주기에 껄끄러운 모양이다. 코이카 소장에게만 주고 나머지 분들은 직접 현장을 방문 점검하면서 설명했다.

하자 보수는 시공업체에서 방학 기간에 모두 완료할 예정이라고 류광하 PM이 설명하니 두고 볼 일이다. 시공업체 전, 현 소장 등과 교장실에 다시 모여 40분 정도 시급히 해결해야 할 일들을 협의하였다. 내가 주로 설명하였다. 수돗물, 급수용 모터, 전기 시설, 자가 발전기, 누수 등이다. 학생들이 사용하는 화장실과 옥외 급수전의 수도꼭지는 벌써 2/ 3가 떨어져 나가거나 파손되었고 어떤 곳은 물이 계속 누수 되고 있다. 수돗물 관리가 너무 부실하다. 어떤 곳은 물이 공급되고 어떤 곳은 항상 단수 상태다. 자주 전기가 나가기도 하지만 대체할 수 있는 자가발전 시설은 작동이 안 되고 있다. 수도 전기 문제만이라도 잘 해결되었으면 좋겠다.

이상한 습관

오늘은 분주한 주말이었다. 아침에는 바다 쪽 성당으로 갔다. 신부님은 베코라 성당에서 미사를 집전하는 분인데, 오늘은 이곳에서 미사를 드린다. 신부님들이 이곳저곳 성당을 다니면서 미사를 집전한다. 한국에서는 한 곳 성당에 주임 신부와 보좌 신부가 있어서 보통 3년 정도의 임기 동안은 한곳에서 사목한다. 이곳에서는 매일매일 왔다 갔다 하는 이유를 모르겠다. 신부 숫자가 모자라서인 것 같기도 하다.

12시에 최충호 자문관의 승용차로 최 자문관 본인 송별식에 참석했다. 딜리 유일의 한인 식당인 그러나 무척 비싼 Naris No. 1 식당이다. 집 밖에서 차를 기다리고 있었는데 마침 최규환 자문관이 나와 있어서 함께 갔다. 며칠 전 웬일 인지 최 자문관은 이 송별식에 가자고 했더니 대답이 없었다. 그런데 오늘 문 앞에서 마주쳐서 내가 재차 요청하니 함께 탔다. 내 느낌으로는 버스를 타고 어디 가려다가 딱 걸려서 붙들려온 느낌이다. 얼마 전에 말하길 오늘 경찰청 간부가 한국으로 출장 가는데 공항 환송하러 가야 한다는 말을 한 것으로 기억하기 때문이다. 최충호 자문관이 박 자문관은 왜 안 가느냐고 묻는다? 글쎄 특별한 일이 생겼는지 잘 모르겠다고 대변해 주었다.

우리 집 두 자문관은 내게 이런 얘기를 한 적이 있었다. 환영식이나 송별식은 과도한 경비 부담으로 시간과 돈을 낭비하는 측면이 많다는 것이다. 보통 50달러 정도 부담을 해야 하고, 너무 오랫동안 먹고 마시다 보니 밤늦게 귀가하게 된다. 그런데 버스도 택시도 끊기니 돌아올 때는 많은 문제가 생긴다는 것이다.

내가 이곳에 왔을 때도 환영식을 하자고 했으나, 두 분이 이런 이유로 반대하여 결국 환영식이 없었다. 마침 이영대 자문관이 이사 입주하게 되니 입주식 겸 식사를 함께하게 된 것이었다. 이런 이상한 분위기가 감도는 가운데 어쨌든 4명이 모여 식사를 하게 되었다. 나는 돈가스를 다른 분들은 닭곰탕을 시켰다. 맥주도 시키자 한국인 사장이 돼지갈비를 조금 구워서 내왔다. 앞으로 신메뉴로 판매할 예정인데 시식을 해보란다. 조금 단 편이었다. 이 자문관이 커피 믹스기를 가져다가 사장에게 주었다. 학교에서 쓰던 것인데 새 제품을 최근에 사서 이젠 소용이 없게 되어 식당에서 쓰면 좋을 것이란다. 최규환 자문관은 중간에 자리를 떴다. 남은 셋이서 이 자문관 댁으로 갔다. 예쁜 사모님이 차와 과일을 내와서 행복한 오후를 보낼 수 있었다.

이 자문관은 돈보스코 기술학교에서 자동차 정비와 운영 관련 자문을 하고 있다. 지금까지 적자였던 학교 내의 자동차 수리소를 흑자로 전환했다고 한다. 올해 3천 달러 흑자가 났다. 얼마 전에는 이 자문관, 사모님, Joseph 신부님이 함께 온천 다녀왔다고 자랑한다. 신부님은 돈보스코 기술학교 책임자로 인도인이고 미국에서 공부했다고 한다. 7, 8시간 동안 험한 산지 능선을 타고 자동차로 갔는데, 차가 전복될 정도로 험한 지역이 너무 많았었다. 결국, 도착한 온천은 뜨거운 물이 겨우 한 줄기밖에 솟고 있지 않았고, 손으로 파야 겨우 뜨거운 물을 만질 수 있었다. 사모님은 멀미에 화장실도 없고 험한 길에 너무 고생이 많았다고 했다.

오늘은 또 저녁 5시에 프란치스코 교장 가족과 동방식당(Eastern Restaurant)에서 식사하기로 약속했다. 4시 20분에 집을 나서 40분경에 식당에 도착했다. 식당 앞에는 전화 카드 뿔사를 파는 아이들이 있고 청년들은 담배를 사라고 계속 권한다. 역시 5시 정각인데 나타나지 않는다. 전화하니 지금 오고 있다고 한다. 10분쯤 지나자 가족이 보인다.

부인과 세 아이가 왔다. 부인 이름은 Yuliana Namok Lekik, 큰아들은 Leonardo Guterres, 딸은 Jonatina Parcia이고 막내아들은 Mito Sand Hartma다. 큰아들은 베코라 기술고등학교 즉 우리 학교 2학년, 딸은 초등학교 2학년, 막내는 초등학교 1학년이다. 모두 귀엽고 또렷또렷해 보인다. 나는 역시 볶음밥을 교장은 돼지고기 정식을, 아이들과 부인은 햄버거를 시켰고 몇 가지 요리와 채소도 주문했다. 총비용은 50달러 정도였다.

부인은 인도네시아 여자다. 결혼한 지 20년이 되었다고 한다. 나는 테툼어가 약하고 교장은 영어를 못해서 서로 의사소통이 원활하지 않는데, 다행히 부인이 영어 실력이 괜찮다. 모두 만족스럽게 먹고 기념사진도 남겼다. 6시쯤 나서는데 비가 조금씩 온다. 작별 인사를 하고 교장은 오토바이로 나는 급히 걸어서 집으로 향했다. 날도 어두운데 갑자기 소나기로 변하면 낭패다.

나에게 이상한 습관이 하나 생겼다. 식당에서 나올 땐 혹시나 집에 있는 개에게 먹이로 줄 것이 없나 살피는 버릇이다. 오늘도 갈비뼈, 돈가스 남은 것 등을 싸서 가지고 갔다. 냄새를 맡고 새끼가 달려온다. 갈비뼈와 돈가스를 조금 주었다. 어미는 안 보인다. 먹이가 보이면 어미와 새끼 사이에 서열이 파괴된다. "땡칠아!" 하고 몇 번 부르니까 어디서 나타난다. 나머지를 어미에게 주었다.

오늘은 가장 중요한 행사가 또 하나 있는 날이었다. 우리 착하고 예쁜 딸 진솔이의 관면 결혼 날이다. 결혼식은 내년 2월 3일이지만 성당에서 하는 관면 결혼식은 제주시 광양 천주교회에서 오후 4시에 있었다. 나도 좀 늦게 집에 돌아오다 보니 7시쯤에야 전화할 수 있었다. 무사히 잘 끝났다고 했다. 나는 전화로 성당에서 하는 이 결혼식이 실제 결혼식이고 그만큼 아주 중요한 행사라고 축하했다. 신랑, 강인한 사위에게도 축하의 말을 전했다. 내일은 서귀포 장모님 댁에 인사하러 간다고 했다. 사위는 미국 공인회계사로 SK 재무팀장을 맡고 있고 딸아이는 CJ 과장이다. 사돈 어르신은 대구에서 초등학교 교장 선생님이고 사모님은 특수학교 교사다. 우리 집하고 비슷한 환경이니 더욱 믿음이 간다. 그런데 집사람이 차를 몰고 가다가 제주시청 부근에서 접촉 사고가 있었다고 한다. 사람이 다치지 않았으니 액땜이라고 위로한다.

두 예비부부는 그사이에 너무 바빴지만, 가나안 혼인 강좌도 수강하고, 제주도까지 내려와서 관면 혼배도 했으니 마음이 놓인다. 진솔이는 요즘 미국으로 출장이 잦다. 지난주에도 미국 갔다가 혼인식 전날 귀국했다. 두 아이가 하느님의 은총 속에서 영원히 건강 행복하게 잘 살기를 기도한다.

폭포수 같은 비

지금 밖에는 비가 한창 내리고 있다. 요즘은 자주 비가 내린다. 어제저녁엔 갑자기 저녁 8시쯤에 빗소리와 함께 천둥소리가 나서 밖으로 나갔다. 베란다에서 폭포수처럼 쏟아지는 비를 보고 있노라니 가슴이 뻥 뚫리는 듯했다. 20여 분 비 내리는 모습을 물끄러미 쳐다보다 잠자리에 들었다.

요즘은 심란해지기도 한다. 딸 결혼식을 앞두고 멀리 떨어져 있다 보니 의사소통에 어려움이 있고, 그러다 보니 서로 오해 거리가 생기기도 한다.

내가 아이들이 보내온 관면 혼배식 내용과 사진을 사돈댁에 카톡으로 보내드렸다. 아이들은 미리 알리지 않은 모양이었다. 나를 통해서 이를 알게 된 딸아이가 시부모님께 너무 미안해서 눈물을 흘렸다고 집사람이 전해주었다. 그 말을 들으니 가슴이 아프다. 나는 사돈어른께 전화로 아이들이 부담감을 느낄까 봐 성당의 관면 혼배식을 알리지 않았을 것이라고 말씀드렸다. 사돈댁에선 이런 행사에 자신들도 가봐야 하는 게 아니었는지 오히려 죄송하다고 하셨다. 워낙 마음이 넓으시고 잘 이해 수용해 주시는 분들이라 전혀 문제가 될 일은 아니었다. 우리 아이는 워낙 소심해서 많이 걱정이 되었나 보다.

카톡을 보니 어제 두 아이가 대구 시댁을 방문하여 결혼 절차 등을 협의했다고 한다. 기차로 서울로 올라오는데 시어머니께서 궁서체로 고맙다고 글을 써서 딸애에게 주었다. 딸은 이 글을 사진으로 보내왔다. 마음이 따뜻한 좋은 분들이다. 세상일을 결정할 때는 항상 하느님의 뜻을 중심에 두고 하면 된다는 것이 나의 일관된 철학이다.

날씨는 체감 온도가 항상 40도를 넘나든다. 집안과 사무실은 에어컨이 있어서 견딜만하지만 벗어나면 너무 힘들다. 옆방 박 자문관님은 귀국행 비행 편을 끊었다. 11월 22일 출발하여 23일 서울에 도착한다. 이제 이곳 근무도 일주일밖에 남지 않았다. 박 선생님 방으로 가서 빙땅 맥주를 한 캔씩 나누며 출국 준비 등에 관한 얘기를 나누었다. 순수하고 좋은 분이다.

생활비로 모은 장학금

요즘 비가 많이 내린다. 열대성 소나기 스콜(Squall)이다. 이제 우기라고 한다. 거의 매일 30분에서 한 시간 정도 내린다. 어제도 저녁 8시경에 빗소리가 나서 블라인드를 열고 밖을 보니 시원하게 비가 쏟아지고 있었다.

일찍 깨어 미사에 갈 채비를 했다. 밖이 너무 어두워 걱정된다. 6시가 조금 지나자 갑자기 밖이 환하게 밝아 왔다. 요즘 많이 걷지 않아서 조금 빨리 걷는 그것이 부담되기도 하고, 또 워낙 더워서 조금만 걸어도 땀이 쏟아지고 힘도 빠진다. 성당 안은 몹시 더웠다.

가는 도중에 하천이 하나 있는데 이곳이 가축 장터다. 보통 2, 30마리의 양들이 끈에 묶여 하천 여기저기에 방사되어 있다. 가끔 근처에서 그 더럽고 악취가 풍기는 하수 물을 이용해 양, 돼지, 염소 등을 도축하는 모습을 볼 수도 있다. 그런데 그 하천이 큰비로 바닥이 많이 패고 형질도 변경되었다. 가축들을 묶어 놓은 돌들이나 나무가 꺾이고, 일부 지반은 깎여 사라졌다.

오늘은 학교에서 특별 행사가 있었다. 경은지 선생님이 두 학생에게 50달러씩 장학금을 전달했다. 아이들에게 특별한 학습 동기를 부여해 줄 수 있어 보였다. 코이카 봉사단원 모임 중에 이코브라고 하는 단체가 있다. 단원들은 얼마 안 되는 생활비를 조금씩 적립하여 100달러 정도의 장학금을 1년에 한 번씩 지급한다. 대부분 한 학생에게 주는데, 나누어 두 학생에게 지급할 수도 있다. 장학증서는 한국 본부에서 보내준다. 두 교감과 한국 선생님들이 모인 가운데 한국어 교실에서 두 학생에게 전달되었다. 단원들이 그 얼마 안 되는 생활비를 쪼개어 모았다가 의미 있는 일을 하는 것이 참으로 대견해 보였다. 또 학생들에게는 많은 격려와 힘이 될 것이다.

퇴근하면서 보니 경은지 선생과 조희영 선생이 교문 밖 담장에서 줄자로 무엇을 재고 있었다. 내년 1월에 한국에서 대학생 봉사단이 이곳을 방문하여 봉사활동과 벽화 그리기를 할 예정이어서 그림 그릴 벽면의 크기를 파악 중이었다. 줄자로 재다가 경은지 선생님이 도랑으로 떨어졌다. 1m 정도 깊인데 다치지는 않은 것 같아 다행이다. 모두 좋은 선생님들이고 또 열심이어서 항상 흐뭇함을 느낀다.

졸업실기고사

오늘은 3학년 실기 고사가 있는 날이다. 지난번에 졸업 필기시험이 있었는데 이번 실기시험도 패스해야 졸업이 된다. 졸업장과 국가 2급 실기 자격증을 얻기 위해서 반드시 통과해야 한다.

9시쯤 되자 교감이 실기 시험장으로 가자며 안내한다. 우선 기계과로 갔다. 실습장에 11개 그룹이 합동 제작한 작품들이 진열되어 있다. 작품명과 사용 안내 내용이 함께 적혀있다. 자동 오븐, 전동기, 발전기 등 다양하다. 발표장으로 가보니 20여 명의 관객석이 있고, 발표자를 위한 의자가 셋, 또 심사위원석이 세 자리 마련되어 있다. 프레젠테이션을 위한 컴퓨터와 스크린도 보인다. 발표자 3명의 학생이 착석하고 그중에 대표 학생이 설명한다. 설명 후에는 교감을 포함한 심사위원들의 집요한 질의와 학생들의 진지한 답변이 이어진다. 학생들은 30여 페이지의 활동 보고서를 제출했는데 그 보고서에는 설계도, 활용 계획, 분담 역할 등이 상세하게 기록되어 있었다.

시작 전에 모두가 일어서서 가톨릭 예식에 따라 성호를 긋고 주모경(주님의 기도, 성모송)을 바치고 시작했다. 이 과정이 모두 끝나면 함께 촬영하고 인사하고 나간다. 6개 과에서 동시에 실기시험이 이루어지고 있는데, IT과, 전기과, 건축과, 자동차과 등도 살펴보았다. 전자과는 1인 면접 형태로 행해지고 있었다.

12시 조금 지나자 교감이 점심 먹으러 가자고 이끈다. 기계과 교무실에 가니 두 종류의 밥(흰 밥과 검은 밥), 소고기볶음, 나물, 계란, 만두 등이 준비되어 있었다. 뷔페식이다. 학교에서 돈을 지원하고 학생들이 구내에 있는 취사 시설에서 직접 음식을 준비했다고 한다. 중간 휴식 때는 빵과 생수가 제공되었다. 또 심사위원 책상은 예쁜 테이블 포로 덮여 있고, 아름다운 조화로 정성스레 장식되어 있었다. 과별 심사가 끝나자 학생회장이 사회로 전 교직원, 학부모, 3학년 학생들이 모여서 종합 평가회를 했다.

교감 선생님께 돈보스코 기술학교에 관해서 물어보았더니, 그곳은 학교가 아니고 직업기술연수 교육기관이라고 설명한다. 보통 6개월 과정이 개설되어 있다. 우리 학생들이 졸업 후에 일부 그곳에서 기술을 익히기도 한단다.

토요일엔 9시부터 시험이 계속되고, 11시경에 종합 평가 폐회식이 있다. 참석해야겠다. 또 오늘은 베코라 기술고등학교 발전계획 요목 분야가 완성되어 마스킹 테이프 등으로 제본해서 교장과 두 교감에게 전달했다. 한국어, 테툼어, 영어로 되어 있다. 교장은 아주 흡족한 표정이다.

둘만의 송별식

오늘은 광견병 3차 마지막 예방접종을 하는 날이다. 학교에서 나와 1km 정도 걷고 있는데 류광하 건축 전문가가 전화했다. 거리는 워낙 시끄러워서 잘 안 들리는데 30분 후 학교에 도착하겠다는 내용 같다. 다시 타는 듯한 더위를 뚫고 학교로 되돌아갔다. 한참 기다리니 그가 왔다. 임기가 거의 차서 이임하게 되는 대사님이 자신의 가장 큰 업적으로 베코라 기술고등학교 리모델링 사업을 염두에 두고 정리 중이라고 한다. 또 이번에 교육부 차관을 만나려고 하는데 학교 시설 관련 내용을 설명하면서 학생들의 사용 부주의로 인한 파손 부분을 기록하겠다고 한다. 많이 파손된 수도꼭지, 깨진 상담실 유리창 등이다. 사소한 파손들이나 학교 예산이 워낙 빈약하다 보니 그냥 방치하고 있는 것이다. 함께 학교를 살펴보며 사진도 찍고 떠났다.

예방 접종 때문에 미크롤렛을 타고 코이카 사무실로 갔다. 가는 도중에 갑자기 비가 내려서 사무실 가는 모퉁이에 있는 중국인 소형 마트에 잠깐 들어갔다. 슬리퍼가 하나 더 필요했다. 이곳의 슬리퍼들은 가운데 끈이 있으므로 내게는 아주 불편하다. 우리나라에서는 대개 그냥 밋밋한 끈 없는 슬리퍼를 사용한다. 겨우 끈 없는 슬리퍼를 찾아냈다. 한 켤레 3달러다. 지금까지 세 켤레의 슬리퍼를 샀다. 하나는 이미 망가져서 버렸고, 둘은 사무실과 집에서 사용하면 된다. 코이카 사무실 쪽으로 가니 소장님이 담뱃불을 붙이며 밖으로 나온다. 스트레스가 많아 담배를 자주 피우는 모양이다. 거의 모든 직원이 흡연한다. 물론 이곳 사람들도 거의 흡연을 즐긴다.

사무실 차로 DMC 병원으로 갔다. 두 단원은 아직 도착하지 않았고 김영신 단원이 있었다. 그녀는 지난번 일회용 백신을 맞아서 오늘을 안 맞아도 된다고 한다. 간호사가 내가 영어를 잘한다고 부추겨 준다. 나도 그녀가 친절하고 주사 놓는 기술도 뛰어나다고 했더니 아주 기분이 좋은 표정이다. 주사를 놓은 다음 알코올 소독솜으로 계속 문지른다. 한국에서는 주사 후에 꾹 눌렀다가 원형 반창고를 붙여주는데 조금 달라 보인다.

다시 사무실로 돌아와서 소장님께 인사하고 소장님 실에 쌓여 있는 에코백과 티셔츠를 하나씩 얻었다. 전부터 너무 좋아 보여서 하나 얻어가야 되겠다고 생각했다. 소장님은 "봉사단원들을 위한 것이니, 편히 가져가세요."하고 흔쾌히 승낙한다.

저녁때는 옆방 박 자문관님과 둘이서 저녁 식사를 하기로 했었다. 둘만의 송별식이었다. 방으로 갔더니 벽면을 따라 방에 가득 진열된 180mL 페트병 12개를 준다. 생수는 아니고 정수기에서 뽑은 물을 모은 것이다. 박 선생님은 매일 사무실에 출근할 때 페트병을 두 개씩 갖고 출근한다. 사무실에 한국에서 가져다 설치한 정수기가 있는데, 정수기에서 물을 뽑아다 사용하는 것이다. 방안에 한 50병쯤 진열되어 있다. 이제 떠날 때가 되었으니 일부를 희사하는 것이다.

밖에는 비가 여전히 내리고 있다. 20여 분 우산을 쓰고 걸었다. Kmanek Savoy Restaurant으로 갔다. 볶음밥, 치킨, 맥주 등으로 맛있게 저녁을 먹었다. 오는 길에 배추, 양파, 부추 등을 샀다. 이번에는 제대로 김치를 담가 보아야겠다.

어설픈 김장

오늘은 우리 아들 동근이의 생일이기도 하다. 어제 미리 카톡으로 축하의 말과 축하 사진들(축하 꽃다발, 잔칫상, 촛불)을 보냈으나 회신이 없다. 나중에 알아보니 집사람도 축하금을 보내서 딸과 함께 회식하도록 했다고 한다. 딸도 지금 지방 출장 중이라 아들이 혼자 쓸쓸한 생일을 맞고 있는지 모르겠다.

토요일은 원래 휴일이어서 출근하지 않지만, 오늘은 학교에 행사가 있어서 아침 미사 참례하고 걸어가는데 오토바이가 멈춘다. 나는 모르는 분인데 학교에 생수를 싣고 가는 길이니 함께 타라고 한다. 원래 봉사단원은 오토바이를 못 타게 되어 있다. 안전 문제다. 물리치기도 어려워 타서 가니 7시 20분에 도착했다.

8시에 드와르테 교감 선생님이 3학년 전 학생을 운동장에 소집하여 어제 시행했던 실기시험에 관한 내용을 전달한다. 일부 학생은 통과하지 못했다.

사무실로 돌아와 오랜만에 여유 있게 음악도 듣고 인터넷으로 지나간 우리나라 소식도 듣는다. 그런데 5분 들으면 끊기고, 10분 들으면 끊기고 하여 그만두었다. 교감 선생님 말로는 학교 행사가 11시에 시작된다고 했다. 그런데 그사이에 두 차례 나가 봤으나 움직임이 없다. 기계과로 가보니 대연회장이 준비되어 있고, 학생들은 여러 가지 음식들을 차려 진열하고 있었다.

1시가 되자 교감이 와서 이제 가면 된다고 한다. 학부모가 10여 명, 선생님이 20여 명, 3학년 학생 전체가 모두 정장 차림으로 모였다. 1, 2학년 학생들은 체육복 등 자율 복장이다. 3학년 대표 학생의 실기시험 과정 설명, 학교장 인사, 교육과정 담당 마르코스 교감의 축하의 말이 있었다. 모두 조금 길게 얘기한다. 식에 소요된 시간은 40여 분 되었다. 식이 끝나고 나와 교장과 학과장이 앞으로 나가 축하 케이크를 잘랐다. 샴페인도 두 병 준비되어 있었다. 나에게 터트리라고 권하나 학교장에게 양보했다.

차려진 음식은 밥, 생선튀김, 계란, 닭고기, 야채 등이었다. 또 후식으로 바나나, 바나나튀김, 감자와 고구마 삶은 것 등이 나왔다. 교감의 설명에 의하면 학부모님들이 이 자리를 마련했고, 6개 학과 중에서 기계과에서 전통적으로 이를 준비한다고 했다. 특히 이 음식 중에 일부는 아이들이 직접 제작한 도구를 활용했다고 한다. 그러고 보니 송풍 시설이 된 석쇠로 고기와 생선을 굽는 학생들을 보았었다. 실생활에 실제 이용할 수 있는 도구와 기계를 제작하여 직접 활용하는 것은 좋은 아이디어 같았다. 학생들은 또 PPT를 준비해서 실험, 제작 과정을 설명할 준비를 했었는데, 전기가 1시간 정도 끊겨서 아쉬워했다. 자주 정전이 되니 여러 가지 차질이 생기기 마련이다. 모든 음식은 맛있고 정갈했다.

3시경에 집에 도착했다. 두 가지 할 일이 남아 있다. 우선 김치를 담글 준비를 했다. 어제 오후에 끄마넥(Kmanek) 슈퍼에서 배추, 부추, 파 등을 사 왔다. 이곳에서 처음으로 담그는 김치다. 그리고 또 한 가지는 5시에 교육과정 담당 교감 마르코스(Marcos) 선생님 가족과의 저녁 식사다. 그 사이에 김치 재료를 대강 손질해 놓으면 될 것 같다. 우선 배추 3kg을 수돗물로 씻고 다시 정수된 물로 헹구었다. 잘게 썰어서 소금에 절였다. 소금의 양은 잘 알 수 없어 대강했다.

4시 20분경 출발해서 동방 식당 앞에서 기다렸다. 조금 있으니 마르코스 교감이 부인과 두 아이를 태우고 온다. 모두 넷이다. 부인 이름은 마띠나(Martiuha), 큰아들은 스나이더(Sunaigher), 막내는 갈릴레오(Galileo)다. 큰애는 초등학교 5학년, 작은 애는 7살로 2학년이다.

아이들은 햄버거를 부인은 야채 고기밥, 교감은 쇠고기 밥을 주문했다. 아이들은 음식이 익숙하지 않은지 잘 먹지 않는다. 또 비싼 음료수도 시켰는데 장난만 치고 있다. 교감은 오웨쿠시 출신이다. 오웨쿠시는 서티모르에 있는 도시인데 육로로 가려면 인도네시아 비자를 받아야 갈 수 있는 독특한 지역이다. 그는 항상 미소를 짓는 좋은 인상을 지닌 분이다. 아주 젊은 나이에 교감일 하는 것으로 보아 유능한 교사 같다.

귀갓길에 계란 한판(30개들이)을 5달러에 샀다. 전에 리따 마트에서는 3달러에 산적도 있었는데 조금 비싸다. 계란들은 냉장 시설이 되어 있는 마트에서 사야 한다. 기온이 40도를 오르내리다 보니 밖에 내놓고 파는 계란들은 변질한 것들이 많다. 지난번에 산 것 중에서 7개가 변질되어 버렸다.

집에 도착하자 김치 담그기 시작했다. 우선 파 등을 썰었다. 이것을 절일 때 함께 넣는 것인지 나중에 양념 만들기 과정에 넣어야 하는지 아리송했다. 특히 갓이라고 생각해서 사 왔는데 길쭉한 배추 모양이어서 갓인지 아닌지 궁금했다. 어쨌든 함께 썰어 넣었다. 우선 3시간 정도 절인 배추를 헹구어 짰다. 마늘은 믹서기가 없으니 으깨고 다졌다. 고춧가루, 설탕, 멸치 액젓을 넣고 버무리니 벌써 김치 냄새가 방안 가득 퍼진다.

박 선생님이 준 플라스틱병에 넣고 비닐로 뚜껑을 만들어 덮었다. 집사람이 보내준 레시피를 보니 하루만 지나면 먹을 수 있을 것 같다. 저녁을 마치고 8시경에 옆방 박 선생님 댁으로 갔다. 삥땅 맥주 두 캔을 들고 갔다. 함께 들면서 오늘 이야기를 서로 나눈다. 오늘은 휴일인데도 일과 행사가 많은 하루였다.

베트남 쌀국숫집

오늘은 한인 미사에 참석했다. 10시 30분에 시작하기 때문에 시간이 너무 널널하여 10시 10분경에 도착했다. 이미 몇몇 신자들이 성가 연습을 하고 있었다. 모두 20명쯤 된다. 뒷좌석에 보니 교무금 봉투가 따로 놓여 있다. 주일 헌금 외에 월별로 따로 내는 교무금을 받는 모양이다. 나도 일정액을 준비해야겠다.

미사 끝에 함께 베트남 쌀국숫집으로 갔다. 오늘은 야곱 신부님도 참석했다. 나중에 안 일이지만 이곳은 바로 내가 사는 집주인 아들이 경영하는 식당이다. 영국에서 석사학위를 받고 귀국해서 식당을 하는 것이다. 2층으로 되어있고 손님들도 많고 메뉴도 다양하다. 쌀국수에 만두를 곁들인 점심은 깔끔하고 맛있었다. 한국 사람 입맛에 잘 어울리는 음식이다.

돌아오면서 내가 신부님이 음식에 강복해 주시니 더 맛있는 것 같다고 농담을 했다. 같이 근무하는 이무현 선생님이 이곳에서 세례를 받을 수 있는지 물었다. 신부님이 전에 두 달 정도 집중 교리를 받아 세례를 준 적이 있다고 한다. 한국에서는 10개월 이상 소요되는데 이곳 해외의 특성상, 단기 봉사하는 분들이 대부분이기에 특별과정을 설치해 운영했던 모양이다. 나는 한국에서 오랫동안 예비신자 교육을 담당해 왔었기에 여건이 되고, 이무현 선생님도 결심이 선다면 이번 기회에 세례 과정을 마칠 수 있을 것 같다. 이 선생님은 부인, 자녀들 모두가 성당에 다니는데 본인만 오래 해외에 살다 보니 세례를 받지 못하고 있다고 여러 차례 말했었다.

집에 와서 쉬면서, 빨래도 하고, 글도 좀 쓰고, 음악도 듣고, TV 영화도 감상했다.

발리의 화산 분출

아침엔 도미니크 성당에 가서 미사를 보았다. 야곱 신부님이 주례다. 오늘은 하루 연가를 내기로 했다. 건넛방 박찬홍 자문관이 일 년간의 임기를 마치고 출국하는 날이다. 그래서 짐도 함께 나르며 공항으로 환송도 해야 하기 때문이다. 박 선생님은 가면서 물, 플라스틱 그릇, 칼, 수저, 세제 등을 남겨 주었다. 그러나 돈으로 환산 가능한 것은 지불해 주었다. 생수 아쿠아는 1상자에 5달러씩 등이다. 시중에서 파는 가격 그대로다.

어제 저녁때는 박 선생님이 모처럼 자신의 방으로 모두를 초청했다. 현지 건축회사인 로만떼(Romante) 건축회사 김정춘 사장, 부장인 강명구 씨도 함께했다. 최규환 자문관도 건너왔다. 돼지고기를 삶고 마늘과 고추장, 김치, 참이슬 소주와 전병이 나왔다. 안주는 조금 빈약한 편이나 좋은 친구들이 있어 방안은 화기애애했다.

김 사장은 한양대 건축과 출신으로 이곳에서 건축, 운송, 물류, 중장비 대여 등의 종합상사를 운영하고 있으며, 바로 박 선생님이 근무하고 있는 결핵검사소 건물을 지었다. 하자 보수를 하고 있어서 자주 만난다고 했다. 부인은 광주에서 유아원을 경영하고, 장인 장모가 초등학교 교사다. 이곳에서 17년째 사는 강 부장은 가장 오랜 체류 경험이 있는 한국인이라는 생각이 들었다. 그는 중국인 부인에 두 명의 아들을 두고 있다.

최규환 자문관에 의하면 최근에 한 교민이 만취 상태에서 차를 몰다가 검문에 걸렸는데 면허증도 없었다고 했다. 자신이 경찰청에 근무하고 있어서 윗분에게 얘기해서 벌금 등을 면제해 주려고 알아보니까 이미 처벌이 확정되어 있어서 번복할 수 없었다고 한다. 외국에 나가 있을 때는 국내보다도 더 조심, 진중하게 행동, 생활해야 한다. 본인뿐만 아니라 그의 국가도 함께 비난을 받게 되기 때문이다.

최 자문관은 다시 이곳에 세 번째 근무하게 된 긴 이야기를 들려준다. 처음에는 유엔군 경비 경찰로, 두 번째는 동티모르 독립 지원을 위한 파견으로 또 이번에는 자문관으로 근무하고 있다. 그 사이에 이곳에서 여러 차례 생명의 위협을 무릅쓰고 임무를 수행한 적이 있었다고 한다.

그는 현지인에 대한 부정적인 생각이 깊어 보인다. 예를 들어, 공무상 배차 신청을 했는데 기사는 여자 친구와 시내에서 관용차로 한가히 보내면서 배차 시간에 나타나지 않았었다. 근무처의 경비 경찰이 자신에게 인사를 하지 않아 공문으로 상급자에게 자신에 대한 예의를 지키도록 요구했었다. 정작 그 경찰은 자기를 보면 고개를 돌려버린다든가 하는 등 경찰청 직원이나 업무 처리 등에 갈등이 많아 보인다. 반면에 내가 다니는 학교에선 모든 아이와 교사들이 반갑게 맞고 인사하니 나는 행복한 사람 같다. 조금 취했으나 유쾌한 기분으로 밤늦게 잠자리에 들었다.

아침 10시 30분경에 박 선생님을 공항으로 태워 가기 위해, 로만떼 회사에서 차를 보내주었다. 문세혁이라는 청년이 차를 가지고 왔다. 보통 문대리라고 부른다. 이곳 UNTL 대학 4학년인데 국제관계학을 전공하고 있다. 이 대학은 우리나라에서 서울대학에 해당되는 최고 명문 대학이다. 착하고 건실해 보였다.

공항 가는 길에 만디리 은행에서 박 선생님이 돈을 인출해야 한다고 해서 잠깐 들렀다. 박 선생님은 영어를 전혀 못 하니 통역 노릇을 했다. 통장 잔고가 12달러 60센트다. 통장을 폐쇄하려면 10달러를 내야 한다고 하니 결국 2달러 60센트를 받게 되는 것이다. 20여 분 걸쳐 서류를 작성하고 신분증을 복사하는 등 절차를 마쳤다. 일을 처리한 곳은 2층 VIP실인데, 돈은 1층 일반 창구에서 찾으라고 한다. 일반 창구에는 사람들이 북적대서 아마 3, 40분은 기다려야 순서가 올 수 있을 것 같았다. 박 선생님은 울화가 치밀어 서류를 바닥에 집어 던져버리고 나가버린다. 나도 따라나섰다. 밖에서 차를 기다리는데 은행 여직원이 나와서 다시 서류를 내민다. 박 선생이 다시 통장과 ATM 카드 등을 땅바닥에 던져버린다. 결국 내가 주워서 직원에게 건네주었다. 직원이 폐기해도 되느냐고 묻자 내가 그렇게 하라고 말했다.

차에 타고 공항으로 가는데 비가 많이 내린다. 운행 중에 최규환 자문관이 박 선생님께 전화했다. 발리에 화산이 분출하기 시작했으니, 차를 코이카 사무실로 가도록 하여 상황을 파악하고 출발을 결정하라는 것이다. 박 자문관이 몹시 당황해 어떻게 해야 할는지 난감해한다. 내가 지금 그럴 시간이 없으니 그냥 공항으로 가고 변경사항이 있으면 사무실에서 전화할 것이니 우선 공항으로 가야 한다고 말했다.

공항에 도착하니 비행기는 1시 30분 출발 예정인데 30분 앞당겨 1시에 출발한다는 안내가 붙어 있다. 일반적으로 비행기가 지연 운항되는 경우는 있으나 조기 출발한다는 게 이해할 수 없다. 전에 최 자문관으로부터 1시간 먼저 출발하여 당황했었다는 얘기를 들었는데 사실이었던 것 같다. 빨리 탑승해야 하므로 경은지 선생님께 전화해서 공항에 환송하러 오지 말라고 알렸다. 기념 촬영을 했다. 박 자문관은 왜 하필 오늘 비도 내리고 또 화산도 폭발하는지 모르겠다며 불편한 심기를 표현했다. 나는 걱정하지 말라며 오히려 모든 일이 잘 풀릴 징조라고 위로했다. 공항 환송객은 나뿐이다. 사무실에서도 몇 분 올 만한데 썰렁 서운한 분위기다.

1년간 영어 한마디도 못 하면서 동티모르 결핵 퇴치 사업에 한 획을 긋고 가는 박 선생님께 앞으로는 좋은 일만 가득하길 빌어 본다.

봉사와 석별

오늘은 김현진 봉사단원이 이 년간의 근무를 마치고 떠나는 이임식이 있는 날이다. 그사이에 현장사업으로 한국어 전용 교실을 구축하고 각종 학습 기자재도 설치했다. 프로젝터, 컴퓨터, 책걸상, 화이트보드, 한복, 장구, 태권도복 등 한국어 교육과 한국문화를 알릴 수 있는 학습 기자재와 재료들을 한국에서 사 활용하였다. 또 한 가지 중요한 것은 동티모르 고등학생들이 학습하기에 아주 적절한 한국어 교재를 완성했다. 물론 이전에 사용되던 교재를 증보한 것이지만 쉬운 일이 아니다. 책임감과 향학열이 뛰어나서 코이카 사무실에선 가장 테툼어를 잘 구사하는 단원으로 평가받고 있다.

11시에 Conference Room에 모이니 교장이 10여 분에 걸쳐 김 선생님의 봉사 실적과 석별의 아쉬움을 이야기한다. 교사는 20여 명이 모였다. 중앙 테이블에 케이크가 준비되어 있어 나와 교장, 교감, 김 선생님이 함께 절단했다. 교장은 이곳에서 가장 흔한 선물인 긴 수건의 타이즈를 목에 걸어준다. 이어서 기념 촬영이 있었다. 참석자들에게는 캔과 약간의 간식이 제공되었다. 도넛 빵, 케이크 한쪽, 감자 스크램블 등이다. 모두 맛있게 들었다.

그런데 내가 김 선생님 송별 기념으로 한국어 교사 모두와 함께 점심에 초청해 두었는데 배가 불러와서 고민되었다. 송별식이 끝나고 우리 학교에 근무하는 네 분의 선생님(김현진, 경은지, 이무현, 조희영)과 함께 미크롤렛을 타고 목적지인 장성식당으로 갔다. 장성은 만리장성을 줄여 쓴 말이다. 전에 이 근처를 버스로 지나면서 몇 차례 본 적이 있었다. 밖에서 봐도 아주 품격이 있어 보이게 만리장성을 양각으로 조각하여 밖 벽면을 채우고 있다. 깨끗하지만 딜리에서 가장 비싸다고 소문난 곳이다. 김 선생님이 많이 수고했으니 이 정도는 내가 대접해야 할 것 같았다.

안으로 들어서니 아주 깨끗이 잘 정돈되어 있고, 집기도 고급스러워 보였다. 종업원들도 단정한 제복 차림이다. 우리는 음료수가 포함된 8달러짜리 세트 메뉴를 주문했다. 맛있고 깔끔했다. 그런데 격리된 방에서 우리말이 들린다. 나중에 나오는 것을 보니 코이카 소장과 직원들이었다. 한 시간 정도 밥도 먹고 음료도 마시고 그사이 수고에 대해 평가도 하면서 느긋한 오후를 보냈다. 올 때는 지리도 익힐 겸 걸어서 왔다. 오는 길에 상점에 들러 양말 5켤레를 샀다. 이곳 사람들은 양말을 신지 않으니 양말 파는 곳을 발견하기가 쉽지 않다. 나는 매일 신고 빨고 하다 보니 양말들이 구멍 나고 헤어지고 망가졌다. 한 상점에서는 인도네시아 제품인데 한 켤레에 7달러에서 5달러 정도이고, 다른 곳에서는 2달러 50센트다. 싼 곳에서 샀다. 이 정도면 1년 정도 버틸 수 있을 것 같다. 최충호 자문관이 이 부근에 중국인이 경영하는 메이마트가 있는데 물건이 많고 또 저렴하다고 해서 둘러보았으나 장소를 찾지 못했다. 다음에 다시 찾아봐야겠다. 도보로 걸은 거리가 많아서인지 또 열을 너무 많이 받아서인지 머리가 아프다. 너무 피곤하여 일찍 잠자리에 들었다.

수경 재배

3주 전에 고구마와 토란을 사다가 수경 재배를 시작했다. 너무 삭막한 집안에 살아 있는 식물을 키우면 정서적으로 안정감을 찾을 수 있을 것 같았다. 세네갈에서 집안에서 고구마를 계속 수경 재배했었는데 마음이 차분해지고 싱그러웠었던 기억이 있다. 우울함을 많이 씻어 주었다. 고구마 줄기가 7, 8개 생기면서 작은 잎들이 많이 돋고 있다. 방안이 살아 있는 느낌이다. 탁자 위에 올려놓고 바라보는 재미가 쏠쏠하다. 토란은 발육이 아주 더디다. 고구마는 세 개를 키웠는데 하나는 썩어서 버리고 지금 두 개가 잘 자라고 있다. 토란은 일각수의 뿔처럼 아주 천천히 나오고 있다. 학교 사무실에도 한 뿌리 가져다 키워야겠다.

이곳에는 특이한 구근류의 뿌리 식물과 과일들이 풍부하다. 그런데 충분한 지식이 없어서 식용인지 아닌지도 잘 모르는 것이 많다. 예를 들어 토란은 잎이 우리나라 토란과 같은데 뿌리는 큰 고구마만큼 아주 크다. 우리 학교 앞 하천에는 많은 토란이 자라고 있고, 잎이 아주 무성하다. 관상용으로 아주 훌륭하다. 그래서 한 뿌리 가져다 사무실에 두고 키웠으면 했었다. 그런데 엊그제 살펴보니 그 무성했던 토란들이 모두 사라졌다. 알고 보니 최근의 많은 비로 하천이 범람했고 토란 군락과 주변 토사들도 모두 떠내려가고 없었다. 무척 아쉬웠다. 우기에는 엄청난 양의 비가 폭우로 쏟아지는데 하수구 시설이 제대로 되어 있지 않아서 큰 피해가 일상사다.

전직 교장과의 저녁

어제는 오후 5시에 Kmanek 식당에서 우리 학교 3대 교장을 역임한 Jose Dos Santos 선생님과 저녁 식사를 같이했다. 그는 드물게 중형 트럭을 타고 왔다. 아마 농장 경영도 하는 게 아닌지 모르겠다. 교감 Duartes도 참석했다. 나는 5달러짜리 볶음밥을 두 분은 8달러짜리 새우볶음밥과 음료와 채소볶음 등을 시켰다. Jose 교장은 남다르게 약속 시간을 지켰다. 영어를 어느 정도 해서 40여 분 둘이 대화하고 있으니 교감이 들어왔다.

조세 교장 설명에 의하면 자신이 우리 학교 발전계획을 수립하여 코이카에 제안 추진하게 되었다고 한다. 코이카에서 8백만 달러, 교육부에서 백만 달러를 투자하기도 했었다. 그런데 코이카에서 거의 천만 달러를 투자했고, 교육부 투자 약속은 아직도 감감무소식이다. 어려운 나라이다 보니까 백만 달러를 한 학교에 투자하는 것은 내가 보기에도 거의 불가능한 일처럼 생각되었다. 우리나라 같으면 정부에서 일정액을 지원하면 지방자치단체에서 일부를 대응 투자하지만, 이곳은 여건이 여의치 않다.

어쨌든 조세 교장의 노력으로 현재의 아름다운 그리고 동티모르 최고 시설의 기술학교가 탄생했으니 그의 기쁨과 보람은 대단하리라 여겨진다. 교장은 인도네시아에서 공과대학을 졸업했다. 현재 우리 학교 교감인 마르코스는 그의 제자다. 그의 나이는 55세이고 건축과 교사다.

이곳에서 교장과 교감은 일종의 보직 교사로 2년간의 근무 기간이 끝나면 연임하거나 평교사로 돌아오게 된다. 또 교장도 주 몇 시간 정도 수업을 하는 것 같다. 현재 프란시스코 교장은 테툼어 교사인데 드물게 수업하는 모습을 볼 수 있다. 55세 교사는 이곳에서 아주 연로한 교사에 속한다.

요즘은 낮이 짧아서 벌써 밖이 몹시 어둡다. 나는 걸어서 가겠다고 하니 교감이 함께 가자고 한다. 교감 집은 학교 근처인데 걸어서 간다면 족히 한 시간은 걸릴 것이다. 교감은 내가 밤늦게 혼자 걸어서 가니 걱정스러운 모양이다. 가면서 학교와 선생님 얘기를 나누었다. 또 다른 교장 선생님인 Abel은 지금 인도네시아에서 석사과정을 밟고 있다고 한다. 돌아오면 학교에 머물 가능성은 별로 없고 아마 대학에서 강의하지 않을까 예측하고 있다.

교감의 설명에 의하면 이곳의 사립 고등학교 학비는 주당 1달러이고, 한 달에 5달러다. 물론 공립은 무상이다. 우리 학교에는 시골에서 유학 온 학생들이 거주하는 소규모 기숙사가 있는데, 이 기숙사비도 주당 1달러다. 학교 재정은 아주 열악해서 무슨 사업을 계획해서 추진할 여력이 전혀 없다고 한다. 국가가 안정되고 재정이 튼튼해야 교육에도 많은 투자 여건이 마련되는데 아직 모든 게 워낙 열악하다 보니 외국의 원조에 많이 의존할 수밖에 없는 현실 같다.

블랙홀과 모뎀

10시경 미크롤렛을 타고 티모르 플라자로 갔다. 오전 8시에 강동혁 코디에게 블랙홀을 가지러 가도 되겠냐고 물었더니 오라고 했다. 블랙홀은 특수 전등으로 모기나 해충을 유인하여 감전시켜 죽이는 기구다. 이곳은 워낙 모기가 많으니 꼭 필요한 기구여서 코이카에서 일괄 제공한다. 국산 제품이다.

시내에서 두 가지 일을 해야 한다. 하나는 인터넷 모뎀을 충전하는 것이고 또 하나는 코이카 사무실에 들러야 하는 일이다. 어디로 먼저 가야 하는지 결심이 서지 않는다. 버스에서 생각해 보니 사무실에 먼저 가는 것이 좋을 듯했다. 모뎀 충전하는 데는 사람들이 많이 대기하고 있으니, 강 코디와의 약속 시간을 못 지킬 것 같아서이다.

사무실에서 강 대리가 옆에 있는 현지 직원인 코넬리아와 실바에게 블랙홀을 가져다주라고 하니 엉뚱한 물건을 들고 온다. 두 직원은 모두 한국의 지원으로 한국에서 대학을 졸업한 직원들이다. 내가 Anti-Mosquito, Mosquito Trap이라고 설명하니 제대로 갖다준다. 크기가 가로 20cm, 세로 35cm 정도 꽤 큰 물건이다.

사무실에서 나와 다시 버스를 탈까 아니면 10여 분 더위 속을 걸을까 하다 걸어가기로 했다. 40여 도의 무더위와 땡볕이 머리 위로 쏟아지고 있었지마는 요즘 운동량이 적어서 걷는 것이 좋을 것 같았다.

모뎀 충전소에서 번호표를 받아보니 45번이다. 20여 분 기다리니 차례가 왔다. 두 개의 모뎀을 충전해야 한다. 집과 사무실용이다. 20달러와 40달러어치를 충전했다. 한 달간 사용해야 할 인터넷 선불 요금으로 절약해서 쓰면 될 것 같다. 3기가와 6.5기가가 적립되었다.

이곳의 인터넷 사정은 아주 안 좋다. 모뎀을 컴퓨터에 설치하여 이메일이나 카톡을 사용한다. 가끔 한국 뉴스도 보지만 항상 조마조마한 마음이다. 세네갈에 있을 때는 5, 6만 원 정도 내면 정액제로 한 달간 맘껏 사용할 수 있었는데 이곳에는 그런 제도가 없다. 이곳에선 파일 몇 개만 다운로드해도 다 소모된다. 역시 부러운 게 한국의 인터넷 환경이다. 이곳에선 절약해서 써도 한 달이 지나면 남이 있는 기가도 모두 사라져버린다. 어쨌든 아껴 써야 한다.

이곳엔 세 개의 통신사가 있다. 포르투갈 합작법인인 Timor-Telecom, 베트남 법인인 Telemor, 인도네시아 법인인 Telkomsel이다. 송전 시설 부족으로 수도 딜리 및 대도시 인근에서만 통화가 가능하며 지방의 경우 통신 끊기는 구역이 많아서 서비스 및 통화 품질이 좋지 않다. 한국에서 사용하던 휴대전화의 경우 현지 통신사 매장에서 심 카드를 사 휴대전화에 끼워 사용할 수 있다. 동티모르의 모든 통신사는 Pulsa(뿔사)라고 불리는 선불카드를 사 직접 충전하거나 대리점을 방문해 충전하여 사용한다. 뿔사는 1달러에서 50달러까지 있고 마트, 키오스(Kios : 거리의 역이나 구내에서 신문, 잡지 따위를 판매하는 매점), 길거리 상인에게서 쉽게 구입한 뒤 뒷면의 스크래치를 긁으면 PIN 번호를 확인할 수 있다. 휴대전화에 다이얼을 입력하면 금액이 휴대전화에 충전된다.

이곳도 거의 모든 사람이 핸드폰을 갖고 있으니 통신사가 챙기는 돈은 엄청나 보인다. 자국 통신사가 없어서 모든 돈이 인도네시아와 포르투갈, 베트남 등으로 유출되고 있다.

단원들을 쓰러뜨린 뎅기열

어제 오후에 옆방 최규환 자문관이 모기장 얘기를 했다. 모기장을 세탁기에 넣어서 돌렸더니 몇 군데가 찢어져서 테이프로 붙여 쓰고 있다고 한다. 내가 차라리 바늘로 기워서 쓰는 것이 어떠냐고 조언했다.

봉사단원의 필수품이 모기장이다. 대부분 아주 열악하면서 뜨거운 지역인 아프리카나 동남아 등에서 봉사활동을 펼치기 때문에, 이런 곳들은 연중 많이 서식하는 모기에 항상 노출될 수밖에 없다. 세계적으로 병충해 중에서 가장 큰 사망원인은 모기에 의한 것이다. 나는 아직 모기장을 치지 않고 생활하고 있다. 방충망을 잘 살피고 집안에 모기가 있으면 그때그때 잡고 또 모기약을 수시로 뿌려서 구제한다.

빌 게이츠가 작년 세계 모기의 날에 "우리는 상어보다 모기에 대해 훨씬 더 걱정해야 한다."라고 역설했었다. 모기는 말라리아, 뎅기열 및 지카 바이러스와 같은 질병을 유발해 전 세계에서 가장 치명적인 동물 중 하나이며 수백만 명의 사망원인이 되고 있다. 실제로, 모기는 상어가 한 세기 동안 삶을 해친 것보다 하루에 더 많은 사람을 죽인다. 모기가 하루에 죽인 사람 수 1,470명, 상어는 1세기(1916-2016) 동안 1,035명의 목숨을 앗아갔다.

올해 초에 발표된 보고서에 따르면, 기후 변화가 문제를 악화시키고 있다. 모리츠 크래머(Moritz Kraemer, Boston Children's Hospital과 University of Oxford의 전염병 과학자)는 "온난화되는 현재 속도를 늦추기 위한 조치를 하지 않으면, 감염될 수 있는 수많은 사람이 거주하는 많은 도시 지역에 모기들의 서식처가 생길 것이다."라고 했다. 세계 모기의 날은 매년 8월 20일이다. 로널드 로스(Ronald Ross)이 암컷 모기가 인간에게 말라리아를 전염시키는 것을 발견한 기념일이다. 그는 1902년 이 병에 관한 연구로 노벨 생리학상을 수상했다.

최 선생님은 나에게 꼭 모기장을 치고 자라고 한다. 그의 방에 가보면 밤낮 항상 모기장이 처져 있다. 최 선생님은 약과 모기장 그리고 모기 화형용 모기잡이 라켓을 항상 비치해 두고 있다. 또 벌레와 모기가 들어오는 통로 중의 하나가 화장실 방충망이라며 틈은 모두 테이프로 봉하고 있었다. 그런데 나는 모기장을 지급받았지만, 아직 사용하지 않고 있다. 모기가 보이면 약으로 처치한다. 며칠 전에야 방충망 틈새에 테이프를 붙였다. 또 최 선생님은 작은 개미가 있어 매주 방역을 하고 있었다. 나도 얼마 전에 보니 설탕 봉지에 개미가 몇 마리 보여 주변에 약을 뿌리기도 했는데 이 개미가 방마다 다니나 보다.

최 선생님에 의하면 자기 선임인 박 경감(경찰대 출신 간부)이 갑자기 혼수상태에 빠져 병원에서 응급 처치를 받았는데 알고 보니 뎅기열에 걸렸다고 한다. 코에서 피를 쏟고 의식을 잃었었다. 또 우리 학교 한국어 교사들은 김현진 선생이나 경은지 선생이나 그 전임자들도 모두 뎅기열에 걸려 많은 고생을 했다. 처음에는 감기와 비슷해서 열이 나고 힘이 빠지고 하는데 며칠 지나면 거의 의식이 없고 고통에 빠지게 된다. 이것이 뎅기열인데 치사율은 10% 정도 된다. 아직 효과적인 백신과 치료 약은 없다. 김 선생님 말씀에 의하면 우리 학교 주변에 하천과 숲이 많아서 뎅기 모기가 많이 서식하는 것 같다고 한다. 어제 가져온 모기 퇴치기 블랙홀이 효과를 발휘해 주었으면 좋겠다. 설명서를 보니 24시간 틀어 놓으라고 쓰여 있고 공기 정화 기능도 있다고 하니 적극적으로 활용해야겠다. 그러나 낮에도 켜두기에는 전기세가 많이 나오고 화재 위험도 있으니 밤에만 사용해야겠다.

도깨비방망이

금방 김현진 단원 집에 다녀왔다. 아우디안 하이톤(Audian Highton) 아파트에 거주하고 있었다. 집에서 걸어서 10분 거리다. 가는 길에 슈퍼에 들러 바나나 한 손을 2달러 주고 샀다. 거리에서는 1달러 정도지만 이곳은 조금 비싸다. 그러나 품질은 좋아 보였다. 한 번도 방문해 본 적이 없어서 만디리 은행 ATM에서 전화하기로 했다. 조금 일찍 도착하여 주변을 얼쩡거리다가 전화를 했더니 금방 나왔다. 3층에 사는데 지금 관리인이 청소 중이라고 한다. 이 집은 월세가 700달러다. 주 3회 청소해 주고 세탁과 다림질까지 아주 깔끔하게 지원한다. 침대 시트는 매주 갈아준다.

이 아파트를 전에 살던 사람은 월 1,000달러를 주었으나 요즘은 임차인이 별로 없어서 300달러 정도 할인받은 것 같다. 알고 보니 그녀는 내가 사는 아파트 맨 뒤쪽 즉 도로 쪽의 원룸에 살았다. 거리의 소음이 너무 심해서 이사를 했었다. 그녀의 설명에 의하면 지금 경은지 선생님이 사는 우리 아파트는 이곳보다 도심에서 많이 떨어져 있고, 침실과 거실도 너무 좁고 서비스 지원이 빈약하다고 한다. 더구나 이곳에서는 KBS 월드를 시청할 수 있다니 얼마나 다행인가?

우리 아파트의 단점 중의 단점은 한국 방송을 시청할 수 없다는 것이다. 인도네시아 광고 방송이 대부분이고, 독일이나 프랑스의 영어 뉴스가 전부다. 그나마 아리랑과 NHK가 제공되고 있어서 다행이다.

오늘 방문한 목적은 그녀가 12월 2일 한국으로 떠나는데 살림살이를 몇 개 얻기 위해서이다. 얼마 전에 내게 필요한 것이 있는지 물어서 세 가지를 신청했었다. 브리타 정수기, 프라이팬, 믹서기였다. 믹서기는 없고 도깨비방망이가 있다고 했다. 나는 처음 들어보는 도구라 어떤 것인지 궁금했다. 백색에 프라이팬 등 내가 요청한 것뿐만 아니라 반찬통, 생강차, 커피 믹스 등을 넣어서 주었다. 잘 사용해야겠다. 백색을 등에 지고 비닐봉지는 들고나왔다.

봉사단원들이 귀국하게 되면 쓰던 물건들을 후임자들이 돈을 주고 인수하기도 하지만 대개 무상으로 기증한다. 이런 전통이 계속되면 나중에 오는 단원들에게 경제적으로 큰 도움이 된다.

내가 세네갈에 처음 도착했을 때 한 여자 단원이 갑자기 귀국하게 되어 내가 그녀의 살림을 인수하게 되었다. 아주 작은 것까지 금액을 정확히 계산하여 60만 원 정도 지불했다. 내가 일일이 사려면 힘들었을 것인데 어쨌든 다행이었다. 내가 세네갈에서 귀국할 때는 다른 자문단이 마침 오게 되어 내가 쓰던 물건들을 제공했다. 그는 극구 성의를 보이겠다면 20만 원을 나에게 주었다. 아무리 거절해도 막무가내였다. 결국 그의 책상 위 책 속에 돈을 두고 왔고 귀국 후에 돈 있는 곳을 알려주고 그 성의는 잘 간직하겠다고 전했다.

김 선생님은 마음 착한 사람이다. 단원들에게 베풀고 또 김영실 단원이 새로 부임하는데 그녀가 이 방을 계속 사용하고 또 물건들도 쓰도록 배려하고 있다. 프라이팬은 계란 반숙을 해 먹기에 좋을 듯하고, 도깨비방망이는 마늘을 다져 김장할 때 유용할 것 같다. 집에 와서 시금치 야채 블록으로 즉석 국을 끓여 저녁을 마치고, 커피 믹스도 한 잔 마시니 세상이 갑자기 평화로워졌다.

성교육

11월 마지막 날이다. 5일간의 긴 연휴를 지내고 출근했다. 오늘은 출근하면서 고구마와 토란 구근과 브리타 정수기와 빈 물통 등을 들고 가느라 양손에 짐이 가득했다. 우선 베코라 성당에 들러 미사를 보고 다시 도보로 간다. 얼마 안 되는 짐이지만 등줄기에 땀이 계속 흐른다.

학교엔 학생 몇몇이 교정을 서성이고 있었다. 오늘은 코이카에서 주최하는 성교육과 취업 정보 상담 세미나가 있는 날이다. 9시가 가까워지자 세미나에 참석하는 120명의 학생과 교사 30명, 코이카 직원들과 교육부 강사 등이 북적인다. 중앙 단상에는 4개의 좌석이 마련되었고 강당에는 학생과 교사들을 위한 좌석이 배치되어 있다.

　모든 참석 학생들에게는 티셔츠와 필기구, 플라스틱 가방 등이 제공되었다. 개회식에 이어 교육부 성교육 담당관의 기조 강연이 있었다. 강연 후 학생들을 10명씩 그룹으로 나누어 서로 토론하고 경험을 나누고 전지에 그림이나 글씨, 포스트잇 등으로 공동 의견을 표현하였다. 성교육 내용은 성폭력 경험, 성폭력 유형, 예방법 등이었다. 그룹별 토의와 작성이 끝나자 그룹별로 나와 발표했다. 짧지만 조리 있게 때로는 웃음을 자아내는 뜻깊은 시간이었다.

　발표가 끝나자 코이카에서 수여하는 성교육 관련 유공자 표창이 있었다. 교육부 관계관, UNDP 직원, 코이카 현지 직원 등이 대상자였다. 나는 코이카 소장님께 우리 학교 교장 선생님도 포함하면 좋을 것 같다고 전했다. 소장님은 다음에는 포함하겠다고 한다. 사실 교장과 교감은 이 행사 준비를 위해 청소, 좌석 준비, 학생 사전 교육 등 한 일이 너무 많았다.

　모든 참석자에게 도시락이 제공되었다. 흰밥, 생선튀김, 쇠고기볶음 등이 포함되어 있었다. 이 행사를 위해서 코이카에서 많은 예산을 지원한 것 같다. 밖이 워낙 더워 내 사무실에서 많은 손님이 와서 대화도 하고 쉬기도 하였다. 일본 봉사단원 중에는 Tomomi라는 분이 와서 대화했다. 그녀는 인근 학교의 사서로 근무하고 있다. 에어컨도 안 되는 열악한 조건에서 매일 먼지와 열기 속에서 힘들게 생활했다.

　오늘은 수업이 없다. 학생들은 새 학기 시간표를 확인하고 지난 학기 평가 결과에 대한 이의 신청을 하는 날이다. 수업해야 정상이지만, 교사나 학생이나 그냥 느긋하게 개학하면 일주일 정도는 그냥 보낸다. 코이카 차량으로 퇴근했다.

체험수기 당선

올해 마지막 달이다. 오늘 제주에 있는 친구 김홍배가 카톡으로 사진을 보내왔다. 제주 신보에 실린 나의 수상 기사다. 제목은 신중년 인생 3모작 생애 경력 설계 수기 당선이다. 보도 자료는 물론 내가 신문사에 제보한 것이다. 소감과 몇 가지 사항에 대한 추가 답변을 해 주었다. 기사 내용은 만족스러웠다.

한 달 정도 전에 노사발전재단 중장년 일자리센터에서 중장년 인생 2모작 체험수기 공모가 있었다. 3일간의 휴가 기간을 이용하여 활동 내용을 수기 형식으로 써서 보냈었다.

주요 내용은 교육공무원으로서 정년퇴직한 후에 조금은 허무하고 기댈 곳도 없곤 해서 중장년 일자리센터에 노크했다. 1주일간 프로젝트를 수강하면서 혹시나 무엇이 있을까 하는 기대감에서 참석했다. 그 후 현재의 코이카 자문단에 응시하여 선정되었고 세네갈 교육부에서 2년 또 지금 동티모르에서 교육 행정 자문관으로 일하고 있는 내용을 소박하게 기록했었다.

일주일 전에 우수상(2등 당선)으로 선정되었다고 통보받았다. 시상식에 참석할 경우 교통비가 지원된다고 했지만, 배꼽이 배보다 더 큰 격이 되어 참석은 포기했다. 또 이곳에서 처리해야 할 일들이 산적하여 자리를 비울 수도 없었다. 결국 서울에 있는 아들이 대신 참석했다. 시상식 사진을 보니 아주 성대한 시상식이었다. 대형 상금 피켓을 배경으로 사진도 촬영되어 있었다. 사무총장과 함께 찍은 사진도 보내왔었다.

그 사진들을 이곳에서 인터넷 다운로드하려면 5, 6시간이 걸린다는 메시지가 뜬다. 결국 한 장만 다운받고 나머지 4장은 카톡으로 받아보았다. 친구와 지인들로부터 수상을 축하하는 메시지를 많이 받았다. 호사다마라는 말이 있듯이 좋은 일이 있을 때 더 겸손하고 진중하게 생활해야 한다. 상금은 70만 원인데 집사람과 아이들이 식사도 하고 함께 쓰도록 했다.

어쨌든 우리나라는 노력하고 수고하면 그에 대한 보상을 정당히 바르게 평가 지원해 주는 나라임에 틀림이 없다. 수백 명이 응모했고 수상자만 30여 명이 되는데 두 번째로 큰 상인 우수상을 받았으니 무척 기뻤다.

국제봉사단원의 정화 활동

오늘은 국제봉사단원들이 모두 모여 환경 정화 활동을 하는 날이다. 아침 6시 30분 미사를 마치고 계란 삶은 것 하나, 바나나 한 개로 아침 식사를 마치고 쉬다가 걸어서 행사장으로 향했다. 행사장은 해양경찰청 앞 청소년 센터다. 최충호 자문관에게 해양경찰청 가는 길을 듣고 찾아가니 갈 수 있었다. 25분 정도 걸린 것 같다.

등록하고 티셔츠와 아쿠아생수 한 병을 받았다. KOICA, JIKA, UNDP, Peace Corps, 호주 봉사단 캠프 등이 차려져 있었다. 나는 모든 캠프를 찾아다니며 인사도 하고 사진도 찍었다. Peace Corps 텐트에서는 내가 중학교 시절 만났던 봉사단원에 관한 얘기를 했다. Jacky라는 여자 단원이 영어 회화를 가르쳤는데 그 당시에 원어민의 수업을 받는다는 것은 너무도 놀라운 경험이었다. 그런데 그 짧은 스커트를 입고 때로는 교탁에 앉아서 음료를 마시며 수업하는 모습이 우리에게 너무도 큰 문화 충격이기도 했다. 일본 캠프에도 가서 Jay Kito라는 JIKA 소장님과 대화했다.

코이카 텐트에서는 한복 입어보기 체험행사를 했다. 10여 벌의 남녀 한복을 갖다 놓고 외국인들이 입고 사진을 찍었는데, 모든 텐트 중에서 가장 인기가 있었다. 한복은 기본적으로 우아하고 화려하기 때문이다. 또 근처에서는 이곳 젊은이들이 페트병으로 만든 의상을 입고 자연이 페트병 등으로 병들어가는 모습을 퍼포먼스로 보여주었다.

개막식이 있었다. 네 분의 단체장이 인사를 한다. 그런데 미국 대표의 영어 인사가 가장 명확하게 들렸다. 그 사이에 영어 듣기 능력이 향상되었는지 모르겠다. 거의 한 시간가량의 개회식이 끝나고 비닐봉지와 장갑을 받고 쓰레기 수거를 시작했다.

청소 구역은 해변과 바닷가 인근 숲이다. 워낙 쓰레기가 많아 200여 명이 청소하는 데도 하지 않은 것처럼 계속 쌓여 있다. 한 봉지 가득 채우고 집하장에 갖다 버리고 오니 두 봉지가 그냥 길가에 방치되어 있다. 집하장으로 가져다 처리해야 하는데 아무 데나 갖다 놓은 것이다. 추 선생님이 저렇게 하면 하나마나라고 한다. 추 선생님은 초등학교 여교장 출신으로 70이 넘어서 코이카를 알게 되어 수년째 여러 나라에서 봉사하고 계신 분이다. 내가 두 봉지를 들고 다시 집하장에 갖다 처리했다. 손 씻을 곳을 찾아보니 화장실이 하나 있다. 화장실은 엉망으로 좌변기 뚜껑이 떨어져 나가고 아주 지저분하다. 대강 손을 씻고 손 세정제로 소독했다.

행사는 1시경에 끝났다. 집으로 돌아왔다가 외출 준비를 했다. 김현진 선생님이 오늘 출국하기에 공항으로 가봐야 할 것 같다. 미크롤렛 10번을 타고 공항에 갔는데 아는 얼굴이 보이지 않는다. 40분 정도 기다리니 김현진 선생이 조희영 선생과 함께 들어온다. 20여 분 후에 우리 학교 학생들 10여 명과 코이카 정혜진 과장, 봉사단원 7, 8명이 왔다. 우리는 기다란 종이에 석별의 정을 한 마디씩 써서 전달했다.

오는 길에 코이카 차량으로 장성식당으로 갔다. 들어서니 이미 많은 단원이 식사를 끝내고 있었다. 나는 8달러짜리 세트 메뉴, 돼지고기 볶음밥을 주문했다. 시니어 단원들이 식사를 마치곤 바로 나가버린다. 소장님과 직원들이 모두 있는데 먼저 일어서서 가버리는 것은 예의에 어긋나 보인다. 젊은 소장님이라고 해도 직장 상사의 개념으로 함께 일어서는 것이 좋을 듯하다. 소장님과 함께 식당을 나서서 걸어서 집으로 왔다. 이제는 제법 길이 익숙해졌다. 오는 길에 마트에서 구두약, 양파, 감자를 샀다. 오늘은 여러 가지 행사로 조금 피곤했지만 즐거운 날이었다.

Good Morning! No Water!

밤새워 뒤척이다가 일찍 잠이 깼다. 사실은 스마트폰 배터리가 빨리 소모되어 알람이 울리지 않는 경우가 많아 현지 폰에 알람을 설정했는데 1분 동안 울리게 설정한다는 것이 새벽 1시로 조작해 놓았다. 1시에 깨어서 조금 몽롱한 상태에서 살펴보니 내 실수였다. 다시 5시로 설정해 놓고 잠을 청했으나 잠이 오지 않았다. 그 사이에 잡동사니 꿈을 꾸다 일어났다.

샤워하려니 또 물이 안 나온다. 이 새벽에 주인을 깨우기도 그래서 받아 놓은 물로 대충 씻고는 주인에게 메시지를 보냈다. 'Good Morning! No Water!' 갔다 오면 물이 나오기를 바랄 뿐이다.

아침 미사 후에 묵주 축복을 받았다. 교회 성물은 성직자가 축복해야 성물이 되고 축복받지 않은 성물은 그냥 평범한 물건일 뿐이다. 걸어서 학교에 가보니 땀이 많이 흐른다. 학교에서 묵주를 꺼내 살펴보니 불량 묵주다. 세 번째 단이 10알이어야 하는데 11알로 되어있다. 성모송을 한번 더하면 오히려 기도가 많아지니 좋은 것이 아닌가 하고 생각해 본다. 사실 이 묵주는 엊그제 환경 정화 활동을 할 때 수녀님과 어떤 학생이 팔고 있어서 하나 샀는데 불량품이었다. 함께 기도할 때는 쓸 수가 없다.

역시 학교는 문이 열리지 않은 상태다. 시험 후 답지 확인 기간이어서 아예 수업하지 않는다. 학교를 시공했던 삼한건설에서 엊그제부터 보수 공사를 하고 있다. 천장에 금 간 것을 메우는 인부, 발전실 청소를 하는 분도 있다. 전기 기술자인 박계백 차장님이 보여서 우선 자동차에 UPS가 계속 소음을 내고 있으니 봐달라고 부탁했다. 가서 확인하고 이리저리 조작해 보지만 소음을 잡지 못했다. 결국 회로를 차단하여 소음이 멈추게 하였다. UPS 안을 살펴보니 참새가 들어가 죽어있었고, 먼지는 3, 4cm 쌓여 있었다. 먼지떨이로 대강 털고 학생들에게 나머지 청소를 시켰다.

수돗물은 그제 모터를 교체하여 수동으로 물이 공급되고 있었다. 발전실은 거미줄로 뒤덮였던 발전기가 깔끔하게 청소되어 있었다. 그런데 발전기를 한 번도 작동하지 않아 배터리가 방전되어 있었고, 또 기름도 없어서 시험 작동도 해 볼 수 없다. 교감이 기름을 조금 사 왔는데 그것으로는 안 되고 3배는 더 있어야 한다고 한다. 배터리는 20여 일 전부터 충전했는데 충전이 되어 있지 않았다. 다른 배터리를 가져왔는데 이번에는 규격이 맞지 않는다. 박 차장을 사무실로 불러서 커피를 대접했다. 가동되지 않는 발전기를 돌리려면 기름도 채우고 배터리도 교체해야 하는데 학교는 예산이 없고 코이카는 더 지원하지 않으니 어쩔 수 없다고 걱정이다.

조금 있으니 이무현 선생님이 두 학생을 데리고 온다. 한국에서 1년간 무상으로 연수받으러 가는 유학생들이다. 필요한 서류들을 내 컴퓨터로 출력하고 서류 작성을 마쳤다. 사무실에서 컵라면으로 점심을 함께 때우고 귀가했다. 집에서 베토벤 3, 5, 9번을 들으며 하루를 마무리한다.

동티모르에서 교사되기

학교에 가니 드와르테 교감이 오늘 10시에 Conference Room에서 행사가 있다고 한다. 우리 학교에서 6개월간 현장 실습을 마친 대학 4학년생들이 수료식이다. 한국의 교생 실습과 같은 것인가 싶었는데 성격이 조금 달랐다. 실습했다고 해서 교사가 되는 것도, 교사자격증을 수여하는 것도 아니다. 9시 55분 회의실에 들어갔으나 사람들이 보이지 않는다. 10시 30분쯤 되자 실습생 4명이 식탁에 음식들을 진열하기 시작한다. 밥, 빵땅 맥주, 카스텔라, 카사바, 고구마, 바나나, 치킨 등과 물과 주스도 나왔다. 예정 시간보다 1시간이 더 지난 11시가 되어야 모두 자리에 앉았다.

교장은 운동복 차림이고 전면 좌석에 수료생들과 3명의 외빈이 앉았다. 출신 대학 지도교수들이 온 것이다. 교사가 40여 명, 학생들도 10명 정도 참석하여 총 60여 명이 되었다. 교장은 10분 정도 장황한 인사말을 했고 이어서 외빈들의 축사가 있었다. 모두가 길고 별 내용은 없는 말들이다. 이곳 사람들은 마이크를 잡으면 시간을 많이 끈다. 서양 문명 특히 포르투갈의 영향을 오래 받다 보니 그렇게 된 것 같다. 기념 촬영 후 뷔페식으로 식사했다. 모든 음식은 담백했으나 맛있었다.

내 옆에 전직 교장 Jose가 앉아서 일일이 설명해 주었다. 동티모르는 아직 교사 자격증 제도가 정립되어 있지 않고, 인도네시아에서 발급한 자격증으로 교직의 일을 한다고 한다. 또 일반적으로 단기간 교사 자격증 발급 연수를 받기도 하지만, 대부분 무자격자라도 가르칠 능력만 있으면 교단에 선다고 한다. 신생 국가이다 보니 모든 것이 제대로 정착된 것이 아직 없나 보다.

행사가 끝나고 Jose 교장이 내 사무실로 와서 자기 딸의 대학 졸업 축하식이 이번 토요일에 있으니 참석해 달라고 한다. 장소가 우리 학교 대강당이다. 대학 졸업 축하 행사를 대강당을 사용한다니 우리로서는 이해되지 않는다. 이곳에서는 대학 졸업이 아주 큰 영광이기 때문에 각 가정에서 형편이 닿는 한 성대하게 치른다. 마침 토요일이 최충호 자문관이 임기를 마치고 출국하는 날이라 시간을 잘 살펴서 참석해야 할 것 같다.

첫 이발

오늘은 국가 영웅의 날로 공휴일이고, 내일은 성모마리아 잉태 축일로 연휴다. 아침에 미사에 다녀오고 나서 옆방 최규환 자문관과 약간의 대화를 나누었다. 어머님이 위독하다는 소식을 여동생에게 들었다고 한다. 그래서 출국에 대비해서 임시 휴가 파일을 미리 확인해야 하는데 컴퓨터에서 찾지 못하고 있었다. 위급한 상황이 오면 익숙한 일들도 서로 엉키기 마련인데 미리 준비해 두면 편리하게 준비하여 출국할 수 있다.

최 자문관은 생활에 대단히 열정적인 분이다. 서울경찰청 고위 간부로 퇴직한 후에 버스 대형 면허증을 취득했다. 경쟁이 치열했던 카카오 택시 기사로 일도 했었고 또 다른 서비스업에도 종사했었던 것 같다. 또 지금은 자문관으로 동티모르에서 열심히 경험을 펼치고 있으니, 쉬지 않고 인생 2모작을 일구는 그분은 모두의 귀감이다.

오늘은 연휴여서 모처럼 이발을 했다. 한국에서 출발할 때 하고는 지금까지 못 했으니, 석 달이 지났다. 이발소는 몇 군데 눈에 띄었으나 중국인이 경영하는 '황제석유' 주유소 건너편 이발소로 가기로 했다. 등굣길에 보니 이발소 문에 '요금 2달러'라고 적혀있었다. 박찬홍 자문관에게 알려주었더니 그곳에서 몇 번 해보고는 잘한다고 했다. 처음 갔을 때 한국어를 조금 할 줄 아는 직원이 있어서 편했는데, 지금은 산업연수생으로 선발되어 한국에 갔다고 했다.

밖은 한참 무덥다. 거의 40도다. 모자를 푹 쓰고 긴 팔 셔츠를 입고 나섰다. 그 사이에 혹시 문을 닫은 게 아닌가 조바심하며 가보니 문이 열려 있었다. 안은 꽤 넓었고 의자가 4개 있었다. 이발사도 4명이다. 구석 책상에는 여직원이 앉아 있어서 이발 요금을 받고 있다. 내 차례가 되어 테툼어로 머리를 가능한 가위로 약간만 자르도록 설명했으나, 잘 이해하지 못했다. 두 명의 이발사가 교대로 머리를 손보다 보니 머리가 많이 잘려나갔다. 가만히 있다가는 머리가 하나도 남아 있지 않을 것 같아 인제 그만 됐다며 2달러를 주고 나왔다. 집에 와서 염색하고 거울을 보니 그런대로 괜찮아 보였다. 염색약은 박 자문관이 출국하면서 쓰다가 조금 남은 것을 주어서 모두 짜서 사용했다.

외국에서 생활할 때 가장 곤혹스러운 것 중의 하나가 내게는 이발이다. 그래서 좀처럼 이발소를 찾지 않는다. 세네갈에서도 경험했었지만 괜찮은 이발소에서는 외국인에게는 이발비를 다섯 배 정도 더 받았었다. 그래서 나는 실력이 좀 모자라는 현지 이발소에서 이발하고 항상 팁을 좀 얹어주었다. 이발을 잘했다고 외모가 좋아지는 것은 아니라는 것이 어설픈 나의 지론이다. 동네 이발소도 좋다. 다만 어떻게 잘라 달라는 설명을 잘해야 한다. 그리고 아프리카나 이곳 동티모르나 가위로 이발할 능력은 못 된다. 소위 이발기, 전기이발기로 계속 밀어서 이발하는 것이 일반적이다. 가위 이발은 하지 못한다.

물 정리

오늘은 성모 무염시태 축일이다. 법정 공휴일이어서 모두 쉰다. 아침에 또 수돗물이 안 나와서 받아 놓은 물로 씻느라고 시간이 좀 지체되었다. 성당에 가보니 바로 미사가 시작되고 있었다. 제대 바로 옆에 자리했다. 옆에는 신자들이 별로 없어서 그런지 모기가 맹렬히 계속 날아든다. 내가 주 타킷인 모양이다. 오는 길에 길에서 바나나 한 손을 1달러에 샀다. 오늘은 말 그대로 쉬었다. 다만 최규환 자문관과 끄마넥 슈퍼에 갔다 온 것이 전부다. 치즈, 땅콩, 락스, 오이, 우유 등 20달러어치 장을 봤다.

집에서 물 정리를 했다. 물 정리라는 말이 이상하지만 물 문제가 가장 중요한 문제 중의 하나이므로 항상 물을 정리하고 보충해 두어야 생존할 수 있다. 이곳

물은 그냥 마실 수 없다. 설거지한 그릇이나 욕실 유리, 거울 등 물이 닿는 곳은 모두 희게 얼룩져 있다. 바닥도 얼룩이 쌓여 이상한 그림이 그려져 있다. 지하수 물은 우유를 희석한 물처럼 뽀얗다. 그래서 물이 튄 곳은 그대로 우윳빛 얼룩을 남긴다. 이 석회석 물이 아마 인체에 유해할 것이다.

음료수로는 인도네시아 수입 생수인 Aqua나 Aquase를 마시는데 Aquase가 조금 싸다. 봉사단원들의 말에 의하면 Aquase는 모방 생수가 많으나 Aqua는 믿을 수 있다고 한다. Aqua는 1,500mL 15개들이 한 상자에 5달러다. 나는 10상자씩 배달해 먹고 있는데 지금 두 번째 배달시켰다. 주로 음용수로 사용한다.

취사용으로는 갤런 통에 Cool이란 상표가 붙어 있는 물을 사용한다. 이 물을 바로 사용할 수는 없고 브리타 정수기로 한번 정수해서 사용한다. 이 갤런 통 물은 동티모르에서 개발하여 공급하고 있는 물이다. 그런데 최충호 자문관 말에 의하면 그냥 계곡물을 담아서 팔고 있단다. 갤런 물은 여러 종류이니 질의 차이가 날 것이다. 이 물은 한 통에 1달러이다. 이 물은 사용량이 워낙 많아서 보통 이틀에 한 통씩 소모한다. 그리고 수돗물을 브리타 정수기로 정화해서 쓰는데 설거지 후 헹구고, 샤워 후 눈을 씻고, 양치하고 입 헹구는 데 사용한다.

그냥 수돗물은 설거지, 청소, 세탁하는 데 사용한다. 이 물은 사용했던 페트병에 50개 정도 받아서 쌓아둔다. 수돗물이 끊기면 이 물을 사용한다. 오늘은 시간이 있어서 재활용 Aqua 페트병 20여 개에 물을 브리타로 정수해서 비치해 두었다. 물이 충분히 준비되었으니 마음이 부자가 된 기분이다.

이 복잡한 물 문제를 생각할 때마다 한국이 얼마나 행복한 나라인가를 새삼 느끼게 된다. 물을 비치한 공간만 네 곳이 되다 보니 집안이 무척 어지럽다. 오늘도 물이 안 나왔는데 주인과 함께 모터를 살펴보니 물 공급 밸브가 잠겨 있었다. 주인은 여러 사람이 살다 보니 누군가 잘 모르고 아무것이나 손을 댄 것 같다고 설명한다.

제 4 부

휘청거리는
공무원들, 회사원들

베코라기술고등학교 대수선 기증식에 참석한 총리, 대사, 영부인, 장관 등

휘청거리는 공무원들, 회사원들

❧

성대한 대학 졸업 축하연

오늘은 최충호 자문관이 임기를 마치고 귀국하는 날이다. 그는 코이카 봉사단원이 아니다. NIPA(정보통신산업진흥원) 소속이다. NIPA 자문관은 주로 전기, 전자, 통신, 기계 등 자연계 분야의 전문가를 파견하고 있다. 코이카는 인문과 자연 모든 분야를 망라한다. 그는 이곳에서 3년간 근무했었다.

자세한 사항은 모르겠으나 한국에서 퇴역한 소형 군함 3척을 동티모르의 요청으로 기증했다고 한다. 그런데 시간이 흐르다 보니 녹슬고 고장 나고 운항이 어려워졌다. 이런 상황을 제대로 진단, 관리, 수리할 능력이 있는 자문관 파견을 요청했었다. 이의 유지 보수를 위해 최 자문관이 선발 파견되었다.

최 자문관은 그사이에 여러 차례에 유지 보수 계획을 수립하고 동티모르 해양경찰청과 정부에 예산을 배정해 달라고 요청했다고 한다. 겨우 예산을 확보해도 정부에서 더 긴급한 상황이 발생했다며 예산을 전용해 버려서 한 번도 수리하지 못했다. 노력은 많이 했으나 결국 실적 없이 허송세월한 격이 되어버렸다. 본인에게 너무도 힘들었을 것 같다. 또 NIPA에서 파견된 자문관이 혼자여서 외로움이 컸을 것이다. 그나마 다행히 코이카 단원들이 있어서 그 공간을 채워주었다.

최 자문관이 근무하는 해양경찰청 옆을 지나가다 보면 지금도 움직이지 못하고 바다에 떠 있는 군함들을 볼 수 있다. 너무 오래 운행을 멈추다 보니 움직일 수도 없는 상태라고 한다. 내막은 모르겠으나 아마 처음 한국으로부터 이 군함을 인수할 때는 추후 유지 보수에 필요한 재원이나 인력이 지속적으로 한국에서 지원되리라 생각해서 요청하지 않았을까 하는 생각했다. 문제는 고철 더미로 변하고 있는 군함들을 보면서 저 군함들은 왜 움직이지도 못하고 저렇게 서 있고 어느 나라 배냐고 물어봤을 때, 그 답이 한국 군함이 되고 보니 우리나라가 국제적으로 난감한 상황이 될 수밖에 없는 것이다.

공항에 도착해 보니 아직 아무도 보이지 않는다. 조금 있으니 음악을 전공한 이미경 단원이 왔다. 마침 오늘 이희주 단원도 떠나게 되어 환송하러 왔다고 했다. 음악 얘기를 하다 보니 이희주 단원이 친구들과 함께 도착했다.

나는 음악에 관심이 많다. 내가 처음으로 교장 발령을 받은 곳은 서귀포 위미중학교라는 작은 농어촌 학교였다. 130여 명의 학생은 여유만 있으면 시내의 도심 학교로 전학하려고 하니 학생 수가 나날이 감소하고 있는 상태였다.

나는 초등학교에 가서 학생 유치를 위한 강연을 하기도 하고 시내 중학교로 가려는 학생들 학부모들을 만나 설득하기도 했다. 학교에서는 교육력 강화를 위한 많은 프로그램을 만들어 학생들의 역량을 강화했다.

예를 들어 외국어 교육 강화로 전도 영어 퀴즈 골든 벨 대회에 이 작은 학교가 2년 동안 우승을 하여 학생들이 미국 연수를 떠나기도 했고 전도 중학교 평가에서 최우수, 또 전국 교육과정 평가 최우수 등을 차지했었다. 중학교지만 도내 최초로 16쪽짜리 영자신문을 발행하기도 했다.

가장 인상적인 것은 전국 최초로 전학생이 참여하는 오케스트라를 만들었다는 것이다. 현악 중심의 오케스트라였는데 1억 원 정도 소요되었다. 교육감에게도 사정하고 도지사의 지원도 받았다.

1년 후 서귀포에 있는 국제 컨벤션 센터에서 창단 공연을 했는데 도지사, 교육장, 모든 학부모를 비롯한 많은 분이 참석했다. 장소 임대에도 많은 애로 사항이 있었다. 중학생 공연을 컨벤션 센터에서 한 적이 없다는 것이다. 임대료도 최소 수백만 원이 필요했었다. 결국 사장님의 특별한 배려로 무상으로 공연장을 사용할 수 있었다. 그 시골의 중학생들이 10여 곡을 바이올린, 비올라, 첼로, 클라리넷 등을 전 학생이 연주하는 놀라운 결과를 가져왔다. 한겨레신문 등 중앙지에서 1면 머리기사로 다루어지기도 하였다.

양성언 교육감은 이 놀라운 변화에 크게 감동하여 그 후 제주도의 모든 학교에 오케스트라 창단을 지원해 주기도 했다. 제주도의 모든 학교 오케스트라 탄생의 시발점이 된 것이다. 지금은 제주도의 거의 모든 학교에 오케스트라가 있다. 이런 얘기를 이 선생님과 나누다 보니 시간이 금방 지나갔다.

30분 정도 지나자 최충호 선생님이 오셨다. 김대섭, 박형규 시니어 단원과 이무현 선생님도 보였다. 시간이 촉박하여 사진 촬영을 한 후 바로 입국장으로 들어갔다. 석별은 항상 아쉬움이 있다.

나는 또 할 일이 남았다. 엊그제 Jose 전 교장이 딸 졸업 축하식이 우리 학교 대강당에서 있으니 와달라는 초청이 있었기 때문에 학교로 향했다. 6시가 되어 이미 밤기운이 돌고 있었다.

학교 가까이 가니 음악 소리가 온 마을을 덮고 있었다. 현관 앞뜰에 오토바이가 2백여 대가 주차해 있다. 강당에선 4, 50여 쌍의 남녀가 화려한 무도회복을 입고 춤을 추고 있다. 서양 왈츠다. 포르투갈의 영향으로 왈츠가 일상화되어 있다. 신체 접촉이 아주 밀접해 보인다. 연단 위에는 청색 가운을 걸치고 학사 모자를 쓴 예쁜 여대생이 친구 10여 명과 함께 사진을 찍고 있다. 그녀 앞에는 케이크와 음식들이 가득 차려져 있다.

내가 무대 가까이 가자 Jose 교장이 나와서 가족들을 소개한다. 부인과 형제들과 집안 어른들이다. 나도 무대 위에 올라가 함께 촬영했다. 3, 4백여 명의 하객들이 강당을 가득 메우고 끊이지 않고 춤을 추고 있다. 설명에 의하며 이런 기회를 통해서 남녀가 서로 알고 사귀게 된다고 한다. 조금은 음주 상태에서 신체 접촉도 많고 뜨겁게 껴안기도 한다. 이무현 선생님의 설명에 의하면 졸업생이 있는 집들은 크든 작든 비슷한 축제를 한다고 한다. 집으로 돌아오니 온몸이 땀으로 범벅이 되었다. 샤워하고 주스를 한 잔 마시니 오아시스가 따로 없다는 생각이 들었다.

고백성사

어제는 일요일이라 도미니코 성당 한인 미사에 참례했다. 성탄 판공성사를 미리 준다기에 일찍 서둘러 갔다. 아직 아무도 도착하지 않았다. 한가하게 경내를 둘러보았다. 수녀님들이 운영하니 오목조목 예쁜 꽃들이 여기저기 많이 심겨 있고 쓰레기 하나 없이 깨끗하다. 성당 안도 정돈도 잘되고 깔끔하다. 10시가 지나자 한두 분씩 나타났다. 신부님은 보이지 않는다. 이곳에서 오래 살다 보니 스페인 신부님도 동티모르 사람으로 변해서 시간관념이 흐려지는 것 같다. 20분쯤 지나자 신부님이 오셨다. 신자들은 성당에 앉고 고백성사 볼 사람들은 의자를 들고 가서 밖 나무 그늘에서 성사를 봤다.

외국에서 우리말로 고백성사 보기는 처음이다. 세네갈에 있을 때는 일 년에 세 번 정도 고백성사를 봤는데 영어로 봤다. 신부님들이 모두 영어에 능한 것이 아니기에 아마 의사소통에 어려움이 있었을 것이다.

이날 미사에는 인도네시아 자카르타에 거주하는 최 사장님이 참석했다. 그분은 동티모르에서도 활발히 건축, 물류 사업을 하고 있는데 주유소도 갖고 계신다고 한다. 미사 끝에 최 사장은 신자들을 위해서 라멜라우 호텔에서 점심을 대접하겠다고 한다. 금교건 사장님 차로 갔는데 신부님이 동승했다.

신부님은 이곳 신자들에 대해 이야기를 한다. 20년 전 독립할 시기에 인구조사를 했는데 반드시 종교를 기록하게 되어 있었다고 한다. 그러니 대부분 가톨릭으로 적었고, 모든 관혼상제 전례가 성당에서 이루어지다 보니 전 국민이 가톨릭이 되었다고 설명한다. 그러니 알고 보면 신앙심 깊은 않은 신자들도 꽤 있다고 설명한다.

식당에 들어서니 뷔페식으로 차려져 있다. 메뉴는 한국 음식이 많이 가미되어서 밥, 김밥, 닭고기꼬치, 육개장, 쇠고기볶음 등이었다. 모두 입맛 당기는 음식들이다. 사실 이 호텔의 주인은 인도네시아인이고 상무는 한국인이어서 한국인들이 단골로 이용하고 있다. 코이카도 이 호텔 별관을 임대해서 사용하고 있다. 그래서 한국 음식들을 언제나 시켜 먹을 수 있는 호텔이기도 하다. 나는 두 차례 나 갖다 먹고 디저트도 먹었다. 사장님은 동티모르에 오면 항상 이 호텔에 머문 다고 한다.

집에 와서 잠깐 낮잠을 잤는데 머리가 몹시 아프다. 아무리 고개 운동을 해봐 도 통증이 사라지지 않는다. 계속 버티다가 6시 30분에 일찍 잠자리에 들었다. 술이 워낙 약한 내가 낮에 마신 한 잔의 술이 두 통을 유발한 것 같다.

노동요

7시 30분, 출근해 보니 학생도 교사도 아직 아무도 안 보인다. 교문도 꽉 닫혀 있어 우리만이 알고 있는 잠금장치를 해제하고 철문을 열고 들어섰다. 우리 학 교는 산으로 둘러싸여 있다. 마치 여러 산등성이로 품에 안긴 듯 편한 느낌을 주는 교정이다. 오늘은 산을 뒤로 이고 있는 교사 동들이, 유독 황색으로 도색된 건물들이 선명히 눈에 들어온다.

요즘은 우기다. 이곳의 우기는 11월에서 4월까지다. 우기에는 거의 매일 오후 4, 5시경에 비가 30분에서 1시간 반 정도 내린다. 내리기보다는 퍼붓는다. 신록 이 더욱 무성해지고 푸른빛이 돋보이는 계절이다. 교정이 무척 싱싱하고 깨끗하 고 아름다워 보인다.

사무실 문을 열고 들어서니 습도 높은 더운 공기가 몸을 휩싼다. 전등도 켜고 에어컨도 켠다. 15분 정도 지나니 괜찮다. 출근하면 일상적으로 하는 일은 컴퓨 터 켜고 모뎀으로 인터넷에 접속하여 메일과 카톡을 확인하는 일이다. 지구촌의 많은 지인과 인사와 소통을 한다. 그리고 커피 믹스를 마신다. 이만하면 호강한다고 생각하며 일을 시작한다. 좀 한가히 일을 시작할 때는 7080 가요, 성가, 찬송가, 베토벤, 팝송 등을 들으면서 일하면 짜증도, 더위도 어느새 잊고 일에 몰두하게 된다. 일종의 노동요 효과다.

9시쯤에 교감이 왔다. 전에 내가 작성한 베코라 기술고등학교 발전 추진 계획의 서론 부분을 테툼어로 번역해 달라고 부탁했었다. 연구물과 논문들은 우선 한국어로 작성하고 이를 영어로 번역한다. 영어로 번역한 것을 구글을 이용하여 테툼어로 번역한다. 그런데 구글로 번역한 테툼어 과제물은 초벌 번역이기 때문에 잘 살펴 다듬어야 한다. 테툼어 초벌 번역까지 해서 내가 영어 번역본과 테툼어 번역본을 출력해서 원고와 파일을 주고 수정 보완 번역을 의뢰했었다.

한국 사람이면 몇 시간이면 족했을 업무인데 거의 한 달이 걸렸다. 살펴보니 20여 군데가 제대로 번역되지 않아 모셔다가 다시 함께 손질했다. 번역료는 바로 현금 지급했다. 이곳에서는 꽤 많은 금액이다. 의뢰한 업무량에 비해서는 후하게 쳐주었다. 아마 거의 한 달 월급은 될 것이다. 많은 아이와 열심히 살아가는 모습을 보면서 생활에 조금 도움이 될까 해서 조금 많이 책정했었다. 기침을 많이 한다. 독감에 걸린 모양이다. 급히 사무실로 가서 한국의 종합 감기약을 가져다주었다. 식후 한 알씩 복용하도록 안내했다.

퇴근 시간 사무실을 나서는데 더위를 감당하기 어렵다. 학교에서 미크롤렛 정거장까지는 20여 분 걸린다. 거의 집집마다 심어놓은 파파야 나무를 보면서 20여 분 걷다 보니 정류장이 바로 보인다. 무더위 때문인지 모두가 걷기가 어려워선지 버스 안은 평소 두 배 정도의 사람들이 가득 탔다. 좁은 버스 안은 더위와 냄새가 심하다.

집에 도착하니 반찬과 찌개를 할 재료들이 거의 바닥나 있었다. 채소, 감자, 양파는 기본적으로 갖춰져 있어야 하는데 아무것도 없다. 그런데 밖은 너무 덥다. 어제 먹던 닭 다리 된장찌개가 조금 남아 있다. 데워서 저녁을 때웠다. 밖은 다시 비가 장대같이 쏟아지고 있다. 소나기에 불타는 더위와 대지 그리고 마음도 가라앉는 것 같다.

제주도와의 워크숍

오늘은 제주도에서 대외협력 대표단이 이곳에서 워크숍을 하는 날이다. 제주도와 UNDP(유엔개발계획), 동티모르 산림청이 함께 주관하는 '제주-동티모르 우정의 숲' 워크숍으로 삼림 가꾸기와 나무 심기 행사의 첫 번째 날이다. 제주도와 동티모르는 아름다운 섬으로 이루어진 지역이므로, 아름다운 자연과 평화를 사랑하는 사람들이 함께 모여 공동 과제를 추진한다면 모두가 행복한 결실을 낼 것이라는 생각이 들었다.

세미나 장소는 UN HOUSE인데 가본 적이 없어서 최규환 자문관에게 약도를 그려 달라고 부탁해서 찾아 나섰다. 10번 버스를 타고 경찰청 반대쪽에서 내려 도보로 찾아갔다. 거리에서 만나는 사람들에게 물어보면서 갔는데 세 번이나 엉뚱한 곳으로 안내를 받았다. 이곳 사람들이 그런 기관이 어디 있는지 알기는 어려울 수도 있었다.

역시 내가 맨 처음 도착했다. 회의장을 준비하고 있는 이성길 UNDP 전문위원을 만나 인사도 하고 등록도 했다. 그도 제주도에 여러 번 다녀본 적이 있다고 했고 지금은 이 기관에서 계약 봉사직으로 일하고 있다. 나중에 알고 보니 가끔 우리 아파트에 와서 몇몇 여자 봉사 단원에게 영어를 가르치던 분이었다.

제주도에서 준비한 티셔츠와 제주 황칠나무 마스크 팩, 제주 동백 동산이 그려져 있는 손수건 등을 기념품으로 배부했다. 마침 한국에서 손수건을 한 개밖에 가져오지 않아서 필요했었는데, 내가 가장 필요한 것을 얻게 되었다. 이곳에서 여러 상점을 다녔으나 손수건을 구할 수 없었다.

제주특별자치도에서는 김남진 평화협력과장, 글로벌 이너피스 고은경 대표, 생태관광협회 고제량 대표와 김유진 국장 등 9명이 참석했다. 제주도 사람들을 이곳 동티모르에서 만나게 되어 너무 기뻤다.

그중에서 제주 황칠나무 사업단장이며 제주대학 교수인 송창길 선생님도 있었다. 송 교수는 내가 전에 함께 근무했고 존경하는 송창윤 선생님 동생이다. 아버님 상이 났을 때 안덕에 있는 고향 집까지 문상 갔던 기억이 새롭다. 송창윤 선생님은 나와 같이 영어교사로 얼마 전까지 제주외국어고등학교 교무부장으로 일하다가 퇴직하셨는데 아주 성실하고 신앙심이 깊은 좋은 선생님이셨다. 동티모르에서는 산림청장과 산림 관련 전문가와 기관장 30여 분이 참석했다.

세미나는 동티모르의 삼림 현황과 식목 및 육림 계획 등에 대한 산림청장의 발표가 있었다. 이어서 제주대표단이 설명하는 세계 모범국인 한국의 식목 사업의 역사, 현황과 육림 계획, 제주 황칠나무 소개와 상업화, 제주 동백 동산 생태 학습 내용 발표와 질의응답이 있었다.

질의 시간에 나는 동티모르가 포르투갈의 식민지가 된 가장 큰 원인은 백단목(Sandal Wood)을 유럽에 가져다 팔기 위해서였는데, 지금 현재 동티모르의 백단목 현황과 분포 지역, 또 이를 자원화하는 방안 등을 질의했다.

많은 전문가가 참석했지만 제대로 알고 답변해줄 사람은 없었다. 한참 기다리다 결국 산림청장이 답변했다. 백단목은 워낙 고가여서 포르투갈 등이 모두 베어가 버려서 큰 성목은 거의 없고, 이제 키우기 시작한 작은 나무들이 있으면 따라서 분포 지역 등에 대한 체계적인 조사도 이루어지고 있지 않다고 했다. 백단목을 잘 키우고 이를 사업화한다면 앞으로 동티모르의 큰 소득 사업이 될 것 같다. 그의 설명에 의하면 백단목 1kg에 80달러 정도 한다고 한다.

12시까지 예정되었었으나 열띤 토론이 계속되어 결국 13시가 되어 끝났다. 배급한 도시락을 먹고 귀가하니 온몸이 땀으로 범벅이 되어 있었다. 제주도에서는 해마다 5천만 원 정도 지원하고 있다. 주로 산림 관련 사업에 지원한다. 이런 큰 행사에 대사님이 안 보인다. 관계자의 설명에 의하면 사실 어제 대사관을 방문했었다고 한다. 그런데 대사님은 이런 큰 행사를 하려면 사전에 대사관과 협의하여 추진해야 하는데, 제주도가 독자적으로 일을 하니 심기가 불편해 보였다고 한다. 그래선지 아니면 다른 일정 때문인지 대사님 모습이 보이지 않았다.

백단목(Sandal Wood)을 심으며

오늘은 '제주도–동티모르 우정의 숲' 조성 식목 행사가 있는 날이다. 가까운 도밍고 성당에서 아침 미사를 하고 집에 오니 7시 10분이다. 행사 참석 준비를 하고 7시 20분경에 경은지 선생 방에 노크하니 금방 나오겠다고 한다. 잠시 후에 우리 집 반대 방향에서 1번 버스를 타고 출발했다. 이쪽 방향은 처음이라 경 선생님께 주변을 잘 살피라고 부탁했다. 그녀는 전에 UNDP에 갔다 온 적이 있지만, 그녀 자신이 길치여서 잘 모르겠다고 한다. 어제의 기억을 되살려 농림부 부근에서 내려 찾으니 쉽게 갈 수 있었다.

우리는 East Gate에서 만나서 함께 식목지로 가기로 했었다. 그런데 아무도 안 보인다. 여기서 일본인 인턴 Siege 등을 만나기로 했었다. 경비에게 이곳이 East Gate가 맞느냐고 물어보았으나 대답을 못 한다. UNDP (United Nations Development Plan)에 근무하면서 영어를 한마디도 못 하니 황당한 일이기도 하다.

조금 기다리니 길 건너 쪽에서 인턴 시계가 보인다. 우리말 시계와 발음이 같아 암기가 쉬웠다. 얼마 후에 일본인 봉사단, 인도네시아 봉사단, UNDP 요원 등이 도착했다.

행사 장소인 Liquisa까지는 1시간 정도의 거리다. 수도 딜리에서 시 경계선을 넘을 때까지 도로는 너무나 많이 패여서 웅덩이가 너무나 많고 또 중간 중간에 산사태로 암석이 도로를 덮치고 있는 곳들도 많았다. 방치되어 있고 공사 흔적과 노력이 안 보였다. 좁은 1개 차선을 서로 교대하며 지나가야 했다. 야간에는 가로등도 없고 해서 운행에 위험이 많을 것 같았다.

시 경계를 지나자 잘 포장된 도로가 나왔다. 이곳은 인도네시아가 지배하던 시절에 만들어진 도로다. 인도네시아는 동티모르인의 환심을 사기 위해서 많은 투자를 했었다. 현재 동티모르의 기반 시설은 거의 인도네시아에 의해서 이루어진 것이라고 할 수 있다.

출발이 늦었기 때문인지 차는 계속 과속한다. 운전 실력은 좋아 보였다. 가는 길의 1/ 3은 해안도로다. 이곳은 주변에 하수가 흘러가는 취락이 없기 때문인지 바닷물이 아주 맑다. 가는 곳까지 주변은 나무가 무성하다. 이런 곳에 굳이 식목할 필요가 있을까 하는 생각이 들었다. 비가 많이 내리고 일조량이 풍부하니 나무가 자라기에 적절한 곳 같다. 나무도 상품성이 있어야 해서 경쟁력이 있는 수종을 선택해서 잘 가꾸는 일이 중요하다는 생각이 들었다.

행사장은 포장도로에서 조금 벗어난 언덕 위에 있었다. 많은 차들이 이미 비포장도로 주변을 가득 채우고 있었다. 관공서 직원, 주민, 제주도민과 국제봉사단 등 300여 명이 모였다. 7, 8명의 여학생이 화려한 타이즈 모양의 전통 의상을 입고 노래와 춤으로 환영한다. 족장이 외빈에게 타이즈를 목에 걸어준다. 여분이 많은지 나도 한 장 얻었다.

식목 행사장인 언덕 위 평지에는 이미 넓은 천막을 쳐져 있었다. 평탄 작업이 되어 있었고 방송 시설도 되어 있었다. 또 외빈이 식목할 장소는 미리 구덩이를 파 놓았다. 식은 길고 지루하게 진행되었다. 동티모르 산림청장, 주산림 국장의 인사와 제주도 대표단의 답사 등이 있었다. 산림청장이 오늘 식목 수종은 백단목(Sandal Wood)라고 하며 함께 식목하자고 한다. 백단목은 유칼립투스 잎과 비슷하다. 그는 흰 Sandal Wood도 있고 빨간 Sandal Wood도 있다고 설명했다. 사진도 함께 찌고 식목도 했다. 너무도 보고 싶었던 백단목을 직접 심게 되어 가슴이 벅찼다. 기념으로 백단목 잎 3개를 따서 지갑 갈피에 넣었다. 행운을 가져다줄 것 같았다.

행사장 옆에서는 원주민 어른들이 작은 돼지와 염소를 잡고 있었다. 돼지의 지라를 꺼내 원로 노인에게 보인다. 제물이 오염되었는지를 판단하는 것이다. 노인이 '디악 디악(좋아 좋아)'하면서, 정결하다고 선언하자 다음 해체 작업이 순조롭게 이루어졌다.

식목 행사가 끝나고 산 밑으로 내려오니 뷔페식으로 점심이 차려져 있었다.

밥, 양고기, 돼지고기, 치킨, 야채, 파파야 등 푸짐하다. 맛도 있고 우리 입맛에도 잘 어울린다. 제주도청에 근무하는 고정형 대외협력과 직원과 함께 식사했다. 알고 보니 그는 제주제일고 32회 졸업생이었다. 내가 직접 가르치지는 않았지만 내가 32회에서 34회까지 그 학교에 근무했으니, 소위 앨범 제자에 속한다. 나와 친근한 고창근 전 교육국장이 3학년 담임이었다고 한다. 이 행사를 위해서 제주도에서 많은 예산을 지원했을 것이다.

또 오늘은 오후 2시부터 티모르 플라자에서 코이카 안전교육이 있어서 서둘러 돌아가야 했다. 회의 장소에 조금 일찍 도착해서 티모르 플라자 1층에 있는 Kmanek Super에서 장을 보았다. 양파, 감자, 마늘, 사과 등을 샀다. 오늘은 가격이 모두 조금씩 싸다. 10달러 지불했다.

교육 장소는 5층 식당이다. 현지 코이카 직원 Rui의 안전과 치안 현황 설명이 있었다. 이어 이영대 자문관의 Global Leadership 강의가 이어졌다.

오늘은 연말연시를 기념하는 행사이기도 해서 유흥과 퀴즈 풀기 등이 있었다. 역시 젊은 단원들은 재치가 있고 머리 회전이 빠르다. 나중에 상품 못 받은 사람들 나오라고 해서 최 자문관과 함께 나갔다. 노래방 기기에서 첫 소절을 듣고 노래하는 것인데 내가 좀 알고 꽤 부르는 '상하이 트위스트'였다. 최 선생님과 함께 부르고 상품을 받았다. 냄비 세트다. 최 선생님은 지금 쓰는 냄비가 너무 낡아서 버리려고 했는데 잘 됐다면 아주 좋아한다. 나도 냄비를 쓰지 않고 코펠을 쓰는 데 아주 잘 활용할 수 있을 것 같다. 중국 제품인데 집에 와서 조립해 보니 나사가 없었다. 어디서 구해봐야겠다. 오늘은 소위 다사다난한 하루였다. 그런데 잠이 오지 않는 이유는 무엇일까?

도밍고 수도원과 야곱 신부님

어젯밤에는 거의 잠을 자지 못했다. 침실의 냉방기가 고장 났었다. 찬 공기가 나와야 하는데 더운 공기만 나온다. 그럭저럭 뒤척이다 보니 날이 샜다. 팔뚝이 몹시 가렵다. 무엇이 물었나 보다. 조금 있으니 점점 부풀어 오른다. 어떤 벌레가 문 모양이다. 물파스로 진정시켜 본다. 처음에는 침을 발랐다. 사실 침에는 살균 효과가 있는 화학 물질이 많이 포함되어 있다고 한다.

일요일 아침엔 항상 나름 대청소를 한다. 잘 쓸고 소독제와 라벤더 향 세정제를 혼합해서 바닥을 닦아 낸다. 변기와 세면대는 염소 희석제로 닦고 물로 씻어 낸다. 처음에 입주했을 때는 누렇게 변색된 변기와 화장실 세면대, 또 싱크대 등이 오랫동안 잘 닦지 않아 아주 지저분했었다. 그러나 슈퍼에서 산 프랑스 세정제가 아주 효과적이어서 지금은 변기 등이 깨끗하다 못해 광채를 내고 있다. 아마도 아주 강한 염소제 계열의 세정제 같다. 그러니 항상 고무장갑을 끼고 청소를 해야 한다. 워낙 게으른 성격이라 청소와 정돈을 잘하지 않지만, 일주일에 한 번 일요일엔 대청소하는 날로 정해서 몇 년째 해오고 있다.

8시 30분경에 남자 주인 란도에게 가서 물도 안 나오고 에어컨도 고장이라는 얘기를 전했다. 그는 공기 순환 거름망 청소를 하면 된다고 한다. 나는 아마 냉매 가스가 다 날아간 것이 아닌지 확인해 보라고 했다. 내일 오후 2시에 에어컨 전문가를 보내겠다고 한다. 내일은 정상적으로 에어컨 가동이 됐으면 좋겠다.

수경 재배 중인 고구마 줄기가 1.5미터가량 뻗었다. 토란 같은 카사바도 4, 50센터 정도 줄기가 하늘로 뻗고 잎이 크게 자라서 옆으로 펼쳐진다. 집 안에 생물이 자라고 있으니 마음도 생각도 여유롭다.

오늘은 한인 미사가 있는 날이다. 10시부터 판공성사가 있었고 이어서 10시 30분부터 야곱 신부님 집전으로 미사가 거행되었다.

미사 끝에 지난 미사에서 예고했듯이 신부님의 초대로 신부님댁에서 점심을 먹기로 했다. 아주 좁은 골목길을 한참 지나야 신부님이 사시는 도밍고 수도회가 보였다. 골목길 너비가 40센티 정도인데 그 밑에는 하수도로 썩은 냄새가 진동했다. 방심했다간 바로 하수구에 빠지는 구조다. 신부님은 저녁때 지나가다가 빠진 적도 있다고 했다.

관목들이 듬성듬성 심어진 그리 크지 않은 낡은 건물인데, 이층엔 수도회 입회자들인 동티모르 청년들이 거주하고 있었다.

7, 8개의 음식이 준비되어 있다. 소고기, 대형 완자. 스페니쉬 오믈렛, 소고기 라면, 치즈 고기 범벅, 또 우리 식구들이 준비한 샌드위치, 김밥 등 아주 푸짐했다. 포도주는 이 참사관님이 준비했다. 포도, 파파야, 바나나 등 과일도 나왔다. 신부님과 함께 생활하는 예비 수도사들이 준비했다.

신부님은 아랍 에머레이트 로고가 찍힌 티셔츠를 입고 계셨다. 아주 수수하다. 모퉁이에는 모링가 나무가 한 그루 서 있다. 잎을 따서 음식에 자주 넣어서 조리한다고 한다. 세네갈에 있을 때는 모링가 잎 구하기가 쉬워서, 나도 말려서 차로 마셔 보기도 하고 했었다. 그러나 소문처럼 효험이 있는지는 체험하지 못했다. 아프리카에선 친구가 모링가 잎을 한 부대 가져다준 적이 있었다. 그런데 살펴보니 먼지 반 나뭇잎 반이어서 대여섯 번은 씻어야 차로 마실 수 있었다. 그러나 이곳 나뭇잎은 깨끗해 보였다.

야곱 신부님은 포근한 인상에 항상 미소를 띠고 있다. 한국에서 8년 일본에서 12년을 사셨고 하니 한국말보다 일본말을 더 잘한다고 했다. 꼭 프란치스코 교황님과 인상과 분위기가 비슷해 보인다. 내가 다음 교황님은 야곱 신부님이 되어야 한다고 농담하니 아주 기뻐하신다.

차양이 처진 그늘 밑에서 점심을 들다 보니 더위에 온몸이 땀으로 뒤범벅이 되었다. 10여 분 걸어서 집으로 돌아왔다. 먼지와 땀을 씻고 소파에 앉으니 마음이 차분해진다.

이무현 선생님께 어제 전화로 성당에 다녀보지 않겠냐고 의중을 떠보았었다. 아직 마음의 준비가 되지 않았단다. 항상 느끼지만, 누구나 처음 성당에 다녀볼까 하면 항상 마귀가 방해를 놓는다. 괜히 사람을 진중 심각하게 만들어서 주저하게 한다. 이 선생님은 한국에 있는 부인, 자녀들 모두가 가톨릭인데 외국으로만 떠돌다 보니 가장은 세례를 받지 못했다. 가톨릭 신자가 돼서 귀국한다면 가족에게 가장 큰 선물이 될 것 같다. 다음 달 미사엔 성당에 함께 나왔으면 좋겠다.

어떤 수녀의 한국 유학

며칠만의 등교다. 아침 미사를 보고 등굣길에 빵 열 개를 샀다. 1달러다. 무척 싸다. 크지는 않고 보통 작은 만두 사이즈로 도넛형, 만두 형, 찐빵 형 등 몇 가지 종류가 있었다. 등굣길 슈퍼에서 파는데 아주머니가 인도네시아 출신으로 아주 깔끔한 인상이다. 이무현 선생님이 출근한다고 하니까 함께 점심을 먹으면 될 것 같다. 아침 6시에 집을 나서는데 경은지 선생님을 만났다. 김경미 선생 댁에서 자고 온다고 한다. 그녀로부터 이 선생님 등교에 관한 얘기를 들었다. 이 선생님과 김 선생님은 한 울타리에서 살고 있다. 한국 주인이 집 두 채를 지어서 원룸식으로 나누어 임대하고 있다.

학교에 도착해 보니 철문이 잠겨 있다. 밖에 차 한 대가 서 있는데 아마 우리 학교 학부모인 것 같다. 문을 두들기니 멀리 기숙사에서 한 학생이 알아듣고 달려와서 열어준다. 사무실 안은 몹시 후덥지근하다. 키우는 고구마 줄기는 오래 물을 안 줘서 악취가 난다. 카사바도 마찬가지다. 청소 아줌마가 출근하면 물을 갈아줘야겠다.

오늘부터 해야 할 일이 많다. 그런데 오후에 한국에 유학 가는 두 명의 우리 학교 학생들에 대한 인터뷰를 대사님께서 직접 하시겠다는 연락을 받았다. 대사관에 가봐야 할 것 같다. 집으로 돌아와서 정장으로 갈아입고 대사관에서 보내온 차로 이무현 선생님 그리고 두 명의 학생과 함께 대사관으로 갔다. 학생들은 대사관 현지 직원 및 대사님과 과외 활동, 봉사활동, 학교생활 등에 대한 인터뷰를 진행했다.

대사님은 지금 동티모르 정치 상황에 대해 몹시 걱정하고 계셨다. 선거는 끝났는데 정부 내각 구성이 안 이루어졌고 의회는 여소야대로 분열되어 있다. 예산 통과가 안 되어 공무원들의 봉급이 지급되지 않고 있으며, 사회가 불안해져서 각종 사업체가 활동을 멈추고 있다. 특히 한국에서 투자하고 있는 기업체들이 상당수 철수하고 있다고 한다.

우리 학교의 여러 문제, 새 건물들의 부실 공사, 특히 화장실, 수돗물, 전기 등의 문제를 잘 알고 계셨다. 코이카 건축 담당 PM이 지난번에 대사님께서 알고 싶어 한다면서 유지 보수 현황과 문제가 있는 시설들을 촬영해 가서 대사님께 상세히 보고한 것 같다. 금속성으로 된 수도꼭지는 많이 망실되었고 또 플라스틱 연결 부위도 보수하자마자 바로 파손되거나 없어진다.

대사님은 아주 열정적인 분으로 이곳 학생들이 한국에서 무상 유학을 할 수 있도록 계속 노력해 오고 계셨다. 강남대학과 결연을 맺어서 올해 3명의 유학생을 보낼 수 있도록 주선한 것이다. 학비 생활비 등 모든 경비가 지원된다. 우리 학교 학생이 2명, 돈보스코 기술학교 학생이 1명 선발되었다.

돈보스코 선정 유학생에 대해서 듣게 되었다. 여학생인데 그녀의 나이가 24살이다. 보통 고등학교를 졸업하고 가는데 그녀는 다른 학생들에 비교하여 5, 6년 더 나이가 들었다. 그녀는 11명의 형제자매를 가진 대가족의 장녀였다. 동생들을 돌보느라 대학에 가지 못했고 수녀원에 들어갔다. 그러나 수녀원 적응이 잘 안 되어 수녀원에서 나와 돈보스코 기술학교에서 기술을 익히고 있었다. 이 학교에서 4명의 지원자가 있었는데, 모두가 성적도 우수했고 성실했다. 그러나 어렵지만 많은 가족, 또 수녀원에 다녀온 경험 등을 살펴보았을 때 소위 흙수저 중의 흙수저였다. 그러나 장래에 성실하고 열심히 학업을 수행할 수 있을 것 같아서 그녀를 선정했다.

그녀가 선정되는 데는 이영대 자문관의 영향력이 커 보였다. 이 자문관의 말에 의하면 그가 처음 이곳에 부임했을 때 테툼어를 거의 모르기 때문에 이곳 사람들과 의사소통에 어려움을 많이 겪고 있었다. 그때 그녀가 테툼어와 영어를 대비해서 작성한 간단한 생활 테툼어 쪽지를 만들어 제공해 주어서 많은 도움이 되었다고 했다. 그 정도의 정성과 열정이 있으면 어디 가서든지 자신의 역할을 충실히 할 수 있으리라는 믿음을 주었다.

대사님은 임기를 마치고 28일 귀국하게 된다. 정국이 지극히 불안한 이곳에서 훌륭히 임기를 마치고 떠나시게 되는 것 같다. 해군 소장 출신인 그는 항상 서민적이고 친절하고 자상한 태도로 우리를 잘 보살펴주었기 때문에 교민들을 오래 잘 기억하리라고 믿는다. 귀국 후에도 더욱 보람차고 행복한 일들이 가득하길 빌어 본다.

입학시험

아침 미사에 갔다. 베코라 성당 안은 신자들로 가득 차 있었다. 특히 요즘 놀라운 점은 학생들이 워낙 많다는 것이다. 어른이 100여 명이라면 학생은 300여 명은 넘어 보인다. 항상 느끼는 일이지만 소위 동 새벽에 일어나서 몸치장하고, 새벽 6시 30분 미사에 참례하려고 하면 정말 부지런해야 한다. 그리고 다시 집으로 가는 것이 아니라 바로 그 길로 등교한다. 아침을 거르는 경우가 많다. 참으로 대견하다.

그런데 이상한 일이 발생했다. 시간이 지나도 미사를 시작할 기미가 보이지 않는다. 으레 신부님이 조금 늦는가 보다 생각했는데 보이지 않는다. 성당 집사와 수녀님이 분주히 오가며 얘기를 나누는 모습이 무슨 일이 있나 보다. 다시 기다리다 6시 50분경이 되자 결국 수녀님이 신부님 대신 공소 예절로 미사를 진행한다. 그러나 성체분배는 있었다. 한국에서는 공소 예절을 하면 성체분배는 하지 않는데 어쨌든 기쁜 일이었다.

이곳은 이상하게도 신부님들이 거주하는 곳은 성당이 아닌 곳 같다. 그러니 상주하는 신부님이 안 계시고 신부님들은 돌아가면서 이 성당 저 성당 날짜 요일별로 미사를 집전한다. 그러다 보니 헷갈리는 일들이 있을 것이다. 한국에서는 한 성당을 관리하는 주임신부와 보좌신부가 그 성당 사제관에 거주하기 때문에 이런 일은 절대 발생하지 않는다.

걸어서 학교에 도착했다. 학교는 어제보다 훨씬 많은 학부모와 학생들이 강당 앞과 운동장에 운집해 있다. 요즘 입학시험 절차가 진행 중이다. 대강당에서 서류 작성과 등록을 하고 학과별로 가서 문제 풀이와 면접시험을 치른다. 학생과 학부모들은 이 찌는 더위에 아랑곳하지 않고 기다리고 있다. 동티모르 최고의 기술고등학교에 입학하려면 이 정도의 수고는 별것 아니라는 생각을 하고 있을 것이다. 그리고 반가량은 지방에서 올라온 학생들이다.

점심은 학교에서 교직원들에게 제공하는 도시락을 이무현 선생님과 함께 내 사무실에서 먹었다. 치킨이 있어서 뼈들을 모았다. 집에 있는 개, 땡칠이와 땡칠이 딸 '복구' 생각이 났다. 요즘 외식을 할 때는 항상 봉지에 뼈나 남은 음식을 모아 가져다준다.

점심이 끝나자 선생님들이 식사했던 회의실로 갔다. 여기저기 선생님들이 먹다 버린 닭 뼈들이 있어서 함께 모았다. 그중에는 아직 개봉하지 않은 도시락도 있어서 함께 가져왔다. 먹지 않은 도시락 전체는 어미 땡칠이에게 주었다. 그리고 닭 뼈는 그의 딸 '복구'에게 주었다. 복구는 아주 옛날 우리 집에서 기르던 강아지였다. 복을 구해다 준다는 의미다.

그런데 어미가 도시락 전체를 차지하고 또 복구에게 준 것까지 가져다 먹어 버린다. 한집에 살면서 자기의 피붙이인데도 먹이 욕심이 큰 것 같다. 사람과 동물의 차이를 느끼게 한다. 아니면 이곳에서는 주인이 기본적으로 먹이를 주지 않기 때문에 보일 때 많이 확보해 두려는 것인지 모르겠다.

오늘은 침대 매트리스가 너무 꺼져서 관리인 주다이에게 갔는데 마침 주인 부부도 있어서 얘기했더니 바로 교체해 주었다. 그런데 누워보니 계속 덜컹대는 소리가 난다. 매트리스를 드러내고 보니 침상은 그냥 나무 지지대 위에 얇은 합판 몇 조각 위에 매트리스를 올려놓은 침대였다.

나는 딱딱한 침대가 좋다. 그런데 이 매트리스는 경은지 선생이 쓰던 것 같다. 생각해 보니 며칠 전에 경 선생이 오래전부터 매트리스가 좋지 않아 계속 교체해 달라고 했더니 바꿔주었다고 했다. 지출을 극히 아끼는 주인이고 보면 오늘 얘기한 요구를 바로 들어 신품으로 사줬을 리가 없다. 아마 다른 손님이 쓰던 매트리스를 바꿔준 것 같다. 그러고 보니 신품도 아니다. 어쨌든 옛것보다는 조금 나아 보인다.

교민 송년의 밤

오늘은 동티모르 교민 송년의 밤이 열리는 날이다. 학교에서는 마지막 신입생 원서 등록과 입학시험이 있는 날이다. 많은 학생과 학부모들로 학교는 몹시 혼란스럽다. 그러나 엊그제 많이 등록했기 때문에 오늘은 조금 차분해진 편이다. 이곳에서는 신입생 입시 원서접수와 등록을 하면서 바로 시험도 치르는 것이 특이하다. 그리고 시험은 학과별 학생별로 대부분 다르고, 여러 선생님이 한 학생을 일일이 평가한다. 넓은 장소에 과별로 학생들이 앉아 있고 차례로 앞으로 나와서 칠판에 문제를 풀거나 면접관 질의에 응답하는 형식이다. 그러니 앞 학생들이 시험 치는 모습과 문제가 앉아 있는 학생들에게는 그냥 노출되는 격이다.

처리할 일이 많아서 학교에 좀 늦게 남아 있었는데, 창밖에 빗소리가 요란하다. 꽤 많은 폭우다. 그러나 이제는 어느 정도 적응이 되었는지 별 신경을 쓰지 않는다. 기껏해야 1시간 반 아니면 반 시간 후엔 그치리라고 믿기 때문이다. 비가 그치자 더위가 기승을 부린다. 몹시 후텁지근하다. 버스를 타고 집으로 와서 샤워하려는데 물이 나오지 않는다. 밖으로 나가보니 수돗물 모터 주변에 기술자 두어 명이 작업하고 있다. 또 수도관 어디에 고장이 생겼나 보다. 그냥 에어컨을 틀고 있으니 괜찮다.

6시 30분에 라멜라우 호텔에서 송년회가 있으니 6시 15분까지는 도착해야겠다. 5시 40분에 집을 나섰다. 미크롤렛은 대만원이다. 겨우 비집고 안쪽으로 들어섰다. 좁은 문에도 세 명이 달라붙어 있다. 낮은 천장 때문에 고개도 들지 못하겠다. 너무 사람들이 가득 차서 밖을 보며 내릴 곳을 보고 동전으로 벽을 두세 차례 쳐서 내려야 하는데 밖이 잘 보이지 않는다. 또 옆에 차들이 너무 많이 세워져 있어서 어딘지 분간이 잘 안 된다.

겨우 내려 보니 걸어서 10분 정도 거리를 미리 내렸다. 시간상으로 여유가 있으니 걸어가면 될 것 같다. 6시 15분에 정확히 도착했다. 우선 구내에 있는 코이카 사무실에 들러 직원들과 인사를 나눴다. 식장엔 내가 맨 처음 도착했다. 차츰 사람들이 들어와서 백여 명이 모였다. 2/3은 처음 보는 분들이다. 가서 인사를 해도 멀뚱멀뚱 쳐다보거나 건성으로 대답하고 서로 잘 아는 지인끼리만 모여 대화한다. 한국 사람의 일반적인 습성이다. 특히 외국에 나갔을 때는 더욱 이런 모습을 많이 보게 된다. 끼리끼리만 그룹을 형성하는 습관은 지양해야 한다.

이제 임기를 마치고 귀국하게 되는 김기남 대사님의 송별식을 함께하는 뜻깊은 행사다. 대사님은 인상이 서글서글하고 친밀감이 넘치는 분이다. 이곳에 있으면서 많은 일을 해냈다.

대사님이 회고의 말씀을 하신다. 이곳에 근무한 지 3년 8개월이 되었고 베커라 기술고등학교 리모델링 등 많은 코이카와 연계한 사업을 했다. 특히 어려운 학생들의 한국 유학을 주선하는 데 큰 노력을 기울였다. 대사님은 요즘 어수선한 정국, 교민의 안전 문제 등에 대한 염려를 많이 말씀하셨다. 이어서 이철희 영사님의 안전 관련 강의와 양주윤 한국어평가원장의 산업연수생 송출 문제 등을 설명했다.

송별연은 뷔페식이었다. 그러나 대사관 예산 문제 때문에 15개 음식이 차려진 소박한 저녁이었다. 과일도 없고 주스가 나왔다. 코이카 차량으로 귀가했다. 오랜만에 늦은 시간 9시가 조금 지나 잠자리에 들었다.

무장 경찰과 합격자 발표

우리 학교 신입생 합격자 발표일이다. 교감이 어제 말하길 오늘 아침 6시경에 학교 벽에 합격자를 게시할 것이라고 전해주었다. 7시 30분경에 학교에 도착했다. 교문 밖에 백여 명의 아이들이 서성대고 있었다. 교문 안으로 들어가지 못하게 선배 학생들이 지키고 있었다. 사무실에서 일하다가 교감을 만났다. 교감은 합격자 수가 조금 늘었다고 한다. 자동차과와 기계과 지원자가 워낙 많아서 2반을 증설하여 6개 과에 8학급이 편성되었다.

9시가 조금 지나자 교문이 열리고 천여 명의 학생과 학부모들이 강당으로 모여들었다. 20분쯤 지나자 지원한 학과별로 학생들이 모이고 학생들에게는 합격자 명단이 인쇄된 종이를 나눠준다. 두 장인데 한 장에 3개 반씩 합격생 명단 전체가 쓰여 있다. 시비가 많이 엇갈린다. 합격생들은 기뻐 날뛰고 불합격한 학생들은 조용히 서성인다. 겉으로는 담담해 보인다. 밖 유리창에는 합격생 등록 안내문이 붙어 있다. 교복 및 실습복 대금 187달러와 기타 비용 등이 기록되어 있다. 이 돈은 동티모르 학부모에게는 엄청나게 많은 돈이다.

입학 정원도 딱 정해져 있지 않은 것도 이해가 잘되지 않았다. 지원자 수가 많다고 하루 이틀 만에 갑자기 증원한다는 것은 정말 이상하다. 우리나라에서는 적어도 1년 전에 교육청에서 입학 정원, 시험과목, 설치 학과, 입시 일정 등에 대한 입학 전형 승인을 교육청으로부터 받아서 그에 따라 시행해야 한다.

학교 교정 안에는 무장한 경찰들이 배치되었다. 불합격자들에 의한 소요가 일어날 가능성이 있으므로 합격자 발표일에는 항상 경찰이 배치된다고 했다. 영어교사 Felix 가족과는 26일에, 한국어 교사들과는 27일에 함께 식사하기로 약속하고 귀가했다. 모두 내가 초청하는 자리다.

만능 간장 만들기

9시 미사를 마치고 귀갓길에 Lita Cold Shop, 즉 냉동식품 마켓에 들렀다. 리따 마켓은 이곳에서 1Km 정도 떨어진 바닷가에 큰 본점이 있고, 이곳은 리따 마켓의 냉동식품 창고인데, 냉동식품을 팔기도 한다. 오늘은 한가해서 한번 들러보았다. 대형 냉동 창고가 있고 10평 정도의 조그만 부속 판매대가 있다. 아주 좁은 공간에서 고기, 과일, 계란 등을 팔고 있다. 그런데 가격이 아주 저렴하다. 그래서 사람이 항상 붐비나 보다.

나는 계란을 사려고 갔는데 밖에서부터 사람들이 많이 줄 서 있었다. 안으로 들어섰으나 워낙 좁은 공간에 사람들이 너무 많아서 움직일 수가 없다. 그냥 나와서 멀지 않은 딜리마트로 갔다. 계란, 다진 쇠고기, 버터 비스킷을 샀다. 크리스마스여서 혼자 지내며 심심하면 과자라도 먹을 생각으로 이 나라에 와서는 처음으로 과자를 샀다. Danish Cookies라고 적혀있다. 알루미늄으로 고급스럽게 포장되어 있다.

오늘은 만능 간장을 만들어 보려고 한다. 그러고 보니 재료 중에 간장이 없다. 다시 나가서 간장을 샀다. 간장은 중국산, 인도네시아산, 일본산 등 많은 종류가 있다. 중국산이 역시 싸다. 한국산은 없다. 요즘 틈나면 다운로드해둔 백종원의 '집밥' 영상을 본다. 만능 간장은 고기 3, 간장 6, 설탕 1의 비율로 끓이면 된다고 설명한다. 대충해서 끓였는데 소고기 군내가 심하다. 기름을 걷어내고 냉장고에 넣어두었는데 먹을 수 있을는지 모르겠다.

점심엔 지난번 사 온 소바면을 삶아서 찌개에 섞어 먹었는데 맛이 형편없다. 저녁때는 그 국물에 간장, 식초, 와사비, 참기름을 넣고 적셔 먹으니 제법 소바의 풍미가 났다.

가족, 친우들에게 카톡으로 성탄 인사를 했다. 어제 학교에서 겪었던 내용을 중심으로 행복한 성탄을 기원했다. 그 내용은 다음과 같다. 며칠 전 등교를 하다 보니 젊은 청년 둘이서 길가 정원에 서 있는 아주 무성한 나무들을 자르고 있었다. 다음 날 보니 그 자른 나무로 기둥을 만들어 세웠다. 내가 보기에는 운동 기구로 사용하기 위해서 그 커다란 나무를 자른 것 같아서 마음이 언짢았다. 그런데 어제 등교하다 보니 그 평행봉 기둥에 지붕을 얹어서 예수 탄생의 구유를 만들었다. 그림도 그려 넣고 실물 크기의 예수, 성모, 요셉, 목동과 양들을 배치했다. 초대형 예수 탄생 구유와 성가족이 아주 정교하게 제작 전시되어 있었다. 이 가정과 젊은이들에게 틀림없이 성탄의 축복과 영광이 함께 하리란 생각이 들었다.

보통 일주일에 한 번씩 세탁물을 모아두었다가 공동 세탁기를 이용해서 빨래를 한다. 또 3, 4주에 한 번씩은 시트와 베개 커버도 빠는데 오늘은 아침 5시 반에 세탁해서 널었더니 아주 뽀송뽀송하게 잘 말랐다. 조용히 책도 읽고 TV도 보면서 세탁물도 정리했다. 촉감 좋은 시트 속에 몸을 누이니, 오늘은 좋은 꿈을 꿀 것도 같다.

교통사고를 당하다

성탄절이다. 전 세계인의 축제이며 휴일이다. 아침 미사 시간이 확실하지 않아 전엔 대축일 미사가 7시에 있으니까 6시 30분에 집을 나섰다. 미사는 7시에 시작되었다. 집 근처의 비다우 성당이다. 대축일 미사여서 그런지 복사가 8명이나 되었다. 신부님은 처음 뵙는 분이다.

미사가 끝나고 오는 길에 길가에 늘어선 재래식 단골 가게에서 채소 두 단과 바나나 4손을 샀다. 오는 길가에서 또 망고도 2달러어치 샀다. 아기 주먹 크기 5개다. 요즘 슈퍼에서는 1kg에 1달러 정도 하는데 조금 비싸 보인다.

바나나를 많이 산 것은 우리 아파트에 거주하는 분들이 모두 나를 포함하여 다섯이기 때문에 네 분께 성탄절 선물을 주기 위해서 많이 샀다. 한 분께 한 손씩 주면 될 것 같다. 나는 미사하고 장도 보고 왔는데 아파트 친구들은 이제야 잠에서 깬 것 같다. 모두 바나나를 기쁘게 받는데 역시 최 자문관은 바나나가 있다면서 안 받으려고 한다. 계속 권하니 겨우 받는, 선물 주기도 힘들다. 여러 사람이 얘기하지만 조금 이상한 성격이다. 주려고도 받으려고도 하지 않는다. 부담되지 않는 것은 주고받으며 살면 좋으련만!

집에서 좀 쉬다가 티모르 플라자 갔다. 모뎀도 충전하고 12시에 시니어 단원들과 함께 성탄절 파티를 하기로 했기 때문이다. 10시경에 집을 나섰다. 그런데 가보니 티모르 플라자가 꽁꽁 잠겨 있다.

오늘은 이곳에 거주하는 몇몇 지인들이 성탄 축하 모임을 하기로 했었다. 다시 버스로 집에 돌아와서 쉬다가 티모르 플라자 약속 장소로 갔다. 티모르 플라자 안쪽 주차장이 만날 장소인데 박형규, 이무현, 정승균 등 시니어 단원들이 모여 있었다. 조금 있으니 양주윤 원장도 보인다. 카톡을 확인하지 못했는데 양주윤 원장님 차로 가기로 했나 보다.

파티 장소는 티모르 플라자에서 식빵을 판매하는 이영하 사장 집이다. 지난번

보신 파티를 했던 곳이다. 관광업을 하는 최재운 사장, 건설업 임 사장 등이 이미 와 있었다. 족발, 돼지고기, 참이슬, 빙땅 등이 차려져 있었다. 더없이 맛있는 한국형 파티 음식들이다.

술과 음식을 충분히 먹고 마시고선 바로 옆에 있는 로만택 건설회사로 갔다. 한국인이 경영하는 이 건설회사는 동티모르 굴지의 회사로 우리 교민을 위해서 당구장, 노래 연습장, 탁구장을 마련하여 유흥을 즐기고 건강도 챙기도록 무상 지원하고 있다. 얼마 후에 장용기, 추경숙, 최희철 선생님들도 모여들었다. 그룹 별로 취미에 따라 노래방, 당구장 등으로 흩어져 게임도 즐기고 노래도 불렀다. 나는 더워서 에어컨이 설치된 노래방에서 노래 한 곡 부르고, 다른 사람들의 가무에 흥을 돋우는 역할을 했다.

저녁 7시 정도 되었는데 밖이 깜깜하다. 이제 모두 귀가할 시간이다. 나는 여행사 최재운 사장의 차에 합승했다. 그런데 오는 길에 끔찍한 사고를 당했다. 최 사장이 운전하는 차에 나는 조수석에 뒷자리에는 박형규, 추경숙, 최희철 선생님이 앉았다. 교차로를 지나가는데 갑자기 오토바이가 내가 앉은 조수석 유리를 들이받으며 꽝 하는 아주 큰 소리를 내며 부딪치더니 유리창을 넘어서 떨어졌다.

그런데 최 사장은 사고를 모르는지 그냥 차를 계속 운행했다. 우리가 사고가 났다고 하는데도 최 사장님은 약간 술에 취하여 잘 인식하지 못하는지 계속 주행한다. 조금 있으니 여기저기서 오토바이들이 수십 대가 달려와서 우리 차를 둘러쌌다.

문을 열라고 외치며 주먹과 발질로 차를 가격한다. 문을 열자 주먹들이 날아들었다. 최 사장이 맞았다. 나에게도 주먹이 왔으나 가까스로 피했다. 뒤에 타고 있던 추 선생님은 두 번이나 옆구리를 맞았다. 칠순이 넘은 여선생님이 많이 놀라고 또 고통스러워한다. 최 사장이 내리자 수많은 군중이 그를 에워쌌다. 폭력으로 거의 쓰러트릴 분위기다. 쉬지 않고 큰소리로 외치며 으르렁댄다.

내리면서 최 사장은 본인 가방을 추 선생님께 주며 빨리 가지고 빠지라고 이른다. 나중에 알고 보니 이런 경험을 전에도 했으며 이런 경우에 가방을 갖고 있으면 누군가 다 탈취해 가버린다고 했다. 최희철 선생과 추경숙 선생이 먼저 함께 차에서 내려 군중 사이를 빠져나갔다.

나와 박형규 선생은 차에서 내려 조금 떨어진 곳에서 군중과 최 사장과 군중들이 하는 얘기를 들으며 상황을 지켜보면서 기다렸다. 그리고 모임 장소로 전화했다. 임 사장 일행이 다른 차로 급히 왔다. 최 사장은 우리에게 빨리 임 사장 차를 타고 장소를 빠져나가라고 한다. 이때 마침 경찰차와 경찰관들이 도착해서 현장을 정리하기 시작했다. 우리가 그냥 가는 것은 타당해 보이지 않았지만, 최 사장은 이런 일에 익숙한지 빨리 현장을 빠지라고 재촉한다. 나머지는 자기가 다 해결한다고 했다.

가는 길에 전화가 오는데 모든 일이 잘 해결되었다고 한다. 우선 오토바이 운전자도 다치지 않았고 오토바이도 멀쩡했었다. 그래서 돈으로 합의했다고 한다.

갑자기 비가 많이 쏟아진다. 임 사장은 비가 이렇게 많이 오는 것이 다행이라고 한다. 이 폭우 때문에 그 많은 군중이 다 집으로 돌아갔을 것이라고 설명했다. 그러고 보니 고마운 비 같다.

먼저 떠나간 추경숙 선생님이 어떻게 되었는지 궁금하여 전화를 해본다. 버스도 끊기고 택시도 없고 해서 지금 티모르 플라자 근처에서 혹시나 해서 택시를 찾는 중이었다. 우리는 다시 차를 돌려 티모르 플라자로 갔다. 매장 입구에서 떨고 서 있는 두 사람을 찾을 수 있었다. 두 분을 숙소로 모셔다드리고, 집으로 돌아오니 8시가 조금 넘었다.

이곳에서는 아직 자동차 보험 제도가 도입되지 않아서 교통사고가 일어나면 대개 돈으로 합의한다고 한다. 이런 경우가 외국에 나가 있는 한국인들에게 가장 곤혹스러운 상황 중의 하나일 것이다. 하마터면 나도 큰 사고를 당할 뻔한 크리스마스였다. 앞으로는 저녁때 외출하는 일을 가능하면 삼가야 하겠다. 또 항상 조심하고 신중하게 생활해야겠다.

갑작스레 증원한 입학 정원

오늘은 7시 20분경에 학교에 도착했다. 역시 아무도 없다. 문을 두들기니 숙직하는 선생님이 뛰어나와 열어준다. 오늘은 아무도 출근하지 않으리라 생각하고 사무실에서 느긋하게 성가도 듣고, 커피도 마시며 프로젝트 작성에 몰입했다. 9시 넘어 머리도 식힐 겸 밖으로 나와 교무실 쪽을 바라보니 오토바이가 백여 대 서있고 강당 앞쪽으로 많은 사람이 보인다.

강당 안으로 들어가니 학부모와 학생들로 가득 찼다. 연단에서 교장, 교감, 선생님들이 앉아서 무엇인가 열심히 설명하고 있다. 나는 예비 소집을 하고는 학부모와 학생에게 학교 소개를 하나보다 생각했다. 밖으로 나와 다른 선생님께 여쭤보니 자동차과와 기계과 학생과 학부모 회의를 한다고 했다. 카메라를 들고 나와 몇 커트 찍어 두었다.

나중에 교감을 만나 자초지종을 들었다. 자동차과와 기계과가 한 학급씩 증설되니 이에 따른 교원 증원과 운영비가 더 필요하게 되었다. 그렇다고 교육부에서 별도로 인건비 자재비 등을 지원하는 것이 아니니까 학부모들에게 이런 현황을 설명하고 지원을 받으려고 회의를 했다는 것이다.

학생들이 부담해야 할 학비는 월 10달러다. 5달러는 인건비고 5달러는 실습비다. 학부모들은 모두 동의했다고 한다. 동의하지 않을 수 없는 상황이다. 우리나라라면 이해하기 힘든 상황이다. 물론 어느 학과에 지원자가 많아 좋은 인재들이 탈락하는 것은 안타깝기는 하다. 그러나 입학 요강에 표시되지 않은 정원을 갑자기 더 뽑아서 다른 과 학생들에게는 부과하지 않는 학비를 특정 학과 학생들에게 부과하는 것은 용납하기 어려워 보인다. 학부모들이야 지금으로서는 자녀의 합격이 너무 기뻐서 용인하겠지만 시간이 흐르면서 생각이 달라질 수도 있을 것이다. 한국이라면 천부당만부당한 일이다. 이곳에서는 공립은 학비가 없고 사립은 한 달에 5달러 정도 부담한다.

일을 마무리하다 보니 2시가 되었다. 등굣길에 도넛 등 10개를 사 왔었는데 5개를 교감에게 주었다. 도넛과 빵을 기름에 튀긴 등인데 모두가 먹을 만하다.

다시 코이카 사무실로 가야 했다. 사무실에서 자문관에게는 탁상용 달력을 준다고 해서 갔더니 10개를 주었다. 내년에 여러 학교를 방문할 계획을 세워 두고 있는데 일선 학교 방문 때 달력을 주면 매우 좋아했기에 부탁했었다. 또 수첩도 10개 얻었다. 구충제와 위염 치료제도 얻어왔다.

회의실의 작은 도서관에서 톨스토이의 '죄와 벌' 상하권을 빌렸다. 좀 두껍지만 읽기를 시도해야겠다. 세네갈에서는 시노오 나오미의 '로마인 이야기' 15권을 일일이 메모하면서 독파했고, 그 외에도 많은 책을 읽었다. 이곳에서도 정신수양과 건강을 생각해서 독서와 시간 관리를 잘해야 하는데, 요즘 게으름에 익숙해져서 어떻게 되는지 모르겠다. 일과를 잘 관리하면서 열심히 생활해야겠다.

세계 최고의 교육, 한국

지금은 방학 중이라 등교할 필요는 없다. 1월 6일까지 방학이다. 이곳은 3학기 제이기 때문에 방학 기간이 보름 정도이다. 그러나 나는 방학 기간에 상관없이 필요에 따라 등교해서 일한다. 오늘은 집에서 일하기로 했다. 소위 재택근무다. 집에서 해도 될 일이기 때문이다.

영어교사 Felix가 신입생 오리엔테이션 때 강연을 부탁했다. 학생과 학부모, 교사를 대상으로 한 강연이다. 나는 흔쾌히 수락하고 '세계 최고의 교육—한국의 교육'을 주제로 하겠다고 했다. 영문 원고를 준비해서, 그에게 테툼어로 번역해 달라고 부탁했다. 물론 번역료를 내가 지급할 생각이다.

Felix 영어교사와 며칠 전에 그의 가족을 식당으로 초대하여 함께 점심을 들었었다. 부부가 막내와 함께 왔었다. 막내 Alpha는 초등학교 2학년이고, 세실리아라는 부인은 온순하고 똑똑해 보였다. 9명의 자녀를 두었는데, 아들이 다섯이고 딸이 넷이다. 큰아들은 24세로 UNTL대학교에서 국제관계학을 전공하고 있었다. 선생님은 성격이 서글서글하고 친절하다.

오늘 할 일은 이 주제에 대한 PPT를 만드는 일이다. 신입생들이 흥미를 느끼도록 동영상도 서너 개 넣을 예정이다. 동영상에는 '한국의 어제와 오늘', '걸그룹 공연', '채성봉의 코리아 갓 탤런트 경연대회', '프랑스 공영 TV에서 방영했던 한국의 교육' 등이다. 세네갈에서 고위공직자, 기관단체장 등에게 이미 강연한 내용을 수정 보완했다. 오후 3시경에 마무리했다.

저녁때 녹화한 백종원의 '집밥 백선생'을 한 편 보았다. 이곳에서 살려니 음식조리를 배우는 것이 중요함을 절로 느끼게 된다. 틈나면 보는데 20여 편의 녹화물이 있다. 이것들은 귀국한 최충호 자문관이 복사해 준 것으로 그의 딸이 해외에서 혼자 살려면 필요할 것이라며 아버지에게 보내준 것이라고 한다. 오늘 본것은 닭찜과 닭볶음탕으로 재미있고 유익해 보인다.

또 최 자문관에게 부탁하여 팝송 등 음악을 복사해서 듣고 있는데 그는 세상의 모든 음악을 즐기고 있었다. 그것을 전부 복사해 달라고 했더니 너무 방대한양이라면서 조금 복사해 주었다. 틈나는 대로 잘 듣고 있다.

신부, 수녀님과의 점심

오늘 아침은 이상하게도 도미니코 작은 성당 미사에 참례하고 싶었다. 야곱신부님을 만날 것 같은 느낌이 들었기 때문이다. 정말로 야곱 신부님이 미사를 실제로 집전했다. 항상 점잖고 차분하고 명쾌한 분위기를 자아내는 분이다.

야곱 신부님은 늘 코가 맹맹한 상태로 미사를 집전한다. 그래서 미사 끝에 왜 감기라도 걸렸느냐고 물어보았다. 신부님은 항상 아침 한두 시간은 그렇다면서 습관성 비염이라고 했다. 내가 갖고 있는 감기약을 드릴까 했는데 감기는 아니라고 한다.

오늘 점심을 함께하면 어떠냐고 물어보았다. 지난번에 신부님께 신세 진 것도 있고 해서다. 시간이 있다니 만리장성식당에서 12시에 만나기로 했다. 수녀님도 함께 와도 좋다고 했더니, 수녀님은 그렇고 중국 신부님이 와 계시니 함께 오겠다고 한다. 얼마 전 비다우 성당에서 키가 조그만 곱상한 동양계 신부님이 영어로 미사를 집전했는데 그분이 아닐까 추측했다.

장성식당은 두어 번 가봤으나 차로만 갔기 때문에 오늘은 일찍 나서서 걸어갔다. 신부님도 처음이라고 하니 먼저 가서 기다려야겠다. 도착해 보니 아직 오시지 않았다. 밖에서 20분 정도 기다리니 성당의 미니버스가 도착한다. 다섯 명이 내린다. 신부님 두 분과 수녀님, 여학생 차림의 여자 두 명이다. 나중에 설명을 들으니 그 둘은 예비 수녀였다. 예상보다 세 분이 더 왔다.

지금까지 이곳에서는 8달러짜리 세트 메뉴를 시켰었기 때문에, 오늘도 그 세트 메뉴를 주문할 생각이었다. 그런데 주말에는 세트 메뉴가 제공되지 않는다고 한다. 메뉴판에는 모든 요리가 기본이 15달러다. 두 신부님만 오신다고 해서 그에 맞는 점심값을 준비해서 왔는데, 돈이 모자랄 것 같아 걱정되었지만, 원하는 대로 시키도록 했다. 15달러짜리 음식 5개에 5달러짜리 음식을 세 개 더 시켰다. 계산서를 보니 96달러다. 거의 예상치의 두 배였다.

이 식당은 비싸기로 유명한 곳이다. 그러나 시설이나 종업원의 친절 등 모든 면에서 최상이다. 종업원은 모두 깔끔한 제복 차림으로 명찰을 붙이고 일한다. 어쨌든 신부 수녀님께 좋은 분위기와 음식을 제공했으니 마음이 뿌듯했다. 야곱 신부님께 20달러를 빌렸다. 중국 신부님은 필리핀에서 2년간 근무했고 이곳에 부임한 지는 한 달밖에 안 된다. 요즘 테툼어 공부에 정신이 없다고 한다.

오면서 마트에 들러 배추와 부추를 조금 샀다. 다시 김장을 해봐야겠다.

방치된 아파트

올해 마지막 날이다. 지난 한 해를 잠시 되돌아본다. 딸 진솔이가 약혼했고 아들 동근이는 직장 생활에 어느 정도 적응이 된듯하다. 나는 동티모르에서 일하고 집사람은 중국어 통역 관광 가이드로 또 문광해설사로 봉사활동을 하고 있다. 나도 이곳에 오기 전에는 세계자연유산 해설사로 봉사활동을 했었다.

오늘은 조금 잔잔한 일들이 있었다. 아침에 미사에 갔는데 일요일 첫 미사가 7시에 있으므로 6시 45분경에 도착했다. 그런데 7시가 되어도 미사는 시작되지 않았다. 교회 회장과 집사가 불안한 표정으로 왔다 갔다 했다. 계속 사람들은 신부님을 기다리면서 두리번거렸다. 30분이 지나서 신부님이 도착했다. 7시 40분에 미사가 시작되었다. 우리나라에서는 좀처럼 일어날 수 있는 일이 아닌데 이곳에서는 가끔 발생하는 모양이다.

오늘 김장을 했다. 어제 한나절 동안 1kg의 마늘을 깠다. 물론 전날부터 물에 불렸다가 의료용 장갑을 끼고 작업했다. 마늘을 김현진 선생이 주고 간 도깨비 방망이로 분쇄하니 믹서에서처럼 아주 가늘게 깨끗이 갈렸다. 파, 부추도 잘게 썰고, 배추도 썰었다. 배추는 4시간 정도 소금을 쳐서 절였다. 고춧가루, 액젓과 물엿 비슷한 것도 넣어서 버무렸다. 저녁때 조금 맛보니 괜찮아 보인다. 지난번 김장은 너무 짰었는데, 이번에는 소금을 적게 쳤으니 어떨는지 모르겠다.

저녁 식사로 참치 찌개를 하기로 했다. 그런데 가스 불이 왔다 갔다 한다. 결국 가스가 떨어졌다. 황당하다. 가스통을 교환한 지 20일밖에 안 됐는데 벌써 떨어지다니. 밖으로 나가 집사에게 말하고 가스통을 보여주었으나 해결이 안 된다. 가스, 전기, 수도세 등은 임대료에 모두 포함되어 있다.

주인 부부는 호주에 있는 딸네 집으로 여행을 갔다. 또 아파트 관리인인 주다이는 인도네시아로 여행을 갔다. 결국, 전자레인지에 다시 넣어서 익히니 먹을 만 했다. 이런 요리 방법도 있다는 것이 고마웠다.

최 선생님께 얘기했더니 자기도 서너 번 가스를 갈았는데 알고 보니 새것을 가는 것이 아니라, 집에 가스통들이 몇 개 있는데 쓰다 남은 가스통으로 교체한다고 한다. 그러니 어떤 것은 며칠 쓰면 없어진다는 것이다.

보통 가스통은 6개월 정도 사용할 수 있다. 하긴 아프리카 세네갈에 있을 땐 조그만 가스통을 한두 달에 한 번씩 갈아야 했다. 그 가스통을 두 손에 들고 낑낑대며 부띠끄(구멍가게)에 가서 교환해 사용했었다. 그 맹렬 무더운 더위에 땀은 줄줄 흐르고!

주인과 관리인이 모두 집을 비우게 되면 누군가에게 그들의 일을 대행해줄 사람을 정해 주고 가야 하는데 그냥 모두 떠나버린 것이다. 그러고 보니 청소하는 아주머니도 벌써 일주일째 쓰레기도 치우지 않고 계단 청소도 하지 않고 있다. 눈치 빠른 사람들이다. 주인이 없으니 하인도 없어져 버린 격이다. 사실 우리 아파트도 아줌마가 자주 청소해 주는 조건인데, 우리 노인들은 오히려 사람들이 방에 들어와서 지적대는 것이 귀찮아서 우리 스스로 하고 있다. 이웃 방의 일본인 봉사단 아파트는 청소 아줌마가 정기적으로 대청소를 해주고 있다.

대학생 봉사단

새해 첫날이다. 올해는 개띠 해다. 이곳에는 개가 워낙 많아서 너무 자주 마주치는데, 그들과 불쾌하게 엮이지 않고 서로 평화롭게 잘 살아갔으면 좋겠다. 오늘은 이곳에서도 공휴일이다. 아마 전 세계의 휴일일 것이다. 오늘은 집에서 푹 쉬려고 했는데 또 학교로 나가봐야 할 것 같다.

아침 6시 30분 미사에 갔다. 30분 기다리니 7시에 미사가 시작되었다. 이곳에서는 교회 행사를 알려주는 공고문이나 종이쪽지 하나 배부하지 않으니 도통 일정을 알 수 없다. 아프리카에서는 게시판에 일주일간의 일정을 붙여주면 잘 읽어 보고 참석할 수 있었는데, 이곳은 옛날 행사를 잘 기억했다가 생활하는 수밖에 없어 보인다. 일찍 간 날은 기도, 명상하고, 모기, 파리와 씨름하다 보면 시간이 금방 지나가기도 한다.

오늘은 두 분의 신부님이 집전하고 복사도 10여 명이다. 한국에서는 1월 1일은 성가정의 날로 의무 축일이다. 즉 반드시 미사에 참례해야 하는 날이다. 의무 축일에는 부활절, 성탄절, 성모승천, 새해 첫날 미사가 있다.

성당에 다녀와서 카톡을 확인해 보니 한국에서 어제 PAS(태평양 아시아 협회 Pacific Asia Society) 청년 봉사단원들이 이곳에 도착했고 오늘 학교를 방문한다고 했다.

버스는 일정한 시간에 운영되지 않고, 요일에 따라 날짜에 따라 운행된다. 특히 휴일, 공휴일 등에는 제멋대로 운행되고 운행 횟수도 많이 줄어든다. 오늘도 한참 기다려야 버스가 왔다. 학교에 가보니 대학생들은 미크롤렛 전세버스를 타고 막 도착하고 있었다.

한국어 교실에서 인솔 단장인 이수옥 PAS 사무총장과 25명의 대학생, 그리고 한국어 교사들, 드와르테 교감 등이 함께 상견례를 하였다. 전국 400여 개 대학에서 학생들을 선발하고, 여러 나라에서 봉사활동을 하고 있다. 교감은 작년에는 소규모로 4, 5명이 왔다 갔다고 한다.

그 사이에 학생들이 학교에서 작업할 벽화 내용에 대해서 여러 가지 의견이 있었다. 결국, 학교 로고, 6개 학과 로고, 학교명 벽화 그리기와 병뚜껑을 이용한 한국과 동티모르 국기 붙여 만들기로 의견을 모았다. 한국에서 대학생들이 그려온 밑그림을 중심으로 분필로 벽에 그림을 그리기 시작했다. 그런데 갑자기 비가 내린다. 그러나 금방 그치리라는 것을 알고 있다. 그러나 작업은 더 어려워 보였다. 내일은 9시에 강당에서 Opening Ceremony를 하기로 했다. 태권도, 사물놀이, 궁중무 등이 있을 예정이다.

돌아와서 아침 겸 점심을 먹었다. 가스가 안 들어오니 전자레인지에서 어제 끓여둔 찌개를 대충 데워 먹었다. 저녁은 역시 전자레인지에서 3분 카레를 데워서 먹으니 괜찮다. 가스 없이 한 일주일 보내는 데는 별문제가 없을 것 같다.

오늘은 모든 가게, 관공서의 문이 닫혔다. 대 명절이기 때문이다. 어젯밤부터 밤새 폭죽이 터졌다. 또 집집마다 대형 스피커에 음악을 틀어 놓고 춤추고 노래 부르는 소리에 잠을 이룰 수 없었다. 어쨌든 새해에는 모든 사람이 모든 일이 잘 풀리고 행복하기를 빌어 본다. 나에게도 뜻깊은 일들이 모두 순조롭게 이루어지는 한 해가 되었으면 좋겠다.

태권도와 K-POP

아침 일찍 일어나 출근 준비를 하고 문밖으로 나가 버스를 기다렸다. 그런데 20분 정도 기다렸으나 오지 않는다. 연말연시, 명절, 휴일 때는 또 비가 내리기만 해도 버스가 제대로 운행되지 않는다. 아무래도 베코라 성당에서의 미사는 못 할 것 같아 걸어서 도미니코 성당으로 갔다. 빠른 걸음으로 가니 6시 34분이다. 아직 미사가 시작되지 않아 다행이었다. 미사가 끝나고 걸어서 집으로 왔다.

출근하려고 나왔으나 한참 기다려야 버스가 왔다. 학교는 텅 비었다. 사람 흔적이 안 보인다. 오늘은 분기 활동 보고서를 작성해야 한다. 보고서를 작성하다 사무실 밖으로 나왔다. 오늘 8시에 한국 대학생들이 학교로 온다고 했으나 맞으러 나온 것이다. 그런데 한 명도 오지 않았다. 며칠 사이에 동티모르 사람이 되었나 보다. 8시 20분이 지나니 학생들이 눈에 들어온다.

이수옥 단장님이 도착하여 인사를 나누었다. 학생들은 총연습을 하고 있다. 원래 9시에 Opening Ceremony를 하기로 되어 있었다. 이 행사를 담당하는 한국 선생님이 안 보인다. 통화도 안 된다. 한참 후에 통화가 됐는데 배탈이 나서 못 간다고 한다. 우리 학교 학생들은 10명 정도밖에 안 된다. 너무 초라한 개막식이 될 것 같아 30분 연기하기로 했다. 이무현 선생님 얘기로는 7, 80명이 오기로 되어 있었다는데 아무래도 너무 무리하게 잡았나 보다. 이 선생님도 늦게 왔는데 버스가 다니지 않아 늦었다고 한다.

개막식은 이 단장의 인사말, 교장의 축사가 있었고 선물교환, 한국 대학생들의 한국에서의 준비 과정을 담은 동영상 감상이 있었다. 2부 행사에서는 태권도 시범, 부채춤, K-Pop 공연이 있었다. 애국가 제창도 있었다. 벽화를 그릴 페인트가 도착하지 않아 벽화 작업은 미루고 학생 대상 태권도 교육이 있었다. 잠시 단장과 간부들이 내 방으로 와서 차를 마시며 환담했다.

오늘은 돈보스코 기술학교에서 근무하는 이영대 자문과 부부와 점심을 하기로 약속했었다. 11시 30분에 학교를 나서서 버스 타고 끄마넥 식당으로 갔다. 우려했던 대로 오늘은 임시 휴일이다. 그러나 인근의 동방식당은 문을 열고 있다. 다행이다.

20여 분 기다리니 화사한 푸른 빛 의상으로 차려입은 두 분이 보인다. 볶음밥, 치킨, 야채 볶음 등으로 맛있는 점심을 들었다. 사모님은 세련미가 넘치는 예쁜 분이다. 사모님 얘기로는 이곳에서 초청을 받아보기는 처음이라고 한다. 항상 다른 분들을 집으로 수없이 초대하여 대접하기만 한 것 같다. 나도 처음 이곳에 와서 자문관들이 환영식이나 송별식을 하지 않기로 했다면서 서로 인사를 나눌 기회조차 제공하지 않은 것에 조금 섭섭했었다. 무슨 사연이 있었으리라 생각되었다. 결국 이 자문관이 집으로 초대해 주어서 후한 대접을 받은 기억이 새롭다.

오늘 화제는 주로 나이 들어서 우리가 겪게 될 노후에 대한 것들이었다. 치매와 요양병원이 우리를 기다리고 있을 것이다. 이 자문관의 어머니도 치매 4등급을 받아 지금 요양병원에 계신다고 한다. 나도 장모님의 상태가 많이 안 좋아서 걱정이라고 고민을 털어놓는다.

두 분의 얘기는 나중에 혼자되었을 때, 상태가 안 좋아지면 요양병원에 가는 것이 좋을 것 같다는 얘기를 한다. 이 자문관은 어머니를 요양병원에 위탁하면서 국가 부담금 말고도 1년에 개인 부담금이 1,400만 원 들었다고 한다. 또 병원을 방문할 때마다 돌보는 사람, 또 간호사 등에도 적절히 인사를 해야 하니 부담하는 비용이 상당하다고 했다.

서로 기쁜 마음으로 헤어지니 마음이 훨씬 가벼워진 느낌이다. 날씨는 더웠으나 마음이 선선하고 확 트이는 시간이었다.

지워진 벽화

오늘은 다행히 미크롤렛을 바로 탈 수 있었다. 베코라 성당에서 미사를 하고 학교로 가보니 학생과 학부모들이 30여 명 모여 있다. 오늘과 내일은 신입생 등록이 있는 날이다. 그사이 활동 내용 정리와 우리 학교 발전계획 전반부 업무를 처리하다가 9시경에 강당 쪽으로 가보았다. 많은 사람이 줄지어 접수하고 있었다. 사진을 몇 장 찍고 PAS 학생들이 나왔나 살피니 아직 안 보인다.

2차 활동 보고서를 오늘 마무리할 예정이다. 100쪽 가까이 된다. 보통 짧으면 10쪽 안팎으로 제출해도 되지만 여러 가지 업무를 집중적으로 하다 보니 활동 추진 내용이 아주 많아졌다.

9시 30분경에 이무현, 경은지 선생님이 보이고, 이수옥 PAS 사무총장님도 오셨다. 내 사무실로 안내하여 차를 마시며 지금까지 한 활동 내용과 앞으로 할 일들에 관한 얘기를 나누었다.

어제 오후에 학생들이 벽화를 그렸는데 비가 왔다. 폭우로 그렸던 그림들이 많이 지워져 버렸다. 내가 처음 시작할 때 유성을 써야 한다고 했으나 이 총장은 수성을 써도 벽이 완전히 건조된 후에는 지워지지 않으니까 괜찮다고 했었다. 결과가 이렇게 돼서 다시 그리기 작업을 해야 한다. 나는 일부 학생들을 오전에는 햇빛이 나기 때문에 다른 활동에서 떼 내어 벽화 작업을 하면 좋지 않을까 의견을 제시했으나, 토요일, 일요일에 하면 된다고 계속 작업 지시를 한다. 학생들에게도 자유 시간이 필요한 것 같은데 혹시 혹사시키는 것은 아닌지 모르겠다. 다 맞는 말이니 주최 측의 말을 따를 수밖에 없다.

이 총장님이 자신이 살아온 얘기를 조금 전한다. 어려서부터 수영을 좋아했었다. 대학 전공은 집안의 뜻에 따라 가정학이었다. 대학원에서는 체육을 공부했다. 88 서울 올림픽 때 싱크로나이즈드를 지도할 사람이 없다고 해서 갑자기 지도자가 되었다. 전문성을 기르기 위해 단기간 미국에 다녀왔고, 이를 계기로 20년간 수중 발레 업무를 보고 있다고 한다. 그 후 대한체육회장(한국 최초 레슬링 금메달리스트)과 친분을 쌓게 되었고, 현재의 업무를 10여 년 종사해 오고 있다. 나이는 들었으나 아주 열정적인 분 같아 보인다.

그제 한 여학생이 발작 증세가 있어서 오늘 대학교수인 부단장과 함께 귀국하기로 했다. 부단장은 발리까지 함께 가고 발리에서 여학생을 한국행 비행기로 탑승시킨 다음에 다시 돌아오기로 했다. 발작 증세는 시간이 지나면 안정되기 마련인데 여기까지 와서 준비했던 활동도 못 하고 떠나게 되어 아쉬움이 남는다. 인솔 책임자가 여러 가지로 판단해서 결정했겠지만, 자신도 많이 괴로워할 것 같다.

오늘은 PAS 측에서 학교장과 교감, 또 한국 선생님들을 초대하여 함께 점심을 하기로 했다. 장성식당(Great Wall Chinese Restaurant)으로 갔다. 시설과 서비스가 좋지만, 무척 비싼 식당이다. 오랜만에 기분 좋은 분위기에서 중국요리를 즐겼다. 특히 Lobster도 한두 조각 맛봤다. 헤어져 나오면서 경은지 선생님이 바닷가에서 야자열매를 하나씩 사줘서 달콤한 음료를 마실 수 있었다. 내일은 봉사단 학생들의 마지막 날인데 한국 대학생과 그사이에 배운 우리 학생들의 태권도, 부채춤 등의 합동 공연이 있을 예정이다.

땡칠이와 복구

오늘은 PAS 대학생들이 마지막 활동일이다. 9시 30분부터 대강당에서 3일간 배운 우리 학생들의 공연이 있었다. 태권도, 부채춤, K-Pop 공연을 우리 학생들이 했는데 훌륭한 공연이었다. 교장은 연신 싱글대면서 이러한 인연이 계속되기를 희망한다고 말했다.

공연 후에는 교장과 교감에 대한 감사장, 또 80여 명의 참여 학생에 대한 수료증과 에코백 선물 증정이 있었다. 단장은 올해 가능하면 우리 학교의 교사 1명, 학생 1명을 한국으로 초청하여 단기 연수 기회를 부여하겠다고 한다. 그런데 비행 편은 참가자가 부담해야 한다고 하니 실현은 거의 불가능해 보인다. 학교 예산으로 감당할 여건도 안 된다. 코이카 정혜진 과장이 늦게 도착하여 공연을 조금 관람하다가 갔다.

오늘은 신입생 등록일이어서 학교에서 도시락을 제공했다. 치킨이 들어있어서 다른 사람들이 먹다 버린 닭 뼈와 밥 등을 모아서 귀가했다. 땡칠이와 복구에게 주니 아주 신이 나서 잘 먹는다. 요즘 땡칠이는 임신해서 무엇이나 잘 먹는다. 어제는 주스와 코코아를 주기도 했고 식빵을 주기도 했다. 그러나 성이 차지 않는지 계속 달라고 한다. 오늘은 가져온 음식을 그릇에 한가득 쏟아 주었다. 오랜만에 폭식하나 보다.

집주인은 요즘은 베트남 여행 중이다. 그러나 개는 누구에게 부탁하지도 않고 스스로 자립하라며 버려두고 떠났다. 참으로 한심하다. 하물며 이 개들은 집도 없다. 집안 여기저기서 적당히 노숙한다.

3시경에 귀가했다. 한 끼 먹으면 다음 한 끼를 걱정하는 게 인지상정 같다. 저녁이 걱정된다. 가스가 떨어진 지도 2주가 다 되어간다. 개인이 관리하면 내가 상점에 가서 교체하면 될 것 같기도 한데, 임대료에 다 포함되어 있어서 내가 처리하기도 그렇다. 주인도 관리인도 모두 해외여행 중이니 기다릴 수밖에 없다.

건물 청소 아줌마도 덩달아 나타나지 않으니 건물 여기저기가 쓰레기 집하장이다. 일 층 가게 집사에게 얘기했으나 묵묵부답이다. 다시 전화를 거니 이번에는 와서 가스통을 교체해 주었다. 알고 보니 밑에 가게에는 여러 개의 가스통이 있었다. 물론 빈 것인지 가스가 채워져 있는 것인지 모르겠다. 어쨌든 이제 가스를 사용할 수 있게 되었다.

그 사이에 가스 없이 살아도 별 불편함은 없었다. 밥은 전기밥솥이 있으니까 할 수 있었고, 밑반찬도 한두 개 있었다. 찌개도 레인지를 이용하면 가능하다는 것을 깨달았다. 작은 그릇에 재료를 넣어서 20분 정도 돌리면 먹을 만했다. 그 사이에 빵을 먹거나 외식을 하기도 했다. 마음을 비우면 세상이 평화로워 보이고 걱정도 사라진다는 것을 배웠다. 더 열악한 환경을 많이 경험했기 때문에 그런대로 잘 지낼 수 있었다.

벌 쏘인 여대생

오늘은 내 생일이다. 아침에 도미니크 성당에 가서 미사를 봤다. 중국인 신부를 포함해서 네 명의 신부가 집전한다. 그분들도 오늘이 내 생일이라는 것을 알고 있었던 것일까? 이렇게 성대하게 미사를 드리다니!

집에 와서 카톡을 검색해 보았다. 몇몇 친구들의 생일이 떠올라 그들에게 축하 메시지를 보냈다. 그런데 정작 내게 온 메시지는 없다. 가족 카톡방에 '오늘 내 생일인데 모두가 바쁜가 보구나!' 하고 인사를 보냈다.

전에 어떤 선생님이 했던 얘기가 떠오른다. 자기 딸이 5세 때 혼자 초코파이를 사다가 촛불을 켜고, 혼자 생일 축하 노래를 부르며, 축하 의식을 하는 모습을 보았다고 한다. 아무도 축하해 주지 않으니 자축한 것이다. 나도 그래야 할 것 같다.

아침 겸 점심으로 국수를 삶아서 간장, 식초, 참기름으로 양념장을 만들어 비빔국수로 먹었다. 담백하고 입에 잘 맞는다.

오후에 PAS 학생 두 명이 생일을 맞는다고 해서 이무현 선생, 박형규 선생과 함께 미크롤렛을 타고 대학생 숙소로 갔다. 크리스토 레이 근처의 호텔인데 이름은 Paradise Hotel에 부속된 Cover Hotel이다. 학생들은 빨래도 하고 음식도 만들고 청소도 하고 모두가 분주하다. 그중에 예쁜 앞치마를 두르고 음식을 만들고 있는 이수옥 단장님도 보인다.

호텔이 해변에 접해 있어서 바람이 불어올 때는 시원하다. 조금 있으니 조희영 선생님도 왔다. 버스 기사가 더 타고 가라고 하면서 내려주지 않아 고생했다고 한다. 예쁜 한국 여선생님이 혼자 타고 있으니, 오래 있고 싶었던 모양이다. 지난번엔 학교에 가는데 한국어를 배워달라며 기사가 계속 떼를 써서 십여 분 늦게 출근했었다고 한다. 아름다운 피부를 지닌 한국의 여선생님이어서 말을 걸고 싶었나 보다. 콜라를 마시며 석양을 본다. 바다 너머로 붉게 타오르다 지평선으로 져가는 모습이 무척 아름답다.

옆에 있는 다른 호텔 정원에서는 임시로 대형 천막을 치고 밴드가 음악을 크게 연주한다. 잇따라 많은 차가 모여든다. 결혼식 피로연이 열리고 있다. 결혼식 날 이들은 성당에서 결혼식을 하고 밤에는 호텔 광장 등을 빌려서 밤새 춤추며 먹고 마시며 보낸다. 그 스피커 소리가 워낙 커서 주변 사람들의 취침에 많은 지장을 준다. PAS 학생들도 오늘 밤은 제대로 잠을 못 이룰 것 같다.

이무현 선생님이 낮에 티모르 플라자에 가서 케이크를 주문했다고 한다. 이곳에서 케이크를 만드는 베이커리가 별로 없어서 구하기가 힘들다. 오늘 21살, 24살 되는 학생들을 위한 것이다. 덕분에 나도 오늘이 내 생일이라고 얘기하고 곁다리로 성대한 생일 축하를 받게 되었다.

차려진 음식은 돼지 목살 바비큐, 채소전, 브로콜리 디저트 등이었다. 돼지 숯불구이가 일품이었다. 남학생들이 고기 굽기 등 거의 모든 일을 한다. 그런데 갑자기 한 여학생이 몹시 고통스러워한다. 벌에 쏘였다. 잘 보이지는 않았으나 점점 아프다고 한다. 이에 적합한 비상약이 없었다. 단장은 보험사인 SOS에 전화를 건다. SOS에서는 그냥 한 서너 시간 견디라고 한다. 그 사이의 고통과 몸이 부어오르는 것이 문제다.

나는 조심스럽지만 내 경험을 얘기했다. 전에 산소에서 벌초하다가 벌에 쏘인 적이 있었다. 산에서 별 방법이 없었는데 어른들이 했던 얘기가 기억났다. 벌의 독을 중화시키는 데는 암모니아가 필요한데 암모니아는 소변에 많이 포함되어 있다. 내 몸의 암모니아를 발랐더니 신기하게 바로 나았었다. 조금은 쑥스러운 처방이다. 그래선지 그냥 견디는 모양이다.

학생들 숙소를 가봤다. 이름은 호텔이지만 난민 수용소였다. 3, 4평 정도의 좁은 방에 10여 개의 매트리스가 놓여 있다. 문도 합판으로 엉성하게 만들 것으로 문고리로 걸고 출입하고 있었다. 문밖에는 모기향이 두어 개 피워져 있었다. 화장실은 가관이었다. 대부분 변기 뚜껑이 없거나 있는 것도 다 떨어져 나가 분리되어 있었다. 샤워 시설은 비닐로 구분되어 있다. 세면대는 수도꼭지와 배수구 구멍밖에 없다. 엄청난 모기떼가 왔다 갔다 힘차게 날아다니고 있다. 봉사, 체험 활동도 좋지만, 기본 시설에 신경을 써야 할 것 같다는 생각이 들었다. 예산이 모자라면 다른 분야에 예산을 감축하든지 참가 학생 수를 줄이든지 하는 것이 좋을 것 같다.

식사 후에 오늘 생일을 맞은 우리 세 사람이 가운데 앉고, 케이크에 불을 켜고 축하 노래와 함께 했다.

시간은 많이 흐르지 않는데, 벌써 택시도 버스도 끊겼다. 결국 미크롤렛을 대절하기로 했다. 5달러다. 그런데 우리 집이 있는 Culuhun에는 안 간다고 한다. 의례 탑승한 후에는 기사가 돈을 더 요구하기 때문에 이무현 선생과 나는 비다우 성당에서 내려 걸어가기로 했다. 주변에 채소 상점들에는 그래도 불이 켜져 있고 사람들도 오가니 걱정이 덜 되었다. 밤거리는 항상 조심해야 한다.

집에 무사히 도착해서 호텔에서 주어온 돼지 뼈를 강아지에게 주려고 땡칠이를 불렀으나 보이지 않는다. 냉장고 담아 두었다. 내일 주어야 하겠다. 오늘 여러 사람 덕택에 뜻있는 생일과 축하를 받게 되었다. 다시 한 해 성실히 착하게 하느님의 뜻에 맞게 살아야 하겠다.

휘청거리는 직원들

한인 미사가 있는 날이다. 미사 때 어제 내 생일이어서 신부님이 제대 앞으로 나오도록 해서 특별 강복과 안수를 해주셨다. 회장님이 신자들 신상을 일일이 잘 파악하고 세심히 배려하고 있음을 느꼈다. 고맙고 자상한 회장님이다.

오늘은 신부님과 수녀님을 위해서 작은 선물을 준비했다. 미사 끝에 성당 문 밖에서 수녀님을 기다렸다. 학생들이 비다우 성당 9시 영어 미사를 마치고 돌아가고 있었다. 수녀님이 보인다. 수녀님께 여름용 티셔츠 네 장을 드렸다. 지난 토요일 함께 식사한 수녀님이다. 한국에서 가져온 것으로 95 사이즈가 한 개, 90 사이즈가 세 개다. 모두 신상이다.

아이들은 나에게 '본디아! 디악 깔라에?' 인사를 하면서 악수도 청하고 어떤 아이는 내 손 등에 친구(교회에서 존경의 의미로 입술을 갖다 대는 의식) 하면서 반가움을 표시한다. 조금 당황스러웠다. 미사 후에는 신부님께 남성용 티셔츠 두 장을 드렸다. 중국인 신부님과 야곱 신부님을 위한 것이다.

미사 후 신년 하례회를 겸해서 온 가족이 중국 식당에서 식사했다. 좀 푸짐한 식단이었다. 중국산 백주도 두 잔을 마셨다. 워낙 술에 약해서 벌써 취기가 돈다.

대화 중 금교건 회장님 얘기를 듣게 되었다. 금 회장님은 혼자 이곳에 와서 오랫동안 아마 대단한 규모의 건설회사를 운영하고 있는데, 정규직원만 60명이다. 이곳에선 가장 큰 건축회사 중의 하나다. 그런데 문제는 지난 6개월간 일이 거의 없어서 모두 쉬고 있다는 것이다. 급료는 꼬박꼬박 지급해야 한다. 이제 파산 직전이라고 했다.

동티모르는 최근에 독립했기 때문에 선진국의 노동법을 그대로 가져다 만들었다. 그래서 선진국 노동법을 적용하다 보니 회사 경영에는 많은 어려움을 겪고 있다. 해고하려면 3개월 치 월급을 줘야 한다. 월차, 휴가 등은 꼭 지켜야 하고 휴가를 반납하면 일급으로 계산해서 지급해야 한다.

의회가 오랫동안 예산을 통과하지 않아 요즘 공직 사회도 불안하고, 공무원을 그만두는 사람들도 많다. 회장님의 말로는 노동부의 경우 40%의 직원들이 사표를 냈다고 한다. 월급이 안 나오니 생계를 위해서 퇴직하고 다른 일들을 찾아 나서고 있다.

우리나라도 1960년대에는 선생님도 몇 달씩 봉급을 못 받았었다. 나중에 쌀을 받거나, 학생들의 월사금(학비)을 받아서 쓰라고 지시를 받기도 했다. 그래서 가장 인기 없는 직업이 공무원, 특히 교직이었다. 많은 공무원과 교사들이 그만두었다. 제주도의 경우는 황금작물이며 대학 나무라고 하는 밀감 재배에 몰입했고, 또 많은 수익을 안겨주었다. 그러나 꾸준히 공직을 지킨 분들은 나중에 좋은 보상도 받고, 안정된 노후를 보내고 있다.

이곳도 정정 불안으로 공무원들의 어려움이 크지만 이럴 때일수록 국가사업을 잘 돕고 지원해야지, 모두 그만두고 나가겠다면 나라가 어떻게 될는지 걱정이 많이 된다.

오늘은 한인 성당 예산 결산을 했는데 적립금이 많아서 그중에 2,000달러를 도미니코 고아원의 초, 중, 고, 대학생 40명의 학비로 지원하기로 의결했다. 모든 고아원 원아들의 1년간 학비다. 참으로 뜻깊은 생각과 결정이었다. 또 한 달에 한 번씩 성당을 빌려서 미사를 드리니 성당 임대료나 신부님 수고비 등도 지급하는 것 같다. 그리고 수시로 한국을 다녀오면서 중고 의류 등을 가져다 아이들에게 지원하고 있다.

머리카락 잘린 신입생

이번 주는 신입생 오리엔테이션이 있는 기간이다. 7시 30분에 학교에 도착했다. 교문 앞에는 이상한 모자를 쓴 사람들로 가득 차 있다. 가까이 가보니 검은 바지, 흰 셔츠, 밀짚 중절모를 쓴 학생들이 운집해 있는 것이다. 아직 교문이 열리지 않아 밖에 대기하고 있다. 모두 가로 20센티, 세로 30센티 정도 되는 보루 박스 종이에 무슨 글을 잔뜩 써 목에 걸고 있다. 자세히 보니 이름, 생년월일, 학과, 출신학교, 미래의 꿈, 취미 등이 적혀있다.

양동이, 먼지떨이, 빗자루, 나무 묘목 등도 함께 가지고 있다. 선배들은 가위로 머리가 긴 학생들의 두발 정리를 하고 있다. 머리 위쪽은 머리칼로 자른다. 엉성하게 마구 잘라 버리니 행사가 끝나면 바로 이발소로 가야 할 것 같다.

겨우 군중을 헤치고 교문 안으로 들어갔다. 재학생 선배들이 신입생을 안내하고 통제하고 있다. 사무실에 가방을 두고 밖으로 나와서 이 흥미로운 장면을 관찰했다. 교문 밖에서 일단 과별로 학생들을 모이게 하고 정렬한 다음 소지품을 모두 어깨에 메거나 들게 한 상태로 오리걸음으로 교문을 들어서게 한다. 50m 정도 오리걸음으로 걷고 나서야 운동장에 과별로 모이게 했다. 남녀 구분 없이 엄격히 시행하고 있다.

8시 15분부터 강당에서 입학식이 있었다. 국기에 대한 경례, 국가 제창, 교장의 환영사로 끝났다. 이어서 학과별 구역별 대청소하고 가져온 나무를 심기도 하였다.

처리할 일들이 너무 많아서 거의 4시경까지 일하다 밖으로 나왔다. PAS 대학생들이 너덧 명이 나와 교문 밖에서 벽화 작업을 하고 있다. 대학생들은 오늘 공동 행사를 개최하기 위해서 UNTL 대학에 갔었다. 그런데 참여하는 학생들이 50여 명밖에 안 되어 제대로 치르지 못하고, 이곳 벽화 작업을 완성하러 온 것이다. 오늘은 비가 내리지 않으니 다행이다.

이 단장이 벽화 페인트 구입 예산을 450달러 책정했는데 싸게 사다 보니 400 달러 정도 남았다고 한다. 학교에 A4 용지를 사서 기증할는지 아니면 내년 PAS 활동비로 이월할까 고민 중이라고 한다. 나는 '백단목' 묘목을 사서 전 단원이 한 그루씩 기념식수를 하면 더 뜻깊은 사업이 되지 않겠느냐고 제안하고 잘 생각해 보라고 했다.

집에 오니 아파트 관리를 하는 여직원 주다이가 보였다. 주인도, 관리인도 모두 오래 집을 비우면 대신 관리 운영해줄 사람을 정해두고 가야지 그냥 가버리면 임대인들을 어떻게 어려운 상황이 벌어졌을 때 처리해야 하는지 알 수가 없다는 얘기를 했다. 그리고 가스가 떨어지고 청소 아줌마는 아예 출근도 안 하고, 온 집이 쓰레기장으로 변했다는 얘기를 전했다. 그러나 듣는 둥 마는 둥이다. 두 달 치 임대료 1,100달러를 지불했다.

제 5 부

한국어에 목마른 청년들

산림청장과 백단목(Sandal Wood)을 심다

한국어에 목마른 청년들

❧

멈춰버린 한국어 연수원

한국어 연수원 양주윤 원장님과 티모르 플라자에서 점심을 하기로 했다. 운전기사 Andrea도 함께 했다. 볶은 밥을 시키려는데 대, 중, 소가 있다. 나는 중을 두 분은 소를 시켰다. 소자도 둘이 먹어도 될 만큼 많은 양이 나왔다. 나는 치킨라이스를 시켰다. 아주 먹을 만하다. 또 한두 가지 채도도 시켰는데 그중에는 '땅콩'이라는 채소무침도 있었다. 나는 처음에는 땅콩볶음인가 했는데 발음이 우리말 땅콩과 비슷한 채소로 미나리처럼 보이면서 담백한 맛이 나는 채소였다.

식사 후에 티모르 플라자 문구 마트에서 몇 가지 사무용품을 샀다. 화이트보드, 마카펜, 칠판지우개 등이다. 화이트보드는 가로 2m 세로 60센티로 좀 큰 것이다. 월별 행사 표를 제작해서 사용할 생각이다. 버스에 싣고 가기는 어려워서 양 선생님께 부탁드렸다.

우선 최근에 양 선생님이 이사한 'JY' 레지던스형 전원주택 구경을 나섰다. 단지 안으로 들어서니 각종 꽃과 나무로 아름답게 조성된 단지가 눈에 들어온다. 전형적인 전원주택 단지 모습이다. 단층 단독 주택이 20여 채, 2층 주택이 20여

채 있는데 양 선생님은 2층형으로 위층에 살고 있고 호수는 99호다. 거실, 침실 등으로 되어 있는데 대리석 바닥에 아주 고급스러운 시설을 갖추고 있다. 청소, 빨래, 다림질, 전기세, 수도세 등을 모두 포함하여 월 2,000달러 정도 부담하는 것 같다. 정확히는 여쭈어보지는 않았다. 한국 산업 공단(HRD)에서 다 부담하는 것이다.

수목이 무성하고 많은 화초가 꽃을 피우고 있고, 연못에는 물고기들도 많이 헤엄치고 있다. 수영장에는 외국인 한 사람이 더위를 만끽하고 있다. 최고급 임대 주택 단지다.

오늘 이친범 신임 대사가 공항으로 입국한다고 한다. 그래서 함께 가기로 했다. 공항 귀빈실로 가니 한국인이냐고 묻는다. 한국인임을 확인하고는 통과시켜 주었다. VIP실은 고급 의자에 냉방시설 등이 잘 갖추어져 있었다. 잠시 후에 대사관 직원들, 코이카 소장, 한국 식당 Naris 사장, 금교건 사장 등이 들어선다. 대사님이 들어오시니 인사도 하고 명함도 드렸다. 언제 관저에서 만날 기회를 만들겠다고 한다.

마침 양 원장님은 연수원에 볼일이 있다고 해서 함께 가기로 했다. 내 물건들을 우선 학교에 내리고 가면 되는 것이다. 연수원은 학교 가는 길에 있다. 집까지 픽업해 주어서 편하게 하루 일을 처리할 수 있었다.

양 소장님의 고민도 아주 깊어 보였다. 이곳 한국어 연수원 운영비는 동티모르 노동부 예산으로 운영된다. 연 10억 원 정도 되는 것 같다. 그런데 예산 통과가 안 되어 연수원 운영이 멈춰있다. 매일 연수생들은 수백 명, 수천 명씩 들리는데 또렷한 일정을 내놓지 못하고 있으니 참으로 갑갑한 일 같다. 빠른 시간 안에 좋은 해결 방안이 나왔으면 좋겠다. 이곳 젊은이들의 꿈인, 한국어를 배워 능력 시험에 합격하고, 산업연수생으로 한국에 5년간 파견되어 코리언 드림을 실현할 수 있도록 기원해 본다.

신입생을 위한 강연

오늘은 신입생 오리엔테이션이 있는 날이다. 내가 '세계 최고의 교육 – 한국'에 대한 강연을 하기로 한 날이다. 이 강연을 위해서 보름은 씨름한 것 같다. 우선 원고를 영어로 작성하여 영어교사 펠릭스에게 테툼어로 번역을 부탁했었다. 물론 번역료를 지불했다. 강연 때 내가 영어로 하면 그가 테툼어로 통역할 것이다. 미리 내용을 알고 번역해 두면 통역에 많은 도움이 될 것이다.

PPT는 전에 세네갈에서 강연했을 때의 것을 틀로 하여 최근의 신입생 사전교육 내용, 또 한국 PAS 대학생들의 봉사활동 장면과 태권도와 부채춤 그리고 K-Pop 공연 등을 보강했다.

10시 30분에 시작하여 11시 30분에 끝낼 예정이다. 대강당에 신입생들이 질서 있게 앉아 있고 재학생, 선생님 등 700여 명이 강당을 가득 채우고 있었다.

주요한 내용은 다음과 같다. 한국은 최근의 PISA(OECD 세계학생성취도평가)에서 수학 1위, 읽기 2위, 과학 2위 등의 성적을 나타내어, OECD 국가 중에서 학업 성취도가 1위가 된 배경과 이유를 설명했다.

1945년 독립했을 때 세계 최빈국으로 국민소득이 76달러였다. 40년 후에 200달러였는데 70여 년이 지난 지금은 30,000달러가 되었다. 그 시절에는 전 세계에서 인도 다음으로 가장 가난한 최빈국이었다. 독일에 간호사와 광부를 파견하여 돈을 벌어들이고, 월남전에 군인을 파견하여 세계의 평화 수호는 물론이지만, 그 소득으로 국가 기간산업의 밑거름이 되게 했다.

또 '채성봉' 가수의 고아로 탄생하여 유명 가수로 성장한 자기 노력의 드라마를 동영상으로 보여주었다. 크리스토 레이에서 만난 미크롤렛 운전사인 동티모르 청년의 성공담도 보여주었다. 그는 한국 산업연수생으로 파견되어 5년 후에는 집을 사고, 결혼도 하고, 버스도 사서 지금은 가장 행복한 청년으로 코리안 드림을 실현했다.

한국의 경제 특히 기름 한 방울 안 나는 나라에서 석유 제품 수출 세계 7위가 된 나라로 프랑스보다 더 많은 기름을 수출한다. 세계 5대 정유 회사 중에서 3개가 한국에 있다. 이것은 오로지 한국의 교육에 있다. 서울의 한 여고생의 학교생활도 보여주었다. 그녀가 아침 6시 30분에서 다음날 새벽 2시까지 치열하게 생활하는 모습을 동영상으로 보여주었다.

예정 시간보다 30분이 더 길어져 12시에 끝났다. 모두가 환호하고 큰 박수를 보여주었다. 또 정성껏 노트하는 학생들도 많았다. 희망에 가득 찬 똘망똘망한 새내기들의 눈망울 속에 새 학교, 새 공부, 새 생활에 대한 동기 부여가 되었으면 좋겠다.

교육부 장관 학교안내

정신없이 바쁜 하루가 지나갔다. 아침 미사를 하고 걸어서 학교로 갔다. 교정에선 이미 선배들이 신입생 길들이기를 하고 있었다. 한국에서 소위 전통 교육에 해당되는 것이다. 지각생은 팔굽혀펴기와 오리걸음, 두 팔 들고 서기 등을 하고 있다. 학생들이 작은 묘목들을 모두 하나씩 들고 왔다. 그 많은 나무를 어디에 심을지 궁금하다.

오늘은 교감과 백단목 묘목을 보러 가기로 했었다. PAS에서 내가 제안한 데로 400달러를 백단목 구매비로 지급하겠다고 했었다. 9시 30분이 되어도 교감이 보이지 않는다. 오늘은 코이카 사무실에서 활동비 정산을 해야 하므로 15분 정도 걸어서 다시 버스를 타고 사무실로 갔다.

강 대리에게 정산서를 제출하고 미비한 점을 보충했다. 예를 들면 업무추진비로 점심을 먹었을 때 김 아무개 외 2인이 아니라 참석자를 모두 기록해야 한다.

숫자와 돈에 약한 나는 이런 정산과 예산 소리만 나오면 머리가 지근거린다.

그냥 집에 가서 쉴까 하다가 혹시 교감이 늦게라도 나오면 묘목을 보러 가야 해서 다시 학교로 갔다. 그런데 교정에 많은 사람이 보이고 학생들은 포크 댄스를 추고 있다.

강당 앞에는 많은 손님이 와 있는데 교장이 아주 겸손한 모습으로 안내 설명하고 있다. 분위기로 봐서 아주 고위층이 방문한 것 같다. 나는 선생님께 혹시 장관이 온 것이냐고 물어보았으나 그도 잘 모르겠다고 한다. 중요한 사람 같아서 우선 사무실에 가서 카메라를 들고 왔다. 다른 분께 여쭤보니 역시 교육부 장관 일행이었다.

나는 장관에게 가서 내 명함을 주고 인사를 하니 반갑게 맞아주었다. 함께 촬영도 했다. 코이카에서 이 학교에 투자한 내용, 그리고 이곳에서 내가 하는 내용 등을 간단히 설명했다. 각 학과를 직접 둘러보는 게 어떤지 제안했다. 6개 과를 세세히 둘러보면서 많은 질문을 한다. 나는 이 시설과 교육 기자재가 모두 한국에서 지원된 것이고 학과 운영이 어떻게 이루어지고 있는지 등을 설명했다. 또 이 좋은 장비들이 유능한 교사들이 부족하여 제대로 활동하지 못하고 있다는 것들 알렸다. 수행원이 20여 명이 되고, 7명의 사진사가 열심히 촬영했다. 아마 기자들도 같이 온 모양이다.

나중에 알고 보니 장관, 차관, 총괄국장 등이 와 있었다. 특히 교육부를 실제로 운영하는 총괄국장은 2시에 교육부에서 함께 회의하자고 한다. 장관 일행이 2시간 이상 학교에 머물다가 갔다.

학교에서 간단히 점심을 먹고 교육부로 출발했다. 교육부는 처음 가는 것이다. 가는 길에 잠깐 집에 들러 제주도 돌하르방 등의 선물을 들고 갔다. 교장과 마르코스 교감의 오토바이에 두 명씩 타고 4명이 갔다. 나는 이곳에서 처음으로 헬멧을 썼다. 조금 걱정되었지만, 교감의 오토바이 운행 능력이 뛰어나서 괜찮을 것 같았다.

총괄국장(General Director)인 Jose Manuel Ferraudes은 나에게 네 가지를

제안, 부탁했다. 베코라 기술고등학교의 지속 가능한 발전을 위해서는 지속적인 투자가 이루어져야 한다. 또 3명의 유학생이 한국으로 가게 되는데 이도 지속해서 사업이 이루어지도록 협조해야 한다. 또한 여러 지방에 베코라 기술고등학교와 같은 기술학교를 세워 달라. 코이카 사무소장과의 면담을 주선해 달라 등이었다. 가능한 적극적으로 노력하기로 하고 교육부를 나섰다.

미사로 끝마친 신입생 오리엔테이션

신입생 오리엔테이션 폐막식이 있는 날이다. 9시 30분에 신입생들은 질서 정연하게 학과별로 대강당에 모였다. 이미 중앙 무대 위에 미사를 집행하기 위한 제대가 크고 성스럽게 마련되어 있었다. 강당 입구에는 봉헌 제물로 사용하기 위해 바나나, 파파야, 사과, 망고 등 온갖 과일들이 바구니마다 풍성하게 담겨 예쁘게 포장되어 있다. 제대 오른쪽에는 30여 명의 학생이 성가 연습을 하고 있다.

교감이 교장실로 가보라고 해서 가보니 바로 도미니코 수도회 주임신부와 중국인 신부 Pius, 원장 수녀님 Patima, 또 낯선 수녀님 한 분이 와 계셨다. 주임신부와는 지난번에 인사를 나누었었고 또 중국인 신부와는 식사도 했었기 때문에 반갑게 맞아주었다.

잠시 후에 강당으로 가서 미사를 했다. 대강당은 신입생만으로도 가득 찼다. 스페인 주임신부는 이곳에 오래 계셨는지 테툼어가 유창하다. 미사도 기쁘고 행복한 분위기에서 진행되었다. 신입생 전체가 가톨릭 신자였다. 왜냐하면 성체를 모시지 않거나 예식을 따라 하지 않은 학생은 한 명도 없었기 때문이다. 정말 완전한 가톨릭 국가는 이런 것이구나 하는 생각이 들었다. 학생 사이에는 종교적 문제로 다툼이 없으니 우정과 화합의 교육 공동체가 자연히 구성되리라는 생각이 들었다. 또 일주일간의 고된 신고식을 성공적으로 마치고 동티모르 최고의 기술학교에 들어왔다는 자부심으로 모두가 행복하고 자신만만한 표정을 짓고 있어 보였다. 오리엔테이션을 대미사로 마무리한다는 것은 참으로 의의 있고 기쁜 행사라는 느낌이 들었다.

미사가 끝나고 교장실에 다시 모여 학교 현황과 발전계획, 특히 코이카의 지원 상황과 계획 등을 설명했다. 신부님 일행은 아이들이 봉헌했던 과일 바구니만 들고 떠났다.

신부님 일행이 떠나고 다시 강당으로 가자고 한다. 앞쪽 대형 탁상 위에 샴페인 20병과 대형 케이크가 준비되어 있다. 폐막식이 진행되었다. 교장과 학생과장의 인사가 있었다. 신입생 대표, 교장, 교사들이 나와 케이크를 잘랐다. 교장이 케이크 조각을 신입생에게 먹여주었다. 이어서 샴페인도 터트려 학생에게 교장이 한잔 따라 주고 함께 마신다. 이어서 뷔페식으로 세 곳에 차려진 음식 진열대에서 서로 음식을 가져다 나눠 들었다. 거의 30여 종의 음식이 마련되어 있었다. 바나나튀김, 찐 감자, 치킨, 돼지고기, 소고기, 해초 등이었다. 모든 신입생, 재학생, 외빈들이 충분히 먹고도 남을 양이었다.

2시 가까이 돼서 나는 도미니코 고아원에서 다른 일정이 있어 귀가해야 했다. 한인 교회에서 장학금 전달을 할 예정이다. 2,000달러를 전달하게 된다. 이 금액은 35명의 초, 중, 고 학생들과 3, 4명의 대학생의 1년 학비에 해당된다. 파티마 원장 수녀님이 대표로 수령하고 과자와 음료수를 대접받았다. 기념 촬영도 했다. 다시 학교에 가야 해서 금교건 회장님께 우리 학교까지 태워다 달라고 부탁했다. 금 사장님도 학교장에게 부탁할 일도 있고 하니, 같이 가면 좋겠다고 한다.

교장실에서 인사를 했다. 금 사장님은 사실 우리 학교 리모델링을 할 때 입찰을 했는데 차점 차로 탈락했었다는 얘기를 한다. 지금 시공한 학교 시설이 보수해야 할 일이 너무 많은데 금 사장이 했으면 더 잘하지 않았을까 하는 생각도 들었다. 사장님은 앞으로 전기나 에어컨, 그 밖에 보수가 필요한 부분이 있으면 적극적으로 도와주겠다고 말했다.

집에 도착하니 4시가 되었다. 오면서 가져온 뷔페 음식 잔반을 가져다 땡칠이 가족에게 주니 너무 잘 먹는다. 오늘 바쁘지만 기쁜 날이었다.

백단목 묘목 찾기

9시 영어 미사에 참례했다. 도미니코 고아원 여학생들이 전례를 담당했다. 그들이 주로 담당한 전례는 신자들의 기도와 성가다. 이곳에는 성가 책이 없다. 어떤 아이들은 공책에 가사를 쓰고 음의 높낮이를 숫자로 써서 보며 부르기도 한다. 그러나 아이들은 초등학교부터 대학생까지 40여 명의 여학생이 모두 암기해서 부른다. 화음이 아주 아름답다. 천상의 목소리가 이런 것이 아닌가 하는 생각이 든다.

미사가 끝나고 성당 마당으로 나오니 몇몇 아이들이 나를 알아보고 인사도 하고 악수도 청한다. 또 어떤 아이들은 내 손을 그들의 이마에 갖다 대고 친구도 한다.

귀갓길에 리따 냉동 마트에 들러 돼지고기, 양파, 마늘을 14달러 주고 샀다. 물건값이 다른 곳에 비해 조금 싸다. 그런데 진작 사려고 했던 계란은 보이지 않는다. 오는 길에 길가에서 양배추 한 통과 바나나 한 손을 샀다. 3달러를 냈다. 급히 집에 와서 고픈 배를 채우러 바나나 두 개를 먹었다.

11시에는 교장, 교감과 함께 백단목인 산달우드 묘목을 사러 가기로 했었다. 10여 분 늦게 교장 오토바이에 교감이 함께 타고 왔다. 나와 교감은 버스로 교장은 오토바이로 출발했다. 가는 곳은 UN House 근처인데 여러 골목을 지나서 있으므로 찾기가 쉽지 않았다. 가보니 큰 백단목이 서너 그루 서 있다. 밑동 폭이 10cm 정도다. 그런데 백단목은 모두 포르투갈 등에서 베어가 버려서 이 정도의 백단목도 딜리에는 없다고 한다. 사진으로 남기고 나서 묘목을 보니 겨우 잎이 두세 개 나온 것들이었다. 다른 곳도 가보기로 했다. 우선 교장이 나를 태우고 가고 다시 돌아와서 교감을 태우고 왔다. 기다리는 사이에 길옆 웅덩이에 카사바 같은 연잎 같은 식물들이 많이 자라고 있어 옆에 있는 쓰레기 비닐봉지에 두세 개 뽑아서 담았다. 집에서 키워보면 관상용으로 좋을 것 같았다.

교장과 교감이 와서 함께 인근의 묘목 집으로 갔다. 여러 인가 중에 약간의 공터에 묘목들을 키우고 있었다. 아주머니가 서글서글하다. 아마 교장과 친한가 보다. 이곳에도 조금 큰 묘목이 겨우 두 개 있는데 부실해 보인다. 다른 곳으로 안내해서 가보니 10센티 정도의 묘목이 5개 있었다. 일곱 개의 묘목을 모두 사기로 했다. 큰 것은 10달러 작은 것은 5달러다. 4월이 돼야 묘목들이 많이 나오고 지금은 귀하다고 한다. 나중에 묘목을 더 사기로 하고 돈은 추후 일괄 지급하기로 했다.

오면서 보니 우리 집과 멀지 않은 곳이었다. 비다우 성당에서 왼쪽으로 쭉 들어간 지점이었다. 어쨌든 PAS 학생들이 마지막 송별식 때 사용할 행사용 백단목을 구입할 수 있어서 다행이었다. 이곳에서도 큰 백단목 가지에서 잎 몇 개를 따서 수첩 사이에 끼워 두었다.

백단목은 히브리어로 '알무김'이다. 학명은 'Pterocarpus santalinus L'이다. 박달나무, 흑단과 거의 흡사하다. 줄기 안의 색이 자색에 가까워 자단으로 불린다. 세 나무 모두 고가에 거래되며, 조직이 조밀하고 단단하여 특수한 용도로 사용된다. 자단(紫檀)으로 이해하는 이들도 있지만 약간 다른 나무로 알려져 있다. 백단목은 나무 중심이 황토색에 가깝지만, 자단은 자색이다. 그러나 나무의 특성이나 성향은 매우 비슷하다.

솔로몬이 성전을 건축할 때 사용한 나무라도 전해진다. 계단이나 수금 등의 악기를 만들 때 사용된다. 두로와 히람이 오빌에서 수입한 것을 솔로몬이 구입해 가져와 성전을 지었다고 한다.

백단목에 관한 얘기를 SNS에 올렸더니 제주도 친구가 포르투갈 등 서양에서 성전의 제단과 가구들을 이 백단목으로 만들어 사용했다는 얘기를 들려줬다. 실제 백단목 가구라도 한번 보았으면 좋겠다.

부채춤

오늘은 8시 30분에 신입생들을 위한 PAS 공연이 있었다. 학교에서 전에 PAS 학생들이 했었던 공연을 신입생들에게도 보여주고 싶어 해서 재차 부탁하여 성사된 것이다. 신입생만으로도 강당이 가득 찼다. 재학생들은 뒤쪽에서 서서 관람하였다.

태권도는 송판이 없어서 격파할 수 없어서 지난번보다 재미가 덜했다. 그러나 발차기, 품새, 앞지르기 등 젊은 학생들의 심장을 뛰게 하기에 충분했다. 학생들이 가장 관심을 두고 본 것은 부채춤이다. 전보다 더 화려하고 우아하게 차려입고 춤을 추었다. 그 사이에 또 몇 번의 연습과 공연이 있어서 아주 훌륭한 자태와 연기를 보여주었다. 마치 선녀들이 군무하는 느낌이었다.

K-Pop은 음악에 맞춰 다섯 곡을 율동으로 표현했다. 마지막 공연은 단원 전체가 '행복'에 대한 노래를 율동과 함께 제창했다. 마지막 부분에서 지난번 약속했던 대로 경비를 절약해서 모은 돈 400달러를 큰 팻말에 적어서 기증했다. 백단목 묘목 구매비로 기증한 것이다.

공연 후에 단장, 부단장, 학생 대표 그리고 나도 함께 미리 파둔 구덩이에 백단목을 식수했다. 의미 있게 PAS 방문 활동이 마무리되었다.

10시가 지나서 이원호 경기기술과학대학교 교수가 방문했다. 베코라 기술고등학교의 재건축, 발전 프로그램 구축, 교사 연수, 기자재 확보 등에 큰 공헌을 했던 분이었다. 이번 방문은 현재 운영 현황도 보고 또 대학교와 MOU도 맺기 위해 온 것이었다.

내용을 살펴보니 2명의 우리 학교 학생을 선발해서 보내면 6개월간 어학연수를 하고, 그 후 4년간 대학 생활을 하게 한다는 것이다. 문제는 경비의 50%는 한국 대학에서 부담하지만 50%는 교육부에 부담해야 한다는 것이다. 교육부 총부담액이 1억 원 정도가 된다. 내일 교육부에서 총괄국장을 만나서 협의할 예정이다. 지원해 줄 수 있으면 좋겠지만 내 생각으로는 거의 불가능한 제한처럼 보였다.

신임 대사님을 맞으며

만디리 인도네시아 은행에서 일을 보고 은행 부근에서 근무하는 최규환 자문관의 경찰청인 PNTL(Political National Timor-Leste)에 들러보기로 했다. 은행에서 걸어서 5, 6분 거리다. 경찰청 정문에는 수위도 없다. 전에 설명 들은 대로 그의 사무실 근처에 이르렀는데 마침 정문 밖에서 최 자문관이 들어서고 있다. 12시에서 2시 사이가 점심시간인데 집에 가서 점심을 들고 오후 출근을 하고 있었다.

사무실에서 에어컨을 틀고 10여 분 열기를 식혔다. 경찰청 입구에 있는 아주 작은 사무실이다. 밖에서 사무실로 들어가서 다시 작은 쪽문을 열고 들어가야 자문관 사무실이다. 1.5평 정도로 컴퓨터와 프린터, 작은 서류함 정도가 전부다. 그의 설명에 의하면 입구의 사무실에는 여자 경찰들이 근무하는데 아침부터 저녁까지 계속 떠들어대서 도저히 사무를 볼 수가 없는 상황이란다. 그래서 최근에 최 자문관의 운영비로 방음 시설을 했는데도 방음시설을 한 한국 업체가 제대로 하지 않아 여전히 시끄럽다고 한다.

최 자문관은 마침 오늘 새로 부임한 대사님께 함께 인사하러 가려고 내 방문을 두드렸으나 내가 없어 혼자 가려던 참이었다고 한다. 대사관까지는 택시로 3달러가 들었다. 대사님은 이친범이다. 육군 소장 출신으로 문재인 정부 정권 인수팀에서 중요한 역할을 맡았다는 소문을 들었다. 큰 키에 성품이 서글서글해 보인다. 2시간 정도 대화를 나누었다. 부임해서 일주일 정도 된 것 같은데 벌써 현지 사정에 대한 이해가 깊었다.

나는 두 가지를 제안했다. 첫째는 우리 학교 학생 두 명이 한국 강남대학교에 장학생으로 유학을 떠났는데, 강남대학교와의 교류는 전 대사님이 개인적인 친분으로 성사되었다. 유학 지원이 지속될 수 있도록 노력해 달라. 두 번째는 동티모르에 거주하는 우리 교민이 200여 명 되는데 아직도 교민 조직이 없어서 교민의 안녕과 복지, 재외 교민의 위상과 대정부 업무 추진 등에 어려움이 있으므로 교민회를 조직해 달라고 제안하였다. 세네갈은 비슷한 교민 규모인데도 활동이 활발하다. 교민 연례회의, 체육대회, 야유회, 봉사활동, 교민대표 한국파견 등등. 그런데 이곳은 교민 조직이 없어 교민 활동은 대사관 주최 몇몇 행사에 참여하는 것밖에 없었다.

밖에 비가 내리고 있어서 대사님은 운전 기사에게 집까지 바래다주도록 배려해 주었다. 우리는 티모르 플라자까지 가서 내려서 10번 버스로 돌아왔다. 옷이 많이 젖어서 빨래하고 쉬었다.

대학생 이름 외워 부른 대사님

베코라 기술고등학교 발전 전략 제2부를 완성하여 교장, 두 교감에게 책자로 만들어서 제공했다. 그리고 3부 집필 세부 계획도 세웠다. 오후에 PAS 대학생들의 폐막식이 있다고 해서 거주하는 호텔로 향했다. 5시에 시작한다고 해서 4시 30분에 비다우 성당에서 이무현 선생님을 만나 출발하기로 했다.

그런데 성당에 도착해 보니 성당 주변은 발 디딜 틈도 없이 인산인해를 이루고 있었다. 바깥문에서부터 모든 화단에 이르기까지 온갖 꽃으로 장식되어 있었다. 입구에는 현수막으로 Seja Vembino 라고 걸려 있었다. 아마 결혼식이 있나 보다. 그런데 지난 토요일 미사에 참례했을 때 제대 중앙에 주교좌 의자가 놓여 있었던 것으로 보아 주교님이 주례하는 결혼식 행사였을 것이라는 추측이 되었다. 길에는 5, 6명의 경찰관이 교통정리를 하고 있었다.

12번 버스를 타고 가야 하는데 버스가 한 대도 보이지 않는다. 큰길가로 나가서 15분 정도 기다려도 보이지 않는다. 결국 택시로 가기로 했다. 이미 손님이 타고 있는 택시인데 자꾸 합승하라고 한다. 별로 멀지 않는 곳이어서 1달러면 될 것 같은데 3달러를 요구한다. Paradise Hotel까지 2달러에 합의했다.

중간에 손님이 내렸다. 가면서 기사는 계속 3달러를 요구한다. 이미 2달러로 합의했는데도 막무가내다. 하도 귀찮게 하니 중간에 내려서 2달러를 주었다. 오늘 버스가 끊긴 이유를 알게 되었다. 이곳의 거의 유일한 관광지인 크리스토 레이를 운행하는 버스인데 실제 손님이 별로 없다. 그런데 이곳 버스 요금은 어디든지 25센트다. 그래서 요금 인상을 요구하며 Strike를 벌이고 있고 버스도 운행을 중단하고 있다는 것이다.

호텔에 도착하니 UNTL(한국의 서울대학교에 해당) 부총장이 프로그램 진행 내용을 협의하고 있었다. 인사하고 함께 촬영도 했다. 잠시 후 시간에 맞게 이친범 대사가 도착했다. 대사님은 목에 타이즈를 걸고 있다. 오늘 대통령에게 신임

장을 제출한 날이어서 대통령궁에서 받았다고 한다. 엊그제 오래 대화한 사이여서 친근감이 느껴졌다.

대사님에게 우리 단원들과 PAS 이기옥 단장님을 소개했다. 그런데 정작 총장이 도착하지 않아서 행사를 시작하지 못하고 있다. 부총장이 오늘 5시에 오스트레일리아 대사의 이임식에 총장이 참석했는데 곧 돌아올 것이라고 한다. 옆에 앉은 대사님은 심경이 몹시 불편해 보인다. 대사님도 오늘 일정이 있는데도 포기하고 이 행사에 참석한 것이다. 예정된 공식 행사에 많이 늦는다는 것은 이해할 수 없다고 불만을 토로한다. 40여 분 지나고 총장이 도착했는데 작은 키에 까무잡잡한 얼굴이다. 프란치스코라고 한다. 인사를 드리고 사진도 함께 찍었다.

폐막식은 15분 정도의 부총장의 경과보고, 총장 환영사가 15분, 이어서 이기옥 단장의 인사말, 대사님의 축사 등이 있었다. 작년에 UNTL 총장 일행이 한국을 방문하여 PAS로부터 융숭한 대접을 받았었다. 그래서 오늘 폐막식은 UNTL에서 주최하고 있었다. 150인분의 뷔페 음식이 마련되어 있었다.

오늘 폐막식에서 특히 인상적인 광경은 이친범 대사님이 한 번도 본 적이 없는 26명의 한국 대학생들 이름을 모두 외워서 불러주었다는 것이다. 가나다순으로 암기하여 일일이 호명했고, 학생들은 차례로 일어서서 손을 흔들며 인사했다. 재외 국민에 대한 특별한 애정을 너무도 잘 표현한 장면이었다. 따뜻한 관심과 사랑이 없이는 모든 학생의 이름을 외워 불러주기는 어려운 일이다. 학생들도 참석자들도 모두 흐뭇해하는 장면이었다. 이제는 UNTL 총장도 학생 이름 외우기에 바빠지겠구나 하는 생각이 들었다.

행사에는 K-Pop 공연, 태권도 시범, 부채춤, 동티모르 초청 가수 공연, 현지 학생들의 집단 체조와 카드 미술 등이 공연되었다. 시간이 너무 지체되어 20여 분의 시간에 급히 음식을 들고 코이카 차량으로 귀가했다. 차려진 음식은 밥, 돼지고기, 소고기, 쇠간, 사과 디저트 등이 나왔다. 한국 대학생들도 음식을 준비했는데 불고기, 잡채, 오징어무침 등이었다. 9시가 조금 지나 오랜만에 늦게 잠이 들었다.

우리 딸 결혼하다!

3주 만에 다시 동티모르를 밟는다. 그 사이에 3주간의 정기 휴가를 다녀왔다. 그리고 그사이에 내 생애에서 가장 중요한 일 중의 하나를 겪었다. 우리 딸 진솔이가 시집을 간 것이다. 신랑은 SK 재무팀에서 매니저로 일하는 미국 공인회계사다. 딸은 CJ 과장이다. 지인의 소개로 만나 결혼하게 되었다. 이곳에 부임하기 전에 상견례를 했는데 아주 건실하고 믿음직한 청년이었다. 사돈 어르신은 대구에서 초등학교 교장 선생님으로 근무하고 계시고 여자 사돈 역시 초등학교 선생님이다. 교원 가족으로 우리 집과 사정이 비슷해서 서로 이해도 쉽고 여러 가지로 편했다. 결혼식은 대구의 Novota 호텔에서 있었다. 진솔이는 키가 좀 커서 175cm 정도이고 신랑도 비슷하다.

결혼식 중에 신부에게 부치는 말이 있어서 나는 '사랑하는 딸 진솔에게'라는 글을 A4 용지 한 장 분량으로 써서 읽었다. 낭독하며 눈시울이 뜨거워지고 주례석에서 내려오면서 눈가가 촉촉이 젖어있음을 느꼈다. 그 내용은 다음과 같다.

『우리 사랑하는 딸 이진솔 리따의 새 출발을 축하한다. 엄마와 나는 네가 이 세상에 태어나기 전에 미리 '진솔'이라는 이름 지어 두었었다. 물론 아들인지 딸인지도 몰랐지만. 성장이 빨라서 첫 돌날 색동옷을 입고 혼자 걸어 다녀서 모두가 놀라워했었지.

프랑스와 중국에서 유학 생활을 하고 대학교를 졸업하고 취업하고 오늘까지 쉼 없이 달려왔구나. 앞가림과 홀로서기를 잘했던 진솔이가 우리는 항상 대견스러웠다. 어려서부터 글씨도 예쁘고, 춤도 잘 추고, 글도 잘 만들고, 특히 다른 사람을 배려하는 마음이 깊어 언제나 흐뭇했었다. 기억하겠지만 우리는 단 한 번도 손바닥이라도 때려본 적도, 심하게 꾸짖은 적도 없었다. 진솔이는 소중한 보석이었고 기쁨이었고, 우리의 기둥이었다.

인생에서 가장 중요한 사건은 세 가지 사건이 있다. 탄생과 죽음 그리고 결혼이다. 그러나 탄생과 죽음은 우리가 경험하지만 경험할 수 없는 것이므로 결혼이 가장 중요한 사건이다.

이제 진솔이는 가장 중요하고 행복한 순간을 맞이하고 있다. 너무도 훌륭한 배우자 인한 군을 맞게 되어 우리는 너무도 기쁘다. 온순하고 차분하고 친절하고 배려심이 가득 찬 좋은 동반자를 만난다는 것이야말로 인생의 가장 큰 축복이요 행운이다.

인한 군을 보면서 강호진 선생님, 박해경 선생님 사돈 내외분이 얼마나 지극정성으로 아들을 위해 기도하고 정성을 쏟으셨는지를 잘 알 수 있었다. 두 분은 결혼이 결정되고 오늘까지 하루도 쉬지 않고 새신랑·신부를 위해 기도해 오신 것을 잘 알고 있다.

이 세상에는 사랑하는 방법에 관한 책들이 수십만 종이 있을 것이다. 그러나 예수님은 단 한 줄로 말씀하셨다. '네 이웃을 내 몸과 같이 사랑하라'라고 하셨다. 남도 이러할진대, 이제 부모를 떠나 한 몸을 이룬 부부는 더 극진하고 정성을 다하는 보살핌으로 살아야 할 것이다.

사랑은 무엇일까 우리는 자주 생각해 본다. 고린도전서 13장은 'Love is patient and kind.'로 시작된다. 사도 바오로는 사랑의 본질을 많이 얘기했다. 사랑의 첫째와 핵심이 인내하고 친절한 것이다. 어떤 경우도 참고 견디고 이해하려고 애쓰는 것이 사랑이고, 행복한 가정의 근간이 된다는 말일 것이다. 이는 내가 항상 마음에 두고 생활해왔던 구절로 이제 내 딸과 사위에게 전해주게 되어 나도 기쁘구나.

예수님은 행복한 가정을 위해서는, 아내는 남편을 존경하고, 남편은 아내를 사랑하고, 자녀는 부모에게 효도하고, 부모는 자녀의 기를 꺾지 말아야 한다고 가르치셨다. 이 단순한 내용을 실천하면 가정뿐만 아니라, 온 세계의 행복도 이루어질 것이라고 믿는다.

오늘 여러 가지 어려운 여건 속에서도 화촉을 밝혀주기 위해서 시간과 노력과 정성을 쏟아 주신 모든 분에게 평생 감사드리며, 그분들의 소망을 잘 실천하기를 바란다. 언제나 오늘처럼 행복하기를 기도한다. 여러분 감사합니다.』

나중에 내가 쓴 내용에 감동했다는 말과 눈시울이 뜨거웠다는 말도 전해 들었다. 섭섭함이 크지만, 적정한 시기에 보내주는 것이 중요한 것 같다. 31살이니 적절해 보인다. 그런데 오빠인 동근이가 아직도 짝을 못 찾아 혼자 살고 있으니 또 하나의 걱정은 여전히 남아 있다.

대구에서 결혼식을 하고 이튿날은 제주도 라마다 호텔에서 신부 측 피로연이 있었다. 온 가족이 전날 저녁에 제주로 내려와 다음 날 행사 준비를 했다. 폭설과 비행편이 걱정되었지만, 무난히 입도할 수 있었다. 엄청난 폭설에 많은 분이 피로연에 참석할 수는 없었지만, 무사히 행복하게 대사를 잘 치를 수 있었다.

지금 신혼부부는 아프리카 모리셔스에 있다. 제주의 기온은 영하 10도인데 모리셔스는 영상 35도라고 한다. 일교차가 45도이다. 친구들도 냉탕 온탕 싸우나 하고 있다고 놀린다.

다시 동티모르 집에 오니 기르던 화초들이 이리저리 여기저기로 줄기를 뻗치고, 엉망인지 자유로운지 무질서하게 공간을 채우고 있다. 카사바와 고구마 줄기 등을 정리했다. 대청소하고 티모르 플라자로 갔다. 인터넷 모뎀 두 개와 현지 휴대폰 풀사를 충전했다. 60달러가 들었다.

저녁은 한국에서 사 온 블록 국거리를 끓는 물에 부어서 즉석 국을 만들고 밥과 함께 먹으니 아주 괜찮아 보인다. 오늘 국거리 블록은 미역국이다. TV에서 평창 올림픽 뉴스를 방영하고 있다. 10시경이 잠자리에 들었다. 금세 다시 고향에 돌아온 듯 몸도 마음도 편해졌다.

도미니코 아이들을 위한 40벌

일요일이어서 9시 비다우 성당 영어 미사 참례를 했다. 미사 끝에 도미니코 니나(Nina) 수녀님께 한국에서 휴가 다녀오면서 아이들을 위해서 교복 40벌을 가져왔는데 전달하고 싶다고 전했다. 수녀님은 오늘 12시에 고아원으로 오면 된다고 했다.

집으로 돌아가서 간단히 아점을 먹고 교복 보따리를 들고 나섰다. 거의 20kg 정도였다. 꽤 무거웠다. 버스를 탈 거리도 아니고 또 그곳까지는 버스 편도 없다. 택시 값은 너무 비싸다. 2Km 정도의 거리니 그냥 걸어가기로 했다. 무더운 더위와 무거운 짐이 문제이기는 하다. 천천히 운동 삼아 걸어가기로 했다. 여러 차례 쉬면서 20분 정도 걸려 도착했다.

아이들이 미사에 참례하는 것을 보면 조금 초라한 유니폼에 가난함이 드러나 있는 것처럼 보였다. 가져온 스커트를 입으면 아주 귀해 보일 것 같다. 이 유니폼은 제주도에서 학생복 판매점을 운영하는 황남서 요한 형제의 협찬을 받은 것이다. 밤색 20벌 감색 20벌이다. 초등학교에서 고등학교까지 사이즈 별로 준비했고, 또 수녀님을 위해서 블라우스 20벌도 가져왔다.

이 옷들을 가져오다 보니 사실 내 수화물은 거의 가져오지 못했다. 특히 발리에서는 위탁 수화물 허용 무게가 겨우 20kg이어서 가방에서 짐들을 꺼내 기내 수화물로 들고 비행기에 탑승했다. 내가 면세점에서 산 것은 3만 원짜리 로션 스킨 세트, 20개들이라면 한 상자가 전부였다.

양손에 무거운 짐을 들고 땀을 뻘뻘 흘리며 고아원으로 가는 길은 오히려 아이들이 새 옷을 받아들고 기뻐하는 모습을 떠올리니 기쁘고 가벼웠다. 20여 명의 아이가 모였다. 멋진 스커트를 몸에 맞는 것으로 고르게 했다. 한 벌씩 들고 함께 촬영했다. 기증해준 황남서 요한 형제에게 보내기 위해서다.

오는 길에 마트에 들러 길쭉한 쌀 Robster 10kg을 샀다. 이제 밥 지을 쌀이 있고 한국에서 국거리도 사 왔으니 이만하면 풍족한 살림이 아닌가 하는 생각이 들었다. 집에 도착하니 코이카에서 설 격려품이 도착해 있었다. 아주 귀한 커피믹스, 참기름, 고춧가루, 초코파이, 라면 등이 들어있었다.

이곳에서의 생활 6개월이 벌써 지나가고 있다. 지금까지 잘 지낼 수 있도록 잘 지원해 주신 모든 분 또 항상 나를 지켜주시는 하느님께 감사드린다.

동물은 배반하지 않는다

땡칠이 이야기를 좀 해보자. 스무날의 국내 휴가를 마치고 마당을 들어섰는데 아무도 맞아주는 사람이 없다. 그런데 어디서 나타났는지 우리 집 강아지 땡칠이가 꼬리를 흔들며 환한 미소를 지으며 다가온다. 역시 개는 배반하지 않는 동물인 듯하다. 또 아주 똑똑하기도 하다.

휴가를 떠나기 전에 먹을 것을 들고 땡칠이를 찾았으나 찾지 못해서 여기저기 기웃거렸다. 그런데 계단 아래 나무를 쌓아둔 곳에 무엇인가 움직이는 것이 보여 자세히 살펴보니 그 어둠 속에 땡칠이가 있었다. 그리고 또 조그맣게 꿈틀거리는 움직임이 있어 살펴보니 새끼 다섯 마리가 있었다. 나는 며칠간 그 속에 먹이를 갖다주었다.

다섯 자식은 어떻게 된 것인지 한 마리도 보이지 않는다. 살던 계단 밑 둥지를 보니 청소가 되어 있었고, 다른 건축물들이 쌓여 있다. 주인은 아직도 땡칠이 집을 마련해 주지 않고 있다. 그냥 여기저기 옮겨 다니며 자나 보다. 자세히 보니 처마 밑에 새끼 한 마리가 있다. 흰색과 누런색이 혼합된 아주 귀여운 새끼다. 아마 나머지는 벌써 팔아버린 것 같다. 지금까지 너덧 번은 새끼를 낳았을 터인데 계속 이런 과정을 겪고 있어 보인다.

오늘은 냉장고를 뒤져 쇠고기 간을 꺼냈다. 쇠간은 무척 싼 편으로 1kg에 3달러 정도 한다. 간장으로 간을 해서 삶았다. 그 국물과 약간 탄 부분을 잘라서 넣고 따뜻한 밥에 말아 땡칠이에게 가져다주었다. 차 밑에서 새끼와 놀고 있다. 개밥그릇에 먹이를 부으며 땡칠아 하고 부르니 재빨리 달려 나온다. 그릇은 바싹 말라 있고 먹거리 흔적도 없다. 새끼와 함께 게걸스럽게 먹는다. 전에는 함께 있던 강아지가 먹이를 함께 먹으러 오면 크게 위협하며 쫓아버리곤 했는데 오늘은 그 강아지도 함께 셋이서 다정하게 먹는다. 피붙이가 무엇인지를 느끼게 한다. 밥 한 톨 국물 한 수저 남기지 않고 깨끗이 비웠다.

나는 이 집 주인이 개에게 먹을 것을 주는 것을 본 적이 없다. 세 든 사람들이 여러 명인데 그들이 가끔 갖다주는 먹이로 살고 있다. 땡칠이는 오늘도 며칠 만에 밥을 먹는지 모르겠다. 아주 착하고 예의 바르고 충직한 땡칠이가 항상 건강하게 자라길 빌어 본다.

대사님과 교육 협의

휴가를 끝낸 첫 출근이다. 6시 10분경에 집을 나서서 미크롤렛으로 성당으로 갔다. 낮이 짧아져서인지 새벽이 어두워서인지 신자가 많이 줄었다. 미사 후에 한 수녀님이 인사를 하기에 나도 명함을 건네주면서 주변에 있는 수녀원에 거주하는지 물었다. 학교 가는 길에 아주 큰 정원이 아주 넓은 수녀원이 있었다. 그녀는 그곳에 머물고 있다고 한다. 수녀 숫자는 40명 정도 되고 3개의 Compound가 있는데 현재의 Compound에는 18명이 있다고 한다. 내가 수녀님 숫자를 물어본 것은 한국에서 가져온 여성 블라우스를 선물하려고 한 것이다. 15개를 가져왔으니 조금 모자란다.

수녀님과 헤어져서 가는데 뒤에서 오던 한 나이든 신자분이 말을 걸어온다. 아주 젊잖아 보이는 분이다. 등굣길에 가끔 길에서 뵈었던 분이다. 알고 보니 그는 우리 학교 근처에 있는 CCM 수도원 수사였다. 얼마 전 포르투갈에서 회의가 있었는데 그곳에 한국 수사 신부가 세 분 참석했었다고 얘기했다.

집 근처에 이르자 수도원에 잠깐 들르지 않겠느냐고 청한다. 안으로 가보니 아주 잘 정돈된 정원과 또 2층으로 된 실내도 깔끔하게 정리정돈이 되어 있고 곳곳에 성상과 성화도 있었다. 회의실, 미사실, 식당 등이 보였다. 일고여덟 분의 수사들이 식사 중이었다. 모두가 젊은이들이다. 내게도 함께 식사하자고 권한다. 나는 학교 일과 때문에 가야 한다고 사양했다. 이곳에는 12명의 수사가 있고 교육, 간호, 의료, 농업, 가구 제조 등의 일을 한다고 한다.

학교에 와서 사무실 문을 여니 퀴퀴한 냄새가 반긴다. 수경 재배로 키우다 갔더니 카사바, 적색 고구마 순들이 한참씩 뻗어 나오다가 거의 말라 죽어가고 있었다. 한 달 가까이 물을 주지 않았으니 당연한 일이다.

그러나 구석에 기대어 심어둔 조화들은 여전히 그 아름다운 자태를 뽐내고 있었다. 그런데 이 조화들은 내가 등굣길에 쓰레기통에 누가 버린 것을 주어온 것인데 여러 종류의 꽃들이 아주 아름답게 배열된 멋진 꽃다발이었다. 주어다가 큰 화병에 꽂아 벽에 붙여 세워 두니 사무실 분위기가 훨씬 온화하고 기품 있어 보였다. 이곳은 조화 수요가 워낙 많은 곳이다. 물론 모두 중국산인데 가게마다 조화 코너가 있어서 가보면 그 엄청난 종류와 아름다움에 눈이 까무러칠 정도다. 물론 가격도 만만치 않다. 내가 주어온 조화는 아마 100달러 이상은 될 것 같았다.

대강 사무실을 정리하고 청소를 한 다음에 컴퓨터를 켰다. 모뎀으로 인터넷에 접속해 보니 이상이 없다. 엄청 느리기는 하지만! 역시 학교는 너무 조용하다. 단 한 명의 학생이 벤치에 앉아 있다. 8시가 조금 넘어서 교장이 보인다. 교장에게 은도금 된 귀이개를 선물로 주면서 귀국 인사를 했다. 교감은 아직이다. 20분 후에 교감도 보여서 내 방으로 안내했다. 몸이 쇠약해 보였다. 요즘 며칠간 독감에 고생하고 있었다. 감기약 화콜 하루치와 귀이개를 선물했다. 또 다른 교감 마르코스는 보이지 않는다.

카톡을 확인해 보니 10시에 대사관에서 대사님 주최로 교육 관련 협의회가 있다고 한다. 교장과 교감에게 오늘 일정을 알리고 우선 집으로 가서 카메라를 챙겨서 나왔다. 최 자문관으로부터 버스로 대사관에 가려면, 10번 버스를 타고 오스트레일리아 대사관 앞에서 내려서 9번 버스를 타고 가면 된다고 들었다. 그런데 오스트레일리아 대사관 앞에서 아무리 기다려도 9번 버스가 보이지 않는다. 결국 택시를 타고 대사관으로 갔다.

내가 제일 먼저 도착했다. 대사님, 이영대 자문관, 최창원 UNTL 교수와 내가 함께 협의회를 시작했다. 이곳 학생들을 한국의 교육기관과 결연을 맺어 수탁 교육을 하는 방안이 주요 의제였다. 그러나 이는 쉽지 않은 일이다. 국제적인 결연과 또 많은 예산지원이 요청되는 사업인데 한국 교육 기관들이 우호적으로 지원할 기관들이 많지 않을 것이다.

최창원 교수와는 사전에 대사님과 얘기가 된 것 같았다. 그래서 인터넷을 통해 가능한 대학들을 탐색해 보겠노라고 한다. 대사님은 한국 폴리텍대학과의 결연, 김신환 축구감독을 통한 축구학교 개교와 한국 명문 축구학교와 결연 지원 방법 등을 얘기했다. 내 생각에는 절대 쉽지 않고 또 인내심 있게, 책임감 있게 추진해야 할 것 같았다. 나도 교육청 국제교류 담당 장학관으로 여러 해외 기관과 결연을 추진하고 성사시켰던 경험이 많았기 때문이다.

나는 이곳이 섬나라이기 때문에 해양과 수산 관련 기술대학이나 전문계 수산 고등학교를 설립하는 것이 좋을 듯싶다는 의견을 피력했다. 증식, 기관, 어업, 기관, 운항, 해양 스포츠 등의 전문 인력을 양성하는 학교가 꼭 필요한 곳이 이곳인데 아직 해양과 수산 관련 고등교육기관이 이곳에는 한 곳도 없다. 미래를 내다보면 꼭 필요한 교육 분야다.

한인 식당 나리스에서 대사님과 함께 점심을 하고 대사관 차량으로 귀가했다. 집에서 Naver Band에 등록하고 열어보니 잘 열린다. 핸드폰은 로밍해서 쓰기 때문에 꼭 필요한 것이 아니면 사용하지 않는데 PC로 열어보니 아무 문제가 없었다. 앞으로는 PC로 Band를 사용해야 하겠다. Band 이름이 '동티모르 한인 사랑'이다. 우리 대사님은 SNS에 능하고 아주 즐겨하신다. 그래서 나도 조그만 일도 카톡 등으로 자주 연락하게 되었다.

수녀님을 위한 작은 선물

아침에 베코라 성당에서 미사를 보면서 지난번 뵈었던 수녀님을 찾았으나 발견하지 못했다. 미사 후에 학교로 가면서 앞서가는 한 수녀님을 보았다. 그 수녀님인가 하고 준비해간 블라우스를 건넸다. 그런데 수녀님은 그 수도회 수녀님이 아니란다. 수녀님과 함께 수녀원으로 가서 문을 두드리니 한 수녀님이 나오고 내가 옷을 가져왔다고 하니 다시 원장 수녀임이 나오셨다. 자기소개를 하고 블라우스 열 벌을 건넸다.

함께 갔던 수녀님이 같이 나오면서 수녀님이 머무는 수녀원도 한번 들리지 않겠느냐고 해서 함께 가기로 했다. 등굣길에 있는 집이어서 그냥 들리면 될 것 같았다. 아주 허술한 일반 가정집이었다. 이 무더위 속에 그냥 모든 것이 노출된 허술한 집에서 수도 생활을 하는 수녀님이 무척 안쓰러워 보였다. 이곳에도 여섯 분의 수녀님이 생활하고 계시다며 블라우스가 여유가 있으면 달라고 한다. 다음에 갖다줄 생각이다. 커피 한잔하고 가라고 했으나 아침에 폐가 될 것 같아 집을 나섰다.

학교는 여전히 조용하다. 어제도 쉬는 날이었는데 오늘은 열심히 해야 하겠다. 경은지 선생님이 아침 수업이 있는데 잊은 것 같다. 아이들이 한국어 교실 주변에서 서성이며 선생님을 기다리고 있다. 이무현 선생님께 알아보도록 했더니 몸이 아프다고 한다. 내일 연장 수업을 하겠다고 한다. 그런데 내일은 음력설이고 또 중국어권에서 쉬는 날이어서 이곳도 공휴일이다.

앞으로 학교 현장의 문제와 필요한 것들을 파악하기 위해서 학교 방문을 할 예정이다. 세네갈에서도 거의 전국의 학교들을 60여 개 방문하여 설문 조사하고 교육과정을 수립하고 교육 정책을 마련했었다.

이곳에서도 가능한 많은 학교에 직접 가서 보고 현황을 파악하려고 한다. 그래서 설문지를 만들었다. 영어로 작성한 설문지를 교감에게 부탁하여 테툼어로 번역했다. 미숙한 부분을 다시 점검하고 수정 보완하기 위해서 교감 선생님과 함께 다시 작업했다. 아직 감기가 다 낫지 않았는데 잘 도와준다. 물론 번역료를 지급해야겠다. 진통 해열을 위해서 타이레놀 한 상자를 주었다.

내일은 설이다. 오늘 수업이 없는데도 출근한 이무현 선생님께 내일 우리 집에서 식사를 같이하지 않겠느냐고 제안했다. 자기 집에 떡국이 조금 있으니 만둣국을 해서 먹자고 역 제안한다. 내일은 이 선생님 신세를 져야 하겠다. 이 선생님이 Mei Mart에 떡국이 있다고 해서 퇴근길에 들러보았다. 메이마트는 처음 들러본다. 중국인이 경영하는 것 같다. 모든 물건이 중국산이다. 가전제품, 조화, 식품, 의류, 채소 등 없는 것이 없다. 그러나 떡국을 찾을 수 없었다. 방울떡 같은 것이 있어서 두 봉지 샀다. 떡국에 함께 끓이면 될 것 같다.

저녁은 된장찌개다. 감자, 양파, 돼지고기를 넣었고 된장으로 간을 했다. 먹을 만하다. 나는 된장을 좋아한다. 부드럽고 담백하고 깊은 맛이 언제나 나의 입맛을 유혹한다.

오늘은 설날

오늘은 설날이다. 어제 이영대 자문관이 집에서 식사하자며 카톡을 보내왔다. 그런데 어제 오전에 이무현 선생님과 그의 집에서 간단히 밥 먹기로 했는데 그 후에 카톡을 받은 것이다. 그래서 아침 식사는 이무현 선생님 댁에서 하고 점심은 이영대 자문관 댁에서 하기로 했다.

새벽에는 성당에 가서 조상 추모 미사를 드렸다. 또 지난번 수녀님을 만나 블라우스 5벌을 드렸다. 수녀님 이름은 Ms Domingas Flor de Arangio 이고 수녀원 이름은 Community Camossian Lecidere 이다. 무척 고마워했다.

이 선생님 댁에 만두와 고명(새알 떡) 두 상자를 갖고 갔다. 도보로 20분 거리에 있다. 그의 집 방문은 처음이다. 버스로 지나가면서 본 적이 있어서 찾는 데 별 어려움은 없었다.

여섯 가구가 거주하는데 집주인이 한국인이다. KBS, YTN이 나오고 여러 가지 어려운 일도 잘 해결해 주니 한국 사람이 거주하기에는 아주 좋은 여건처럼 보인다. 단지 도심에서 조금 떨어져 있어서 장 보러 가거나 출퇴근할 때, 버스 타러 가는 것 등이 조금 힘들어 보인다. 또 저녁때는 주변이 어두워서 여자 단원이 살기에는 어려움이 있어 보였다. 동티모르 국립병원에 근무하는 김경미 단원도 이곳에 살고 있었다. 잠깐 얼굴을 보고 인사를 나누었다.

이무현 선생님도 해외 생활을 많이 해서 음식 솜씨가 뛰어나다. 오늘 떡국은 쇠고기 육수에 만두, 쌀 고명, 떡국 등을 넣고 끓였는데 아주 맛있었다. 커피 믹스도 일품이었다. 11시까지 머물며 남자의 고달픈 그러나 의미 깊은 해외 생활을 서로 나누었다. 이 선생님은 요즘 피부병 때문에 고생하고 있다. 이곳 병원에서 약을 지어 먹고 바르는데도 별 차도가 없다. 습기 많은 아열대 기후여서 피부병이 아주 심하다.

이제 이영대 자문관 집으로 가야 한다. 1시에 약속했으니 시간은 충분해 보였다. 그러나 아직 이 선생님 댁도 혼자 찾아가 보지 않아서 일찍 서둘렀다. 4번 버스를 타고 다시 10번 버스로 갈아탔다. 공항 로터리에서 내렸다. 옛날 차로 갔었던 기억을 되살려 천천히 걸어간다.

예정 시간보다 일찍 도착했다. 사모님이 나 때문에 더욱 분주해 보인다. 잡채, 물김치, 전(새우, 연, 오이) 등이 준비되어 있다. 맥주를 두어 잔 마셨다. 손님을 초대하고 접대하는 것은 너무도 힘든 것임을 잘 알고 있는 나로서는 너무도 미안하고 죄송스러웠다.

사모님은 인상이 아주 좋고 친절하며 상냥한 분이다. 이 자문관과 함께 해외 생활을 많이 해서 손님 접대에 정성을 다한다. 나는 오는 길에 가게에 들러서 망고를 조금 사 들고 갔다. 이 선생님 말씀은 최 자문관도 초대했으나 사정이 있어서 못 온다고 했다고 한다. 이런 날은 홀로 사는 늙은이들이 함께 모여 회포를 푸는 것도 좋으련만 모두 개인적인 성향이 있는 것이고 보니 또 이해해야 할 듯하다.

오늘 나눈 대화는 주로 경제 사정, 동계 올림픽, 부모님 모시기, 자녀 혼인 등이었다. 이 자문관도 연로한 어머니가 요양병원에 계신다고 하고 나도 노병에 어려워하는 장모님이 계셔서 동병상련을 느끼고 있었다.

버스로 오려고 했으나 마침 메이마트에 살 물건이 있다면 부부가 함께 차로 태워다 주었다. 최충호 자문관이 귀국하면서 그의 차를 이 자문관에게 넘겼다. 오는 길에 집 근처에 있는 Don Bosco 기술학교에 잠깐 들렀다. 몇몇 학생들이 실습하고 있어서 함께 사진도 찍고 내부 구경도 했다. 또 이 자문관이 와서 만들었다는 사무실도 보았다. 화이트보드엔 업무 추진 내용과 사업 실적 등이 도표로 그려져 있었다. 아주 열심히 성실히 일하시는 분이시다.

이곳에서는 자동차과를 중심으로 젊은이들에게 기술 교육을 가르치는데 3개월, 6개월, 1년 과정 등이 있고 자동차 정비도 하므로 수익도 내야 한다. 계속 적자였던 정비소가 이 자문관의 운영 자문으로 흑자로 돌아섰다고 한다.

덕분에 뜻깊은 설도 보내고 즐거운 시간도 가졌고 행복한 경험도 하였다. 타인에 대한 배려심이 강하고, 친절한 분들이다. 너무도 부러운 노부부의 행복을 빌어 본다.

수도원장과 수녀님

오늘은 토요일이고 내게는 휴일이다. 그러나 학교는 우리가 옛날에 토요일을 반공일이라고 부르며 오전 수업을 했었듯이, 모두 등교한다. 나는 몇 가지 처리할 일이 있어서 출근할까 말까 망설이다 등교하기로 했다.

베코라 성당에서 아침 미사를 마치고 CCM 수도원장님과 함께 걸어서 학교로 갔다. 수도자들은 일터에서 일하거나 학교에서 공부하다가 돌아와서 공동 수도 생활을 이어간다. 12명이 수도자가 있다. 원장은 성당 신자들이나 동네 사람들을 모두 잘 알고 있어서 스치는 사람마다 인사를 건넨다.

학교에 들어서니 아이들이 '안녕하세요?' 하고 우리말로 인사를 건넨다. 착하고 예쁘다. 선생님들은 보이지 않는다. 사무실 문을 열고 환기하고 에어컨을 켜고 컴퓨터도 켜고 커피포트에 물을 끓였다.

오늘은 할 일이 두어 가지 있다. 얼마 전에 산 화이트보드에 월중 행사표 양식을 그려 넣고 또 내일이 일요일이어서 한인교회 예비신자 교리 지도 계획표 등을 출력하여 야곱 신부님께 드릴 예정이다.

이곳이 가톨릭 국가이고 또 가톨릭에 호감을 많이 느끼는 분들이 꽤 있어서 내가 일요일에 가톨릭 교리를 지도해서 세례를 받도록 교리 반을 개설해 볼 생각으로 금교건 회장님, 야곱 신부님께 얘기해 두었다. 한국에서도 교리 지도를 많이 해 왔기 때문에 별문제는 없으나, 이곳에서는 단원들이 1, 2년 근무하기 때문에 단기 교육으로 세례를 받게 될 것이다. 한국에서는 거의 1년 다녀야 하는데,

이곳에서는 그 반 정도의 시간에 집중적인 교리가 필요해 보인다.

또 20년 가까이 써온 제주신보의 해연풍에 '라면 한 박스'란 글을 써서 전송할 예정이다. 작성을 마치고 이메일로 첨부를 하면 바로 컴퓨터가 먹통이 되어 버린다. 몇 번 시도했으나 꼭 같은 현상이 벌어진다.

화이트보드 작업이나 해야겠다. 인터넷으로 월간 계획표 양식을 받아 내 보드의 크기에 맞게 설계하고 그리면 된다. 그런데 2m 정도 되는 자가 없다. 학교 여기저기를 뒤져 보고 다니다가 자동차과 구석이 있는 가는 막대가 있어서 가져 왔다. 자로 사용하면 될 것 같았다. 우선 빨간색 보드 마커로 밑그림을 그리고 청색 유성 펜으로 덧그려 완성했다. 두어 시간 소요되었다. 내용은 모두 영어로 썼다. 이제 벽에 부착하면 된다. 학교 용인인 아까시에게 부탁했더니 드릴을 찾아야 한다고 한다. 드릴이 학교에 한 개 있는데 다른 과에서 쓰고 있어서 오늘은 안 된다는 것이다. 월요일에 작업하기로 했다.

지도할 가톨릭 교리 내용과 목차 등을 작성하여 출력했다. 12시쯤에 컵라면을 끓여 먹었다. 밖에 나와 보니 아이들은 대청소 중이다. 또 강당으로 가보니 학생들이 성가 연습이 한창이다. 교감의 설명에 의하면 내일 베코라 성당 성가 담당이 우리 학교란다. 이곳은 주일 성가를 인근 학교에서 차례로 담당하는 것이다. 그래서 성가 연습이 한창이다. 거의 세 시간째 연습이다.

학생회 간부들과 파티마 수녀님이 지도하고 계시다. 수녀님은 지난번 아이들에게 교복을 갖다주어서 고맙다고 한다. 사실은 일요일 아홉 시 미사에 요즘은 그 밤색 예쁜 스커트를 입고 미사에 참례하고 성가 부르는 모습을 보면 오히려 내가 기쁘다.

퇴근길에 철물점에 들러 콘크리트 못을 찾았다. 그런데 나사못은 있으나 콘크리트 못은 없다. 세 군데 들렀는데 역시 없다. 든든해 보이는 나사못 4개를 샀다. 한 개에 10센트다. 아주 비싸다.

집에 와서 TV를 켰다. 혹시 한국에서 열리는 동계 올림픽을 방영하고 있지 않나 해서다. 그런데 우리 집 TV에서는 KRS World나 YTN 같은 것이 방영되지 않으니 관련 내용도 보이지 않는다. 주변의 모든 아파트에서는 한국 방송을 볼 수 있게 지원하고 있는데 우리 집은 아무리 요구해도 돈을 한 달에 거의 백 달러 이상 내야 한다며 항상 거절한다. 인터넷으로 확인해 보니 한국이 금메달 2개를 땄다고 한다. 역시 한국은 스피드 스케이트 강국이다.

카톡을 보니 대구 사돈댁에서 집으로 새해 선물을 보냈다고 한다. 돈 50만 원, 사과, 참외, 수건 등이 사진으로 보인다. 대구 사람들의 풍습이다. 항상 과분함을 느낀다. 친절하고 좋은 분들이다. 어찌 보답해야 할는지 그냥 말로밖에 다른 방법이 없다.

JIKA 단원을 위한 미역국

지난번 한국에서 오면서 경은지 선생으로부터 약품을 사달라는 부탁을 받았었다. 약을 건네고 약값은 받지 않았다. 그 대신 집밥 식사에 한 번 초대해 달라고 부탁했다. 그래선지 어제 카톡으로 저녁 초대를 했다. 옆방에 사는 일본봉사단원(JIKA)의 생일 축하도 곁들인 초대다. 2층에 사는 다섯 명의 단원들이 처음으로 함께 모이는 날이 될 듯싶다.

우리 아파트에는 1층은 전기 전자 가게와 최근에 들어선 컴퓨터 게임장(도박장)이 있고, 2층은 원룸형 아파트가 여섯 채 있고, 3층에는 주인 부부가 산다.

이층에 사는 일본 봉사단원으로는 유치원에서 근무하는 Yoshie Horiuch와 청소년 센터에서 컴퓨터 업무를 지원하는 Hiromi Tomita가 있다. 얼마 전에 요시이의 생일이 지나갔고, 오늘은 히로미의 생일이라고 한다. 6시 30분이 집합 시간이다.

미역국을 끓인다고 해서 미역은 내가 제공하기로 했다. 한국에서 미역꾸러미를 사 왔는데 세 개의 포장으로 구분되어 있었다. 지난번에 경은지 선생이 미역을 좀 달라고 해서 한 포장을 주었고, 오늘 또 하나를 주었다. 한 개 남았는데 이것은 내가 요리해 맛봐야 하겠다.

6시 25분에 은지 선생 방으로 가보니 맛있는 냄새가 짙게 깔려 있다. 삼겹살을 삶아서 다시 오븐에 굽고 있었다. 나는 마늘 편 썰기를 도왔다. 요시이가 거들고 있다. 요시이는 바로 내 앞방에 사는데 히로미에 비하여 아주 차분하고 얌전하게 보인다. 히로미는 아주 활달하고 항상 웃음이 가득 차 있다.

잠시 후에 히로미가 치킨과 샴페인을 들고 들어온다. 최규환 자문관이 선물했다고 한다. 상이 다 차려졌다. 삼겹살 보쌈과 치킨과 샴페인이 주메뉴다. 최규환 자문관 방문을 두들겨 어서 오라고 했다. 그런데 다른 일정이 있다며 나오지 않는다. 잠깐 와서 생일 축하를 해주도 좋으련만 여의치 않은 모양이다.

식사 후에 다른 이벤트가 있었다. 케이크에 Happy Birthday! 글자를 젓가락 둘 사이에 써서 붙였고 28세의 나이를 나타내는 초를 넣어서 장식했다. 그리고 카드에 모두가 생일 축하에 대한 메시지를 한 구절씩 써서 전달했다. 경은지 선생은 이런 이벤트에 탁월한 감각과 솜씨를 지니고 있다. 봉사단원이 출국할 때는 거의 모든 단원을 찾아다니면서 석별의 글을 받아 오거나 대형 현수막을 제작하여 수고를 축하하기도 한다. 아주 마음이 섬세하고 착한 단원이다.

히로우치는 32살이라고 한다. 내 나이를 미리 알려주었더니 한 십 년은 더 젊어 보인다고 한다. 누구나 젊다면 기분이 좋아지는 모양이다. 기념 촬영도 하고 먹고 웃고 마시며 유쾌한 저녁을 보냈다. 내가 최 자문관에게 케이크 한 조각을 주었다. 잠시 후에 히로미가 삼겹살과 치킨을 데워서 가져갔는데 그냥 갖고 온다. 최 선생이 위가 안 좋은 모양이다.

나는 조금 일찍 자리를 떠 방으로 돌아왔다. 젊은 아가씨들이 그들만의 시간이 필요할 것 같았다. 오늘은 일본어, 중국어, 테툼어, 영어, 한국어가 혼합된 국제회의 같은 시간이었다.

사목자 간담회

오늘은 대사관에서 선교 단체 안전 간담회가 있는 날이다. 11시라 집에서 쉬다가 가도 될 것 같았다. 그러나 매일 하던 일과가 있기에 출근했다. 아침 미사후에 걸어서 가니 7시 30분 정도가 되었다. 우리 학교 발전계획 제5부를 재정리했다. Google 번역기로 이용하여 영어로 작성된 것을 테툼어로 초벌 번역하려고 하는데, 무료 테툼어 번역기가 사라졌다. 전에 사용하던 웹사이트(Website)는 기부(Donation)를 하라는 요구가 있고, 몇몇 사이트가 있기는 한데 모두가유료다. 결국 영어를 포르투갈어로 번역했다. 테툼어로 번역하는 데 도움이 될것 같았다. 교감 드와르테에게 포르투갈어 원고를 테툼어로 번역해 달라고 부탁했다. 50페이지 정도 분량이다. 교감은 2주 정도 걸릴 거라고 한다. 기대해 본다.

오늘은 버스를 타고 대사관으로 가기로 했다. 10번 버스를 타고 티모르 플라자에서 내렸다. 마침 9번 버스가 오기에 탑승했다. 승객들이 한국대사관이 지났다고 해서 내렸다. 반대 방향으로 10여 분 걸어도 보이지 않는다. 그런데 지나가던 승용차가 멈춘다. 코이카를 잘 아는 젊은인데 타라고 한다. 2분 정도 가니대사관 앞이다. 고마움을 전하고 대사관으로 들어섰다.

대사관에는 목사와 선교사 11분이 나와 있었다. 나는 본의 아니게 천주교 대표가 되었다. 원래 이곳에는 세분의 신부님과 두 분의 수녀님이 사목하고 계시는데 오늘은 모두 리키샤에서 연수 중이라고 한다. 또 신부님 한 분은 한국으로1년간 연수를 갔다. 금교건 천주교 한인회장은 인도네시아에 출장 중이어서 내가 대표가 된 것이다.

천주교 신부와 수녀들은 모두 전기도 들어오지 않는 아주 열악한 지방의 농촌에서 사목 활동을 하고 있어서, 수도 딜리에 오는 일이 극히 드물다. 반면에 개신교 목사님과 선교사님들은 주로 수도 지역이나 인근에 거주하는 것처럼 보인다. 나는 듣기만 하기로 했다. 주로 개신교 신자인 대사님이 교민 안전과 소통에 관한 얘기를 혼자 오래 하셨다.

말미에 나에게 발언하라고 해서 나는 제주도 이시돌 목장에서 평생을 사목해 오신 아일랜드 신부님 임피제 신부에 대한 얘기를 했다. 임신부님은 한국전쟁 직후 한국에 오셔서 제주도민의 너무도 궁핍한 생활을 목격하고 최소한의 생계를 유지시키기 위한 생계 대책 마련에 부심했다. 처음 시작한 것이 양돈 사업이다. 한라산 중산간에 이시돌 목장을 조성하여 집을 짓고 돼지를 무상으로 제공하여 생계를 보전했다. 나중에 새끼로 갚는 형식을 취했다. 굶주림에 시달리는 제주도민에게 생명의 끈을 제공한 것이다.

그 후에 양 기르는 목장, 양털을 이용한 수직 공장 건설, 우유 공장, 치즈 공장, 경주마 육성, 병원 설립, 양로원 운영, 호스피스 병동 운영 등으로 제주도민의 생활과 건강, 그리고 신앙과 임종에 이르기까지 모든 사업을 펼치고 계신 분이다.

간담회 뒤에 구내식당으로 갔다. 12명이 앉으면 가득할 정도로 조금은 협소한 대사관 식당이다. 돼지갈비 다진 것, 감자 생선조림, 계란 완숙, 야채 디저트 등이 나왔다. 단란하지만 정성이 들어있는 식단이었다. 어쨌든 이 험난한 나라에 와서 선교 활동을 하는 분들이 자리를 함께했다는 것이 큰 의미가 있어 보였다. 모두가 영성적으로 성스러운 사업에 혼신을 다하는 분들이다.

대사관에서 제공한 자료를 보니 한국에서 파견한 해외 선교사는 170개국에 27,000명이다. 단기 선교 및 성지 순례 객은 45,000명이다. 아시아 지역 선교 파송이 51%이고, 중국에 3,934명, 일본에 1,651명, 인도에 950명, 인도네시아에 850명 순이다.

현지법상 선교 활동을 금지하는 국가에서의 위법적 선교 활동은 자제해야 한다. 올해 1월 오만에서 현지인들에게 성경 구절이 적힌 영어/ 아랍어 카드를 배포한 우리 국민 4명이 구금되었고, 작년 7월 터키에서는 시리아 난민 지역에서 선교 활동을 하다 우리 선교사가 강제 추방되기도 하였다.

한국어에 목마른 청년들

어제 걸어 등교하면서 한국어 연수원을 지나가게 되었다. 수많은 젊은이가 연수원 안팎에 모여 있다. 인산인해다. 타고 온 오토바이가 장사진을 이루고 있다. 문을 오래 걸어 잠그고 있던 연수원이 오늘은 수업을 시작했나 생각하고 연수원 안으로 들어가 보았다. 그런데 강의 동은 여전히 꽁꽁 잠겨 있었다.

오후에 양주윤 평가원장에게 전화했다. 사람들이 거의 천명 가까이 모여 있는데 오늘은 등록이나 수업을 하는 날인지 궁금하다고 했다. 양 선생님도 요즘은 등원하지 않기 때문에 자세한 내용을 알 수 없다고 한다. 텔레비전에서 노동부 장관이 나와 오늘쯤 등록을 받는다는 말은 들은 것 같다고 했다. 이무현 선생님은 노동부에서 뭔가 하고 있다는 것을 알리기 위해서 정확하지 않지만, TV에서 한국어 연수원 개원 소식을 흘리고 있다고 한다.

이곳 청년들은 특히 할 일도 없고 해서 해외 송출에 관심이 많다. 한국에서 성공한 사례들이 많아 한국어 연수에 열공이고 또 무상으로 교육해 주는 이 연수원의 개원 정보를 알고서 찾아오는 것이다. 그런데 정작 와보면 그 정보가 바르지 않아 계속 왔다 갔다 하는 일과가 계속되고 있었다. 부정확하고 거짓 정보에 자주 속다 보면 청년들이 화가 나서 집단행동에 나설 수도 있어 많은 걱정이 된다. 그것도 우리나라와 연관되어 있기 때문이다.

지금까지 한국에 산업연수생으로 송출된 사람 숫자는 2,700명 정도다. 지금도 1,900명 정도가 한국에서 일하고 있다. 한국 산업인력공단에서 국가별로 송출 인원을 결정하는데 동티모르는 매년 400명에서 600명 정도의 인원을 확보하고 있다. 그런데 한국어 성적과 기술 검정을 해보면 탈락자가 많아 작년의 경우 겨우 141명이 최종 합격하여 한국 땅을 밟았다. 한국어 능력 시험에 합격해도 나이, 성별, 경력, 숙련도 등을 따져서 한국 기업에서 직접 선정하기 때문에 실제 송출되는 인원은 적은 것이다.

해외 근로자 한국어 능력 시험은 듣기와 쓰기로 구성되는데 각각 25문제이다. 50문제 중에서 40% 이상 즉 20문제 이상 맞으면 합격이다. 출제되는 어휘는 3,000단어 정도인데 결코 쉽지가 않다.

현재 발생하고 있는 문제는 한국어 연수원 운영비를 동티모르 정부가 부담하고 있다는 것이다. 연간 약 16억 원 정도라고 한다. 한국어 강사비 등도 이곳 정부와 계약하여 지급받는데 현재 선거는 끝났으나 정부 구성이 되지 않아 예산이 확정되지 못한 것이다. 5월 12일경에 정부 구성이 된다는 말이 있으니, 8월 이후에나 예산이 확정되어 정상적인 정부 운영이 될 것 같다. 한국에서 13명의 강사가 와 있으나 아직 계약하지 못해 대기 상태이다. 거주비, 생활비, 교통비 등 많은 어려움에 처해 있다고 한다.

다른 나라의 경우는 한국어 연수에 정부가 간여하지 않는다. 그래서 주로 민간 한국어 학원 같은 곳에서 개인적으로 공부한다. 개별적으로 한국어 능력 시험만 치르면 되는데 이곳은 정부가 이 연수를 주관하고 국민은 무상으로 공부하는 제도를 갖고 있다. 좋은 점도 많지만, 현재와 같이 정부가 안정되지 않으면 국민이 어려움에 처하게 되는 것이다.

양주윤 원장님은 연수원 운영과는 관계가 없고, 한국어 평가원 운영만 관여하고 있어 보인다. 한국어 시험, 실기 능력 검정, 송출 분야의 업무는 한국 산업인력공단(HRD에서 직원으로 추진하고 있다. 연수원을 맡은 원장은 한국인인데 인도네시아에서도 사업을 하고 있어 양국을 오가며 일하고 있다. 한 번 만나 협의해 보고 싶으나, 워낙 바쁜지 몇 차례 가보았으나 만날 수가 없다.

장관과의 협의회

몹시 바쁜 날이었다. 미사 후에 학교로 갔다. 7시 30분 정도다. 오늘은 교육부 장관과의 간담회가 있어서 그냥 집에 있다가 회의에 참석할까 하다가 학교로 등교했다. 챙겨야 할 자료도 있고 해서다. 코이카 전경무 소장님께서 10시까지 사무실로 오라고 해서 급히 몇 가지를 챙겨야 했다. 우선 이곳에서의 업무 추진 계획서를 인쇄했다. 또 영어교사 Felix에게 오늘 원고 번역비를 지급하기로 했기 때문에 120달러를 준비하고 영수증도 출력해 두었다. 8시 20분에 Felix 선생이 보여서 사무실에서 돈도 주고 영수증도 받았다. 몹시 고마워한다. 알고 보니 그의 한 달 급료의 1/ 3에 해당하는 많은 금액이다. 급료가 적은 직원에게는 한 달 치 급료에 해당한다.

교장과 교감에게 장관실에서 회의가 있다고 말하고 학교를 떠났다. 장관을 만나게 되는 만큼 우선 집으로 가서 정장을 차려입고, 오랜만에 구두도 닦아 신었다. 장관에게 선물할 제주 돌하르방 등을 챙기니 에코백이 묵직하다. 사무실에 조금 일찍 도착했다. 10시에 소장님 차로 교육부에 도착했다. 현관에서 기다리니 이친범 대사님이 도착한다. 10여 명의 카메라 기자들이 사진 촬영에 바쁘다. 회의실에 들어서니 장관과 두 차관(초등교육 담당과 중등 및 대학 담당) 그리고 관계 국장 등이 미리 나와 있었다. 우리 쪽에서는 대사님, 소장님, 나와 통역이 배석했다. 장관과 대사님이 주로 얘기하고 배석자들은 주로 듣는 형식이었다.

대사님은 베코라 기술고등학교에서 유능한 기술 인력을 지속적으로 양성하도록 지원할 것이고, 현재 1,000여 명의 학생들을 3,000명으로 늘려 기술 인력을 양성했으면 한다는 내용을 얘기했다. 그리고 이곳에서 한국어를 집중적으로 연수하여 한국으로 인력을 송출하는 교두보를 만들고 싶다고 한다.

장관은 우리 학교 바로 인근에 브라질에서 설립한 기술학교도 있는데, 그곳도 아주 많이 낡아서 한국에서 지원해 주면 좋겠다고 한다. 몇 가지 문제가 있지만 바로 의견을 내기엔 적절치 않아 보여서 듣기만 했다. 정원을 늘리면 교실도 최소 2배 이상 증축해야 하고, 교사 인력도 증원해야 한다. 시설 투자가 이루어져야 한다.

대사님은 한국어 연수 교재가 교육부에 인쇄 위탁되어 있는데, 아직 발간되지 않고 있다며 조속한 발간을 주문했다. 이 인쇄소는 한국에서 짓고 시설을 완비하여 기증한 것이다. 우리 측에서 인쇄비를 사전에 지급했는데도, 교육부 장관의 결재가 없다며 아직도 인쇄가 유보 상태다. 거의 7, 8개월 멈춰있다. 우리 학교 학생들이 사용할 교재다.

회의는 1시간 정도 지속되었다. 그런데 우리 대사님이 50분 정도 얘기하고 장관이 10분 정도 발언하는 정도였다. 누구의 요구로 이루어진 협의회인지 모르겠으나, 충분한 시간을 두고 적절한 의견교환과 정보 공유가 필요해 보였다. 많은 아쉬움이 있었다.

회의 끝에 기념 촬영이 있었다. 이때 장관이 대사님께 선물을 주었는데 우리는 준비한 것이 없었다. 마침 내가 준비한 제주 돌하르방을 대사님께 드려서 전달하도록 말씀드렸다. 대사님이 내가 직접 주라고 해서 내가 드렸다. 그리고 장관과 기념 촬영도 했다.

회의가 끝나고 시간 여유가 있어 사무실용 냉장고를 사기로 했다. 요즘 시간 내기가 어려웠다. 워낙 더운 곳이라 냉장고가 필요하고 또 몇 달 후 내가 떠나게 되면 모든 사무기기와 비품은 학교에 기증하면 된다. 혼자 가도 되지만 마침 검찰청에 근무하는 박형규 시니어 단원이 꼴베라 근처에 있어 연락해서 함께 가기로 했다.

우선 집으로 돌아와 짐을 풀고 가벼운 차림으로 나섰다. 버스 정류소 근처에서 이무현 선생님이 보여서 함께 가기로 했다. 박 선생님 사무실을 전에 2층에 있었는데 1층으로 이사와 있었다. 현장 활동비로 컴퓨터 연수실과 회의실이 새로 단장되어 있었다. 새 가구들이 많이 들어와 있었고 15개 데스크톱과 연수용

책상과 의자들이 준비되어 있고 같은 수의 노트북도 준비되어 있었다.

중간에 전화가 와서 조희영 봉사단원도 함께 베트남 국숫집으로 갔다. 세트 메뉴가 9달러다. 국수와 만두 음료가 제공된다. 식사 후에 박 선생님과 냉장고 구매에 나섰다. 몇몇 가전제품 전시장을 살펴보고 전에 봐 두었던 LG 투도어 냉장고를 345달러에 샀다. 학교까지 배달해 달라고 하니 기꺼이 수락했다. 냉장고 설치를 확인하고는 박 선생님 댁에서 차 한잔 나누기로 하였다. 집에 들어서다가 옆방에 거주하는 이주영 봉사단원과 마주쳤는데 그가 레몬차를 준비해서 나온다. 서로 붙은 옥탑방이어서 방음이 잘 안 되는 모양이다. 이 선생이 어제저녁 1시에 돌아오지 않았느냐고 묻는다. 12시 반까지 친구와 맥주를 마시다 보니 늦었다고 설명한다.

박 선생은 이미 설명했듯이 IT 전문가다. 그래서 많은 단원이 컴퓨터 관련 업무에 도움을 받는다. 이주영 선생은 걸출한 외모에 성격이 밝고 따뜻하며 외국어 능력이 뛰어나다. 그래서 요즘은 무상으로 영어 교육을 지원하고 있다고 한다. 바쁘게 보낸 하루였지만 즐거웠다.

노숙자의 적거지 롯데 시계탑

어제는 두 차례 회의가 있었다. 아침엔 코이카 사무실에서 자문단 회의가 있었고 오후엔 대사관에서 시니어 단원 이상이 모이는 협의회 겸 만찬이 있었다. 코이카 사무실 자문단 회의에는 세 명의 자문단, 소장님, 강동현 코디네이터가 참석했다.

자문단만 모여서 협의회를 한 것은 이번이 처음이다. 역시 내가 제일 먼저 도착했다. 이어서 최규환, 이영대 자문관이 도착했다. 소장님과 업무에 관한 얘기를 나누다 보니 11시 40분이 되었다. 현재 추진 중인 업무와 앞으로의 계획 등에 대한 것이었다. 나는 학교 운영에 대한 자문과 학교 발전 추진 계획 작성, 학교 시설 보수 요망 사항 등에 대한 진도 등을 설명했다.

강 코디는 업무추진비 진행 절차와 내용 등에 대한 변경사항 등을 설명했다. 이제는 밥 한 끼를 먹어도 사전에 사무실의 사전 허가를 받아야 하고 또 주말은 피해야 한다는 것 등이었다. 그런데 이곳에서는 사무실에서 안전상의 이유로 야간 통행을 금지하고 있어서 주중에 업무 관계자와 식사를 한다는 것은 몹시 어려운 상황이다. 그러니 자연 주말을 이용할 수밖에 없는데 현지 사정을 모르고 한국 본부에서 일률적인 지침을 내리고 있는 것으로 보였다. 또 갑자기 식사를 제공해야 할 상황들이 많이 생기는데 사전에 결재를 얻으라는 것은 무척 힘든 절차처럼 보인다. 그러나 그사이에 사무실에서 사용하는 음료나 차들은 모두 개인 돈으로 지출했는데 이들은 예산으로 사용해도 된다고 하니 다행이었다.

회의 끝에 한국 식당 나리스에서 스테이크를 시켰다. 그런데 워낙 작은 크기에다가 반은 비곗덩어리다. 모두가 반도 먹어보지 못하고 포기했다. 참 대단한 식당이라고 서로 농담을 주고받는다. 이곳에도 한인 식당이 두 개는 되어서 서로 경쟁해야 식단도 개발하고 서비스도 나아 질 텐데, 한 곳밖에 없어서 그러는 것 같다.

집에 와서 두어 시간 쉬다가 대사관에서 열리는 시니어 단원과 자문단 간담회에 참석했다. 집을 나서려는데 갑자기 비가 많이 내려서 택시를 세웠다. 가격이 3달러라고 하니 그냥 탔다. 정직한 기사 같다. 이렇게 비가 올 때는 3달러의 거리지만 6달러 10달러 받기 일상이기 때문이다.

너무 일찍 도착했다. 시간이 있어서 해변을 산책했다. 몇몇 도랑에서 엄청난 하수가 쏟아지고 있다. 이곳에는 하수구라고 할 수 있는 제대로 된 하수구는 없다. 대부분 천장 없는 고랑형 하수구다. 우리의 아주 옛날 노천 하수구와 같다. 몇몇 아이들이 하수가 쏟아지는 해안가에서 무엇인가 잡고 있다.

좀 쉬다 대사관으로 가보니 대사님과 박형규 단원, 김영실 단원이 대화를 나누고 있었다. 김 선생님은 여선생님으로 초등학교 선생님으로 정년퇴직 후에 이곳에 와서 음악 지도를 하고 있다. 대사님이 우리 학생들에게 관심을 보여서 학생 설명을 했다. 사실 이곳에서는 한 시간 정도 정해진 점심시간이 없다. 학교에 도시락을 싸서 오는 학생은 없다. 조금 여유 있는 학생은 구내매점에서 튀김 등을 사 먹는다. 대사님께 우리 학생들은 6, 7교시 수업을 하면서도 점심도 거르며 열심히 공부한다고 설명했다. 조금 있으니 11명 모두가 모였다.

1층 식당으로 장소를 옮겼다. 식당에는 이미 많은 음식이 차려져 있었다. 동그랑땡, 잡채, 새우튀김, 배추겉절이 등이 나왔다. 무척 정성이 깃든 음식들이었다. 주방장 아주머니는 대사님과 친분이 많은 분으로 이곳으로 부임해 오면서 함께 왔다고 한다. 포도주, 맥주, 소주가 나왔다. 나는 포도주를 조금 마셨다. 취기가 들고 기분이 좋아졌다. 말주변 좋은 이 영사님이 좌중을 화기애애하게 이끈다.

서로 얘기를 나누다가 이곳 도심에 세워져 있는 Lotte 시계탑 이야기가 나왔다. 그런데 나도 자주 이곳을 지나가지만, 시계가 고장 나서 멈춘 상태로 항상 같은 시간을 가리키고 있었다. 그 밑에는 한 노숙자가 자기 집인 양 적거지로 삼아 살고 있다. 이 영사님 설명으로는 몇 년 전에 3천만 원을 들여 고쳤으나 다시 고장 났다고 한다. 롯데 본사에 알려서 고치게 해야 한다는 의견도 나왔다. 그런데 롯데가 시계탑을 세울 때, 롯데의 재원으로 세운 것이 아닌 국민 성금으로 세웠기 때문에, 롯데는 보수의 책임이 없다는 의견으로 분분했다. 시계 부문을 없애고 지구의를 넣자, 형광 조명등을 설치하자, 새로 설치하는 것이 좋겠다, 전에 비용계산을 해본 적이 있는데 1억2천만 원 정도 들 것이다 등등 의견을 마구 제시했다. 나는 이 문제가 이 자리에서 왜 중요한 화젯거리가 되어야 하는지 이해할 수 없었다. 그래서 나도 한마디 하려 해도 조금 을씨년스러워서 그만두었다.

내 개인적인 경험으로는 내가 제주외국어고등학교 교장으로 있을 때 학부형으로부터 100만 원 지원받아 학교 시계들을 정비한 적이 있었다. 10여 곳에 전자시계를 설치했다. 모두 GPS로 작동되기 때문에 시간이 틀릴 수는 없었다. 전자시계를 설치해도 비용이 많이 들 것 같지는 않아 보인다. 또 코이카 사무실 현지 직원들이 너무 불친절하다는 내용, 인터넷이 잘 안 되어 업무 처리를 못 하고 있다는 내용 등이 있었다.

또 태극기 훼손에 관한 이야기도 나왔다. 한 시니어 단원이 근무하는 학교에 태극기와 동티모르 국기가 나란히 그려져 있는데 어느 날 태극기에 X자가 그려 져 있어서 지우고 다시 정성스럽게 그려 넣었단다. 그런데 다음 날 또 태극기에 X자가 그려져 있었다는 것이다.

대사님은 베코라 기술고등학교에서 한국어 교육을 강화하여 졸업생들을 한국 에 산업연수생으로 파견하도록 하겠다고 했다. 그런데 사실 이의 실현을 위해서 는 많은 것이 검토되고 정책도 마련돼야 하기에 나는 오늘은 듣기만 하였다.

모임이 끝나고 대사관 차량으로 귀가했다. 우리 학교에서의 한국어 교육 강화 등이 내가 해결해야 할 일들이기 때문에 마음이 아주 무거웠다. 잠자리에 들었 으나 잠이 잘 오지 않았다.

혼자 도는 선풍기

어제 감자를 쪄봤다. 집에 감자가 너무 많아서였다. 며칠 전 슈퍼에 감자를 사러 갔었다. 1kg에 1.5달러다. 그런데 10kg 정도 되는 한 자루에 5달러다. 무 겁지만 가격 차이가 커서 한 번 구입해 봤다. 집에서 별로 멀지 않은 거리지만 들고 오다 어깨에 메고 오다 하면서 겨우 집에 도착했다.

그런데 이곳은 워낙 덥다 보니 벌써 순이 나기 시작한다. 감자를 쪄서 먹는 것을 생각해 보았다. 그런데 찜통이 없으니 난감하다. 껍질을 벗기고 싹 난 곳을 도려내고 전자레인지에 앉혔다. 20분 정도 돌렸는데 안 익었다. 다시 20분 정도 돌리니 잘 익었다. 그러나 검은 점들이 여기저기 보인다. 점들을 도려내고 먹어 보니 괜찮다. 모두 갖고 학교로 갔다. 선생님들이 출출하면 드실 수 있을 것 같다.

이무현 선생님은 아침을 잔뜩 먹고 와서 못 먹겠다고 한다. 커피를 대접했다. 조희영 선생님은 맛있게 드신다. 선생님들이 출근하면 우선 내 사무실에 들러 간식도 먹고 차도 마신다. 오늘 등교하면서 빵을 10개 정도 사서 왔다. 점심으로 3개 정도면 되기 때문에 세 사람이 들기에 충분하다.

학교 구내식당을 살펴보니 문이 닫혀 있다. 사람도 보이지 않는다. 어제 퇴근하면서 안을 들여다보니 전기는 켜져 있고 사람은 없었다. 선풍기가 혼자서 돌고 있었다. 불도 끄고 선풍기도 끄고 나왔다.

학교 구내를 돌아다니다 보면 수돗물이 계속 흐르고 있고, 전기가 켜져 있고, 문도 열려 있는 경우가 너무도 많다. 학교 운영, 관리자들이 수시로 잘 살피고 점검해야 하는데, 모두가 무심해 보일 때가 너무 많다.

구내식당은 항상 열어 있어야 하는데 무슨 문제가 있나 보다. 아쉬운 대로 우리도 점심 요기 거리를 구할 수 있고, 생수도 살 수 있고, 특히 배고픈 아이들이 먹거리를 해결할 수 있기 때문이다.

내게도 점심은 항상 문제다. 아침 6시경에 집을 나서니 아침은 거의 거른다. 점심거리는 쉽게 찾아야 한다. 시간이 지나면 잘 해결되리라 생각해 본다. 퇴근길은 너무 더워 온몸이 불타는 것 같다. 날씨가 좀 선선히 풀렸으면 좋겠다.

종신허원 수녀님의 뺨 인사

아침 미사를 마치고 집으로 돌아왔다. 요즘 힘이 많이 떨어진 느낌이다. 나이

탓이겠지 하고 스스로 위로한다. 삶은 계란 한 개와 오렌지 주스로 아침을 먹고 조금 쉬다가 다시 도미니코 고아원 성당으로 갔다. 11시에 우리 성당 가톨릭 예비신자 교육 관련 모임이 있다. 시간이 한참 지났는데도 아무도 나타나지 않는다. 기다리다 지쳐서 인근의 재래시장으로 가봤다. 제주도에서 붕깡이라고 부르는 초대형 밀감 같은 것을 팔고 있어서 두 개를 샀다.

그냥 집으로 돌아오는데 어디서 경적이 들린다. 돌아보니 금교건 회장님이다. 시내에 차가 워낙 밀려서 늦었다고 한다. 성당으로 가 봐도 이번엔 신부님이 안 보인다. 수녀님 말씀이 오늘 비다우 성당에서 수녀님 종신 허원식이 있어서, 예식 집전 때문에 갔다고 한다. 좀 기다리니 황영숙 시니어 단원이 왔다. 함께 신부님 숙소 갔다. 20여 분 기다리니 허원식을 마친 신부님이 사제복 차림으로 들어선다.

옷을 갈아입고 나오신 신부님과 예비자 신자 교리 교육에 대한 의견을 나누었다. 신부님 말씀은 세례는 이곳 지역 성당 주임 신부님의 승인을 사전에 얻어서 등록해야 받을 수 있다고 한다. 아니면 리키샤에서 사목하고 계신 황요한 신부님의 지도하에 해야 한다. 야곱 신부님은 지역 성당 소속이 아니고 도미니코 수도회 소속이니 세례를 주는 데도 권한이 없는 모양이다. 절차가 필요하긴 한데 편히 신앙생활을 시작할 수 있도록 제도를 유연히 적용하면 안 될까 하는 생각이 든다.

이무현 선생님은 성당에 나온 지 한 달이 지났다. 이 선생님 가족은 사모님을 비롯하여 모두가 가톨릭 신자다. 이 기회에 이 선생님도 세례를 받아 제대로 신앙생활을 하려고 열심인데 이를 뒷받침하고 적극적으로 도와줄 사람과 제도가 미흡하다. 아무도 신경을 안 쓰니 내가 예비신자 교육을 시작하려고 나선 것이다. 사실 나는 예비신자 교육 경험이 많으니 문제 될 것은 없다. 내가 이렇게 의견을 제시하고 나와서 이 모임이 시작된 것이다. 어쨌든 서로 의견을 교환하고 실태를 알게 되었으니 좋은 일 같고 또 시작도 가능해 보였다.

신부님이 식사하러 가자고 한다. 비다우 성당에서 아마 허원식 후의 성대한 잔치가 있나 보다. 비다우 성당으로 가보니 온 성당이 인산인해다. 수녀님의 종신 허원식은 종신토록 자신을 하느님께 봉헌하는 서약식으로 수녀님께 가장 중요한 인생 최고 최대의 사건이다. 세속에서의 결혼식과 같다. 4, 50명의 수녀님이 모였다. 뷔페식 식사가 제공되었다. 날씨는 너무너무 덥다.

수녀님들 중에서 두 분이 목에 타이즈를 걸고 있다. 아마 그 두 분이 종신 허원을 한 것 같다. 옆에는 부모님인 듯한 분들이 앉아 있다. 도미니코 수녀원의 시설 아이들이 심부름하고 있다. 신부님이 타이즈를 건 한 수녀님을 모셔온다. 오늘 종신허원을 한 수녀님이다. 우리는 모두 진심으로 허원식을 축하드렸다. 수녀님은 우리에게 뺨으로 인사한다. 얼떨결에 나도 뺨 인사를 했다. 경험이 없어서 무척 난처했다. 그녀에게는 가장 기쁘고 슬픈 날이기도 할 것이다.

예비자 교리 계획이 잘 추진되어 세례 절차가 잘 진행되었으면 좋겠다.

돼지 치는 한국대학 유학생

오늘은 오전 9시에 Stanford Clinic 병원에서 간염 A형 2차 예방 접종을 하는 날이다. 이미 접종을 받은 이무현 선생님으로부터 병원 위치를 파악해 두었다. 미크롤렛을 타고 검찰청 주변에서 내렸다. 설명에 의하면 이슬람 Butcher Shop(식육점)에서 2, 30m 골목을 따라가면 있다고 했다.

길 양편을 세심히 살피며 갔으나 간판이 보이지 않는다. 1km 정도 가니 공원 지역이 나타난다. 아무래도 길을 잘못 든 것 같다. 뒤돌아서 다른 길로 반대쪽으로 출발 지점으로 뒤돌아 갔다. 역시 못 찾겠다. 출발 지점에서 다시 찾아보기로 했다. 천천히 가면서 살펴보니 10m 정도의 거리에 조그만 간판이 하나 보인다. 간판은 글자가 모두 지워져서 거의 보이지 않고, 그냥 화이트보드만 부착되어 있는 모습이었다.

안으로 들어가서 조금 기다리니 코이카 현지 직원인 Cornellio가 들어온다. 그도 코이카의 지원을 받아 한국 대학을 졸업한 동티모르 청년이다. 함께 가서 등록했다.

얼마 후에 추경숙 선생님도 오셨다. 초등학교 교장으로 은퇴하고 이곳 초등학교에서 미술을 가르치고 계시다. 선생님은 건강 검진을 한다고 한다. 봉사단원들은 1년에 한 번씩 정기 검진을 받는다. 거의 한 시간 정도 기다렸다. 체온과 혈압을 잰다. 혈압이 좀 높게 나왔다. 130 정도를 유지해야 하는데 높은 편이다. 혈압관리를 잘해야 하겠다. 운동도 열심히 해야 하는데 너무 더워서 모든 운동이 힘들다. 걷기도 쉽지 않다. 주사를 맞고 병원을 나섰다.

오는 길에 과일 가게에 들렀다. 그런데 버스에서 내리자마자 버스 기사가 부른다. 알고 보니 내가 내리면서 문을 세게 닫았나 보다. 죄송하다는 말을 전했다. 앞으로 조심해야 하겠다. 문이 잘 안 닫히는 차들이 많아 무의식적으로 세게 닫았나 보다. 파파야 3달러, 바나나 1달러, 아보카도(다섯 개) 1달러어치를 샀다. 거의 5kg 정도의 무게다.

한 청년이 다가와 말을 건다. 자기는 얼마 전까지 한국대사관에서 대사 비서로 일했다고 한다. 대구의 계명대학교에서 경영학을 전공했다. 새 대사님이 부임하자 실직당했다 한다. 지금은 일이 없어서 쉬고 있다는 것이다. 쉬는 동안에 집에서 돼지를 10마리 기르고 있다. 한국에서 대학까지 나온 젊은이가 일이 없어서 돼지를 키우고 있다는 생각에 갑자기 머리가 복잡해진다. 일이 잘 풀리기를 기원하면서 헤어졌다. 우리도 이런 젊은이들을 위해서 이곳에서 무엇인가 혁신적이면 희망적인 일을 해야 할 것 같다.

버스를 타고 집 근처에서 내려 두 손에 물건을 들고 1.5km 정도 걸어서 오는데 땀이 비처럼 쏟아진다. 눈이 몹시 아프다. 아보카도 두 개를 먹고 쉬었다.

일만 기와 2천억 원

어제 오후 3시부터 한국대사관에서 우리 학교 취업반 운영에 대한 협의가 있었다. 신임 이친범 대사는 육군소장 출신이고, 육군 정보 학교장을 역임하는 등 정보 분야의 베테랑이다. 정보라는 것이 생소한 때부터 정보 분야에 먼저 입문하여 많은 성과와 승진을 성취한 것 같다.

나도 지난 며칠간 거의 잠을 제대로 이루지 못했다. 이 대사는 한국파견 산업연수생 증원에 목을 매는 모습이라고 한다. 소위 1만기라는 말을 SNS에 올려서 한국에 산업연수생을 1만 명 양성하여 보내겠다는 내용이다. 그리고 동티모르에 2천억 원의 소득을 한국으로부터 벌어들이겠다는 것이다. 대단한 계획으로 이대로 성취된다면 엄청난 성공이지만 자칫 우스갯소리에 지나지 않을 수도 있다. 현실적으로 작년에 141명을 파견했는데 어느 기간 동안 그만한 실적이 올릴는지 난감하다. 3년 정도 근무한다고 쳐도 일 년에 3천 명 정도씩 보내야 한다. 현재의 거의 20배를 송출해야 한다. 현실과 너무 떨어져 있다.

이 문제로 우리 학교에 불똥이 튀었다. 우리 학교 학생들을 한국어 취업반으로 편성해서 3학년 학생들이 정규 수업이 끝난 후에, 오후 2시 30분부터 매일 3시간씩 한국어 심화학습을 시키라는 것이다. EPS(한국어 능력 시험) 대비 한국어 학습과 분야별 기술, 체력 향상에 집중하여 산업연수 인력을 주도적으로 양성하라고 했다. 기술 고등학생이니 기술을 기본적으로 습득해 있어서 바로 한국에 취업시키면 된다는 생각이다. 지난번 교육부 장관과의 면담에서도 비슷한 말을 했고, 우리 학교 선생님들에게도 세 번 정도 같은 말을 해왔다.

우리 집 근처에서 한국어 선생님들이 집결하여 코이카 차량에 합승하여 대사관으로 갔다. 대사님은 코이카 전 직원과 회의 중이었다. 예정 시간보다 20분 정도 늦게 접견실에서 회의를 했다. 주로 대사님의 앞의 내용을 다시 반복했다.

나는 참고 자료를 별도로 작성하여 대사님을 비롯한 모든 참석자에게 배부하고 앞으로 예상되는 문제점들을 설명했다.

우선 이곳의 학령이 6세에 초등학교에 입학하여 17세에 고등학교를 졸업하도록 짜여 있다. 우리 학생들이 졸업해서 한국에 파견 지원을 하면, 한국 기업체들이 10대의 외국인들을 노동자로 뽑을 것이냐 하는 것이 문제다. 일반적으로 한국의 고용주들은 현장에서 바로 써먹을 수 있는 20대 후반에서 30대 중반의 사회적 경험, 좋은 체격, 기술 경험이 풍부한 근로자를 선택할 것이기 때문이다.

또 한국에서 최근에 전문계 고등학교 3학년 학생이 현장실습 중 사망하는 사건이 발생했고, 한국 교육부는 시행해오던 고3생 사전 취업제가 폐지했다. 한국 근로자 환경이 17세 외국 소년들을 받아들이는 일이 녹록해 보이지 않는다. 그리고 18세 이상 돼야 한국어 어학능력 시험응모가 가능한 것으로 알고 있다. 우리 학생들은 대개 17세에 졸업하기 때문에 많은 학생이 응시할 수 없을 것이다.

또한, 우리 학교는 3학기에 걸쳐 시험을 치르는데 과목 수가 18개에 이른다. 한 과목이라도 규정 점수를 받지 못하면 탈락 유급한다. 고3생들은 INDMO라고 하는 국가 기술 자격 4급을 취득해야 하는데 국가 고사와 OJT(현장 실습), 실기를 통과해야 자격증과 졸업장도 받게 된다.

또 우리나라의 대입 수능에 해당하는 국가 고사를 치러야 하고, 좋은 내신 성적도 얻어야 대학 입학의 영광을 얻게 된다. 3학년은 6개월에 걸쳐서 프로젝트를 수립하여 설계도에 따라 작품을 제작 시연과 전시를 해야 한다. 이것을 반드시 통과해야 졸업도 가능하다. 졸업반 학생들은 눈코 뜰 새 없이 바쁜데 한국 산업연수생 파견 인력 양성 과정에 집중하기는 힘들어 보인다.

한국과 비슷하게 이곳도 기술 고등학생들이 졸업해도 일자리가 없기 때문에 대학 진학을 우선 목표로 한다. 우리 학교는 진학성적이 아주 우수하여 작년의 경우 165명이 졸업하여 100명 정도가 합격했다. 60~70%가 대학에 진학한다. 학생들은 9시에 등교하여 점심시간 없이 수업하는데 아무것도 먹지 못한 상태에서 다시 2~3시간 동안 수업을 받는다는 것은 건강상, 발육상 어려움이 많다.

대사님에게는 만만한 대상이 코이카 봉사단원이라는 생각인지 또는 군인 출신이어서 지시나 명령만 하면 다 그대로 이루어진다는 생각에 젖어서인지, 의욕이 너무 앞선 것처럼 보였다. 지시일변도로 쏟아내는 말들에 봉사단원들은 심기가 몹시 불편해 보였다.

나는 대사님이 듣기에 거북할는지 모르지만, 욕먹을 각오로 선생님들을 대신하여 상황을 소상히 말씀드렸다. 또 우리 선생님들에게 어떤 지시를 한다고 해서 우리가 교육과정을 바꿀 수는 없으므로 대사관과 코이카에서 이곳 교육부와 우리 학교에 공문으로 요망 사항을 발송해 줘야 학교가 교육부와 의논하여 필요한 교육과정을 마련할 수 있다고 전했다. 그러자 대사님은 공문 시행 등 모든 것을 코이카에서 하라고 지시한다. 책임을 면하려는 모습을 느끼게 했다.

그런데 조희영 선생님이 '대사님이 준 자료를 잘 살펴보니 현장에서 대사님이 설명하지 않은 내용이 들어있다.'라는 것이다. 1, 2학년 정규 한국어 수업은 폐지하고 졸업반 취업반 한국어 수업만 운영한다는 것이다. 나는 이 내용을 모르고 있었고 코이카 소장도 모르는 내용이었다. 대사님은 맞다고 한다. 나는 교육과정은 학교에서 1, 2년 전에 교육부의 승인을 받아 시행하는 것으로 학기 중간에 임의로 교육과정을 변경할 수는 없다는 내용을 얘기했다.

우리 선생님들은 갑자기 좌절감을 느끼는 것 같았다. 이 험진 외국에 한국어 교육 봉사를 위해서 왔는데 갑자기 대사가 끼어들어서 교육과정을 뒤집고 자신의 계획을 밀어붙이겠다는 것은 이해하기 어려웠다. 교육과정은 정상적으로 이수하지 않으면 졸업 자체가 불가능하다. 바로 폐지한다면 학생들은 졸업 자체가 불가능하게 된다. 대사님은 이런 내용을 모르는 것 같다. 또 선생님 수요도 없어지게 되어 몇 선생님은 임지를 옮기거나 떠나야 할 것이다. 신임 대사로서 많은 실적을 내려는 의욕은 이해되지만 여러 가지 상황과 내용을 잘 알고서 추진했으면 좋겠다.

회의는 예정보다 늦게 끝났는데 점심 제공도 없다. 힘없이 축 처진 선생님들을 모시고 끄마넥 식당으로 가서 내가 접대했다. 9시경이 되어서 귀가했다.

제 6 부

슬프다 기쁜 날들

한국 대사, 교육부 장관, 차관 등과 동티모르 교육 발전 협의

슬프다 기쁜 날들

❧

오늘은 기쁜 날

오늘은 기쁜 날이다. 학교에서 인터넷이 접속되어 문서처리가 가능해졌기 때문이다. 아침에 역시 제일 먼저 출근하여 7시 30분에 컴퓨터를 켰다. 그런데 인터넷 연결용 개인 모뎀을 USB에 끼우자마자 '인터넷이 연결되었습니다.'라는 안내문이 화면에 떠올랐다. 눈이 의심되었다. 평소에는 모뎀을 끼우고 5, 6분은 지나야 연결되었었다. 비밀번호를 입력하고 Source에 연결된 다음에야 아주 느리게 연결되었다. 메일을 보내려 해도 5, 6번 정도 껐다 켰다 하는 과정을 반복해야 겨우 보낼 수 있었다. 아무래도 이상했다. 모뎀을 빼보았다. 그런데도 역시 인터넷이 연결 상태를 표시하는 아이콘이 켜져 있다. 메일을 켜보니 작동된다. 전에도 가끔 와이파이가 겨우 연결되어 희미하게 작동되다가 끊기곤 한 적이 있지만, 신호가 너무 약해서 제대로 사용해본 적이 없었다.

메일과 카톡을 확인하고 지난 방송 보기도 해보니 연결이 되고 소리와 영상도 작동된다.

얼마 전부터 윈도우 10 업그레이드를 시도해 보니 아주 위험한 상태라는 메시지가 올라왔으나 업그레이드를 시행해 보았다. 세 시간이 지나도 50%밖에 진행되지 않았었다. 모뎀은 5G가 모두 소비돼 버렸다. 그 후에 모뎀을 다시 충전하여 다운로드를 시도했으나 두세 시간이 지나도 53%밖에 진행되지 않았다. 4, 5만 원어치의 모뎀 충전을 하고 시도했으나, 모두 소모하고도 다운로드를 완성하지 못했다. 참으로 오랜만에 아니, 거의 처음으로 TV 다시 보기에 들어가서 뉴스와 건강 관련 프로그램도 보면서 호강을 누렸다.

교장을 만나서 인터넷이 터진다고 얘기했더니 교육부에서 돈이 내려와서 와이파이 성능 향상 기기를 설치했다고 한다. 그러나 이른 아침에는 사람들이 쓰지 않기 때문에 괜찮겠지만 수업이 시작되면 많은 곳에서 와이파이를 사용하게 되기 때문에 느려질 것이다. 특정 시간대라도 쓸 수 있으면 다행이다.

학교 방문

어제와 오늘은 학교 방문을 했다. 어제는 초등학교, 오늘은 중학교다. 5분 거리에 있는 학교들이라 교감 선생님과 함께 갔다.

초등학교는 30학급에 학생 수는 1,500명이었다. 교사는 40명 정도다. 수업은 2부제이다. 오전 반 수업이 끝나면 학생도 교사도 함께 퇴근한다. 오후반 선생님들은 2시경에 수업에 맞춰 출근한다.

오늘은 중학교 방문을 했다. 중학교지만 초등학교처럼 기초의무교육을 하기에 급식을 제공하는데 한 끼에 25센트를 지원한다. 계약한 곳에서 학교의 식당을 이용하여 음식을 제조하여 공급한다. 학교에서는 학교 운영비로 학생 1명당 한 달에 1달러를 지원받는다. 이 돈으로 시설도 수리하고 운영도 해야 하니 참으로 버거운 살림살이다.

학교 시설을 두루 둘러보았다. 교사 동이 여기저기 흩어져 있는데 10개 정도 된다. 3개 동을 제외하곤 나머지 건물들은 학교라고 할 수 없을 정도로 헐고 조악했다. 유리창도 없고 천정은 내려앉고 벽은 부서졌다. 벽에는 수많은 낙서와 벽화들이 가득했다. 교실과 교실 사이에는 칸막이로 허술하게 구분하고 있는데 어떤 곳들은 2/ 3만 가려져 이웃 교실이 들여다보였다. 아주 낡은 흑판이 있었다. 어느 교실이나 선생님들은 자리에 앉아서 수업하고 있었다. 학생 대표가 판서하거나 이미 판서된 것을 학생들이 베끼는 곳도 많았다.

교장은 강당이 필요하다고 말하고 거의 폐허가 된 교사 동들을 수리해 달라고 나에게 부탁한다. 학급 학생 수는 어떤 곳은 60명 어떤 곳은 70명이다. 그러나 학생들은 모두 깨끗하고 단정한 유니폼을 입고 있다. 교과서는 정부에서 지급하지만, 반드시 다시 반납해야 한다. 도서관도 있다. 도서는 3일 후에 반납해야한다. 수도 시설은 많이 있으나 학교 자체 지하수 집수정과 발전실이 오래전에고장 난 상태이고 시설은 워낙 낡아서 활용이 안 되고 있었다. 학교 가장자리를따라 아래쪽으로 수도꼭지들이 나와 있는데 이곳을 이용하여 물도 긷고 음료수로도 사용한다. 그런데 수도 공급 시간이 하루에 한두 시간밖에 안 된다.

이곳은 원래 호주에서 지어준 학교였다. 더 예산을 지원하지 않기 때문에 모든 게 낡은 상태로 남아 있다. 그러나 아직 학교 인터넷 사용 비용은 호주에서계속 지원해 주기 때문에 원활하다고 한다.

소낙비 쏟아지는 에어컨

오늘은 한국 코이카 본부에서 김일남 팀장이 학교를 방문했다. 몇 분이 팀을 구성하여 동티모르를 방문한 모양인데, 우리 학교는 김 팀장과 정혜진 과장 그리고 현지 여직원 통역인 Virgilia가 함께 왔다.

교장은 여전히 코이카에서 더 많은 교사를 보내달라고 요청한다. 각 과별로 보조 교사가 필요하고 태권도 지도자도 필요하다면서 말 중간에 코이카 때문에 자이카 일본 봉사단원을 초청하지 못한다고 볼멘소리도 했다. 양심 없는 말이다. 한국으로부터 110억 원이라고 하는 엄청난 지원을 받았는데, 코이카가 더 도와주지 않으면 일본에 봉사단원 파견을 요청하겠다는 엄포다.

내 사무실로 자리를 옮겼다. 봉사단원들이 모두 모여서 애로 사항 등을 차례로 얘기했다. 나는 대사관에서 우리의 정상적인 교육 활동을 과도하게 간섭해서 우리 선생님들이 심적으로 많은 어려움을 겪고 있다는 얘기를 전했다. 대사님도 그런 얘기를 했지만, 규모가 작은 나라에서는 대사관에서 할 수 있는 사업은 아주 많이 한정되어 있다. 따라서 코이카가 파견된 나라는 코이카 사업을 대사관 사업으로 본국에 보고하고 홍보한다. 이해는 가지만 대사관이 독자적으로 운용 가능한 고유 업무를 찾아서 창의성과 열정으로 추진해 보면 좋을 듯하다. 코이카 사업은 코이카가 스스로 발굴, 판단, 개발 추진함이 좋을 듯한 의견을 제시했다.

몹시 더운 오후지만 오늘도 걸어서 퇴근한다. 한 40분을 걸어야 한다. 그 정도면 꽤 운동도 될 거리다. 거리의 수많은 인파, 개들, 학생들 그리고 오토바이들이 무질서하게 뛰어다니고 있다. 이들이 정돈되면 좀 더 쾌적한 마음으로 걸어 다닐 수 있을 것 같다.

집에 도착하여 에어컨을 틀고 자리에 앉으니 바로 소낙비 쏟아지는 소리가 들린다. 일어나서 밖을 내다봤는데 비는 내리고 있지 않았다. 그러면 분명 집안에서 들리는 소리다. 여기저기 살펴보니 에어컨에서 물이 소낙비처럼 쏟아지고 있었다. 급히 에어컨을 끄고 아래층 관리실로 가서 주다이(Judy)에게 상황을 알렸다.

마침 두 명의 기사(Technician)가 근무 중이어서 여러 가지 도구를 들고 온다. 에어컨을 거의 다 분해하여 대대적인 청소를 시작했다. 30분 정도 청소 정비를 하니 정상적으로 돌아왔다.

우리 집 일 층 전업 가게는 주 업종이 에어컨 설치와 정비다. 이곳에서는 모든 집에 에어컨이 있고, 또 거의 24시간 가동하기 때문에 자주 고장이 나고 먼지 등에 심하게 자주 오염된다. 따라서 에어컨 청소와 정비는 황금알을 낳는 직종이라고 할 수 있다. 에어컨 없이는 몇 시간 견디기도 힘들다. 벌써 이곳 생활에 길들어졌나 보다. 세네갈에서는 선풍기 하나로 2년을 견디었는데, 조금 호사하는 것이 아닌가 하는 생각이 든다.

축구의 전설

안전교육 중에 김신환 축구 감독을 만났다. 휴식 시간에 이영대 자문관과 얘기를 나누고 있는 분이 있어서 유심히 보았다. 튼튼한 체격에 백발인 분이 혹시 그 유명한 김신환 감독이 아닌가 하는 생각이 들었다. 가서 인사를 드리니 자신이 김 감독이라고 한다. 명함을 주고 인사를 나눈 다음, 사진도 한 장 남겼다.

다음 회의 순서가 있어서 모두가 자리를 뜨자 나와 김 감독만 남게 되었다. 혼자 커피 마시는 것이 쓸쓸해 보여서 벗도 하고 궁금한 것도 한두 가지 물어보기로 했다.

몇 마디 건네지 않는데 그분이 말을 많이 쏟아낸다. 이곳에 온 지 17년이 되었다. 처음에 코이카 자문관으로 2년간 파견되었다. 그때는 특별한 선발 시험도 없이 쉽게 올 수 있었다. 유소년 축구 지도를 해서 두 차례나 세계 대회에서 우승하여 동티모르 축구에 전설을 남겼다.

올해도 세계 유소년 축구대회가 한국에서 있었는데, 4위를 하고 얼마 전에 귀국했다. 본인은 한국에서 실업팀 대표 선수였으나 큰 족적을 남기지 못했다. 이곳에서 축구 지도자로서 빛을 보게 된 것이다.

이곳에 머무는 사람들은 대부분 어떤 특별한 사정이 있어서 정착한 사람들이 대부분이어서, 끈끈한 인간관계를 맺기는 무척 어렵다고 한다. 이영대 자문관하고는 서로의 신뢰 속에 잘 지내고 있다.

헤어져 살았던 부인도 다시 합쳐서 이곳에서 생활을 같이했었는데, 생활환경 적응의 어려움과 특히 수입을 거의 유소년 축구 지도를 위해 써 버리기 때문에 결국 부인은 귀국해 버렸다. 워낙 가난한 국가이다 보니, 선수들의 축구화, 유니폼, 식비 등 모든 것을 자신의 급료에서 지출할 수밖에 없었다. 정부 지원도 없고 이제 나이도 많이 들어(62세) 노후 걱정이 많이 된다고 한다. 수많은 아이와 많은 사람에게 많이 베풀었지만, 이곳 사람들은 지속적으로 요구만 하지 고마워할 줄을 모른다고 씁쓸해한다.

자신을 위해선 돈을 쓰거나 모아 놓은 것이 없어서 낭패를 경험한 적이 많았다. 예를 들어 아들이 한국에서 결혼한다는데 수중에 한 푼도 없었다. 그런데 동티모르의 초대 대통령인 호세 알렉산더 사나나 구스마오가 이런 사정을 알고 1만 달러를 지원해 주어서 무사히 큰 행사를 치를 수 있었다. 정부의 많은 사람이 그의 친구들이다.

그의 훈육 방법은 소위 스파르타식이라고 한다. 군대식으로 가르치고 훈련하고 벌도 준다. 얘기하면서 연이어 커피와 담배를 피운다. 혼자 힘든 삶을 살다 보니 그런 습관이 생긴듯하다. 애잔한 마음이 들었다. 그의 빈 곳을 조금이라도 메워줄 수 있었으면 좋겠다는 생각이 들었다.

'창의, 인성' 세미나

오늘은 안전교육의 날이다. 학교에 출근하여 청소도 하고 업무도 처리하다 귀가했다. 조금 쉬다 티모르 플라자로 갔다. 앞으로 초, 중, 고등학교 학교 방문을 여러 군데 할 예정이다. 방문 시 제공할 기념품인 탁상시계를 사기 위해서이다. 10여 개를 샀다.

도보로 20분 거리에 코이카 사무실이 있다. 사무실과 함께 있는 라멜라우 호텔 대회의실에서 안전교육이 있다. 그런데 회의 순서에 보니 원래 내가 진행하기로 한 교양 강좌가 빠져 있다. '창의, 인성 교육'에 대한 내용이었다. 그래서 원고랑 PPT 자료랑 만들어서 가져왔는데, 진작 프로그램에는 누락되어 있다. 강동현 과장에게 물어보니 듣기는 한 것 같은데, 채 확인을 못 해 빼먹었다는 것이다. 90분 정도의 분량인데 한 30분 정도 중간에 시간을 절약하여 시간을 만들어 보겠다고 한다.

사실 지난주에 코이카 소장님께 내가 강의 준비를 하고 있는데, 계획대로 하면 되는지 문의했었다. 소장님도 준비하라고 얘기했었다. 소장님께 물어보니 "하기로 되어 있는 것 아니에요?"라고 오히려 반의한다. 요즘 강 과장이 혼자 많은 일을 처리하다 보니 혼란이 오는 것 같다. 겨우 시간이 마련되었다.

PPT를 띄워보니 음성이 나오지 않는다. 여러 개의 동영상이 있으나, 어쩔 수 없어 그대로 진행했다. 주제는 '따뜻한 인성, 빛나는 창의' 즉 Warm Humanity, Bright Creativity이다. 한국의 교육에 대한 평가, 한국 발전의 원동력이 교육의 힘이라는데 초점을 맞추고 또 내가 살아오면서 실천해온 구체적 사례들을 소개했다. 예를 들어, 한국 최초로 전학생이 참여하는 오케스트라 창단, 제주외국어학습센터 설립, 제주형 혁신학교 운영 등에 관한 내용을 곁들였다.

나의 이야기를 주로 한 것은 사람 사이의 소통이란 결국 자기 자신을 솔직히 드러내 보이는 것에서 시작되는 것이기 때문이다. 어쩌면 자기 자랑처럼 들렸는지 모르겠다. 시간이 워낙 모자라고 컴퓨터가 제대로 작동되지 않아서 아쉬움이 컸다. 내가 한다면 사전에 모든 것을 점검하고, 시운전해 보고하는데, 강 과장이 바쁘다 보니 조금 허술한 진행이 되었다. 아무리 잘 준비해도 집행부가 무성의하면 성과는 반감되기 마련이다.

안전교육에는 재난 상황 대처, 질병 예방 등이 있었고, 코이카 본부의 요구 사항, 대사님의 SNS 관련 전달 사항, 단원들의 요구 사항 청취 등이 있었다. 뷔페식 저녁이 제공되었다.

수돗물 없는 일주일

9시 30분에 코이카 본부에서 우리 학교 건축공사 하자보수 내용을 점검하기 위해서 한 분이 왔다. 인사를 건네도 거의 말을 하지 않는 그에게 18개 항목의 하자보수가 필요하다면서 점검했던 자료를 제공했다. 엄격한 현장 감사관 같은 분위기다. 사실 이 학교 건축공사와 나는 상관이 없는데 냉랭한 그를 이해하기 어려웠다. 나는 시공자가 아니기 때문이다.

마침 어제부터 수돗물 공급이 다시 중단된 상태다. 또 모터가 고장인 것 같다. 전 현장 소장은 본부 등에서 점검이 있는 날이나 잠깐 들를 뿐이다. 오늘도 교감이 일러준 대로 도서관 천장이 깨져 있고, 강당 철문이 닫히지 않고, 시건장치도 잘 작동하지 않는다고 얘기했다. 벌써 몇 번째 전 현장 소장에게 말한 내용인데 고쳐지지 않았다. 류광하 전문가도 2, 30분 보고 그냥 가버린다. 점검을 계속하더라도 하자보수가 이루어지지 않는다면 올 필요도 없는 것이다.

가장 긴급한 사항은 수도다. 천이백 명이 사용하고 있다. 특히 화장실 사용이 아주 문제다. 아쉬운 대로 물통이나 양동이에 물을 길어 두었다가 사용하고 있지만 금세 없어진다. 나는 자동 펌프 가동하는 방법과 고장 났을 때 또 수동으로 전환하여 사용할 수 있는 방법을 교감을 비롯한 몇몇 분에게 교육해 주도록 부탁했다. 저녁때 류광하 전문가가 전화를 했다. 펌프는 일주일 내에 수리하고, 하자 보수를 위한 2차 공사를 바로 시작하겠단다. 그러면 일주일은 수돗물 없이 학생들이 생활해야 한다는 말인가!

11시에 돈보스코 기술학교에서 이영대 자문관과 부인, Joseph신부님, 교장 신부, 또 한 분의 신부, 교무부장 일행이 우리 학교 운영 현황을 파악하기 위해 방문했다. 6개 과를 모두 안내했다. 교실과 실습실엔 아이들은 현장 실습으로 많이 비어 있었다. 사진 촬영을 많이 한다.

Joseph 신부님은 이 자문관에게 돈보스코에도 코이카에서 이런 시설들을 지원해 주도록 노력하라고 부탁한다. 이 자문관이 한국에 부탁해서 이루어질 일은 아닐 것이다.

이 자문관은 청소에 관심이 많아 보인다. 청소가 잘 안 돼서 몇 달 안에 50%는 못 쓰게 될 것이라고 평가한다. 1년 후에는 하나도 못 쓰게 될 것이라는 말도 덧붙인다. 듣기에는 좀 불편했으나, 잘 관리하라는 노파심에서 한 말이라 생각했다. 현재 고장 나거나 가동이 안 되는 것은 하나도 없고, 또 선생님과 학생들은 열심히 관리하고 있고, 청소와 정돈도 잘하고 있는 편이다.

성인 위주의 기술학교와는 또 직접 사업을 하며 수익을 올리는 돈보스코와는 사정이 조금 다를 수 있다. 그곳은 아마도 관리, 청소가 우리보다는 훨씬 잘되고 있을 것이다. 촘촘히 안내하고 의견을 나누다 보니 1시가 지났다. 현장 확인을 마치고 교장실에 가보니 아무도 없다. 아마 점심 식사하러 갔을 것이다.

오늘은 방문 팀에게 내가 점심을 대접할 생각이었다. 그런데 이 자문관 얘기로는 요셉 신부님은 심장 박동기를 달고 있고, 또 교장 신부는 통풍이 심해서 아무 음식이나 먹을 수 없어 알맞은 식단을 알아봐야 했다.

결국, 한국 식당 나리스로 갔다. 오징어볶음, 소고기볶음, 닭볶음 요리에 밥과 국을 먹었다. 후식으로 수박과 버터 바른 떡 한 조각을 먹었는데 떡 맛이 이상했다. 결국, 저녁때 배탈이 나서 밤새 고생했다. 다른 분들은 괜찮은지 걱정이 되었다. 나는 오늘 점심밖에 먹은 게 없는데 이상한 떡에 문제가 있어 보였다.

슬프다 기쁜 날

슬픈 날, 그리고 기쁜 날이었다. 5시에 일어나 기도하고 청소하고 시트를 꺼내서 빨래를 시작했다. 그래도 시간이 남아 프랑스 국영 TV인 Monde TV5를 틀었다. 가정 드라마가 방영 중이다. 다 보고 나서도 시간이 남는다. 왜냐하면, 9시 영어 미사를 보러 가기로 했기 때문이다.

8시 30분에 집을 나섰다. 간단한 복장으로 집을 나섰는데, 오늘따라 거리가 아주 한가하다. 보통은 주일날 9시 미사에 참례하는 사람들이 지금쯤 거리를 채우고 있어야 하는데 이상하다. 내가 너무 일찍 출발했나 하고 그냥 갔다.

성당 근처에 도착해 보니 교통이 통제되고 있고, 성당 안은 사람들이 가득하다. 마당과 거리의 도로까지 사람들이 모든 자리를 차지하고 있었다. 7시 미사가 아직 안 끝난 것이 아닌가 하고 생각했다.

스피커를 들어보니 주님의 기도를 바치고 있었다. 나무 그늘에 서서 그냥 참례하기로 했다. 성체 분배가 시작되어 나도 마당에서 성체를 영했다. 긴 줄을 서서 가면서 뜨거운 햇볕에 모자를 썼다. 어떤 소년이 모자를 벗으라고 한다. 나도 성체를 영할 때는 벗으려 생각하고 있었다. 긴 시간의 영성체와 공지 사항을 듣다 보니 9시가 넘었다. 나는 9시 미사가 다시 시작되려니 생각하고 기다렸다. 사람들이 모두 빠져나가고 성당은 텅 비었다. 아무래도 무엇인가 잘못된 것 같다.

오늘은 예수 수난주인 성주간의 시작되는 일요일이다. 예수님이 예루살렘 입성을 축하하는 날이다. 그래서 성지 가지를 축성 배부한다. 소위 성지주일이다. 한국에서는 큰 축일이 아니어서 일반 일요일 미사로 생각했는데, 이곳에서는 대축일로 지내다 보니 7시 미사를 하고, 9시 미사는 없어진 것이다. 이곳은 이상하게도 대축일 미사는 여러 번 하지 않고 오히려 7시 미사 한 대로 마친다. 수녀님께 물어보니 9시 미사는 없다고 한다. 참으로 낙망이다.

성체는 영했지만, 부활절을 기쁜 마음으로 영접하고 성스럽고 차분하게 지내려고 했는데, 시작부터 차질이 생긴 것이다. 왜 미리 자세히 알아보지 않았는지 자책감이 밀려온다. 집으로 오다가 혹시나 해서 베코라 성당으로 가보기로 했다. 그곳은 여러 차례 미사를 하기에 혹시나 참례의 기회가 있을까 해서다. 전에는 8시 30분에 미사가 있었는데 혹시나 해서 가는 것이다.

오다가 길에서 1달러를 주고 바나나 한 손을 샀다. 집에 잠깐 들렀다가 버스를 타고 성당으로 출발했다. 가는 길에 창밖을 보니 많은 신자가 손에 작은 야자수 가지를 들고서 집으로 돌아가고 있었다. 제주도에서는 측백나무 가지를 사용한다.

역시 모두가 미사를 마치고 성당 밖으로 나서고 있었다. 성당에 들어가서 미사를 못 했을 때 하는 대송을 바쳤다. 미사를 못 했을 때 하는 대송은 묵주의 기도, 성경 봉독, 공소 예절, 주의 기도 33번 등을 하면 된다. 너무 더워 땀이 쉴 새 없이 쏟아진다. 성당 안에는 이제 사람이 하나도 없다. 수녀님 두 분과 여자 한 분이 성당 안을 정리하고 있다. 제대 앞에는 야자수 잎들이 수북이 쌓여 있다. 예절이 끝나자 아이들이 단체로 야자수를 제대 앞에 두고 갔다.

기도를 마치고 나오는데 갑자기 어떤 생각이 떠올랐다. 혹시나 주교좌 대성당에서는 늦은 미사가 있을 수도 있겠다는 것이었다. 급히 2번 버스를 타고 가다 다시 10번 버스를 타고 대성당에 도착했다. 전부터 주교좌 성당인 이 대성당 미사에 꼭 한번 미사 참례하고 싶었는데 미사가 있었으면 좋겠다. 지금껏 기회가 여의치 않아 한 번도 미사에 오지 못했었다.

성당 가까이 가니 많은 사람이 여기저기 모여 있다. 늦었는지는 모르지만 끝난 것은 아닌 것처럼 보였다. 나도 마당의 나무 그늘에 들어가서 기다리는데 사람들이 갑자기 중앙 통로 주변으로 모여든다. 나도 발길을 중앙으로 옮겼다. 주교님이 성지 가지를 축성하기 위해서 밖으로 나온 것이다. 주교님은 신자들이 들고 있는 야자수 잎들을 향해 계속 성수를 뿌린다. 앞으로 가고 싶은데 사람들이 너무 많아 접근할 수 없다. 이 마당에서라도 스피커로 들으면서 미사를 할 수 있다니 얼마나 다행인가.

사람들이 주교님을 따라 성당 안으로 들어간다. 나도 따라갔다. 성당 안은 거의 비어 있었다. 신자들이 모두 밖에서 주교님을 영접했다. 나는 거의 가장 앞쪽으로 가서 자리를 잡았다. 이렇게 근 거리에서 주교님을 뵈오며 미사를 볼 수 있으니 얼마나 기쁜 일인가. 8명의 신부와 40명의 복사가 함께 웅장 성대한 미사를 집전하고 있다.

오늘은 성체를 두 번 모실 수 있었다. 신자는 하루에 최대 2번까지 영성체할 수 있다. 천상적 성가와 장엄한 미사 예식으로 몸과 마음이 성스러워지는 느낌이 들었다. 미사가 끝나고 사람들은 성상들 앞에서 촬영을 한다. 나도 몇 장을 남겼다.

집에 오니 거의 1시가 되었다. 라면을 끓여 점심 겸 아침을 먹고 배추김치와 갓김치를 담갔다. 빨래도 개고 집안도 다시 한번 정리한다. 인터넷으로 한국 뉴스도 조금 보았다. 오늘은 슬프다, 기쁜 날이었다.

세족례

어제는 예수 부활절 성주간 목요일이었다. 최후의 만찬과 세족례가 있는 날이다. 돈보스꼬 신부님께 저녁 6시에 예식이 있다는 말은 들었지만, 혹시나 해서 아침 미사도 있을까 해서 새벽에 성당에 나가 봤다. 역시 문이 꽁꽁 잠겨 있었다. 편히 돌아와 오랜만에 느긋하게 쉴 수 있었다.

TV도 보고 또 조희영 선생이 복사해 준 '응답하라 1988' 드라마도 2회분을 보았다. 전에 잘린 몇 회를 본 적이 있지만, 순서대로 감상하지 못했었다. 이번에는 제대로 차례대로 즐길 수 있게 되었다. 옛날 우리가 생활해온 모습들이 많이 떠오르기도 하지만, 코믹한 장면들을 너무 많이 집어넣은 것은 아닌가 생각되었다.

세족례에 참석하려고 오후 5시 20분에 집을 나섰다. 시작 30분 전이다. 일찍 가야 좋은 자리를 차지할 수 있기에 서둘렀다. 가는 길에 도미니코 고아원 맞은편의 작은 성당을 보였는데 문이 잠겨 있었다. 조금 의아하게 생각하면서 비다우 성당으로 갔다. 비다우 성당은 문이 열려 있었고 몇몇 신자들이 성당 안팎에 서거나 앉아 있었다. 앞에서 두 번째 자리에 앉았다. 6시에 시작하려면 많은 사람이 이미 와 있어야 하는데, 사람이 적어서 조금 의아스러웠다. 6시쯤에는 사람들은 꽤 왔으나 시작할 기미가 없다. 성가대도 텅 비어 있고 성당 밖 나무 그늘에 합창단복을 입은 대여섯 명의 청년들이 서성이고 있다. 6시 30분 시작인가 하는 생각이 들었다.

늦게 시작되는 덕분에 오늘이 어머니 기일이어서, 묵주 기도 중에서 고통의 신비를 바칠 수 있었다. 7시가 되자 성가대원들이 성가대석에 들어서고 제대에 촛불도 켜졌다. 성당 안은 오래전에 가득 찼다. 나무 그늘엔 집에서 가져온 의자를 놓고 사람들이 많이 앉아 있다. 성당 밖 길가에도 신자들이 넘쳐난다.

7시가 되어도 미사는 시작되지 않았고, 사람들은 불안한 표정으로 서로 얘기를 나눈다. 모든 준비가 되었는데 정작 신부님이 도착하지 않은 것이다. 7시 20분이 되자 사목회장이 광고한다. 신부님이 좀 늦는다는 것이다. 옆에 앉았던 수녀님들도 좀 쉬려는 듯 밖으로 나간다. 사람들도 웅성거리며 밖으로 나가 숨을 몰아쉰다. 성당 안이 너무 덥고 습도가 높아 숨쉬기가 쉽지 않기 때문이다. 나는 거의 두 시간 동안 나무 의자에 앉아 있으니 엉덩이가 쑤시고, 혈액 순환도 잘 안 되는 것 같은 느낌이다. 이리저리 자세를 바꿔 보지만 온몸이 불편하다. 더욱이 엄청난 더위와 사람들의 열기로 몹시 숨이 차고 불편한 상황이다.

7시 30분이 되자 머리가 희고 키가 작은 처음 보는 신부님이 제의실로 급히 들어간다. 나이가 많아 보였다. 미사가 시작되었다. 그런데 미사는 일반적으로 제대에서 시작하는데, 이 신부님은 독서대에서 시작한다. 조금 이상하다. 미사 경본을 이리저리 뒤적이고 몹시 불안한 모습으로 미사를 집전한다. 강론은 아주 길었다. 거의 30분이 소요되었다. 한국에서는 보통 5분에서 7분 정도 한다. 성목요일엔 성체 분배 후에 성체를 지하 교회로 이동시킨다. 이때 사제는 망토를 걸치고 성체를 감싸서 이동해야 하는데, 그냥 맨손에 들고 간다. 복사가 황급히 망토를 갖고 오니, 신부님께서 돌아와서 다시 준비하고 떠난다.

부제나 보좌신부가 함께 집전하면 여러모로 보완되는데, 신부님 혼자 집전하다 보니 제대로 안 된 것 같았다. 아쉬운 성목요일이었다. 9시 30분경에 끝났으나 거의 4시간이 걸린 조금은 고통스러운 시간이었다.

11시경에 잠이 들었다. 평소보다 두세 시간 늦은 취침이다. 그러나 성주간 예절을 잘 참례할 수 있어서 마음만은 기뻤다.

오늘은 성금요일이다. 지난번 야곱 신부님이 3시에 시작한다고 해서 반신반의했었다. 2시 20분에 출발하여 40분경에 도착했다. 성당은 조용하고 사람들도 많지 않았다. 입구에 학생들이 있어서 시간을 물어보니 다행히 한 명의 학생이 영어를 했다. 오늘은 3시에 있고, 내일은 저녁 7시, 모레는 아침 7시에 미사가 있다고 한다. 오전에 나나 수녀님께 미사 시간 문의 메시지를 보냈는데 이미 행사가 끝났다는 엉뚱한 답변이 있었다. 아마 영문을 잘 이해하지 못했나 보다 생각했다.

수난 예식은 한국과 비슷했으나, 수난 복음을 성가로 하므로 시간이 엄청 많이 걸렸다. 다른 부분들도 성가로 하는 부분들이 많아서 미사 시간이 거의 2시간 반 정도 걸렸다. 오는 길에 계란 등을 사려고 마트에 들렀으나, 모두 문을 닫았다. 가톨릭 국가여서 성 주간에는 모두가 쉬나 보다. 집으로 돌아와서 깻잎 통조림, 갓김치, 김으로 흰 밥을 먹었다. 맛있고 기분도 좋았다. 오늘은 성금요일이기 때문에 육고기를 먹으면 안 된다. 즉 금육의 날이다.

부활 성야

어제는 부활절 성야였다. 저녁때 안전이 걱정되어, 일요일 아침 미사를 갈까 생각했었다. 그래도 사람들이 많이 모일 것이기 때문에 별문제가 없을 것으로 생각하여 저녁 미사에 참례하기로 했다. 어제 학생들이 저녁 7시에 예식이 있다고 해서 6시 20분에 집을 나섰다. 도착해 보니 성당의 모든 문을 잠겨 있고, 100여 명의 신자가 성당 밖 그늘 밑 여기저기 앉거나 서성이고 있었다.

나도 물이 흘러가는 하수구 겸 갯가 근처에 앉아 기다렸다. 시궁창 냄새가 계속 났으나 심하지는 않았다. 조금 있으니 한 청년이 테툼어로 뭐라고 얘기하며 반대쪽을 가리킨다. 아마도 이곳은 모기가 많으니 반대쪽으로 이동하라는 것 같아 자리를 옮겼다.

좀처럼 문을 열지 않아서 아마도 촛불 의식을 밖에서 하고 안으로 들어가는가 보다 생각했다. 잠시 후 반대쪽 문으로 사람들이 들어간다. 나도 따라갔다. 덕분에 앞에서 세 번째 자리에 앉을 수 있었다. 7시가 지나간다. 엄청나게 더운데 내 자리 앞에는 기둥이 막고 있어 시야가 가린다.

7시 15분쯤 되자 성가대가 자리를 잡는다. 7시 30분이 되어도 예식은 시작되지 않았다. 사람들은 자리에서 웅성거리기 시작한다. 아마도 신부님이 좀 늦나 보다. 지난 수요일과 같은 상황이 벌어질까 봐 조금 짜증이 났다.

8시가 되어도 신부님은 보이지 않고 사람들의 열기로 더위는 더욱 심해져서, 그냥 집으로 돌아갈까 하는 생각이 들기도 하였다. 그렇다고 앞쪽에 자리 잡은 내가 일어서서 밖으로 나가기도 그랬다. 오른쪽에 앉은 할머니가 그래도 계속 부채질을 하니 그 작은 바람에 약간의 선선함을 느꼈다. 시간이 지날수록 사람들의 웅성거림도 심해진다. 옆에 영어를 할 수 있는 분이 있으면 물어볼 터인데 모두 나이든 분만 보인다.

잠시 안내가 있었다. 아마 조금 기다려 달라는 말이다. 8시 40분이 돼서 신부님이 도착하고 예식이 시작되었다. 지난번 그 신부님이다. 부활절 예식에는 초가 있어야 하는데, 나는 채 준비하지 못했다. 앞에 앉은 할머니가 한 자루 건네주었다. 이곳에서는 촛불과 더불어 성수도 함께 축성하는 것 같았다. 모든 사람이 크고 작은 생수병에 물을 담고 왔다. 또는 그냥 개봉하지 않은 생수병을 들고 온 사람들도 많이 있었다.

신부님은 처음에는 성당 안에서 그리고 밖으로 나가 마당과 나무 밑 그리고 길가와 건너 쪽까지 모든 곳을, 아니 작은 마을을 두루 다니다시피 옮기며, 모든 신자와 성수병을 축성한다. 축성식만 거의 20분 정도 소요되었다.

성가대는 준비를 많이 한 것 같았다. 두 지휘자가 서로 교대하면서 열정적으로 마치 춤을 추듯이 지휘한다. 성가대원은 흥과 호흡과 음률과 반주가 아주 조화롭게 천상적 화음을 만들어냈다. 목소리들이 아주 곱고 성스럽다.

밤 12시 30분경에 예식이 끝났다. 정말 힘든 날이었다. 어둠을 헤치고 걸어서 집으로 돌아와 씻고 잠자리에 들었다. 잠에서 깨니 아침 8시. 늦잠을 많이 잤다. 문틈으로 들어오는 빛이 밝아서 어제저녁에 거실에 전등을 켜고 잤나 생각하고 문을 열었더니, 햇살이 방안에 가득 차 있었다. 이렇게 늦게 일어난 기억은 없어 보인다.

청소하고 샤워하고 그냥 쉴까 하다가, 주교좌 대성당 낮 미사에 참례하기로 했다. 전에 10시에 미사가 있었기 때문에 그 시간에 맞춰 출발했다. 그런데 가보니 미사가 거의 끝나고 있었다. 그늘에서 신부님 강복을 받고 성당에 들어가서 성체 조배를 하고 나왔다. 대성당 입구에 다른 성당이 있어서 들어가 보았다. 연단에서 목사님이 교회가 꺼질 같은 큰 목소리로 설교를 하고 있었다. 성당이 아니라 개신교 교회였다.

미크롤렛을 타고 티모르 플라자로 갔다. 그런데 티모르 플라자 앞 성당에 많은 사람이 미사를 길가에서 보고 있었다. 시간도 있고 해서 버스에서 내려 성당 쪽으로 갔다. 미사는 거양성체를 하고 있었다. 나도 나무 그늘에서 미사를 보고 성체도 영했다. 나중에 신자 대표가 광고하는데 거의 30분 정도 한다. 신부님

강론보다 더 길어 보인다.

미사 끝에 티모를 플라자로 가서 채소와 사과, 바나나 등을 사서 귀가했다. 겉절이를 해서 점심을 먹고 쉬었다. 오늘도 다사다난한 하루였다.

주인이 여럿인 땅

퇴근하려는데 장용기 한의원 원장님이 전화를 했다. 이곳에서는 그를 원장님이라고 부르는데 30분쯤 후에 도착한단다. 심심해서 학교 방문을 하나 싶었다. 그와 함께 커피 믹스를 마시며 요즘 사는 얘기를 나누었다.

그는 한인교회 회장인 금교건 사장님과 어려서부터 절친이고 또 그 인연으로 금 사장님의 초청으로 이곳에 왔다고 들었다. 그런데 아브라함 금 사장님 댁에서 나와서 생활한단다. 친한 친구도 오래 함께 생활하다 보면 서로의 결점이 노출되고 하찮은 다툼이 큰 감정싸움으로 변하기도 한다. 어쨌든 금 사장 댁에서 나와 또 다른 친구인 임 사장 댁에서 지낸다고 했다.

나는 임 사장을 모른다. 한 시간 가까이 학교에 있다가 함께 퇴근했다. 버스가 우리 집 근처에 이르러 내가 집에서 차라도 한잔하고 가라고 인사를 했더니 따라 내렸다.

주스를 대접하는데 장 원장이 대뜸 나에게 돈을 빌려달라고 했다. 내 생활비 두 달 칠 정도였다. 내 생활비도 거의 바닥이 나서, 사무용품 구매비로 요구 금액의 2/ 3 정도 빌려주었다. 그가 핸드폰에 찍어둔 어느 자치단체장의 표창장 등을 보여주었다. 나는 진실한 사람이라면 뭐 상장이나 표창장을 찍어 두었다가 다른 사람에게 보여주나, 조금 의아했다.

그의 아버지가 한국에서 한약방을 했고, 그는 한약 재료상을 했다고 들었다.

그래서 한의사가 하는 일이나 한약에 조예가 있어서 이곳 한국인들과 현지인에게도 질병 치료에 도움을 주는 좋은 분으로 여기는 사람이다. 나는 사람을 인상을 보고 그냥 믿어버리는 성격이어서 나로서는 거금을 빌려준 셈이었다.

한의사로서 풍족하게 생활할 것인데 왜 돈을 빌리는지 의아했지만 같은 천주교 신자이어서 믿기로 했다. 물론 차용증을 받은 것도 아니다. 많은 액수가 아니기도 해서다. 그는 이곳에서 7, 8년을 족히 생활한 것 같고 자연 친한 친구들도 많을 텐데, 한두 번 본 나에게 신세를 지는 것은 이상하기도 했다.

그는 살아온 얘기를 많이 했다. 그는 우즈베키스탄에 10년 정도 거주했다. 그런데 어느 날 갑자기 강제 추방되었다. 어떤 여자 선교사가 의료 봉사 요청을 해서 치료를 지원해 주었는데 선교 활동을 지원했다며 적발돼서 추방되었다. 우즈베키스탄은 소련 연방에서 분리하여 독립한 나라인데, 아직도 공산주의가 사회 기반을 조성하고 있어서 선교 활동을 국가에서 금하고 적발되면 바로 추방된다고 한다. 그곳에서 그는 한국 정부가 세운 '한방병원' 원장으로 병원을 운영하면서 아파트도 사고 땅도 4만 평을 49년간 임대받아 감초 등 약초를 재배했다고 했다. 땅은 몰수당하고 아파트는 기업체 명의로 샀는데 회수할 방법이 없었다.

동티모르에 와서 살아보니 사람들과 자연히 자기와 잘 맞아 이곳에서 노후를 보내기로 하고, 경치 좋은 해안가에 호텔을 짓기 위해 땅을 샀단다. 돈을 다 치렀는데 갑자기 어떤 사람이 자기가 주인이라고 나타나서 점유해 버려서 지금은 소송 중이라고 한다. 이곳은 아직도 지적이 잘 구분되어 있지도 않고 또 부동산 등기가 잘되어 있지 않다. 부동산 특히 땅을 매입했는데 또 다른 주인이 나타나서 소유권을 주장하는 게 흔하다 보니 땅을 구입할 때는 잘 확인하고 신중해야 한다고도 했다.

어쨌든 모든 문제가 잘 풀려서 이곳에서 행복하게 적응하며 살았으면 좋겠다. 또 지금은 장원장이 어쩐 일인지 이곳 한인 성당에 나오지 않고 현지인 교회에 다닌다. 아마 교인들과 어떤 문제가 생긴 것처럼 보인다. 참으로 성실하고 사람 좋아 보이는 그에게 모든 일이 잘 풀리기를 빌어 본다.

다시 소장님을 보내며

오늘은 전경무 코이카 소장님이 출국하는 날이다. 이곳에 근무한 지 4, 5개월 밖에 되지 않았는데 한국 본사로 발령되었다. 이곳에 오기 전에는 본부에서 월드 프렌즈 보급 팀에서 일했다고 한다. 아주 훤칠한 키에 미남형이고 성격도 서글서글해서 인기가 많았는데 매우 섭섭하다.

공항에 2시경에 도착해 보니 코이카 단원 한 사람도 안 보인다. 전날 정혜진 과장이 아마 VIP실로 나갈 것이라고 한 기억이 있어서 VIP실로 가보았다. 중국인 한 사람이 있을 뿐 텅 비어 있었다.

5분 정도 기다리다 다시 일반 대기실로 갔다. 이친범 대사님이 사모님과 함께 계셨다. 대사님이 단원들은 환송하러 나오지 말라고 했는데 웬일이냐고 한다. 함께 기다리며 나의 군대 생활 얘기도 조금 나누었다. 나는 국방부에서 정보 관련 부대에서 근무했었다. 내 특수 부대도 대사님은 알고 계셨다. 옛날에는 특혜가 많은 부대였는데 요즘은 바뀌었다고 말한다.

나는 시간이 있어 우리 학교 취업반 한국어 강좌에 대해서 조금 얘기했다. 대사님 뜻에 따라 120명 정도를 선발해 교육할 예정인데 약간의 지원을 부탁드렸다.

개막식 하는 날 현수막을 제작해 주고, 한국어 선생님 간식비 400달러를 지원해 달라고 부탁했다. 그런데 예산이 여의치 않아 어려울 것 같다고 한다. 이 돈은 대사님이 손님과 한 끼 식사비도 안 되지만, 의지가 없으면 모든 것이 쉽지 않은 것이다. 우리 선생님들이 정규 수업 후에 거의 점심도 먹지 못하고, 2시간씩 연장 수업을 하려면 간식과 음료수 정도가 필요한데 이는 최소한의 지원 요청이다.

전경무 소장님은 출발 시간 20분 남기고 출입문이 거의 닫히는 순간에 도착했다. 현지 직원 코넬리아가 출국 수속을 미리 모두 해 놓은 상태여서 가능한 일이었다. 바쁘지만, 사진 한 장을 남겼다. 코이카 소장님이 출국하는데 환송객이 거의 없어 몹시 서운하지 않았을까 하는 생각이 들었다. 내가 봉사단원을 대표한 격이 되었다. 류광하 건축 PM 차에 동승하여 집으로 돌아왔다.

요즘 며칠간 콧물감기로 고생하고 있다. 목도 아프고, 콧물도 자주 난다. 한국에서 사 온 액티피드를 한 알 먹고 잠자리에 일찍 들었다. 빨리 나아졌으면 좋겠다.

'맨발의 꿈'과의 만찬

오늘은 김신환 유소년 축구 감독과의 뜻깊은 시간을 가진 날이다. 지난번 호텔에서 커피 한 잔을 나눈 이후 축구 신화인 김 감독과 진지한 시간을 늘 갖고 싶었다. 마침 이영대 자문관과 친하게 지내는 사이라 다리를 놓아주도록 부탁했었다.

이 자문관은 김 감독의 지위에 걸맞은 여러 식당을 수배하여 직접 식당 환경도 살피고 가격도 알아보고서, 나에게 적절한 곳을 알려왔었다. 미국대사관 근처에 있는 태국 식당이다. 물론 이번에는 내가 초청하는 자리다. 김 감독, 이 자문관 내외, 최덕진 인쇄 자문관이 함께했다. 최 선생님도 천주교 신자라 가끔 성당에서 뵙지만, 오래전부터 최 선생님과도 자리를 함께하고 싶었는데 아주 잘되었다.

6시가 약속 시간이다. 이 자문관이 5시에 우리 집까지 차를 갖고 와서 픽업해주었다. 대문을 나서보니 벌써 도착하여 기다리고 있었다. 사모님은 길가 하천에 무진장 피어 있는 작은 보랏빛 꽃들을 꺾고 있었다. 자세히 보니 너무 예쁘고 아름다운 꽃이었다. 나는 바로 옆에 살면서도 이렇게 앙증맞은 예쁜 꽃들이 지천으로 피어 있는지 못 보고 살았었다.

장소에 도착해 보니 조금은 고전적인 바닷가의 2층 식당이었다. 사람은 아직 우리밖에 없었다. 가격은 스페셜 요리가 11에서 13달러다. 조금 있으나 모두 도착했다. 나는 닭고기 스프 Noodle에 밥이 나왔다. 나머지 분들은 연어 스테이크를 시켰다. 빙땅 맥주와 아쿠아 생수도 주문했다.

김 감독이 주로 얘기했다. 아들이 둘 있다. 큰 애는 결혼했고 작은아들은 친구가 운영하는 스포츠용품점에서 일한다. 월급이 150만 원 정도여서 아직은 아버지가 도움을 주는 것 같다. 부인과는 헤어졌다가 작은 애가 형도 결혼했으니 이제는 함께 사는 게 좋다고 설득하여 재결합했다고 한다. 그런데 부인이 이곳에 와서 생활해 보니 김 감독은 생기는 돈은 이곳 아이들의 축구 지도를 위해서 거의 다 써버리니 경제적으로 어렵고 또 자연환경은 아열대성이어서 쾌적하지 못하고 친구나 친척도 없으니 많은 어려움이 있었다.

그래서 부인은 귀국했고 지금은 혼자 생활하고 있다. 김 감독은 작은아들이 더 사랑스럽고 애틋하다고 한다. 자기의 행복은 가끔 귀국하여 손자를 만나고 백화점에 데려가서 손자에게 장난감을 사주는 일이라 한다. 예부터 할아버지 사랑은 손자밖에 없다는 말이 맞아 보인다.

이곳에 뿌리내린 지 오래되고 또 혼자 사는 것에 익숙하니 별 어려움이 없이 살고 있다. 알고 보니 거주하는 곳이 우리 집에서 멀지 않은 곳이었다. 그는 정직하고 돈에 마음을 두지 않고 오직 축구 사랑과 축구 지도에 모든 것을 쏟는 것 같았다. 젊어서부터 스포츠는 무엇이나 좋아했다. 한때는 축구에 한때는 낚시에 한때는 골프에 빠졌었다.

그의 동티모르에서 일궈낸 축구 신화 스토리를 좀 더 상세하게 소개해 보기로 하자. 2002년으로 돌아가자. 이 해는 한일 월드컵이 열렸던 해다. 대한민국 전체를 열광의 도가니에 빠지게 했던 2002년에, 인도네시아에서 독립한 나라가 바로 동티모르다. 동티모르는 지금도 세계에서 가장 가난한 나라 중 하나다. 한국과의 인연은 동티모르가 독립되기 직전인 1999년 한국의 상록수 부대가 파병

되어 치안 유지와 구호품 전달 활동으로 맺어졌다.

2010년 6월 개봉한 '맨발의 꿈'이라는 영화가 있었다. 영화 흥행에는 크게 성공하지 못했지만, '맨발의 꿈'은 많은 화제를 불러 모았다. 영화 '맨발의 꿈'은 동티모르 유소년 축구 대표 팀의 이야기다.

당시 동티모르 유소년 축구 대표 팀 감독이 한국인 김신환 감독이었다. 김 감독은 동티모르에서는 한국의 히딩크 감독이라 불릴 만큼 유명한 분이다. 김 감독이 동티모르로 가게 된 이유는 순전히 사업 아이템을 찾아서 사업을 하기 위해 오게 되었다. 처음 사업이 동티모르의 수도 딜리에서 스포츠용품을 파는 사업이었다.

그도 사실은 철저하게 무명의 설움을 안았던 전직 유명 실업팀 축구선수 출신이었다. 스포츠용품 사업을 하면서 유소년 축구선수들을 조금씩 도와준 것이 계기가 돼서 감독 제안을 받게 되었다. 코이카 봉사단원 자격으로 파견되어 축구 지도를 하게 된 것 같다. 덜컥 유소년 축구팀 감독을 맡게 된 김 감독은 동티모르 유소년 축구선수들이 얼마나 열악한 환경에서 운동하고 있는지 누구보다도 잘 아는 분이었다. 신생독립국가인 동티모르에서 유소년 축구선수들을 가르친다는 것은 그야말로 맨땅에 헤딩하는 일이었다. 선수들이 입을 것, 먹을 것, 축구용품 등 모든 게 열악한 상태였다.

그래도 김 감독은 어린 유소년 축구선수들의 초롱초롱한 눈을 보면서, 한 번 해보기로 하게 되었다. 유소년 선수들을 힘들게 먹이고 입히고 축구 기술을 지도하는 힘든 시간이었지만, 김 감독은 어린 선수들과 함께 운동장에서 같이 땀 흘리며 뛰어다녔다.

유소년 축구팀이 만들어지고 얼마 안 되었을 때였다. 동티모르 스포츠팀 사상 처음으로 국제대회에 초청을 받게 되었다. 동티모르 독립이 2002년, 유소년 축구팀 창단이 2003년이었으니까 불과 1년 남짓한 시간이 흐른 때였다. 그래서 창단 이듬해인 2004년에 처음으로 국제대회에 참가하게 되었다.

그 대회가 바로 2004년 히로시마에서 열린 제30회 리베리노 컵 국제소년 축구대회였다. 한국인 김신환 감독이 이끄는 동티모르 유소년 축구 대표 팀도 당당히 동티모르라는 조국의 명예를 걸고 참가했다. 그때 당시 참가팀 중 최약체로 지목되었던 동티모르 유소년 축구팀에 기적이 일어나기 시작했다.

긴장했던 첫 번째 경기 승리, 두 번째 경기 승리, 세 번째 팀과의 경기에서도 승리하면서 자신감이 붙은 동티모르 유소년 축구팀은 여섯 경기 전승이라는 쾌거를 이룩했다. 그것도 한 골도 실점하지 않은 완벽한 철벽 수비를 자랑한 경기였다. 동티모르 역사상 처음으로 국제대회에서 우승한 유소년 축구팀의 중심에는 지도자로서 땀과 정성으로 선수들을 가르친 한국인 김신환 감독이 있었다. 헝그리 정신과 도전정신으로 일궈낸 값진 우승에 동티모르 국민도 열광했다.

사실 결승전 상대는 리베리노컵 국제소년 축구대회의 가장 강력한 우승 후보인 홈팀 일본 유나이티드 유소년 축구팀이었다. 결과는 아무도 예상하지 못한 4대2 대승! 비록 유소년 축구팀의 우승이었지만 신생 독립국 동티모르의 최초의 국제대회 우승이었다는 점에서 동티모르의 역사가 되기에 전혀 부족함이 없는 우승이었다. 우승 직후 동티모르 국민에게는 '축제의 날'이 되었다.

사나나 구스마오 초대 대통령은 새로운 나라를 건설하고자 하는 동티모르 국민에게 할 수 있다는 자신감과 희망을 심어 주었다고 감격했다. 1년 남짓한 짧은 시간 동안의 훈련으로는 기적 같은 결과였다. 김 감독과 유소년 축구선수들은 동티모르 국민에게 우리도 할 수 있다는 자신감과 희망의 씨앗을 심겠다는 의지와 노력의 결과물이었다.

유니폼이나 축구공 같은 기본 용품과 열악한 축구장 환경에도 불구하고 이루어 낸 성과였다. 유소년 선수들은 제대로 먹지도 못하면서 강도 높은 체력훈련을 견뎌냈고, 김신환 감독은 선수들의 축구 실력 향상을 위해 아낌없는 애정과 노력으로 가르친 합작품이었다. 공을 향해 달린 유소년 축구선수들은 마침내 우승이라는 꿈을 향해 달렸다.

감독과 선수들이 쏟아낸 땀방울이 모여 우승이라는 큰 강을 흐르게 한 것이다. 어린 선수들이지만 실력과 경험이 부족했어도 조국을 위해 최선을 다한 그들이었다. 동티모르 유소년 축구팀의 감독 김신환! 축구공 하나로 동티모르 국민을 하나로 뭉치게 만들고 할 수 있다는 최고의 선물을 선사했다. 모두 불가능하다고 여겼던 국제대회 우승의 원동력은 무엇이었을까? 우리도 한 번 해보자! 그래! 우리도 할 수 있다! 는 의지와 노력이었을 것이다.

최근 그의 관심사는 이곳에 뿌리내릴 영구적인 터전을 마련하는 일이다. 그는 전직 대통령을 비롯하여 정관계, 교육계, 스포츠계 아니 전 국민에게 모르는 사람이 없는 영웅이며 전설이다. 그런데 재물에 무심하다 보니, 말 한마디면 얻을 수 있는 땅 한 조각도 없어 떠돌이 생활을 하고 있다.

이곳은 아직 토지 등에 대한 정비가 안 이루어져 정부 관료가 원한다면 필요한 주거지를 마련해 줄 수도 있는데 한 번도 요청해본 적이 없었다. 그런데 이제 나이가 들어가니 노후를 생각하지 않을 수 없는 상황에 이른 것이다. 요즘 집터를 물색하러 다니고 있다. 가로와 세로 40에서 50미터 정도 되는 터에 크게 집을 짓고 주변에 각종 과일나무를 심고 싶다. 그리고 지금처럼 아이들에게 축구를 가르치며 건강하게 사는 것이 그의 마지막 소망이다. 그의 말에 의하면 그는 지금까지 한 번도 감기 한 번 안 걸렸다고 한다. 그의 희망이 빨리 이루어지기를 빌어 본다.

연분홍 야생화

아침 미사에 다녀오다가 지난번 이영대 사모님이 꺾고 있던 야생화 생각이 나서 길을 건너가 보았다. 바로 우리 집에서 길을 횡단하면 개울가다. 물론 아주 지저분하고 쓰레기와 오물들이 여기저기 흩어져 있다. 그래서 아예 쳐다볼 생각도 하지 않았던 곳이다.

작고 예쁜 그 꽃들이 흐드러지게 피어 있었다. 옅은 향기도 넓게 퍼지고 있었다. 크고 화려하지 않기 때문에 사람들이 별 관심을 쓰지 않나 보다. 꽃 모양은 등나무꽃과 찔레꽃을 섞어 놓은 것으로 보인다. 줄기나무로 머루 같은 잎을 하고 있다.

꽃은 한 종류가 아니라 두 종류다. 하나는 아이보리색, 하나는 연분홍색이다. 10센티 정도 크기로 10여 줄기를 꺾어 왔다. 유리병에 얼기설기 꽂아 놓으니 아주 예쁘고 기품이 있어 보인다. 가는 줄기에 1, 2센티의 꽃망울을 수없이 달고 있다. 두 종류를 섞어서 배치하니 서로 어우러지면서 고고한 기품과 가벼운 향기가 거실 가득 퍼진다.

갑자기 방안이 품격 높은 사무실로 변했다. 역시 자연은 모방할 수 없어 보인다. 순수한 창조의 아름다움은 누구도 범접할 수 없는 영역인 것이다.

대사님의 시범 수업

오늘은 대사관에서 취업반 한국어 강좌 개설을 앞두고 선생님들을 격려하는 만찬이 있었다. 우선 코이카 사무실에서 박한울 부소장님과 함께 오늘 회의 내용에 대한 사전 협의를 했다. 부소장 얘기로는 대사님이 수업 방법과 내용에 대한 자기 생각을 전달하고 이어서 식사를 하겠다는 것이다.

조희영, 경은지 선생님은 바빠서 대사관에서 만나기로 했다. 이무현 선생님과 부소장 그리고 내가 사전 협의를 했다. 이무현 선생님은 필요한 교수 방법을 A4 용지 한 장에 간략히 적어서 왔다. 매일 50단어를 암기하게 하고, 듣기 25문제, 읽기 25문제를 하루에 한 시간씩 강의한다는 내용이다. 4개 반을 편성하여 30명씩 120명을 교육하겠다는 것이다. 적절해 보인다.

코이카 차량으로 5시 20분에 대사관에 도착했다. 두 여선생님도 마침 도착하여 회의가 시작되었다. 대사님이 생각한 강의 방법은 다음과 같다. 모든 학생을 대강당에 모두 모여 놓고 가르친다. 그러면 선생님의 수고해야 하는 시간을 1/3으로 줄일 수 있다. 서울의 종로, 대성학원에서도 100명, 200명의 학생을 큰 강의실에 모이게 해 놓고 마이크로 수업을 한다. 150명을 처음에 선발하여 매달 출석률 불량자와 성적 불량자를 10명씩 탈락시킨다. 매일 쪽지 시험을 쳐서 그 순위를 공개한다.

경은지 선생님과 나머지 분들도 너무도 황당한 수업 방법에 질겁한 표정이다. 그래서 경은지 선생님은 '그러면 그런 방법으로 대사님이 시범 수업을 해주시기를 바랍니다.'라고 얘기했다. 대사님은 시범 수업을 하겠다고 한다.

1,000명이 들어가는 대강당에 150명을 앉혀놓고 강연이 아니라 일상적인 수업을 한다는 것은 무리인 것처럼 보인다. 수업은 학생과 교사 상호 간의 소통이 중요한데 일방적인 마이크 음성 전달은 일회성 강연은 가능하지만 매일 매일의 수업 방법으로는 적절하지 못하다. 아니 불가능하다. 더욱이 언어도 다른 아이들을 통제하고 집중시키기에는 외국인으로서는 역부족이다. 더 이상의 토론은 감정싸움이 될 것 같아 토론은 마치고 식당으로 갔다.

주메뉴는 닭갈비다. 호박죽도 나오고 이어서 떡갈비도 나왔다. 맥주에 간단히 먹을 수 있는 음식이었다. 나는 내일 이주영 선생님, 그리고 조희영 선생님 일행과 함께 라멜라우 산으로 등정을 하기로 했기 때문에 술은 마시지 않았다. 라멜라우 산은 동티모르의 가장 높은 상징적인 산으로, 최고봉은 우리나라 백두산보다 약 200m가 더 높은 2,963m다. 이곳에 오면 반드시 가봐야 할 곳이다. 만년설을 보고 싶었다.

식사 중 항상 용기 많은 경은지 선생님이 대사 부부에게 두 분은 어떻게 만났느냐고 물어보았다. 육사 4학년 때 후배가 무도회에 참석할 커플로 소개해 주었다. 군대 내에서 일 처리와 점호 등으로 3시간 늦게 갔는데, 그때까지 사모님이 기다리고 있었다고 한다. 그래서 호감과 믿음이 갔었다.

사모님은 남자를 선택할 때 마음속에 항상 세 가지 조건을 지니고 있었다고 한다. 첫째 가난할 것, 둘째 못생길 것, 셋째 쥐띠가 아닐 것이다. 그 이유는 주로 아버지에 대한 불만에서 생겨난 것이었다. 아버지가 부자여서 바람을 자주 피웠다. 또 잘생긴 쥐띠였다.

사모님은 가뜩이나 첫 만남부터 엄청나게 지각하여 실망하게 했는데, 함께 블루스를 추다 보니 어느덧 내가 이 사람을 사랑하고 있구나 하는 생각이 들었다. 대사님은 그 당시에 좀 친한 여친이 있었는데 어쨌든 그녀를 물리치고 결혼을 하게 되었다.

두 분을 끈끈하게 연결하고 있는 것은 기독교 신앙이라는 느낌이 들었다. 경은지 선생은 자기는 11월에 결혼한다고 했다. 다만 아직 신랑이 정해지지 않았다고 한다. 케케묵은 농담이지만 나이 들어가는 여자와 남자의 절실함이 배어있는 한숨이다. 저녁은 먹고 있으나 맛이 없는, 많은 부담감을 느끼는 식사였다.

대사관 차량으로 집으로 이동했다. 오는 길에 조희영 선생이 내일 등산이 갑자기 취소되었다고 한다. 운전기사가 어제까지도 확약했었는데, 갑자기 오늘 아니 출발 몇 시간을 앞두고 가지 않겠다고 전화했다는 것이다. 특별히 둘러대는 이유도 없다는 것이다. 두 선생님과 나는 기관에 휴가를 내고 간식과 여러 장비를 모두 준비해서 기다리고 있는데 이 무슨 날벼락인지 모르겠다.

나도 잔뜩 기대하고 기다리고 있는데 이 무슨 상황인지 모르겠다. 실망감이 너무 크다. 그러나 나는 요즘 건강도 안 좋고 3,000m나 되는 산을 오르려면 고산병 등을 이겨야 하는데 사실 조금 걱정하고 있었다. 생각해 보면 오히려 하느님의 배려로 다음에 기회가 있으면 좋은 상황에서 갈 수도 있으려니 스스로 위로했다.

한국어 취업반 개강식

오늘은 개인 휴가일이다. 그러나 '취업반 한국어 강좌 개강식'이 있어서 아침 6시에 집을 나서서 학교에 출근했다.

우선 오늘 진행될 행사의 식순을 영어로 작성하여 교장과 두 교감에게 주었다. 현수막은 이무현 선생님이 지난 금요일 대사관에서 받아서 아침에 가져왔다. 비닐천에 크게 쓰여 있어서 내년에도 계속 사용할 수 있을 것 같다. 이것저것 준비하다 보니 벌써 점심시간이다. 아침에 오면서 인도네시아 빵 가게에서 사 온 빵과 얼마 전에 집에서 삶다가 냉장고에 넣어둔 계란과 음료수로 이 선생님과 간단히 해결했다.

오후 2시가 시작이고 참석할 내빈들이 계획보다 많아졌다. 이친범 대사님, 교육부 직업 교육국장, 노동청 인력송출사무소장, 코이카 박한울 부소장, 경찰서장, 양주윤 한국어평가원장 등이다. 학생부장인 Faustino 선생님이 식장 준비를 많이 도와주셨다. Marcos 교감이 사회를 보고 교장, 교감도 많이 신경 써 주었다.

1시 45분에 밖으로 나가 보니 코이카 차량이 보이는데 부소장님은 안 보인다. 대강당에서 부소장님이 이곳저곳을 살펴보고 있었다. 흰 블라우스에 예쁘게 차려입은 원래 아주 순한 모습이어서 천사 같다. 교장실로 안내하여 교장과 교감에게 소개해 주었다. 부소장은 우리 학교가 처음이다. 현재 소장님이 부재중이니 부소장이 소장 대행이다.

시간이 되자 대사님이 도착했다. 대사님은 다른 기관장들이 오지 않더라도 시간이 되면 시작하자고 하신다. 모든 기관장이 거의 시간에 맞게 도착했다. 5분 정도 늦게 시작되었다. 대사님은 3분 이내로 축사를 끝내겠다고 한다. 통역을 포함해서 3분밖에 안 걸렸다. 그런데 노동부 인력송출 사무소장이 20분 가까이 길게 축사를 한다. 양주윤 원장이 미리 짧게 해달라고 부탁했는데도 습관이 돼서인지 아주 길었다. 대사님이 모든 학생이 강당 앞에 모여서 함께 촬영하자고 해서 120명의 학생과 모든 참석자가 함께 촬영했다.

사실 오후에 대사님이 전 학생에게 시범 수업을 하겠다고 말씀했었다. 대사님이 '한국어 강좌는 한국의 대형 학원처럼 200여 명을 한 곳에 앉히고 마이크로 수업하면 된다.'라는 말에 경은지 선생님이 조금 부아가 치밀어 올라 '그러면 대사님이 시범 수업을 한 시간 해주시기 바랍니다.'라고 해서 일어난 일이다. 엉망으로 진행될 수업이 눈에 그려져서, 내가 대사님께 카톡으로 미리 말씀드렸다. '우리 선생님들이 한국어 교육 전문가이니 대사님 시범 수업은 하지 마시고, 우리가 수업하면서 필요한 사항이 있으면 지원만 잘해 달라.'고 말씀드렸다. 그래서 대사님이 축사만 하는 걸로 일단락되었었다. 만일 대사님이 수업을 진행했더라면 어떤 상황이 벌어졌을는지 상상만 해도 소름이 끼친다. 그 넓은 대강당에서 많은 학생과 귀빈들이 지켜보는 가운데서 하는 수업은 실효성이 없다. 마이크 시설도 시원찮아서 소통도 안 되고 엉망이 되었을 것이 분명했다.

무사히 개막식을 끝내고 부소장이 내 사무실로 와서 20여 분 학교 현황과 한국어 교육 등에 관한 내용을 설명해 드렸다. 부소장은 새 소장이 부임한 후에 학교를 방문하여 시설 등을 자세히 살펴보겠다고 한다.

지난 3, 4개월 동안 우리 학교의 취업반 한국어 강좌 개설에 대한 지루하고 힘든 공방을 끝내고, 오늘 개강식을 하게 되어 다행이다. 그사이에 수업 규모, 대상자 선발, 수업 방법, 수업 시간 확보, 교안 작성 등 참으로 많은 일이 논의 협의 실행되었다.

뿌연 물에 절은 배추

휴가로 엿새를 받았지만 계속 일이 생겨 근무하다 보니 어제와 오늘 이틀밖에 가질 수 없었다. 원래 내일까지인데 내일은 또 신규 봉사 단원들이 학교를 방문한다고 하니 안내 자료도 만들고 학교 안내도 해야 하니 내일은 일찍 출근하여 밀린 일도 하고 손님 맞을 준비도 해야 하겠다.

오늘은 김장하기로 마음먹었다. 걸어서 20분 거리에 있는 중국인이 경영하는 아주 큰 메이마트에 갔다. 2층으로 되어 있다. 오전이어서 사람들이 별로 없다. 다행히 배추가 있었는데 1kg에 2달러다. 조금 비싼 편이지만 어쩔 수 없다. 3kg을 사고 상추도 조금 샀다. 조금 무거웠지만 두 손에 들고 왔다.

뿌연 수돗물에 우선 씻고 정수한 물로 두 차례 더 씻었다. 소금에 절여 세 시간 정도 두었다가 버무렸다. 잘게 자른 배추여서 숟가락으로 대충 비볐다. 중간 고무통에 넣고 도마로 엉성하게 덮어놓고 쉬려는데 김장통에 무엇인가 남아 있었다. 마늘 다진 것이다. 냉동실에 오래 뒀던 것이라 도깨비방망이로 부숴서 넣는다는 게 깜빡했다. 그래도 금방 발견해서 다행이었다. 다시 마늘을 넣고 비볐다. 하루 정도 숙성시키면 될 것 같다. 전에 진솔이 엄마에게서 받은 레시피대로 했다. 이번이 세 번째이니 조금 자신감이 생긴다.

시간이 있을 때 귀국 항공편을 인터넷으로 예약했다. 8월 1일 12시 30분 이곳을 출발하여, 저녁 11시 40분에 방콕에 도착한다. 방콕에서 3일 정도 패키지여행을 하고, 8월 5일 새벽에 출발하여 인천에 아침 9시에 도착하는 일정이다. 다시 인천에서 아시아나로 제주로 가는데 조금 비쌌지만, 그냥 예약했다.

벌써 시간이 많이 흘러 이제 귀국을 준비해야 한다. 2년 정도 근무한다면 차분히 또 장기적인 계획을 세워 추진해 나가겠지만, 1년 계약이어서 물리적으로 많은 일을 할 수는 없다. 이제 거의 계획도 마무리되는 단계이기 때문에 차분히 잘 준비해서 가능한 많은 도움과 실적을 남겨보도록 해야 하겠다.

선거 유세에 바쁜 초등학생들

오늘은 한국에서는 어버이날이다. 나에게 어버이라야 이제 장모님 한 분밖에 안 계신다. 마음이 몹시 쓸쓸하다. 사람에게는 모름지기 비빌 언덕이 있어야 한다고 아버지가 생전에 자주 말씀하시던 모습이 떠오른다. 사람이 재산이고 어른이 힘이다. 아침에 아이들이 카톡으로 축하의 말을 전해왔다.

우리 학교에 한국어 교사로 근무하던 김현진 선생이 이제는 코디네이터로 신분을 달리해서 이곳에 부임한다. 오늘 입국한다고 해서 학교에서 근무하다가 12시경에 나왔다. 어제 부소장이 입국 시간이 1시 20분이라고 했다. 두 차례 버스를 갈아타고 공항에 도착했다.

입구에 코이카 차량이 있는데 직원들은 아무도 보이지 않는다. 시간이 꽤 지났는데도 우리 직원들은 여전히 안 보이고 공항 안에 사람들도 별로 없다. 1시 40분이 되어서 누군가 인사한다. 현지 직원 코넬리아다. 그는 내가 공항에 들어설 때 인사를 했다고 한다. 나는 보질 못했는데 그냥 인사를 건네고 어디 갔다 왔나 보다. 큰소리로 하던지 재차 인사를 해서 서로 대면해야 하는데, 소통에 문제가 있어 보인다. 그에게 물어보니 비행기는 1시 45분에 도착 예정이고, 사무실에서 아무도 나오지 않는다고 한다.

2시가 조금 지나서 검은색 원피스를 멋있게 차려입은 김 선생님이 나온다. 환영객이 아무도 없는데, 그나마 내가 나와서 무척 기쁜 모양이다. 사진을 한 장 찍고 밴 차량으로 사무실로 향했다.

요즘 거리는 선거 유세 차량으로 마치 성난 파도처럼 온 시가지가 출렁대고 있다. 거리도 인산인해다. 다행히 공항 쪽 길들은 경찰관들이 교통정리를 잘하고 있어서 정돈되어 있다. 다행히 우리 차가 운행하는 방향은 비어 있다.

이곳에 있는 모든 트럭이 다 동원된 것 같다. 트럭과 긴 트레일러 등에 Fretlin, AMP 등 단체 티셔츠를 입은 사람들이 거의 미어터질 정도로 많이 올라타서는 구호를 격렬히 외치며 행진한다. 수백 대의 차량들이다. 일반 사람들은 도로 양편에 서서 손뼉을 치거나 구호를 함께 외친다. 그런데 차량 위에 올라 탄 사람들은 어린애들이거나 2, 30대 젊은이들이다. 요즘 이곳에는 국회의원 재선거 운동이 한창이다. 5월 12일 즉 오는 토요일이 선거일이다.

동티모르의 국회의원 선거 제도는 특이하다. 국회의원 개인을 선출하는 것이 아니라 국민은 지지하는 정당에 투표한다. 전체 50석인데 지지표 숫자에 대한 비례로 정당별로 의석수가 배정된다. 100% 비례 대표제라고 할 수 있다. 지난번 선거에서는 과반수 득표 정당이 없어서 두 당이 연합하여 출범했었는데, 장관 등 요직을 나눠 갖는데 이견이 많았다. 그래서 얼마 전까지도 국회 예산이 통과되지 않아 대통령 명에 의하여 재선거를 하는 것이다. 다시 어느 당이 과반수를 차지하지 못하게 되면 또 지금과 비슷한 결과가 생겨날는지 모르겠다.

요즘 아침부터 늦은 저녁까지 모든 젊은이가 지지하는 정당의 티셔츠를 입고 깃발을 들거나, 오토바이 뒤에 꽂고 경적을 울리며 거리를 질주한다. 또 수많은 차량, 특히 트럭들이 거칠게 도로를 휩쓸고 있다. 오늘도 학교에서 나오면서 보니 트럭에 웃통을 벗고 온통 흰 백회로 온몸을 바른 젊은이들을 볼 수 있었다. 또 저녁때는 아주 어린 초등학생들이 자전거에 정당 깃발을 꽂고 달리는 모습도 볼 수 있었다. 집집마다 대문에 지지 정당의 스티커가 붙어 있다. 담벼락도 벽보로 도배를 했다. 사람들의 모습이 축제를 하는 것 같기도 하고, 전쟁놀이를 하는 것처럼 보이기도 한다.

토요일이 선거일이어서 목요일부터 다음 주 월요일까지 임시 공휴일이다. 우리 학교도 이 기간에 임시 방학이다. 우리나라에서는 선거일에도 학생들은 정상 수업을 하는 데 이처럼 오래 쉬고 있으니, 기업의 생산성이나 학생들의 학습권 등은 어떻게 보장되고 있는지 몹시 아쉽다.

여스님이 차린 점심

12시에 이무현 선생님과 함께 스님댁을 방문했다. 지난번 우리 학교 견학을 왔었는데, 성의껏 안내해 주었다. 학교를 둘러보고 나서 내 사무실에서 차를 마시며 두어 시간 보냈었다. 마음에 와닿는 대화가 오갔다. 생각해 보니 전에 새 소장님이 부임할 때 공항에서 여 스님 한 분을 먼발치에서 뵌 적이 있었다. 혹시 한국 스님이 아닌가 해서 여쭤봤더니 한국 분이었다. 그분이 바로 이 스님이었다.

학교 방문을 마치고 가면서 스님은 한번 집에서 식사를 대접하고 싶다고 했다. 나는 그냥 인사말인 줄 알았는데 오늘 초대받은 것이다. 마침 집에서 걸어서 10여 분 거리여서 이무현 선생님과 중간에 만나 함께 갔다.

오늘 초대받은 사람은 우리만이 아니라 The Promise 봉사단원 두 분과 조희영 선생님이다. 우리는 먼저 도착했고, 나머지 분들은 30분 뒤에 왔다. 함께 만나서 오느라고 늦었다고 한다. 요즘 나이 든 분들은 시간 같은 것을 잘 지키지만, 젊은이들은 시간을 비롯하여 모든 것이 무척 자유스러워 보인다. 이곳 사람들이 워낙 시간관념이 없다 보니 그들도 몇 달 지나자 금방 현지화된 것으로 보이기도 한다.

스님은 이곳이 동티모르인가 싶게 한국의 고급 한정식 식단을 준비하셨다. 아주 정갈하고 먹음직스럽다. 대충, 차린 음식을 살펴보니 겉절이, 배추김치, 파김치, 호박찜, 미역무침, 호박잎과 양배추 쌈, 두부찜, 계란말이, 된장찌개, 파파야 무침 등이 준비되어 있었다. 정말 오랜만에 '집밥'을 맛보게 되었다. 또 차는 연잎 차, 홍차, 보이차 등이 나왔고, 과일도 파파야가 푸짐하게 준비되어 있었다. 계란말이는 전에는 먹지 못했지만, 특별히 준비했다고 한다. 계란이 불교 음식에 저촉되는 것 같다.

모든 음식 하나하나가 우리 입맛에 딱 맞았다. 특히 쌈장은 10여 가지 과일이

들어간 천연 조미료로 만든 것이라고 한다. 풍미가 일품이다. 나는 밥 두 공기를 비웠다. 오랜만의 폭식이다. 모두가 행복을 먹고 있어 보였다.

식사하면서 조희영 선생이 불교의 궁극적인 목표가 무엇이냐고 묻는다. 스님은 부처 즉, '최고의 깨달음'이라고 답한다. 세상에서 행복하면 사후도 행복하고, 세상에서 불행하면 사후의 생도 불행이 계속된다고 말씀하신다. 또 동양은 차츰 기독교가 지배하기 시작하였고, 요즘 서양은 불교 정신을 받아들이고 있다. 맞기도 하고 아리송하기도 하다.

식후에 잠시 마당으로 나왔다. 그 사이에 이곳에 와서 3개월이 된 이무현 선생님이 한 장소로 안내한다. 마당발 이 선생님은 누구와도 화통하고 성격이 아주 외향적이어서 모두가 좋아한다. 또 아는 것이 많다.

안내한 곳을 보니 시멘트로 정성스럽게 포장한 무덤이 있고, 양쪽에는 의자도 있다. 정면에는 대형 현수막에 성경 구절(요한복음 11장 25절에서 26절)인 '나를 부활이요 생명이니 나를 믿는 자는 죽어도 살겠고, 살아서 나를 믿는 자는 영원히 죽지 아니하리라'라는 구절이 포르투갈어로 적혀있다.

예쁜 여자 사진이 함께 인쇄되어 걸려 있었다. 사진 속의 그녀는 이 집의 딸 세실리아로 일찍 세상을 떠나게 되어, 집안에 무덤을 만들어 모신 것이다. 바깥채에는 사위와 자녀들이 함께 살고 있다.

무덤을 집안에 모시는 것은 인도네시아에서 흔히 있는 일이다. 나도 몇몇 장소에서 집안에 모셔진 무덤들을 본 적이 있다. 아이들은 집에서 외출할 때 무덤 앞에서 기도하고 돌아오면 또 기도하고 들어온다. 좋은 가정적 분위기가 오래 계속되는 것이 좋아 보이기도 하지만, 죽은 이는 죽은 이들에게 맡기는 것이 좋지 않을까 생각해 보게 한다.

들어오니 스님은 작은 유리병에 키우고 있는 고구마 순 얘기를 한다. 이제 줄기가 나고 새순들이 피어올라 아주 싱그러운 방안 풍경을 보태고 있다. 나도 사무실과 집안에 계속해서 고구마 순을 키우고 있어서 우리는 뭔가 공통된 의식이 존재하고 있구나 하는 생각이 들었다.

스님은 The Promise 지도위원으로 오랫동안 전 세계의 NGO 활동을 지도, 지원하는 일을 해왔었다. 세계 각처 모르는 곳이 없다. 영어 실력도 아주 뛰어나다.

오늘을 위해 얼마나 준비했냐고 물으니 대답하지 않고 웃음만 지으신다. 많이 고민하고 준비하고 수고했을 것이다. 더구나 이 무더위에 혼자 그 험한 타이베이 시장에 가서 장을 봐 왔다고 한다. 오랜만에 물고기가 물을 만난 것처럼 맘껏 헤엄치며 먹고 마시며 즐거운 시간을 보냈다. 정말 고맙다.

징비록(懲毖錄)

닷새간의 오랜 선거 방학을 마치고 등교했다. 그런데 에어컨이 고장이다. 아침부터 사무실이 찜통이다. 그러나 출장 신청 등 몇 가지 사무를 처리해야 하기에 더위와 싸우며 일을 처리했다. 학교에서는 며칠 전부터 수리 기사에게 전화를 했다는데 오지 않았고, 내일 1시에 온다는 연락이 있었다.

조금 일찍 귀가하여 읽던 책을 마무리했다. 징비록(懲毖錄)이다. 3권으로 되어 있는 징비록은 서애(西厓) 유성룡(柳成龍 1542~1607)이 정무와 군무의 최고 기관인 비변사의 수장으로서 피비린내 나는 전장의 일선을 몸소 겪은 현장 지휘자로서, 임진왜란이라고 하는 참혹한 격난을 겪고 나서, 삭탈관직이 되어 고향으로 돌아왔다. 그사이 겪은 일들을 돌이켜 보며, 그 전반을 기록한 책이 징비록(懲毖錄)이다.

징비(懲毖)란 시경(詩經) 소비(小毖) 편에 있는 '내가 지난 일의 잘못을 경계해서 후환이 없도록 조심하리'라는 구절에서 유래한 말이다.

유성룡은 자신을 비롯한 조정의 신료들, 임금과 사대부, 군부 지도자, 백성 등의 잘잘못과 전날을 반성하는 모든 일을 가감 없이 적나라하게 기록했다. 그래서 서책으로서는 드물게 국보 제132호로 지정되었다.

임진왜란은 이 땅의 역사상 가장 비극적인 사건으로, 7년 동안이나 전란 속에서 나라와 모든 고을이 거의 모두 잔혹하게 유린당하였고, 인구의 절반은 원통하게 희생되었다. 무능한 지도자 선조가 있었지만, 유성룡과 이순신이 있었기에 나라를 구하고 왜군은 물리칠 수 있었다. 이순신까지 질투한 선조는 그를 백의종군하게 하고 원균에게 3도 수군통제사를 임명했었다. 이때 거북선 4척을 비롯한 160척의 아군 전함들이 수장되거나 소실된다. 또 우리 배 40척이 적의 손에 넘어가고 조선 수군 1만 명이 전사한다.

다시 통제사가 된 이순신은 명랑에서 단 13척의 배로 133척의 일본 군함에 대승한다. 1598년 11월 노량 해전에서 일본군을 대파했으나, 명나라에서 파견되어 이순신과 합류하여 싸우던 명나라 수군 도독 '진린'을 돕는 과정에서 왼쪽 가슴에 총탄을 맞고 전사한다.

이순신은 거북선, 학익진법 등 과학적 군함과 체계적 전술을 도입하여 우리나라 전쟁사를 새로 쓰게 만들었고, 세계 최초로 철갑선을 만들어 사용하였다. 위기의 도독을 구하기 위해 조선 함대가 달려오고 이순신이 달려왔다. 이순신의 대장군 깃발이 나타나자 왜군들은 엎드려 집중 사격했다. "싸움이 한창이다. 내가 죽었다는 말을 하지 말라!" 그리고 그는 눈을 감았다. 그의 나이 54세였다.

미증유(未曾有)의 참담한 전란, '버러지 같이 밟히고 버려지는 백성들, 속절없이 죽어가던 그 천한 목숨을 구하고자 애를 태우며 동분서주했던 단 한 분의 정승, 그 어른을 보내면서 백성들은 가슴을 쳤다. 어른은 가시고, 우리는 살았소!'

Lospalos 가는 길

5월 22일부터 24일까지, 즉, 어제까지 Lospalos에 출장을 다녀왔다. 동티모르에 와서 처음을 먼 외곽지로 떠났던 단독 출장이었다. 세네갈에 있을 땐 거의 전국을 헤집고 다녔는데, 이곳에서는 일들이 많고 자리를 비우기도 힘들어 출장을 억제해왔었다.

출장 과정에서 우여곡절이 많았다. 우리 학교 자동차학과에 Armondo라는 선생님이 계시는데, 22일 인근에 있는 대학교에서 졸업한다고 했다. 졸업식이 끝나면 바로 함께 Lospalos에 갈 수 있다고 했었다. 그의 집이 Lospalos여서 귀향하는 것이다.

연락해 보니 아주 늦게 출발한다고 한다. 늦게 출발하면 안 될 것 같았다. 밤 늦게 Lospalos에 도착하면, 숙소 물색도 어렵고, 또 다음 날 기관 방문을 해야 하는데 정돈된 모습으로 방문하기가 어려워 보였다. 혼자 일찍 버스로 가면 될 것 같아 준비했다. 그런데 교감 선생님이 아몬도 선생의 졸업식이 취소되어서, 아침 8시에서 9시 사이에 학교에서 기다리면 함께 출발할 수 있다고 하고 전화 확인도 했다고 했다.

아침 6시 30분 미사를 보고 학교에 7시 30분에 도착하여 기다렸다. 그 사이에 카톡과 메일을 확인하고 또 방문지에서의 출장 내용과 설문지, 기관 선물 등을 확인했다. 9시가 되어도 어떤 연락도 함께 갈 차량도 보이지 않는다.

전화를 아몬도 선생님께 해보니 가족들이 함께 가는데 부인이 은행에서 돈을 찾으러 갔는데 사람들이 많아서 10시경에 도착한다고 했다. 다시 11시에 온다고 한다. 다시 12시로 변경되었다. 그 후에는 아예 전화를 꺼 놓았다.

결국, 1시까지 기다리다 아무래도 버스로 가야 할 것 같아서 교감에게 버스 시간을 알아봐 달라고 부탁했다. 교감은 내가 짐이 있으니 버스 터미널에 먼저 가서 버스 시간 등을 알아보고 오겠다고 한다. 조금 기다리니 전화가 왔다. 1시

30분에 아문도 선생님이 도착한다고 한다. 어쨌든 통화가 됐으니 기다리기로 했다. 2시경에 교감이 터미널에 다녀왔는데 버스가 끊겨서 없다고 한다. 저녁 6시에 버스가 있다고 한다. 그 버스는 새벽 6시경에 Lospalos에 도착한다. 선생님이 온다고 하니 그나마 다행이란 생각이 들었다. 그런데 2시가 지나도 안 온다. 전화해 보니 주유 중이라고 한다.

2시 30분에 갑자기 외교관 차량이 보인다. 이찬범 대사님이 내린다. 이 대사님이 한국어 취업반 수업 현장을 보기 위해서 온 것이다. 취업반은 세 선생님이 가르치고 계시다. 그런데 이무현 선생님은 몸이 편찮아서 지금 싱가포르에 질병 치료차 출타 중이다. 다른 기관에서 한국어를 가르치는 김영실 선생님이 임시로 와서 가르치고 있다. 또 경은지 선생님 반은 학생이 반 정도밖에 출석하지 않았다. 대사님이 경은지 선생님께 왜 학생들이 반밖에 없는지 묻자 성적이 안 좋은 아이들을 탈락시켰다고 대답한다. 수업 중인 선생님과 수업을 중단시키고 한참 동안 대화를 이어간다.

조금 있으니 새 코이카 소장님인 김식현 소장이 도착했다. 오늘 처음 학교 방문이다. 대사님이 우리 학교를 방문한다고 하니 어디 갔다가 황급히 따라온 것이다. 다음에 정식으로 방문하기로 했다. 출발이 지연됐으나 덕분에 대사님과 소장님들 만나고 학교 상황을 설명할 수 있어서 다행이었다.

3시가 지나서 차량이 도착했다. 차에는 이미 손님이 가득하다. 7인승 차량인데 트렁크와 뒤 칸에도 짐들이 가득하다. 아이들을 포함하여 모두 12명이다. 앞 좌석에 5명 가운데 5명 뒤 칸에 2명이다. 아민도 가족 전체와 기사 가족 전체와 나다. 교문을 나서 가다가 다시 주유를 한다고 해서 돌아왔다.

헬라 지역을 지나 도심을 떠났다. 길은 거의 비포장으로 아주 좁은 2차선이다. 그러니 차량이 교차할 때와 급커브를 할 때는 위태위태하다. 거의 전 구간이 공사 중이다. 모든 도로는 파헤쳐져 있고 배수관을 묻고 다리를 놓고, 하수구를 만들고, 경계선 석축을 쌓느라고 아주 아수라장이다. 기존 도로는 아주 좁은 포장도로였다. 4차선으로 보수하고 있다. 아스팔트를 걷어내고 모래 자갈을 깔고 새 도로를 만들고 있으니, 먼지가 온 길을 뒤덮고 있다. 더구나 40도의 무더위에 오가는 수많은 차량으로 모두가 정신이 없다.

그러나 오랜만에 교외로 나와서 산과 바다와 강과 푸른 숲을 보니 마음이 싱그러워졌다. 먼지는 계속 휘날린다. 그리고 늦게 출발하여 벌써 날이 어두워지기 시작했다.

모든 길은 해안선을 따라 나 있고 아주 급한 해안 산등성이를 따라 만들어져 있어서 급경사와 급회전 구간이 너무도 많다. 아차 하면 추락할 상황이다. 기사와 차량에 모든 것을 맡겨야 한다. 가다가 바닷가에 잠시 멈추고 발을 바닷물에 담가 본다. 아주 깨끗한 바다다. 조약돌을 하나 주어 주머니에 넣어 본다. 다시 차를 타고 달리다 보니 8시가 되었고, 배가 고파서 함께 길가의 간이식당에 모여 식사를 했다. 생선구이와 찐빵을 곁들여 먹으니 아주 잘 어울린다.

다시 어둠 속을 달린다. 운전기사는 교사 Armondo의 친구로 Lospalos에 살고 있다. 고향에 갈 일이 있으면 함께 왔다 갔다 하나 보다. 부인과 아이들은 아빠의 졸업식을 보기 위해 수도 딜리로 왔었는데 졸업식이 연기되어서, 그냥 돌아가는 것이다. 나는 합승료로 15달러를 냈다. 버스비는 8달러다.

새벽 1시경에 출장지에 도착했다. 거의 10시간을 달려서 왔다. 그런데 엄청난 비가 쏟아지고 있었다. 이곳은 비가 많이 내리기로 유명한 지역이다. 기사는 나의 숙소로 게스트하우스로 안내했다. 짐을 들고 들어가 보니 여러 명이 함께 머무는 아주 작은 숙소이고 또 방도 없었다.

다시 나와서 호텔로 갔다. Alberto Carlos Hotel이다. 손님은 거의 없어 보였다. 여주인이 나와서 17호실로 안내한다. 35달러다. 가격은 아주 비싼데 시설은 너무 엉망이다. 깨진 변기, 거무죽죽한 습기에 잔뜩 찌든 벽, 벌레가 왔다 갔다 하고, 먼지가 가득 쌓인 바닥 등이 몹시 불결해 보인다. 가구나 TV도 없다. 그나마 에어컨이 있어서 다행이었다.

다음 날 아침 8시 30분에 방문할 학교에서 차와 기사님을 보내주어서 학교에 무사히 도착했다. Armondo 선생님도 9시경 학교에 도착했다. 교장 선생님이 환영해 주었고, 여학생이 목에 타이즈를 걸어주었다. 따뜻한 응접이다. 학교는 허허벌판에 자그마한 콘크리트 본관 건물과 또 조그만 부속 건물이 두 개 있다.

학교 시설이라곤 남는 교실에 거의 부서져 사용하기 힘든 책걸상을 교실 뒤쪽에 쌓아둔 것이 전부다. 그러나 학생들은 모두 기쁜 표정이고 미소 짓는 여학생들이 무척 예쁘다.

Lospalos는 예부터 미녀가 많다는 말이 전해진다고 한다. 그래서 이곳에 장가를 들려면 양 150마리를 지참금으로 내놓아야 한다는 말이 있다. 한 마디로 이곳에서는 딸이 많으면 부잣집이라고 한다.

이 기술학교에는 전기과, 기계과, 건축과가 있다. 기계과는 아예 실습실이 없고 허름한 창고로 안내하는데 고장 나고 녹슨 밀링이 한 대 있었다. 건축과는 나무 절단용 테이블이 한 대 있었다. 전기과는 실습실이 없고 고장 난 전기 회로 테이블이 교실 한구석에 있었다. 어쨌든 지원할 방안을 마련해 보아야 하겠다. 코이카에 한국어 교사를 신청해서 그 교사의 현장 사업비를 활용하면 여러 가지 문제를 조금씩 해결할 수도 있을 것 같다.

일반계 고등학교도 방문했다. 학생 수가 1,200명인데 잘 정돈되어 있었다. 교장 선생님은 조금 권위적인 분위기를 풍기면서 맞는다. 화학실험실 등 특별실을 가보니 수도는 모두 망가져 있고, 실험 테이블은 많이 훼손돼 있다. 선반에 약품들이 몇 개 진열되어 있다. 졸업생들은 10% 정도 대학에 진학한다고 한다. 이곳에서 대학 진학은 쉽지 않아 보인다. 대학은 일종의 유학이고, 이 농촌에 많은 유학비를 감당할 집들이 많지는 않을 것이다.

호텔로 돌아왔다. 자세히 보니 호텔은 숲속의 밀림 정글 같은 분위기다. 여기저기 무성한 열대 나무들과 꽃들이 흐드러지게 피어 있었다. 호텔을 밖에서 보니 여러 개의 양철 지붕을 얼기설기 얽어서 연결시켜 놓은 집이었다. 아주 오래된 건물들로 투자가 전혀 이루어지지 않아 보였다. 그래도 이 호텔이 로스팔로스에서는 최고급이면서 거의 유일무이한 호텔이다.

시간이 있어서 주변을 둘러보았다. 2백여 미터 가자 전통 시장이 나온다. 파파야, 바나나, 야채, 중고 옷, 신발 등을 팔고 있다. 내려오다 오토바이 택시를 탔다. 시내 한 바퀴 둘러보는데 1달러라고 한다. 시내 중심가는 호텔에서 도보로 3, 40분 거리에 있다. 조금 먼 거리여서 2달러를 지급했다.

중국 식당에 들러 뷔페식 점심을 먹었다. 나와서 파파야와 바나나를 조금 샀다. 바나나는 1달러, 작은 파파야 두 개가 50센트다. 저녁은 이 과일로 건너뛰기로 했다. 할 일이 별로 없어 일찍 잠자리에 들었다. 그런데 초저녁부터 비가 쏟아진다. 좀 개다가 다시 쏟아붓는다. 콩 볶듯이 요란하다는 말이 이런 경우 같다. 지붕이 양철지붕이어서 그 소리가 정말 요란하여, 깊이 잠든 아이도 모두 깨울 판이다.

저녁때 여주인에게 내일 버스 정류장까지 픽업을 부탁했다. 5시에 일어나 챙기고 6시 30분에 프런트에 가니 불이 꺼져있다. 날씨는 이제 조금씩 개고 있었다. 남자 직원이 여주인은 지금 자고 있다고 손으로 표현한다. 조금 있으면 나오겠거니 기다리는데 버스가 도착했다. 원래 7시에 오는 버스인데 30분 먼저 도착한 것이다.

버스에 오르니 다시 이슬비가 내리기 시작한다. 버스에 오르니 차장이 앞쪽 출입구 옆자리에 앉으라고 지시해 준다. 대여섯 명의 손님들이 주로 앞자리를 차지하고 있었다.

버스는 수도 딜리로 바로 출발하는 것이 아니었다. 1시간 20분가량 로스팔로스 지역 곳곳을 돌아다니면서 손님들을 싣는다. 미리 전화를 해주면 아침에 그 집까지 가서 태워 가는 방식이다. 편하기도 하지만 많은 시간이 거리에서 낭비되었다. 덕분에 로스팔로스 곳곳을 관광하듯 구경할 수 있었다. 지역 전체가 거의 전원주택 형태로 살고 있다. 워낙 많은 숲과 나무가 있고 그사이에 조그만 주택들이 듬성듬성 들어선 모양이다.

집들은 아주 허술한 형태지만 자연과 잘 어울리게 지어서 살고 있다. 대부분 시멘트 벽돌로 벽을 쌓고 양철 지붕을 올린 집들이다. 이곳은 비가 많이 내려서 숲이 무성하고 키 큰 나무들이 워낙 많다. 그래서 과일과 채소 등이 풍부해 보인다.

딜리로 돌아오는 길은 단 하나의 길밖에 없고 또 구부러진 해안을 따라 오르내리며 나 있다. 그런데 전 구간이 대규모 공사 중이다. 이 공사를 거대한 중국 자본이 지원하고 있다고 한다. 로스팔로스를 벗어나자 무더위가 기승을 부린다. 로스팔로스 시내를 벗어나자 비가 멈췄다. 길이 모두 메말라 있었다. 전 구간이 공사 중이어서 온통 먼지와 먼지 바람이 뜨거운 열기 속에 모두를 짜증나게 하고 있다. 차는 에어컨도 안 되고 또 위험한 급커브와 낭떠러지를 수없이 지나가고 있다.

차는 25인승인데 40여 명이 타고 있다. 또 모두가 많은 짐을 갖고 있다. 짐들은 바닥과 버스 지붕에 실었다. 세 청년이 그 천장 밖에 올라가 있고 출입문에 다섯 명이 매달려 있다. 아이들은 계속 울어대고 닭도 몇 마리 합승하여 쉬지 않고 뭐라고 외치고 있다. 통역이 필요하다. 이곳 젊은이들은 아주 예의가 바르다. 청년들은 어르신이나 여자가 타면 자리를 기꺼이 양보한다. 동방예의지국이 여기 있다는 생각이 들었다.

12시를 조금 지나서 소위 고속도로 휴게소에 해당하는 어느 마을 정거장 식당에서 점심을 먹었다. 10여 채의 작은 집들이 길가에 얼기설기 들어서 있고 식탁과 의자가 마련되어 있다. 손님들은 여기서 향토 음식을 사서 간단히 요기하였다. 나도 구운 생선과 쌀밥을 1달러 50센트 주고 사서 맛있게 점심을 해결했다.

사람들이 차에 오를 때는 모두가 마스크와 선글라스를 끼도 탄다. 나는 조금 의아해했다. 환자들이 이렇게 많은가 하고. 그런데 이제 이해가 됐다. 너무도 많은 먼지 때문에 마스크와 색안경이 필수품이었다. 나는 마스크를 갖고 다니는데 외국인이 티 내는 것 같아서 그냥 참고 있었다. 그런데 도저히 견딜 수 없어 두어 시간 썼다. 딜리에 도착한 시간은 저녁 8시경이다. 집에 와서 나의 모습을 살펴보니, 마치 탄광에서 일하다 나온 사람 형색이다. 얼굴을 말할 필요도 없이 모든 옷과 가방, 신발까지 온통 먼지투성이고, 먼지로 샤워를 오랫동안 한 모습이었다. 샤워하고 신발까지 세탁기에 넣어 돌리고 단잠에 빠졌다.

너무도 힘든 그러나 많은 경험을 했던 2박 3일 로스팔로스 출장이었다.

성체성혈 대축일

벌써 6월이다. 귀국할 날이 딱 두 달 남았다. 어제는 Oecusse 출장 허가가 나서 비행 편을 예약하려고 공항 매표소에 다녀왔다. 이곳에서 국내선 비행기는 Oecusse 편이 거의 유일하다. 그런데 바로 표를 살 수 있는 것이 아니라 예약하고 6월 6일에 다시 와서 사야 한다는 것이다. 전에 그런 내용을 듣기는 했지만 바로 팔면 될 텐데 왜 다시 와야 하는지 이상하다. 오면서 티모르 플라자에 들렀다. 모뎀 두 개를 충전하는데 20달러, 또 뿔사를 10달러에 샀다. 지하에 있는 끄마넥 슈퍼로 가서 사과 2kg과 찹쌀 2kg도 샀다.

이곳에서 어제와 오늘은 공휴일이다. 어제는 가톨릭의 성체 성혈 대축일이었다. 아침 7시 30분 대성당 미사에 참례하기 위해서 버스로 이동했다. 7시쯤에 도착해 보니 조금 자리가 한가해서 앞에서 2번째 자리에 앉았다.

아주 연로한 신부님이 주 사제로 집전하고 젊은 신부님이 함께한다. 미사 중에 한 여학생이 항상 옆에서 시중들면서 이동할 때나 계단을 내려올 때 옆과 뒤에서 부축한다. 장궤할 때는 아주 천천히 제단에 손을 짚고 무릎을 꿇는다. 여러 가지 생각이 교차한다. 그러나 목소리는 권위가 있고 성스러웠다.

성당 안에는 모기가 워낙 많다. 큰 성당이고 사람들도 많고 공간도 많아서 상주 모기가 워낙 많은가 보다. 주교좌 성당이기 때문에 모든 것들의 규모가 거대하다. 성가대도 50여 명이 되고, 아주 우렁차고 성스럽고 웅장하다. 미사를 거드는 복사가 30명은 된다. 사진 몇 장을 남겼다. 나는 대축일이어서 주교님이 집전하시나 했었다.

미사에 다녀온 후 종일 토스트 에프스키의 '죄와 벌'을 탐독했다. 상하권으로 되어 있다. 독서 인내의 한계를 느끼게 하는 대 걸작이다. 오늘 상권은 끝냈다. 몇 차례 읽기를 시도했었지만, 마무리를 못 했었는데 이번엔 완독할 수 있을는지 궁금하다.

상처 난 여선생님

오늘은 정순균 시니어 단원이 임기를 마치고 귀국하는 날이어서, 11시에 이무현 선생님과 함께 공항으로 환송하러 나갔다. 이미 코이카 두 과장과 조희영, 박형규 단원이 와 있었다. 또 공항 가는 길에 김미경 선생님도 만나서 함께 도착했다. 그런데 김미경 선생님이 머리에 밴드를 붙이고 있다. 어제 미크롤렛 버스로 퇴근하는 길에 일어서면서 머리를 부딪쳐 상처가 나고 피를 많이 흘렸다고 한다. 미크롤렛 버스는 너무 낮고 좁아서 오르내릴 때 각별한 주의가 필요하다. 나도 여러 차례 머리와 이마를 부딪쳤다. 그러나 심하게 부딪히지 않아서 부은 정도에 그쳤었다.

정순균 시니어 단원은 나보다 두 살 위다. 워낙 박학다식해서 대화해보면 모르는 것이 없다. 특히 영화배우와 감독 등에 대해서는 모든 것을 꿰뚫고 있다. 그는 발전소에 근무했었는데 예비 전력을 생산하는 곳이다. 그러나 일이 너무 없어서 1년 더 근무할 수 있지만, 시간과 경비를 낭비하는 것 같아 귀국하게 된 것이다. 아주 정의롭고 순수한 분이다.

돌아오면서 조희영 선생님이 이무현 선생님과 나에게 점심을 대접하고 싶다고 한다. 사실은 전부터 내가 어디 사는 곳인지 알고 싶어서, 한번 차라도 대접하라고 농담 삼아 얘기했더니 오늘 시간을 내는 것 같다. 그 사이에 여러 차례 내가 음식 대접을 했으니 점심을 함께하는 것도 괜찮을 것 같다.

그녀의 집으로 안내하나 했는데 주변에 있는 인도네시아 식당으로 들어간다. 뷔페식이다. 밥에 반찬 두세 가지를 갖다 먹는 것으로 5달러다. 한 끼는 먹을 만했다. 식당 안에는 서양 사람들도 몇 명 있었다.

식사 후에 그녀의 집으로 차를 마시러 갔다. 식당 바로 옆이다. 부엌과 침대로 구분되어 있는 원룸이다. 겨우 한 사람 살기에 적절한 곳인데 그래도 매우 좁아 보였다. 모기와 바퀴벌레가 많고 밤엔 주변에서 사람 소음이 많아 이사를 고민하고 있다고 한다. 그런데 일단 들어오면 계약서에 1년 이상은 살게 되어 있어서 또 고민이 생긴다. 그러니 잘 살펴보고 계약해야 한다.

나는 국산 민들레 차, 이무현 선생은 커피를 마셨다. 커피 만드는 솜씨가 대단해 보였다. 알고 보니 커피 가게에서 몇 달간 아르바이트했었다고 한다. 조 선생님은 베트남에서 NGO 활동을 많이 했었다. 그러니 해외 봉사에 어려움이 없어 보였다. 심성이 아주 순한 분이다.

나오며 추경숙 선생님 댁도 가보자고 한다. 이무현 선생님이 박형규 선생님이 그곳에 있으니 들르라는 연락이 왔었다. 마당발인 이 선생님은 모든 단원과 아주 잘 지내지만 나는 추 선생님 댁이 처음이다. 추 선생님은 한국에서 초등학교 교장으로 정년을 하고 시니어 단원으로 봉사하는 칠십 대의 여선생님이다. 한국에 모든 가족이 독립하여 혼자 생활하다가 이 사업을 알게 되어 몇 년째 봉사활동을 하고 있다. 아주 만족스럽게 생활하고 계시다. 차 한 잔 얻어 마시고 귀가했다.

저녁때 금교건 아브라함 한인교회 회장님이 집으로 초대했다. 한인교회에서 예비신자 교리 반을 개설하고 내가 지도를 하고 있는데, 고마움과 격려의 표시로 나와 예비신자 모두를 초대했다. 오승은, 이민영, 강승우, 이무현 선생님 등이다.

도미니코 고아원에서 김경섭 형제님을 만나 그분의 차로 이동했다. 단독 주택이다. 들어서니 성모상이 바로 현관 앞에 모셔져 있다. 오래된 집인데 관리가 잘되어 있고, 안마당에는 큰 나무들이 들어서 있다. 주변엔 꽃들도 많이 피었다. 도우미 아주머니와 함께 황영숙 선생님이 음식 준비를 하고 있었다. 황영숙 선생님도 초등학교 교사 출신으로 정년 후에 이곳 초등학교에서 봉사활동을 하고 계시다. 가끔 한국에서 남편이 와서 머물다 가기도 한다. 아주 열심인 가톨릭 신자로 성당의 성가 지도, 전례 준비 등 자잘한 일들을 모두 맡아 해 주시는 신심이 독실한 분이다.

두부김치, 소고기와 돼지고기 불고기, 상추, 겉절이 등이 나왔다. 참이슬, 중국 백주 등이 나왔다. 나중에 전기 철판에 볶음밥을 해서 먹었는데 쌉쌀하고 감칠맛 나는 일품 식사였다. 인쇄소 최덕진 전문가와 라멜라우 호텔 송 이사님과 주로 얘기하여 보냈다.

나중에 알고 보니 멋진 노래방 시설도 있어서 자리를 옮겼다. 우리는 주로 군대 얘기를 했다. 송 이사는 ROTC 출신이고 금 회장님은 육군 병장 출신이다. 그런데 그 당시 대대장이 현재 이친범 대사님과 육사 동기였다.

대대장은 육사를 2등으로 졸업했지만, 부하들이 지시를 잘 따르지 않아 영창에 많이 보냈었다. 이런 일들로 인하여 대대장은 전역을 하게 되었고 안철수 컴퓨터 회사에서 일하게 되었다. 그곳에서 고위직에 올라 운명이 뒤바뀌었다고 한다.

술은 조금 마셨다. 소주, 포도주, 조니워커 등이 나왔다. 그러나 벌써 술에 약한 나는 머리가 아프다. 많은 분을 만나고 또 선한 대화를 많이 나눈 행복한 저녁이었다.

40벌의 교복 선물

오늘은 비다우 성당의 7시 현지인 미사에 참례했다. 왜냐하면 10시 반에 도미니코 고아원 학생들에게 옷 선물을 하러 가기 때문이다. 아이들은 9시 영어 미사에서 성가를 하고, 10시에 끝나서 돌아온다. 그래서 10시 반에 고아원에서 만나기로 수녀님과 약속했었다.

미사 후 집에 와서 조금 쉬고 9시 40분에 집을 나섰다. 어제 가게에 가서 노끈을 사다가 박스를 십자형으로 묶어 두었기 때문에 들고 나갈 수 있었다. 그런데 계단을 내려가면서 계단 끝에 있는 간이 철문을 닫는데 손끝이 따끔하다. 살펴보니 철문 용접 부분이 엄지 끝에 걸려서 약간의 상처가 났고 피가 흐른다. 걸쇠 부분이 깔끔하게 처리되지 않아서 손에 걸리면서 찰과상이 생긴 것이다.

도미니코 고아원 성당까지는 2km 정도다. 20여 kg의 무거운 상자를 두 손에 교대로 들면서 쉬엄쉬엄 갔다. 택시나 버스를 타고 가기에는 애매한 거리기 때문이다. 고아원에 가보니 다행히 문이 열려 있었다.

대회의실 문을 열고 들어가 책상을 정돈하고 옷들을 꺼내서 작은 것에서 큰 것으로 사이즈 별로 진열했다. 밤색 스커트와 예쁜 흰색 블라우스다. 거의 다 진열하니 아이들이 성당에 갔다 오면서 들어선다. 아이들에게 자기에게 알맞은 사이즈를 고르게 하고 야고보 신부님께 전화했다. 와서 아이들과 함께 사진을 남기자고. 사실 이 옷들은 제주도에서 학생복 전문점을 경영하고 있는 광양성당 황남서 요한 형제님이 보내준 것이다. 옷값만 150만 원 정도라고 하고, 택배비가 20만 원 정도 들었다. 지난번 휴가 갔을 때도 스커트 40여 벌을 주어서 이곳에 기증했었다.

아이들은 감사의 노래를 불러주었다. 신부님이 도착하자 성당 밖으로 나가서 함께 촬영했다. 황남서 형제님께 잘 전달했다는 것을 사진으로 보여주기 위해서이다.

신부님은 촬영이 끝나자 2, 3분 거리에 있는 도미니코 수도원으로 함께 가자고 한다. 빙땅 맥주를 내놓는다. 한 캔씩 마시며 여러 얘기를 나누었다. 내가 요즘하고 있는 새 영세 대상자 교리, 또 신부님이 새로 짓고 있는 도미니코 수도원 이야기, 이곳에서 수련 중인 예비 수도자들 이야기, 성당의 주임 신부님 교체 인사 등이다.

마당에는 원래 아주 큰 나무인데 거의 다 전지해 버린 모링가가 한 그루 서 있다. 나에겐 세네갈에서 아주 익숙한 나무였다. 잎을 따서 말렸다고 차로 마시기도 하고 음식에 넣어 먹었던 나무다. 소위 만병통치약으로 알려진 그 나무가 여기에 서 있다. 신부님도 요리할 때 가끔 넣어서 먹는다고 한다.

또 길 건너 쪽 인가에 Ayata(Grabiola) 나무처럼 보이는 나무가 두 그루 서 있었다. 신부님께 확인해 보니 맞는다고 한다. 잎을 대여섯 장 따서 가져왔다. 우리 집 마당에 비슷한 것이 있는데 같은 것인지 확인해 보기 위해서이다. 이 Ayata가 이곳에서는 소위 만병통치약이고, 요즘 한국에서도 온실 재배하거나 외국에서 수입하여 많이 판매하고 있다고 한다. 그런데 이곳에서는 그냥 길가에서 볼 수 있는 아주 흔한 나무다. 냄새를 맡아 보니 순하고 거부감이 없어 보인다. 주로 차로 마신다고 하니 앞으로 많이 활용해 보아야 하겠다.

오에쿠시 그리고 상록수 부대

지난 11일 출발했던 오에쿠시 출장을 마치고 오늘 돌아왔다. 출장을 가면서 걱정을 많이 했다. 워낙 작은 경비행기를 이용해야 하기 때문이다. 전날 공항에 와서 비행기 표를 예매했었다.

아침 6시 45분까지 도착해야 한다고 해서 6시 30분에 도착했는데, 아무도 없다. 짐을 우선 검색하고 체크인을 하도록 절차가 되어 있어서, 대기하고 있었으나 사람들이 오지 않는다. 조금 지나자 사람들이 보인다.

무게 계량이 걱정되었다. 지난번 황남서 요한 형제가 보내준 옷에서 40여 벌은 도미니코 고아원에 이미 기증했고, 30벌은 오에쿠시 도미니코 고아원에 기증하기 위해서 갖고 온 것이다. 옷과 내 수하물도 꽤 무게가 있어 추가 요금을 내야 하겠거니 했는데, 다행히 옷은 화물로 부치고, 배낭은 수하물로 들고 가니 통과되었다.

내가 탈 비행기는 18인승 프로펠러 경비행기다. 타보니 운전석과 승객석이 분리되어 있지 않고 그냥 차례로 타면 되었다. 나는 조정석 바로 뒤여서 파일럿이 운전하는 모든 것과 계기판을 볼 수 있었다. 내 자리는 부조종사 자리다. 조종사는 뒤를 돌아보며 승객들에게 안전벨트를 매라고 안내한다. 1번 좌석이다 보니 프로펠러 바로 옆이고 그래서 소음이 워낙 심했다. 그러나 이륙은 가까운 거리를 주행한 후 아주 매끄럽게 이루어졌다.

날씨가 쾌청하여 온 섬이 시야에 들어온다. 잔잔한 바다, 굴곡과 경사가 심한 산들과 자그만 집들이 무척 정겹다. 끊이지 않고 연결된 산맥이 바다로 이어지고 바닷가에는 작은 밭들과 야자수와 인가들이 모여 있다. 일단 비행이 시작되니 안심도 되고 경치에 심취하다 보니 어느덧 풍광을 즐기고 있었다.

이륙했나 싶더니, 35분이 금방 지나고 바로 착륙했다. 하늘에서 보니 멋있는 활주로가 있어서 그곳에 착륙하나 했는데 비포장 아주 작은 활주로에 덜컹대며 착륙한다. 새 활주로는 공사 중이어서 아직 사용되지 않고 있었다.

소형 버스가 와서 화물과 12, 3명의 손님을 승객 승강장까지 실어 나른다. 탑승장은 모래벌판에 덩그렇게 서 있는 10평 정도의 건물이다. 두 명의 사무원이 공항 업무를 처리하고 있고, 10여 명의 손님이 기다리고 있었다. 우리가 타고 온 비행기로 바로 수도 딜리로 떠날 손님들이다.

방문할 학교 교장 선생님이 나와 계셨다. 첫눈에 그를 알아볼 수 있었다. 우리 학교 교감 선생님이 그와 포르투갈어 연수 동기라고 소개하면서, 키가 아주 작아서 곧 알아볼 수 있다고 소개해 주었기 때문이다. 그의 이름도 우리 학교 교장 선생님과 같은 프라치스코다. 첫눈에 보아도 아주 성실한 시골 선생님 타입이다. 그런데 오토바이를 갖고 와서 나의 큰 짐과 배낭을 들고 함께 타고 가기가 곤란해 보였다.

그런데 탑승 대기 승객 중에 도미니코 성당 주임신부님이 기다리고 계셨다. 이곳 도미니코 고아원에 왔다 가는 길이라고 한다. 그래서 내가 도미니코 수도원 게스트하우스에 예약했고, 또 그곳 학생들에게 줄 옷들을 갖고 왔다고 말씀드렸다. 신부님은 이곳에서 자동차로 3분 거리이니, 신부님이 수도원 차를 부르겠다고 하신다. 바로 수녀님이 차를 몰고 와서 편하게 숙소로 갈 수 있었다.

도미니코 수도원 겸 고아원은 바닷가 대통령 집무실 맞은편인 오에쿠시의 중심가에 있었다. 겉으로 보기에도 아주 아름다운 궁전처럼 보였다. 흰색과 노란색 건물군이 있고, 사이사이에 큰 나무들과 꽃이 주렁주렁 맺힌 수많은 꽃이 자라고 있는 정원 속의 작은 궁전들 같았다.

수녀님이 숙소를 안내한다. 아마도 게스트하우스를 운영하여, 그 수익으로 고아원을 운영하나 보다. 방은 깨끗하고 모든 것은 잘 정돈되어 있다. 그런데 너무 좁다. 1.5평 정도의 크기다. 작은 침대와 아주 작은 화장실 겸 욕실이 전부다. 1박에 25달러다. 아주 비싼 편이다. 샤워기가 벽에 붙어 있고 지름 15㎝ 정도의 세면대가 전부다. 답답하고 열악하고 오래된 아주 낡은 시설이다.

수녀님들이 잘 관리하고 있어서 청소 등은 잘되어 있었다. 그나마 에어컨이 있으니 다행이다. 물론 인근에 한두 개의 호텔이 있기는 하지만 전에 다녀온 선생님들의 말에 의하며 깨끗하기는 이 수도원 게스트하우스가 제일 낫다고 했다.

수녀님께 학생들에게 교복을 주고 싶다고 했다. 수녀님들이 아이들을 돌봐야 해서인지 일반 평상복을 차림이어서 처음에는 수녀인지 일반인인지 구분이 안 되었다. 4시에 초등학생부터 고등학생까지 30명이 모였다. 블라우스와 스커트를 무대에 펼쳐 놓고 수녀님이 알맞은 치수에 따라 골라 준다. 아이들은 한 벌씩 골라 가졌다. 나는 아이들과 수녀님께 한국 친구가 보내준 것이고, 가격도 꽤 나가는 것이라고 설명해 주었다.

아이들이 옷을 들고 촬영을 하려는데 원장 수녀님이 들어오신다. 역시 평상복 차림이어서 첫눈에 수녀인지 아닌지 알 수가 없다. 아이들은 감사의 노래를 불러준다. 학생들은 선물 받는 것에 익숙한지 노래를 아주 능숙하게 잘 부른다.

저녁때 Milan 수녀님께 커피포트와 칼과 접시를 빌렸다. 컵라면을 끓여 먹고 낮에 사 두었던 파파야를 디저트로 먹고 일찍 잠자리에 들었다.

다음 날 아침 약속대로 9시경에 프란치스코 교장 선생님이 오토바이를 타고 왔다. 그의 오토바이에 합승하여 학교로 갔다. 교정은 목초밭 비슷한 잡초 벌판이었고 교사 동이 서너 개의 건물로 구성되어 있었다. 마당이든 건물이든 제대로 정비된 환경은 하나도 없어 보였다.

전문계 고등학교로 관광과, 회계과, 컴퓨터과 등이 있다. 전문계 고등학교로서의 시설과 환경이 거의 전무했다. 교실만 몇 개 있고 아무것도 없다. 그냥 벌판에 작은 건물 몇 개 있는 것뿐이다. 학생 수는 500명 정도이고 아이들은 모두 순수해 보였다.

프라치스코 교장은 부임한 지 1달밖에 되지 않아 아직 무엇을 어떻게 해야 하는지 설계와 계획이 서 있지 않다고 죄송스러운 표정을 짓는다. 교장실에 과주임 교사들이 함께 모여 얘기하면서 각 과에서 코이카에 요구할 사항이 있으면 적어 내도록 했다. 한국어 교사 파견과 베코라 기술고등학교처럼 시설과 지원을 해달라고 한다. 코이카에 요망 사항을 전달하고 지원 방법을 모색해 볼 생각이다.

나와서 가까운 곳에 있는 일반계 고등학교를 방문했다. 교장은 교무실에 자리를 마련하고 모든 선생님을 교무실로 소집한 다음 학교 현황을 설명한다. 학생 수가 천명이나 되는 큰 학교다.

학생들이 거의 안 보여서 물어보니 오전반 아이들은 하교하고, 오후반 학생들은 이제 등교 중이라고 한다. 2부제 수업을 하고 있었다. 교실엔 흑판이 전부인데 벽에 고정된 시멘트형 붙박이 칠판이다. 너무도 낡고 글씨도 잘 안 써지는 칠판이다.

일반 교실 외에 유일한 특별실은 컴퓨터 18대가 있는 전산실이다. 그런데 컴퓨터들이 고장이 나서 실습이 어렵다고 하고 그나마 천으로 만든 덮개로 모든 컴퓨터를 덮고 있었다. 이 학교에는 한국어 교사나 음악, 미술, 컴퓨터 교사 등이 파견되면 좋을 듯싶었다.

고맙게도 프란치스코 교장 선생님이 내내 동행해 주셔서 학교 방문이 쉬웠다. 아무래도 점심을 사드려야 할 것 같아서, 그가 잘 안다는 식당으로 갔다. 뷔페식 식당인데 생선, 닭고기, 야채볶음에 쌀밥을 곁들여 점심을 대접했다. 그의 오토바이로 숙소로 돌아왔다.

도미니코 게스트하우스에서 좀 쉬다 고혜란 봉사단원과 정종하 시니어 단원이 근무하는 오에쿠시 주립병원으로 갔다. 고 선생님은 어머니가 제주도 우도 출신이라고 한다. 어제 저녁때 산책 겸 왔다가 잠깐 인사를 나누었었다. 이곳에서 간호사로 일하고 있다. 정 선생님은 안 계셔서 뵙지 못했었다.

시계를 보니 4시가 조금 지났다. 오늘은 정종하 선생님을 뵐 수 있을는지 모르겠다. 어제 알아둔 사무실로 가서 노크를 했다. 문을 열고 들어서니 정 선생님이 코이카 김식현 소장님, 강동현 과장을 비롯한 이 병원 스텝과 병원장, 진료부장 등이 회의를 하고 있었다. 잠시 후에 정 선생님이 나왔다. 내일 3시에 다시 병원에서 보기로 하고 나왔다.

오에쿠시 시가지를 한두 시간 둘러보았다. 거리는 계획도시처럼 잘 설계되어 있고, 모든 길은 깨끗하게 포장되어 있다. 그리고 여기저기 도로 정비 공사가 한창이기도 하다. 시내 곳곳에 수많은 Alkatiri 초상화가 붙어 있다. Alkatiri는 오에쿠시주 대통령이다. 오에쿠시가 인도네시아 영토인 서티모르 안에 섬처럼 존재하기 때문에 이곳은 특별한 지역으로 마치 독립국처럼 특별대우를 하고, 주지사도 President 즉, 대통령이라고 부른다. 국가에서 예산 배정도 특별히 많이 해주고 여러 가지 행정의 재량권도 부여하고 있다고 한다. 도시가 아주 깨끗하고 정돈이 잘되어 있고 건물들도 단정하고 새 건물들도 많이 들어서고 있다. 그래선지 새로 들어서고 있는 공항도 수도 딜리 공항보다 훨씬 더 좋아 보였다.

시내는 아주 조용하고 상가도 별로 없다. 몇 곳의 식당과 노점상이 전부이고 교회 건물은 여러 개 보였다. 현지 식당에서 저녁을 먹고 우리 숙소 인근에 상록수 부대 전사 추모비가 있다고 해서 찾아가 보기로 했다.

바닷가 쪽으로 조금 가니 청년들이 담배도 피우고 술도 마시며 즐겁게 놀고 있다. 한국의 상록수 부대 기념비를 찾고 있다고 하니 안내해 준다. 바닷가 나무가 몇 그루 서 있는 거의 노천에 자그마한 순교 기념비가 서 있다. 동판에 다섯 분의 얼굴과 계급 이름이 새겨져 있다.

우리나라와 동티모르와의 교류 내용을 조금 살펴보기로 하자. 동티모르는 452년 동안 포르투갈의 식민 지배를 받은 후 1975년 독립했지만, 열흘 만에 인도네시아가 강제 점령했다. 이후 1999년 8월 유엔 감독하에 주민투표를 거쳐 독립을 결정했으나, 친 인도네시아 민병대가 유혈사태를 벌였고 당시 김대중 정부가 유엔의 요청을 받아들여 상록수 부대를 파병했다.

1999년 10월부터 2003년 10월 철수할 때까지 4년간 우리 군인 총 3천328명이 동티모르에 파병됐으며, 장병 5명이 임무 수행 중 급류에 휩쓸려 목숨을 잃기도 했다. 아직도 운전병의 시신을 찾지 못하고 있다.

좀 더 자세히 설명하면 상록수부대는 동티모르 동부 라우템지역(로스팔로스)에 파견되어 '유엔 동티모르 과도행정기구'의 치안 유지 활동 및 인도적 구호 활동을 지원하는 임무를 수행하였다. 책임 지역인 오에쿠시 지역에서 국경선 통제, 치안 유지, 민사작전 및 핵심 시설에 대한 경계 제공 등의 임무를 수행했다.

로스팔로스에 상주한 1개 지역 부대는 1일 3회 도로 및 인구 밀집 주거지역을 포함하여 인근 지역까지 순찰하였다. 로스팔로스에 위치한 통신 중계탑, 발전소, 유엔 구호품 창고 및 유엔 운영병원 등에 주야 24시간 경계를 지원함으로써 관련 요원들이 지역 내에서 안전하게 활동할 수 있도록 하였다. 또한, 다국적 소속 헬기 및 주요 인사의 라우템지역 방문 시 경계와 경호를 지원하였다.

서티모르 내에 고립된 오에쿠시에서 작전했던 상록수부대 5진에서 8진까지는 지역의 특수성 때문에 라우템지역에서는 실시하지 않았던 국경통제소 5개소를 설치했다. 양국 간 영토분쟁으로 매우 민감한 국경 지역 전술 통제선(TCR)에 대한 순찰하기 위해서였다. 또한, 지역 곳곳을 마을 단위로 순회하면서 진료·방역, 이발 지원, 영화 상영, 농기구 정비, 구호품 전달 등 주민 친화 사업인 '푸른 천사(Blue Angel)' 작전을 실시했다.

상록수부대의 헌신적이고 성실한 임무 수행으로 주민들은 상록수부대를 '다국적군의 왕(달라이 무띤)'이라며 '한국이 최고(코레아 파구스)'라고 호칭했다.

구스마웅 동티모르 대통령은 기회 있을 때마다 "주민을 진심으로 위하고 평화를 위해 앞장서는 한국군에게 띠모르레스떼(동티모르)를 대표해 감사한다."라는 내용의 성명을 발표하였다. 현지 유엔 기구로부터는 평화유지군 참여국 중 가장 모범적으로 임무를 수행하는 부대라는 평가를 받았다.

한국군이 담당한 라우뗌 지역은 동티모르 전체에서 빠른 속도로 평화를 회복하여 2000년 2월 1일 다국적군 중에서 가장 먼저 유엔 평화유지군 체제로 전환했다. 한국은 자신의 국력과 역량을 통해 전투부대를 파병하고 관리할 수 있는 능력을 갖춘 국가이며, 국제사회에서 인도적 책임을 다하는 국가라는 이미지를 심었다. 이와 더불어 급격한 기상변화, 민병대와 독립파 간의 충돌, 대규모 난민 발생 등 어렵고 다양한 환경에서의 임무 수행 능력을 배양하였다.

오에쿠시의 우기에 상록수부대는 임무 수행 중 강을 건너다 차량이 순식간에 침수되는 사고가 발생했다. 강물에 휩쓸려 아까운 3명의 병사와 2명의 장교가 목숨을 잃었다. 사고 원인은, 복병인 오에쿠시 스콜(열대성 집중 호우)이었다. 오에쿠시 기후는 곳곳에서 스콜이라 하여 짧은 시간에 집중적으로 비가 내린다.

당시에 이곳은 비가 안 왔으나 상류 지역에서 내린 엄청난 비로 인하여 갑자기 급류가 넘쳤다. 손 쓸 틈도 없이 강을 건너는 중에 고립되어 차량과 같이 급류에 휩쓸렸다. 현지 주민을 포함하여 많은 사람이 도울 틈도 없이 급작스럽고 순식간에 일어난 사건이었다.

이후에 시신 수색 작업 시 오에쿠시 전 주민의 자발적 참여가 있었다. 그렇게 2달 정도 수색을 하였으나 끝내 1명의 시신은 찾지 못했다. 오에쿠시 전 주민들이 눈물로 안타까워했다. 나는 돌아가신 분들의 명복을 빌며 잠시 기도를 드리고 자리를 떴다.

게스트하우스는 전혀 청소되지 않고 있었다. 수녀님께 가서 청소가 안 돼 있다고 하니까, 매일 청소를 하지 않고 손님이 떠나면 한다고 한다. 이상한 일이다. 숙박료는 매일 같은 금액을 받는데, 청소도 정돈도 하지 않으니 말이다. 수건도 교체해 주지 않아서 수녀님께 얘기해서 두 장을 가져왔다. 청소도 내가 대강하고 쓰레기는 큰길가의 쓰레기통에 가져다 버렸다.

다음 날 도미니코 수도원 운전기사 Joseph의 도움을 받아 2시간 동안 시내 여행을 했다. 건축 중인 거대한 댐을 우선 구경했다. 거의 완성된 것 같은데 홍수가 심해서 댐을 만들고 있다고 한다.

그리고 포르투갈 군인들이 처음 쳐들어왔던 기념관으로 갔다. 거대한 동상들이 바닷가에 서 있다. 배와 수사 신부와 군인과 환호하는 원주민 등이 청동상으로 제작되어 있다. 입구에는 기념관 안내 간판이 있는데 바람으로 모두 뜯겨나가서 너덜거리고 있었다. 조형물들은 실물 크기로 아주 정교하고 아름답게 청동 부조로 잘 만들어져 있었다.

예쁜 성당이 있다고 해서 가봤다. 아주 작고 화려하게 도색된 성당이다. 입구에 대나무 잎으로 장식이 되어 있는 것으로 보아 조금 전에 결혼식이 있었던 것 같다. 잠겨 있었으나 집사를 찾아서 보고 싶다고 하니, 와서 성당 문을 열어주었다. 정말 조그만 성당이다. 10평 정도의 성당으로 바닥은 흰색 타일이 깔려 있고 의자도 없다. 개인용 피정 공간 같았다.

오는 길에 파파야 4개를 샀다. 하나에 1달러 50센트다. 돌아와서 2개는 수녀님께, 하나는 기사에게, 하나는 내가 챙겼다. 점심시간이어서 바로 옆에 있는 식당으로 가서 피자를 시켰다. 8달러다. 그런데 나온 피자는 아주 작고 단단하고 맛이 전혀 없다. 돌아와 파파야를 먹으니 점심으로 충분했다.

한 시간 정도 바닷가 산책을 했다. 바닷가에는 예쁜 성모상 등이 크고 높게 서 있고, 인근에 다른 성당들도 많이 있다. 아침엔 이틀 동안 인근 성당을 찾아서 미사를 봤다. 아주 아름답고 고전적인 성당들이었다. 역시 학생들이 많이 참례했고, 성가는 아름답고 성스러웠다.

산책하다 보니 벌써 시간이 많이 흘렀다. 서둘러 병원으로 갔다. 정 선생님을 만나기 위해서이다. X-ray 전문가로서 시니어 단원으로 활동하고 있다. 사무실에서 기다리고 있었다.

그가 이곳에 부임했을 때는 모든 설비가 오래 사용되지 않고 녹슨 상태로 방치되어 있었다. 설비를 보강하고 여러 곳을 고쳐서 이제는 정상적으로 활용되고 있다. 전에는 X-ray를 찍은 후에 감광액에 담가서, 다시 3, 40분을 노천에서 말려야 했는데, 이제는 건조기를 수리하여 1, 2분 안에 모든 것이 끝난다.

이곳 출장을 오기 전에 나는 정 선생님께 이곳에 있는 실업계와 인문계 고등학교 두 곳을 방문하려고 하니, 사전 조사를 위해서 학교장과 학교 전화번호를 부탁했었다. 정 선생님은 공문이 없어서 학교장 이름이나 전화번호 등은 파악하기 어렵다고 하면서 거절했었다. 그러나 학교 사진과 위치 등은 알려주어서 출장에 도움이 되었다.

어쨌든 이곳에 근무하는 두 단원에게 음식이라도 제공하기 위해서 만난 것이다. 그런데 정 선생님이 우선 내 숙소로 가자고 한다. 그리고 아주 조그만 방을 보더느니만, 자기 집에서 자고 가라고 권한다. 나는 이미 수녀원에 오늘까지 이곳에 머물기로 예약해 놓았으니 안 된다고 설명했으나, 막무가내로 자기 집으로 가야 한다고 계속 청한다.

결국, 너무 좁기도 하고 청소 등 서비스도 안 되고 있어서 수녀님을 찾아가 친구가 꼭 자기 집에서 자야 한다고 해서 어쩔 수 없이 가야 한다고 설명하고 체크아웃을 했다. 짐을 챙기고 집으로 가다가 바닷가에 우선 앉아서 맥주를 한 잔씩 했다. 정 선생님이 오는 길에 뻥땅 캔을 몇 병 사 들고 왔었다. 검푸른 바다를 바라보면서 살아온 얘기들을 조금 나누었다. 정 선생님은 원래 X-ray 기술자였다. 군대에서 X-ray 관련 사무관을 채용한다고 해서 응시 채용되어 X-ray 전문가로 근무했다. 정년퇴직 후에 PM(Program Manager)으로서 스리랑카, 네팔에서 봉사활동을 했다. 그 사이에 코이카에서 제공하는 혜택으로 ODA(공적개발원조) 대학원도 졸업했다. 두 딸은 이미 모두 출가했고 부인은 혼자 생활에 아주 익숙하여 정 선생님이 해외에서 지내는 데 아무 어려움이 없다고 한다. 또 부인이 가끔 이곳에 와서 생활하기도 한다고 했다.

정 선생님은 자전거를 갖고 왔다. 자전거를 끌고 오솔길로 함께 걸으며 갔는데 20분 정도 소요되었다. 대문도 없는 집이다. 그리고 오른편으로 아주 평범한 집이 한 채 있는데 이곳이 대통령인 Alkatiri 저택이라고 한다. 역시 대문도 없고 경비도 없다. 친척들이 가끔 와서 집을 돌보고, 대통령은 아주 가끔 들른다고 한다. 지금은 대통령 관저가 있으니까 올 일도 없어 보인다.

정 선생님 집은 방이 셋이나 되는 독채인데 에어컨이 4개나 있다. 얼마 전까지 오에쿠시의 모든 집에 공급되는 전기는 무료였다고 한다. 그래서 이곳 사람들이 헤프게 전기를 썼었다. 그러다가 최근에 집집마다 두꺼비 집이 설치되고 뿔사(전기사용 선불카드)를 사서 전기를 사용하고 있다. 지은 지 며칠 됐다는 밥에 직접 담근 김치, 미역국 등으로 저녁을 먹고 파파야를 들었다.

식후에 산책을 나섰다. 이곳은 석양이 무척 아름다운 곳으로 유명하다. 역시 바닷가로 지는 석양이 황홀하게 예쁘다. 조금 걸어가니 호수가 있고 인근 잔디 들판엔 아이들이 축구를 하고 있다. 선생님은 산책하러 나가면서 비상약을 챙긴 구급낭을 어깨에 메고 나섰다. 역시 젊은이들이 놀고 있는 곳으로 가니 아이들이 다가온다.

선생님은 구급낭을 열고 아이들의 상처에 약을 발라 준다. 어떤 아이는 사타구니에 많은 염증이 있다. 아마 심한 옴 같다고 얘기한다. 바닷가까지 다시 걸어갔다가 집으로 돌아왔다. 주변에는 많은 나무가 자라고 있고 호수와 잔디와 습지 등이 어우러진 아름다운 곳이다.

아침 5시에 일어났다. 묵주 기도를 바치고 샤워를 하고 있다가, 옆집에서 항상 6시에 빵을 구워 판다고 해서 함께 건너갔다. 이 집 빵은 맛있기로 유명해서 일찍 가지 않으면 사지도 못한다고 한다. 가보니 할머니, 할아버지, 젊은 아들 등이 함께 빵을 굽고 있었다. 빵을 굽는 과정은 우선 장작을 태워 숯불을 만들었다. 숯불을 옆에 있는 넓은 화덕에 골고루 펴서 불판을 만들고 그 위에 빵 굽는 철판을 올려놓았다. 철판 위에 100개의 빵을 놓아 굽는다. 빵 다섯 개를 샀다. 1개에 10센트고 100개면 10달러밖에 안 된다. 장작도 사야 한다니 별로 남는 게 없어 보인다. 참 아쉽다.

그런데 주변에 망고 등 많은 나무가 있는데, 나무 위에서 닭들이 계속 울고 있다. 들어보니 이곳 닭들은 나무 위에서 자고 생활한다고 한다. 아마 고양이나 개나 다른 짐승들이 해치기 때문 같다.

아침으로 빵과 아보카도를 8가지 채소가 든 소스에 발라 먹었다. 담백하고 고소하다. 파파야도 조금 먹었다. 이제 떠나야 할 시간이다. 비행장까지는 걸어서 15분 거리라고 한다. 가다가 바닷가에서 조금 쉬면서 파도를 구경했다. 다시 조금 걸으니 비행장이고 10시다. 비행기는 10시 45분에 이륙했다. 힘들었지만 많이 보고 느끼고 즐긴 인상적인 출장이었다.

공항에 내려서 버스를 타고 집으로 왔다. 오는 길에 마을 가게에서 파파야, 아보카도, 바나나, 아야타를 조금씩 샀다.

감독님의 에덴 낙원

어제는 이영대 자문관 댁에서 저녁을 했다. 처음에 김신환 유소년 축구 감독님이 초대를 한다고 했었는데, 결과적으로 이상한 초대가 되었다. 김 감독님은 우리 집에서 멀지 않은 곳에 산다고 들었다. 약속 시간 6시 30분이었다. 이 선생님이 5시 50분에 픽업하러 온다고 해서, 나는 함께 김 감독님 집으로 가는가 생각했었다. 그런데 이 자문관 댁으로 갔다. 김 감독님이 돼지 족발을 삶아서 이 선생님 댁으로 오기로 했다고 한다.

이 자문관 집에서 사과를 먹고 있는데, 김 감독님이 도착했다. 삼겹살을 수육으로 만들어 가지고 왔다. 여러 가지 재료를 넣어서 1시간 정도 기름을 빼고 삶았다고 한다. 아주 맛있다. 쫄깃 담백하면서도 기름기가 살짝 배어있다. 초장, 상추와 새우젓도 함께 갖고 왔다.

자문관 사모님은 아보카도 등이 섞인 샐러드와 잡채, 겉절이, 용과 등 많은 음식을 준비했다. 맥주도 한 잔 곁들여 마음껏 먹고 마셨다.

김 감독님은 평생소원인 넓은 땅에 저택을 짓고 사는 꿈을 서서히 실현하고 있어 보인다. 드디어 시내에서 조금 떨어진 곳 Herra에 가로세로 30m, 50m의 땅, 즉 500평의 땅을 2만 달러 주고 샀다고 한다. 이 에덴 낙원에 집도 짓고 나무도 심고 게스트하우스도 지어서 평생 살겠다고 한다.

현 정부의 실세인 Xanana 전직 대통령에게도 주택 신축과 시민권 신청을 부탁했다고 한다. 한국에 있는 사모님과도 1년 만에 통화하여 현재의 상황을 잘 설명했다. 이 사업 때문에 1년간은 한국으로의 생활비 송금이 어렵다는 사정도 설명했다.

희망과 기대에 가득 찬 김신환 감독님의 노년의 꿈이 모두 실현되어 행복한 황혼을 잘 보내게 되기를 기도해 본다. 정성 깃든 음식과 정겨운 얘기를 하다 보니 벌써 9시다. 오는 길은 김 감독님이 집까지 차로 바래다주었다. 고마운 저녁이다.

교가 지어 부르다

이곳 학교는 특이한 점들이 몇 가지 있다. 그중에서도 학교 명칭이 독특하다. 예를 들어, 우리 학교 근처의 중학교 이름은 11월 5일 중학교이다. 학교의 고유한 명칭이 있는 곳도 있겠지만, 대개는 설립한 날짜를 붙여 학교 이름을 정하고 있다. 언젠가는 예쁘고 좋은 이름으로 모두 변하게 되리라 생각된다.

또 하나 학교마다 교가가 있어야 하는데, 이곳에는 교가가 없다. 알고 보면 교회에서 성가대가 부르는 악보도, 가사를 쓰고 그 옆에 숫자를 써서 높낮이를 표시해서 부른다. 그래서 우리 학교의 교가를 만들어 부르면 학생들의 자긍심과 애교심을 심게 될 것 같아서 교가를 만들어 보기로 했다.

지금 이곳에는 김미경 선생님이 공항 부근의 중학교에서 음악을 지도하고 있다. 지난번 공항에서 만났을 때 내가 오케스트라를 창단했던 일 등 나의 음악사랑 이야기를 늘어놓은 적이 있었다. 김 선생님께 이런 내 생각을 말씀드리자 너무 바쁘지만, 시간을 내보겠다고 했다. 그래서 김 선생님의 도움을 받아보기로 하고, 작업을 시작했다.

나는 지금까지 가사 작업을 한, 열 곡 정도가 노래로 만들어졌다. 주로 제주도의 자연과 교육에 대한 노래들이다. 그중에 내가 제주 외국어고등학교장으로 근무할 때 학교 찬가를 만들어서 학생들이 즐겨 부른 적이 있었다.

교가는 이미 있었다. 그런데 제주도 교가는 대부분 '한라산의 높은 기상과 태평양의 원대한 이상'을 담은 천편일률적인 내용을 담고 있다. 그래서 젊음의 꿈과 이상과 야망을 품은 찬가가 필요하다고 느껴서 이를 만들게 되었다. 가사는 내가 쓰고, 곡은 나의 친구 강문철 교수에게 부탁했다. 곡이 아주 서정적이며 정감이 넘치는 곡이어서, 학생들이 조회 때마다 제창하곤 했었다.

찬가 제목이 '느티나무여, 영원하라!'였다. 느티나무는 학교 교목이다. 느티나무를 동티모르의 상징목인 백단목(Sandal Wood)로 바꾸면 될 것 같았다. 약간의 개사를 하고 내가 이를 영어로 번역했다. 펠릭스 영어 선생님께 부탁하여 테툼어와 포르투갈어로 번역했다. 번역료는 드렸다. 그리고 김미영 선생님은 이 가사를 원곡에 입혀서 드디어 악보가 완성되었다.

오늘 한국어 수업을 받는 학생들을 중심으로 30여 명 모여서 노래 연습을 하게 된 것이다. 김미영 선생님은 너무도 바쁘지만, 특별히 시간을 내주셨다. 마침 교실에는 오르간이 있어서, 30여 분 연습하니 모든 학생이 거의 따라 부를 수 있게 되었다. 음악성이 대단히 뛰어난 국민이라는 생각을 다시금 하게 되었다.

그런데 사전에 내가 교장, 교감에게 교가를 만들어 아이들에게 보급하겠다고 하니 두 분은 조금 언짢은 표정을 지었다. 내가 너무 설치고 있다는 느낌이었다. 그래서 교가가 아니라 찬가나 축가로 아무나 학교를 사랑하는 마음에서 지어 부르는 곡이라고 설득하여 배우게 되었다. 이곳에는 어느 학교든 교가라는 것 자체가 없으므로 엉뚱한 문화를 파급시킨다고 자존심이 상한 것 같은 느낌이었다. 그러나 언젠가는 이곳도 모든 학교에 교가가 생겨날 것이다. 우리말 노래는 다음과 같다.

산달우드여, 영원하리!
-베코라 기술고등학교 찬가

작시 : 이영운 작곡 : 강문칠

1. 산달우드, 그늘 아래 영롱한 그대 모습/ 언덕 위 두 팔 벌린 희망의 깃발이여/ 차가운 머리 따뜻한 따뜻한 가슴으로/ 세상 품으며 어둠의 빛이 되리, 광야의 소리가 되리
(후렴)
   내 사랑 그대여 언제나 그곳에/ 우리를 지켜다오 우리를 지켜다오/ 내 사랑 산달우드, 그대 빛나리 영원히!/ 내 사랑 산달우드, 그대 빛나리 영원히!
2. 잎 새 마다 새겨 걸던 소망의 조각들/ 지금도 언덕 위에 흩날리네요/ 따뜻한 마음 뜨거운 뜨거운 가슴으로/ 세상 밝히며 세계의 진리되리 언덕 위 무지개 되리

테툼어 버전은 다음과 같다.
1. Ai-kameli, Glória ba Nafatin!/ Iha Ai-kameli nia mahon, haklaken o nia pose/ Bandeira ida iha foho leten ho esperansa, espalla liman rua,/ Ho ulun malirin, fuan manas no manas/ Sai naroman ba nakukun no lian ida iha dezerto, hakoak mundu.
(Refrão)
   O, hau nia amor, sempre iha fatin/ Vijie ami, proteje ami/ Ai-kameli, o hau nia amor, o sai nabilan ba nafatin!/ Ai-kameli, o hau nia amor, o sai nabilan ba nafatin!
2. Deseju hakerek no tara iha aitahan/ Sei naklekar iha foho leten/ Ho hanoin morna, fuan manas no manas/ Naroman ba rai,sai lia-los ba mundo, arku-íris iha foho leten

학생들이 배워 익힌 포르투갈어 악보는 다음과 같다.

Para sandalo, seja glória para sempre!
-The School Paean of ESTV-GTI BECORA-

Composer : Munchil Kang.
Lyricist : John Lee YW.
Sung by Seoyeong Bae.

Moderato

잠자고 있는 내 공문

오늘은 교육부에 다녀왔다. 6월 7일 코이카를 통해서 교육부에 나의 프로젝트 '베코라 기술고등학교 발전 추진 계획'의 발간 협조를 공문으로 보냈다. 약 400쪽의 연구 실행 보고서다. 그런데 그제 교감이 교육부에 가보니 그 공문이 그냥 잠자고 있었다고 한다. 그리고 비서실에서 하는 얘기가 금주에 새 정부가 들어서서 교육부 장관이 교체되므로 장관 결재가 지금 안 되면 다음 장관이 부임한 후에야 결재를 받게 될 것이라고 한다. 그냥 빨리 결재해서 승인하면 될 것을 벌써 공문을 보낸 지가 2주가 지났는데, 아무런 행정 절차가 안 이루어지고 있으니 한심했다.

나는 어제도 잠이 오지 않았다. 이 건이 승인되어야 책을 발간하여 세미나도 열고, 여러 관계 기관에 배부도 해서 나의 한 해 동안의 사업을 깔끔하게 마무리 지을 수 있는데, 이것이 틀어지면 모든 게 허사가 되고 만다.

코이카 강 과장에게도 연락해서 공문을 빨리 처리해 주도록 현지 직원을 통해 전달해 주도록 부탁했었다. 전에 다른 단원이 비슷한 내용을 부탁했었는데 소통이 잘 안 되어 거의 1년이 되어가도 진척이 없었다고 한다.

동티모르에는 인쇄소다운 인쇄소는 딱 두 군데 있다. 경제기획원 인쇄소와 교육부 인쇄소다. 교육부 인쇄소는 한국 코이카에서 ODA(공적 개발원조) 사업으로 완성하여 기증한 것이다.

그런데 코이카에서 발간할 인쇄물이 생기면 교육부에 공문을 띄우고 교육부 장관이 승인하면, 승인된 내용을 다시 인쇄소로 보내게 된다. 인쇄소에서는 용지, 잉크 등을 요청하고 이 재료가 납품되면 인쇄에 들어간다. 이곳에서 최고 기술자가 최덕진 기술 고문으로 교육부 소속 계약직이다. 그가 있어서 여러 가지로 편리한 상황이다. 그런데 교육부에서 아무런 움직임이 없으니, 자기 재량으로 어떤 일을 할 처지는 아니다. 내 원고는 2주 전에 그에게 보내서 최 선생님이 일일이 교정도 보고 편집도 해서 바로 인쇄 준비가 완료된 상태다.

택시로 3달러를 주고 교육부로 갔다. 그런데 비서실은 온통 이사 준비로 엉망이다. 모든 것을 해체하고 짐을 싸고 쓰레기가 뒤범벅되었다. 장관이 바뀌면 차관 이하 주요한 직책은 거의 바뀌기 때문에 서로가 이사 준비를 하는 것이다. 앉아 있는 사람은 없고 모두 짐을 챙기고 있었다.

담당자는 어제 가까스로 결재를 받았고, 공문을 보냈다고 한다. 천만다행이었다. 공문 복사본을 한 장 얻어서 다시 택시로 3달러를 주고 돌아왔다. 앞으로 또 다른 절차가 있겠지만 잘 될 것 같다.

저녁때는 잭 프룻과 비슷한 이상한 과일을 먹어보았다. 맛은 아주 심심했다. 또 줄 없는 수박 모양의 과일도 사다 놨었는데 잘라보니 박과 비슷했다. 국으로 끓여 먹어보았다. 별맛이 없다. 그런데 진물이 많이 생겨서 손에 묻은 것을 씻어내기가 몹시 어렵다. 서너 차례 씻어야 겨우 벗겨졌다. 그런대로 먹을 만한데 조리법을 모르겠다.

'죄와 벌' 그 '넘어섬'에 대하여

표도르 도스토옙스키의 '죄와 벌'을 읽었다. 2권으로 되어 있고 총 1,000쪽이 넘는다.

그의 소설들은 독서에 대한 보통 사람들의 '인내'를 시험하는 것 같았다. 전에도 이 소설을 몇 차례 완독 시도를 했으나, 마지막 페이지를 덮은 기억은 없다. 이번에도 여러 차례 중도 포기를 생각했으나, 거의 두 달에 걸쳐서 마지막 장을 읽게 되었다. 사설 조의 흐름, 독백 잔치, 끝없는 횡설수설 등이 처음부터 끝까지 반복되다 보니 독서 지속의 어려움을 누구나 겪게 되는 책이다.

그는 1821년 모스크바에서 태어나 1881년 60세에 세상을 떠났다. 그의 생애는 소설만큼이나 극적인 사건들로 가득 차 있는데 네 가지만 꼽아 보자.

첫째 가난과 돈이다. 밑천이라고는 자신의 머리밖에 없는 '지식인 프롤레타리아' 즉, 천민 계급 출신으로 그의 가장 큰 관심사는 인간의 속성으로서의 '가난'이었다.

둘째는 8년에 걸친 유형 생활이다. 사회주의적 성향의 '페트라세프스키 모임(금요일 집회)'에 출입하다 스물여덟에 사형선고를 받았다.

셋째 간질병이다.

넷째는 도박에 대한 열정으로 도박은 그에게 돈 자체보다는 자신의 운명에 대한 시험과 도전이었다. 이러한 그의 사적 체험과 관념, 가치와 인생관이 이 소설에 짙게 드리워져 있다.

1860년 무더위가 기승을 부리던 7월 초 페테르부르크에서 저녁 7시가 지난 시각 라스콜니코프라는 청년이 도끼로 전당포 노파와 이복 여동생 리자베타 마저 죽인다. 그는 대학에 다녔으나, 경제 사정으로 학업을 중단하고 하숙비가 밀리고 끼니조차 때우지 못하는 상황이었다.

다른 범죄 소설과는 달리 다소 생경한 범행 동기와 그 귀추가 주목된다. 그는 결국 관처럼 비좁고 갑갑한 지하 하숙방에 스스로를 감금하고 자기만의 몽상에 탐닉하다가 기어코 지상의 거리로 나온다. 지상에서 '2일'을 감행하고 이를 통해 선악의 피안을 넘어선 한 청춘이 겪는 '환멸과 좌절의 기록'이다.

도무지 왜 죽였는가는 물론, 죽여도 된다는 생각 자체가 작가가 가장 경계하는 한계다. 그러나 '살인은 죄스러운 것이다'라는 전제하에 '죄와 벌'을 둘러싼 일련의 정황을 살펴야 한다. 그는 이 노파를 '사회악'을 보고 있는 것 같다. 그는 소설이 끝나는 순간까지도 전혀 자신의 범죄를 뉘우치지 않는다. 그가 문제 삼는 것은 시종일관 판단 착오로 인해 주제넘게 '넘어섬'의 권리를 행사했다. 소냐 마르켈라도비에 관한 한 그는 그녀를 직접 만나기 전부터 막연한 끌림을 느낀다. 그녀에게 자신의 범죄를 처음으로 고백한다. 두 사람의 부르주아에 맞서는 태도는 이기주의와 이타주의로 서로 달랐지만, 둘 다 자신의 상황을 '넘어섬'으로써 죄의 의식과 체험이 절망적인 두 청춘을 묶어준다.

소냐의 자기희생적인 삶과 광신에 가까운 신심이 라스콜니코프의 심리적 갈등을 종결시키고 행복과 안정의 미래를 바라보게 한다.

우리는 일상을 통해서 비록 극단적인 살인의 죄를 범하지는 않지만, 자신의 사적 경험에 비추어 많은 시행착오를 범한다. 그리고 그 일에 대한 의식과 무의식의 경계를 하찮게 생각하며 일상을 보낸다. 사실 아주 사소한 사건들에 대해서 잘잘못을 판단하고 사유하고 반성하고 행동하려 한다면 삶이 너무도 조직적이고 분석적이고 법리적이고 건조할 것이다. 우리는 대충 이해하고 관용하고 '넘어섬'으로써 삶은 자연스럽고 풍요하고 조화롭게 흘러가는 것이 아닐까 생각해보게 된다.

혼자 살 수 없는 인생이기에 우리는 소냐 같은 미래의 끌림을 항상 마음에 두고 살아간다. 어느 순간 실제로 소냐를 만나게 되면 서로 다른 가치를 가지고 있지만, 갈등을 넘어서 서로 타협함으로써 행복과 안정을 찾게 되는 것이 아닐까 생각을 해본다. 아니 어떤 창조적인 삶을 기대해도 되지 않을는지!

단원들을 초대하다

몇몇 단원들을 집으로 초대했다. 전에 조희영 선생님께 억지로 나를 초대하게 하여 차 한 잔을 얻어 마셨고, 이무현 선생님의 초대를 받아서 커피를 얻어 마신 적도 있었기에, 그 대답으로 초대한 것이다.

사실 우리 봉사단원들이 이사한 집에서 잘 적응하여 즐겁게 생활하고 있는지 살펴보고 애로 사항을 상부에 전달하거나 또 도움을 주는 것이 우리 한국 어르신의 일반적인 예의이기 때문에 집 방문을 했었다.

　조희영 선생님 댁은 레시데르 호텔인데 거실과 침실이 있고 잘 지내고 있었다. 모기가 항상 설치니 온종일 모기장을 쳐놓고 지내고 있었다. 바퀴벌레, 모기, 개미 등이 수시로 떼지어 돌아다니니 항상 조심히 살고 있었다. 이무현 선생님은 한국인이 경영하는 레지던스에서 잘 지내고 있다. 물론 도심에서 조금 떨어진 곳이어서 밤늦게 귀가할 때는 좀 걱정이 되기도 해 보였다.

　식사는 식당에서 하고 집에서는 차를 마시기로 했다. 4시 30분에 끄마넥 식당에서 만나기로 하였다. 조희영, 이주영, 이무현, 박형규 선생님이 참석했다. 나는 평소에 좋아하는 볶음밥을, 나머지 분들은 샐러드, 돼지고기볶음, 오리구이덮밥, 면 잡채 등을 시켰다.

　모두가 즐겁게 행복하게 먹었다. 식후에 모두 우리 집으로 향했다. 이무현 선생님은 과일 살 일이 있다며 중간에서 빠졌다. 모두가 우리 집은 처음이다. 나는 차 모임을 위해 어제 최상급 파파야를 3달러에 샀고, 일회용 포크와 과자 등도 구입해 두었다. 물새는 싱크대도 내 손으로 고치고 하천으로 가서 들꽃도 꺾어다 화병에 꽂았다. 차는 구기자를 준비했다. 약간 단맛이 있고 구수한 차다. 빨간색으로 모두가 좋아한다. 차 이름을 물었더니 조희영 선생님이 알아맞힌다.

　구기자는 건강에 좋은 열매다. 값이 워낙 비싸다. 한 봉지에 20달러다. 중국 수입품인데 거의 다 마셨다. 파파야는 노랗게 워낙 잘 익은 것이어서, 모두가 실컷 맛있게 먹었다. 부담 없는 주제들로 마음을 펼치다 보니 벌써 9시가 되었다. 계단을 내려서는데 강아지 땡칠이가 요란히 짖는다. 내가 이주영 선생 앞에 서서 인도하니 "선생님 같이 가면 안 돼요?"하고 농담을 건넨다. 오늘 즐거웠다. 우리 모든 단원이 스트레스를 받지 않고 일하다가, 행복하게 귀국했으면 좋겠다.

생일 축하합니다!

"페트릭 선생님, 생일 축하합니다."

"감사합니다. 축하 카드와 선물도 준비하셨어요? 저는 오늘이 제 생일인지도 모르고 있었는데요!"

이어서 전자과 학생들이 환호하며 생일 축하 노래와 큰 박수로 화답한다. 오늘도 미리 준비한 축하 카드와 선물을 들고 페트릭 선생님을 찾아 다녔다. 교무실로 가서 아침 1교시에 수업 중임을 파악했다. 교실로 가서 노크하고 잠깐 들어가도 되느냐고 승낙을 받은 다음 축하 선물을 전달한 것이다.

우리 학교 교직원은 70여 명 된다. 나는 인사 기록부를 갖고 있기에 모든 교사의 봉급, 재직연수, 보직, 생년월일 등을 파악하고 있다. 그래서 내 카렌더에 선생님의 생일을 모두 적어 두고 며칠 전에 선물을 마련했다가 아침에 전달한다.

축하 카드는 고급 봉투와 색종이를 사다가 이름을 넣어서 프린터로 뽑아낸다. 선물은 한국산 치약, 손톱깎이, 볼펜 세트 등이다. 모두 예쁘게 포장하여 전달한다. 생일 축하 행사는 내가 아프리카 세네갈 교육부에 근무할 때도 교육부 직원들에게 이와 비슷하게 꼭 같이 준비해서 축하해 주었었다.

나는 한국에서도 교장으로 재직했던 세 학교의 모든 선생님과 직원들의 생일에도 집으로 경조 카드를 보내주었었다. 이도 쉬운 일은 아니었다. 음력을 쓰는 분들이 많아 양력으로 일일이 환산하고, 두세 달 전에 우체국에 가서 경조 카드를 선불로 치르고 주문해야 한다. 또 많은 시간 여유를 두고 주문할 수도 없어서 자주 우체국에 들러야 했다. 그래서 창구 직원과는 친한 사이가 되기도 했다. 물론 개인 경비로 지출했다. 전에는 사모님 생일에도 보내주었으나, 분위기가 안 좋은 것 같아서 당사자에게만 보냈었다.

이곳 우리 학교 선생님들에게 보낸 축하 인사말은 다음과 같다.

"선생님의 생일을 진심으로 축하드립니다. 선생님이 쏟으신 제자와 교육에 대한 사랑과 열정으로, 제자들은 맘껏 뜻을 펼치고 있고, 우리 학교는 나날이 발전하고 있습니다. 거듭 선생님의 생일을 축하드리며, 선생님과 온 가족이 항상 건강 행복하시기를 기도드립니다."

이곳은 아직도 삶이 여유롭지 않아서 생일을 축하하고 즐길 여유가 없는 상황이다. 대부분 내가 생일 축하 선물을 갖고 가서 축하드리면, 깜짝 놀라면서, 오늘이 생일인지 모르고 있었다고 말한다. 하기는 나도 내 생일을 축하받고 즐겨본 기억이 별로 없다. 특히 젊은 시절, 나도 내 생일을 기억해본 적도 축하받아본 적도 거의 없었던 것 같다.

또 나는 이곳에서 가능한 모든 교직원과 그 가족들을 식사에 초대해서, 함께 음식도 즐기며 가정생활도 살피고, 근무 환경에 관한 생각도 파악해 보려고 노력해 왔다. 세심한 관심과 배려와 준비가 필요한 부분이지만, 학교 경영을 하는 사람에게는 꼭 필요한 부분이라고 생각된다.

오늘 페트릭 선생님에게 작은 기쁨을 주게 되어 나도 마음이 기쁘고 평화롭다.

오징어 네 마리, 고추장 한 병

엊그제 한국어평가원장인 양주윤 선생님이 집에서 식사하자는 초청이 있었다. 시간은 6시 30분이고, 이영대 자문관 부부도 초대했다고 한다. 5시 40분경에 집을 나서 미크롤렛을 타고 6시 20분에 도착했다.

아주 고급 전원주택인 JL Villa 99호다. 정원 조경이 아주 훌륭하다. 수영장, 연못, 열대수, 많은 꽃나무가 빽빽이 들어서 있다. 전원주택이 20여 채 들어서 있다. 주차장마다 고급 차들이 가득가득 차 있는 것으로 보아, 상류층이 거주하는 집단 주택이라는 것을 알 수 있었다.

양 원장 댁은 전에 한 번 와서 차를 마신 적이 있어서 익숙하다. 거실엔 각종 고급 가구와 주거 시설들이 갖추어져 있다. 들어서니 사모님이 보인다. 제주도에서 한 달 전에 왔다고 한다. 벌써 맛있는 음식들이 차려져 있다. 돼지갈비, 잡채, 샐러드 등이다. 포도주도 보인다.

잠시 후에 이영대 자문관 부부가 도착했다. 사모님이 배추 물김치와 양파 샐러드와 중국 백주도 한 병 갖고 왔다. 나는 한국에서 가져왔던 말린 오징어 4개, 뜯지 않은 고추장 한 병을 갖고 왔다. 이제 고추장이 필요한 날이 얼마 남지 않았다.

사실 오늘 코이카 단체 카톡에 내가 7월 30일 출국 예정이라는 내용이 공지되었다. 딱 한 달 남았다. 막상 그 공지를 보니, 서운하고 아쉬운 감정이 교차했다.

같은 연배끼리 모이니 대화도 격에 서로 맞고, 공통의 관심사가 많음을 새삼 느끼게 된다. 이 자문관은 내게 아마 농담으로 대사관에서 요즘 조리사 자격증이 있는 조리사를 구한다고 하는데 한번 응시해 보란다. 그런데 실무 경험이 3년 이상이라니 나는 결격이다.

이 자문관은 자기 집 얘기도 털어놓았다. 경주에 20년째 소유하고 있는 기와집이 있는데, 어떤 친구가 고쳐서 살겠다고 해서 3년 치 집세를 면제해 주고 살게 하였다. 그런데 1년쯤 살다가 그 친구가 집을 다른 사람에게 세주고 떠났다. 나중에 황당한 얘기를 들었다. 그 친구는 어떤 여자와 그 집에서 몰래 살림을 차렸었다. 나중에 이 사실을 알게 된 본부인과 어머니가 들이닥치자 도망치듯 집을 떠난 것이다.

오랜만에 공감대가 형성된 대화방이 개설된 기분이었다. 맛있는 음식과 즐거운 분위기로 많이 행복했다. 양 선생님이 집까지 차로 바래다주었다. 정말 고맙다.

숙주나물 키우기

아침에 미사에 다녀와서 간단한 아침을 마쳤다. 숙주나물에 흰밥이 모두다. 대접에 숙주나물을 무치고 밥을 서너 수갈 넣어서 비벼 먹었다. 혼자 살다 보니 모든 것을 가능한 한 간단히 하고, 또 절약하는 생활이 습관이 되었다.

이 숙주나물은 지난 한 주 동안 지극 정성으로 내가 키운 것이다. 지난번 오에 쿠시에 출장 가서 정종하 선생님 댁에 하루 신세를 졌었다.

저녁을 먹으며 정 선생님 아쿠아 페트병을 반으로 잘라낸 것을 들고 오셨다. 그 페트병에 숙주나물을 길러 먹는다는 것이다. 페트병을 반으로 자르고 밑 부분에 칼로 물이 빠지도록 몇 곳을 절개한다. 그곳에 녹두를 놓고 매일 서너 차례 물을 부어준다. 햇빛을 차단해서 음지에 두면 된다. 대접 위에 페트병을 놓고 그 위에 수건을 덮어놓으면 되는 것이다.

시장에 가서 녹두를 1달러어치 샀다. 두 컵을 준다. 아주 많은 양이다. 반쯤 페트병에 붓고, 4일 정도 하루 세 번 물을 주었더니, 페트병이 가득 차고 넘쳐났다. 다른 그릇에 옮겨 키워야 하는 것이 아닌가 하고 쏟아부었더니, 1/ 3은 이미 뿌리가 검게 변해 있었고, 10센티 이상 자란 많은 숙주나물이 병 밖으로 탈출하고 있었다. 모두 쏟아서 다 자란 것을 골라내고 나머지는 다시 병 속에 넣어 계속 길렀다.

숙주나물 손질이 쉽지 않았다. 숙주나물이 모두 껍질을 머리에 쓰고 있어서 일일이 껍질을 벗겨내야 했다. 시간이 오래 걸리는, 참으로 귀찮은 작업이었다. 이제야 숙주나물을 만들어 상품으로 만들어 파는 사람들의 수고를 알 수 있을 것 같다.

요리 방법을 집사람에게 물으니 카톡으로 답장이 왔다. 살짝 데쳐서 소금과 참기름을 조금 넣어서 무치기만 하면 된다고 한다. 알려준 대로 해 봤더니 담백하고 감칠맛이 풍부한 숙주나물을 먹을 수 있었다. 키우는 정성과 쏟은 시간이 있어서인지, 신기하고 뿌듯한 마음이 흘러넘친다.

그런데 저녁에 정전이 되었었다. 아주 흔한 일이다. 그러나 정전은 별로 걱정하지 않는다. 집에 자가 발전기가 있어서 정전되면 자동으로 자가 발전을 하게 되기 때문이다.

잠시 후 발전기 켜는 소리가 들렸다. 그런데 그 순간 전등이 나가버렸다. 나중에 보니 냉장고, TV, 밥통 등 모든 가전제품에 이상이 발생했다. 과전류로 모든 제품의 전원 연결 장치들이 고장 난 것처럼 보였다. 중요한 것은 밥통과 냉장고 등이 작동되지 않는다. 주인에게 얘기했는데 어떻게 되는지 모르겠다.

모든 가전제품 고장 나다

지난번에 과전류로 인하여 발생했던 가전제품들의 복구가 이루어졌다. TV, 냉장고, 밥통 등은 거의 정상으로 복구되었다.

가장 심각했던 것은 냉장고였다. 1층 창고에 있던 중고 냉장고를 두 번 교체하여 사용했으나 계속 문제를 일으켰다. 어느 방에서 쓰다가 이상이 있어서 신품과 교체한 중고여서 정상적으로 작동하지 않았다. 그중 한 개는 하룻밤이 지나자 잔뜩 낀 얼음과 서리를 칼끝으로 제거하는데 갑자기 가스가 새어 나왔다. 냉동실 밑에 냉매 가스가 흐르는 관들이 있는데, 아마 칼끝으로 작은 구멍을 낸 모양이다. 냉매의 냉동 능력이 아주 강해서 손끝이 다 얼어 버렸다. 그래서 다른 냉장고를 수리해서 사용하였다.

전기밥통은 내가 한국에서 가져온 것이었다. 내가 한국에서 가져온 중요한 살림살이는 두 가지다. 밥통과 코펠이다. 이 둘은 아프리카 세네갈에 근무할 때 구입하여 사용하던 것으로 가장 필수적인 생존 도구다.

밥통은 애정이 많이 갈 수밖에 없다. 아예 못 쓰게 되었는가 생각했는데 주인 Lando의 친구가 이 분야의 전문가라며, 수리할 수 있다고 가져갔는데 고쳐서 가져왔다. 1주일 만에 밥을 해서 먹었다. 참 맛있는 흰밥이다.

TV는 셋톱박스를 교체했다. 채널이 많이 바뀌어서 나중에 다시 수리 조정해 준다고 했다. 핸드폰 충전용 멀티탭 등도 모두 못 쓰게 되어 새로 구입했다. 앞으로 이런 일들이 없으면 좋으련만 어찌 될는지 심란하다. 냉장고에 있었던 음식들도 많이 버렸다. 통닭은 조금 먹고, 대부분을 우리 집 개들에게 공양했다. 이제야 전기 제품들이 대부분 정상적으로 복귀되어 마음도 편해진다.

천혜의 관광지 아따우로(Atauro) 섬

지난주 수요일인 7월 18일에는 티모르 플라자 호텔에서 안전교육이 있었다. 그리고 19일부터 20일까지 아따우로(Atauro) 섬에서 현지 평가회가 있었다. 아따우로 섬은 전부터 꼭 가보 싶은 곳이었으나, 여건이 여의치 않아 가지 못했었는데 평가회를 그곳에서 하게 되어 좋은 기회를 얻게 되었다. 평가회 장소에 대한 사전 투표가 있었는데, 전 단원이 아따우로를 선택해서 가게 된 것이다.

아따우로는 동티모르 수도 딜리에서 북쪽으로 25km 떨어진 작은 섬이다. 딜리에서는 바다 건너에 섬 하나가 보인다면, 바로 그 섬이 아따우로이다. 정글의 법칙 동티모르 편의 촬영지이기도 했다. 면적은 한국의 완도와 비슷하고, 5개의 마을로 이루어져 있고, '빌라'라고 하는 마을이 섬의 수도다. 마을 이름이 빌라다.

동티모르에도 나름대로 즐길 곳도 많고, 힐링할 수 있는 곳도 있지만, 천혜의 자연이 그대로 살아 숨 쉬고 있는 아따우로 만한 곳이 없다. 에메랄드빛 바다와 하얀 모래사장이 끝없이 펼쳐진 곳이다.

또한, 아따우로 섬은 전혀 개발되지 않고 잘 보존되어 있어서, 물이 아주 깨끗하고 어족도 잘 보존되어 있다. 스노클링, 스쿠버 다이빙 등의 장소로 유명하고 장비를 대여하여 누구나 즐길 수 있다. 그래서 동티모르 정부에서는 천혜의 자연과 아름다운 바다가 있으니, 아따우로를 한국의 제주도처럼 만들고 싶어 한다고 한다.

목요일 아침 택시로 최규환, 경은지 단원과 함께 항구에 도착했다. 이영대 자문관은 부부가 함께 왔다. 2, 30분 기다리자 단원들이 모여들었다. 대형 페리가 기다리고 있었다. 밖의 의자는 벌써 모두 꽉 차서 선실 안쪽 좌석에 앉아 출발했다.

나는 멀미가 원래 심하여 약국에서 2달러를 주고 멀미약을 샀다. 10개 정도의 작은 알약이다. 한 개 먹고 나머지는 필요한 사람들에게 나누어 주었다. 약 때문인지 상쾌한 기분으로 도착했다.

호텔까지는 걸어서 10분 거리다. 가는 길옆에 학교가 있는데 울타리 없는 학교다. 아이들의 글 읽는 소리가 들려 잠깐 기웃거려보았다. 낡은 칠판과 여선생님과 30여 명의 어린아이가 선생님 지시에 따라 열공 중이다.

코코아 야자나무가 길 양쪽으로 조밀하게 심겨있다. 다시 온 밭이 야자수인 넓은 숲을 지나가니 호텔이 보인다. 바나나 숲도 넓게 펼쳐져 있다. 엄청나게 많은 바나나가 열려 있어, 어떤 나무는 바나나 열매 지지대가 있고, 어떤 것은 거의 나무가 휘어질 만큼 열려 본줄기가 땅에 닿아 있는 것도 있었다.

명칭은 호텔인데 아주 허술한 방갈로 비슷하다. 작은 컨테이너를 갖다가 서로 두어 개씩 연결해 놓은 집들이다.

내 방은 1호실인데 두 개의 방으로 나누어져 있다. 방 하나는 이영대 자문과 부부가 또 하나는 나와 최 자문관이 쓰게 되었다. 방 하나에 작은 싱글 침대가 두 개다. 세면대와 샤워기가 붙어 있다. 세끼를 제공하고 1인당 80달러다. 엄청 비싼 편이다. 그러나 호텔급 숙소는 이곳밖에 없고, 또 동티모르에서 이색적인 관광지가 여기뿐이다 보니 이해할 만하기도 하다.

오후에는 프로젝트 추진에 대한 의견교환, 분과별 협의 등이 있었다. 우리 분과는 5명이었다. 이무현, 조희영, 경은지, 황영숙, 그리고 나다. 이곳의 교육 상황, 효과적인 교육을 위한 교사의 개선점 등을 토론하고 경은지 선생님이 대표 발표하였다. 계속 졸렸다. 아마 멀미약 때문 같다. 11시 30분까지 듣기만 하다가 잠이 들었다.

다음 날 우리는 두 팀으로 나누어 자유 시간을 가졌다. 나는 일본에서 봉제 공장을 만들어서 원주민이 그 공장에서 손지갑 등 제품을 만들어 생활할 수 있도록 지원해 준 공장을 찾아갔다. 가보니 공장에 부속된 전시장에서 물건을 아직 팔지는 않고 있고, 어디선가 성가 소리가 아름답게 들려왔다. 소리 나는 곳으로 가보니, 10여 명의 여자가 성가를 합창하고 있었다. 아마 12시 삼종 기도에 따른 성가인가 싶었다.

전시장에서 판매하고 있는 물건들은 손가방, 지갑, 동전 지갑 등이었다. 아주 정교하고 예쁜 것들도 많았다. 일본에 수출하기도 하고 팔기도 한다. 나도 10여 개 샀다.

점심때가 되어 현지 식당에서 5달러짜리 뷔페식 식사를 간단히 하고 돌아왔다. 딜리로 가는 배는 3시에 있다. 선착장에 가니 페리가 육지에 바로 대지 못하고 작은 배로 페리까지 가서 옮겨 타는 것이었다. 작은 배를 타는 곳까지 걸어가고 또 그곳에서 20m는 물속을 걸어가서 타야 했다.

VIP실을 끊었는데 35달러를 20달러로 할인해 주었다. 에어컨은 너무 잘되어 오히려 추울 지경이었다. 파도가 커 보였다. 나는 또 멀미약을 복용했다. 한숨 자니 바로 항구다. 미크롤렛으로 집에 도착하여 세탁하고 잠에 빠졌다.

벽화 그리기

토요일이지만 출근했다. 사실 오늘 등교해야 하는 것도 잊고 있었다. 어제 이무현 선생님에게 내일 뭘 할 거냐고 물어봤었다. 학교에서 벽화 그리기를 하니까 가봐야 한다는 말을 들었다. 우리 학교 선생님들이 주축이 되고 다른 봉사단원들이 지원하는 벽화 그리기 대작업을 하는 데 가보지 않을 수 없는 것이다.

아침 6시 30분 미사를 하고 바로 학교로 갔다. 물론 아무도 없었다. 사무실 문을 열고, 금주에 내가 주최할 세미나 원고를 두세 차례 읽어 보고, 또 PPT를 제작하다 보니 금세 시간이 지나간다.

12시쯤 되자 코이카 봉사단원들이 모여든다. 경은지 선생님이 오늘 시간을 낼 수 있는 딜리 거주 모든 단원에게 벽화 그리기 봉사활동을 부탁했었다. 벽화 그릴 곳은 여러 학교의 공용 교문에서 우리 학교 교문까지 500m 정도의 왼쪽 벽면 전체다. 높이는 3m 정도 된다.

벽면은 모두 이미 흰색으로 도색되어 있고 연필로 밑그림이 그려져 있다. 색칠만 하면 된다. 그림 내용은 우리 학교 6개 학과를 상징하는 그림과 글, 그리고 4계절을 나타내는 그림과 명언들인데, 한국어가 많이 포함되어 있다. 오가며 자연히 한국말도 익힐 수 있는 좋은 아이디어와 그림들이다.

아주 길고 넓은 화폭이다 보니 작업량이 아주 많다. 20명 정도의 단원들이 모였다. 페인트 통과 붓과 장갑을 끼고 시작했다. 10여 명의 학생이 거들었다.

나는 전자과를 담당했다. 한글 슬로건은 '전자, 세상을 변화시킨다!'라는 글씨 쓰기다. 흰 벽에 검정 글씨로 쓰니 아주 희미했다. 결국 세 번 덧칠하니 비로소 선명해졌다. 그런데 글씨가 밋밋하다. 노란색으로 가장자리에 음영을 주었더니 아주 또렷하고 멋지게 변했다. 그림도 그리고 글씨도 쓰고 하다 보니 옷과 신발, 얼굴과 손들이 페인트투성이다. 6시가 되어 거의 마무리되었다.

이 작업은 경은지 선생님이 코이카의 지원을 받아 현장 사업으로 추진하는 것이다. 이런 사업을 할 때는 거의 재료 구입비 정도와 최소한의 경비만 지급하기 때문에 봉사단원들이 품앗이하듯 함께 모여 인력과 지식과 재능을 기부한다. 오늘은 거의 모든 단원, 시니어 단원들이 나와 도왔다. 동네 어린이, 어르신들도 모두 나와 구경한다.

모두 짐을 챙기고 정리하고 교문을 나섰다. 2, 30분 비웠는데 그사이에 어린 아이들이 우리가 정성껏 그린 그림 위에 20여 개의 손바닥을 찍어 놓았다. 어쩔 수 없고 다음에 조금 다시 손보면 될 것이다.

벽화를 다시 살펴본다. 학교 이름, 여섯 학과 이름과 상징 그림과 슬로건, 학교 상징 그림, 한국의 봄, 여름, 가을, 겨울 등 다양한 그림이 아름답고 화려하고 재치 있게 그려져 있다. 거의 200개 정도의 그림들이 모여 하나의 조화를 이룬다. 경은지 선생의 능력과 창의성이 돋보이는 벽화 작품이다.

모든 단원이 한국 식당 나리스로 향한다. 나는 너무 피곤하여 양해를 구하고 그냥 집으로 갔다. 간편식 전복죽과 컵라면으로 저녁을 때우고 잠이 빠져들었다.

최종 업무 보고 세미나

오늘은 정신없이 헤맸던 날이다. 오늘 전 직원을 대상으로 나의 한 해 동안의 업무를 종합적으로 보고하는 세미나를 개최했다. 우여곡절 끝에 4백여 쪽의 '베코라 기술고등학교 발전 추진 계획'을 50부 수령했다. 100부 인쇄에 필요한 예산을 미리 지급했는데 아직 반은 도착하지 않았고, 또 원래 인쇄소가 아니라 최 전문가가 다른 개인적으로 아는 인쇄소에 부탁하여 가져온 것이다. 인쇄 품질이 많이 떨어졌다. 그나마 하루 전에 도착하여 다행이다.

어제부터 시내에 나가 세미나에 필요한 물품들을 구입했다. 음료수, 과자, 수첩, 볼펜 등 참석자 개인별로 지급할 물품을 충분히 준비했다. PPT 자료도 만들고 교장, 교감과 회의 순서 등도 협의했다. 학교에서는 회의실 청소와 자리 배치 등을 했는데, 세미나 형태가 아니라 보고회 형태였다. 교장에게 이야기해서 다시 자리 배치를 했다. 'ㄷ'자형으로 만들었다.

시험 기간이고 시험이 끝나면 선생님들은 그냥 퇴근해 버리는 것이 일반적이어서, 아마 스텝 중심으로 2, 30명의 선생님이 모일 것 같다. 2시 30분에 시작했다.

우선 한국 교육의 어제와 오늘을 주제로 내가 기조 강연을 했다. 7시에 등교하여 11시에 하교하고 다시 독서실에서 공부하다가 귀가하여 새벽 2시에 잠이 들고 새벽 6시에 깨서 일과를 시작하는 한국 고등학생들의 치열한 삶을 영상 위주로 보여주고 설명해 주었다.

또 나는 주로 인문계 고등학교에서 3학년 주임 등을 했었는데, 새벽 5시에 기상하여 저녁 11시에 돌아오던 그 많은 세월과 또 전 학생이 기숙사 생활을 하는 외국어 고등학교 교장으로서의 근무 경험을 들려주었다. 또 제주도에서 가장 학생 수가 많은 제주중앙여자고등학교장으로 재직하면서 경험했던 학교 경영, 학생 지도, 교직원 관리 등을 설명했다.

석유 한 방울 안 나는 나라에서 세계 6위의 석유 제품 수출국이 되었고, 세계 5대 정유 회사 중에서 3개가 한국에 있다는 설명에 선생님들은 놀라워했다. 사실 동티모르는 바다에 석유 매장량이 조금 있어서 지금은 호주 등에 채굴권을 주고 아주 작은 지분을 받고 있다. 그나마 정부 고위 지도층이 독식하고 있다는 말을 많이 들었다. 이 석유 자원도 잘 활용하면 동티모르의 경제 발전에 큰 힘이 될 것이다.

이어서 우리 학교 운영 개선에 필요한 사항을 13가지로 분석하여 자세히 설명했다. 학생 관리, 평가, 공문서 처리, 교사 역량 강화, 지역 사회와의 유대, 학교 기업 운영, 교육과정 운영, 교직원 근무 평가 등이다.

마지막으로 테툼어로 쓴 회고사 겸 송별사를 10분 정도 낭독했다. 우리말로 쓴 것을 펠릭스가 테툼어로 번역해 주었다. 거의 열 번 연습하고 오늘 낭독했다. 한국어 원문 내용은 다음과 같다.

『 "본디아! 디악 깔라에?(좋은 아침입니다. 안녕하세요?)"
이곳에 부임한 지도 엊그제 같았는데 벌써 1년이 다 되어갑니다. 그사이에 만났던 여러 선생님, 친절한 학생들, 관심을 둔 주민들과 가톨릭 신자들의 모습이 눈에 아른거립니다.

처음 동티모르라는 말을 들었을 때는 막연히 독립하여 얼마 되지 않은 나라, 우리나라 상록수 부대가 파견되어 도움을 주었던 나라 정도 알고 있었습니다. 그러나 내가 베코라 기술고등학교에서 일하게 됨에 따라 동티모르와 근무할 학교에 대해서 살펴보게 되었습니다.

인도네시아 발리섬으로부터 비행기 편으로 1시간 50분, 오스트레일리아 다윈으로부터 1시간 거리에 있습니다.

이 티모르섬에 처음 상륙한 열강은 포르투갈로 16세기에 들어와 이곳을 향료 무역의 중계지로 이용하는 한편, 특산물인 백단목을 독점하였습니다. 1520년부터 400여 년간 포르투갈의 지배를 받았습니다. 1975년 12월 7일 인도네시아 군대의 공격으로 강제 점령되었다가 2002년 5월 20일 인도네시아로부터 독립하였습니다.

동티모르는 항상 덥습니다. 건기와 우기로 나뉘는데, 건기는 4월부터 10월까지이고, 우기는 10월부터 이듬해 4월까지입니다. 한낮의 최고 기온은 섭씨 35도 이상으로 무덥고 우기엔 오후에 간간이 소나기가 더운 대지를 식혀줍니다.

이곳의 언어는 테툼어와 포르투갈어가 공용어인데, 포르투갈어는 포르투갈의 지배로 인해 사용되었던 언어로, 실제로 많은 사람이 포르투갈어를 사용합니다. 동티모르의 국가도 포르투갈어 가사만 있고, 테툼어 가사는 없습니다. 종교는 로마 가톨릭교회가 97%, 그밖에 3%의 개신교, 이슬람교, 힌두교, 불교, 애니미즘 등이 소수 존재합니다. 이곳에서의 거의 모든 행사의 시작은 가톨릭 기도로 시작되고 큰 행사는 미사로 마칩니다. 우리 학교에서 신입생을 위한 오리엔테이션을 1주일간 시행했었습니다. 마지막 일정은 두 분의 신부님을 초청하여 대규모의 미사로 마쳤습니다.

동티모르와 한국은 2002년 5월 20일 대사급 외교 관계를 수립했습니다. 그동안 한국은 동티모르의 독립을 위한 국제사회의 여론 조성에 앞장선 것은 물론 동티모르 주민투표(1999.8) 및 제헌의회 선거(2001.8)에 선거관리위원을 파견했습니다. UN 평화유지 활동(1999. 10 상록수부대 제1진 파견)에도 적극적으로 참여하고 인도적 지원과 재건 및 개발을 위한 지원을 아끼지 않음으로써, 건국 이래 처음으로 피억압 약소 민족의 독립 과정에 깊이 개입하는 귀중한 경험을 쌓았습니다.

이곳에서 배정된 나의 주요 업무는 학교의 비전과 목표 설정, 교육과정 편성 운영, 교사의 전문성 신장, 학생 생활지도, 학교 경영 체계와 조직, 진로 및 취업 지도, 졸업 인증 시스템, 성교육 및 양성평등 교육, 문서관리, 시설 및 교육 자재 유지 관리, 학교 기업 운영, 특성화 교육(한국어 교육, 태권도 교육) 등이었습니다.

이런 모든 업무를 혼자서 또 1년이란 너무도 짧은 기간에 완성하기란 너무도 버거운 일이었습니다. 그러나 베코라 기술고등학교 재건 사업 운영 마스터플랜이 있어서 이를 기반으로 현실에 적합한 계획들을 구안해 낼 수 있었습니다. 따라서 이 보고서 작성에 활용된 자료들은 마스터 플랜, 한국의 직업 전문계 및 마이스터 고등학교 등 20여 개 고등학교의 운영 계획, 한국직업능력개발원(KRIVET)의 학과별 전문 커리큘럼과 학생 관리 프로그램 등입니다.

그리고 가장 중요한 것은 저의 한국에서의 교사, 장학사, 장학관, 교감, 교장, 그리고 해외 유학 등의 교육 전문직으로서의 지식과 근무 경험이 이제 자리 잡기 시작한 20세기 최초의 독립국가 동티모르에서의 최고 최신 시설의 기술고등학교 운영 계획 작성이 큰 도움이 되었다는 것입니다.

이번 주는 일주일간 학기 말 방학입니다. 그러나 나는 오늘도 아무도 없는 학교에 혼자 출근하여 근무하고 있습니다. 저는 항상 5시경에 일어나서 6시쯤에 집을 나섭니다. 버스를 타고 6시 30분에 시작되는 베코라 성당의 아침 미사에 참례하고 20분 정도 걸어서 학교에 도착합니다. 언제나 내가 첫 출근이고 학생들도 거의 없지만 산기슭에 자리 잡은 노란색 학교 건물들 너머로 아침 안개가 모락모락 피어오는 모습을 보면 가슴에 학생들에 대한 기대가 가득 차고, 나날이 성장해가는 학교의 미래를 보는 것 같아 가슴이 더욱 뜨거워짐을 느끼게 됩니다.

학교 안에서 만나는 학생들마다 "안녕하세요?"하고 인사하는 모습을 보면 이곳이 한국이 아닌가 하는 착각이 들기도 합니다. 또 교문을 나서면 다른 학교 학생들이나 주민들도 우리말로 인사를 건네니 동티모르의 코리라 타운이라는 느낌을 받기도 합니다.

우리 학교는 코이카에서 2013년부터 2017년까지 1천만 달러를 투자하여 학교의 모든 건물과 시설을 재건하였고 필요한 학습 기자재와 자료를 지원하였습니다. 그 결과 동티모르 21개 기술고등학교 중 규모와 시설 등에서 최고의 기술고등학교가 되었고, 최고의 입시 경쟁률을 보임으로써 최고 명문고로 부상하게 되었습니다. 그 사이에 교육 교재 개발, 마스터플랜 기술 자문, 6개 공과 실습 시설 및 기자재 등을 지원하여 동티모르 최고의 기술 교육 환경을 구축하였습니다. 또한 동티모르에서는 유일하게 전 학생이 한국어를 필수 선택 과목으로 지정하여 운영하고 있고 최근에는 졸업생과 3학년 학생들을 대상으로 한국어 취업반을 운영하여 산업연수생으로 한국 파견 근무를 지원하고 있습니다.

이곳에 근무하면서 많은 어려움이 예상되었습니다. 그러나 KOICA 소장님을 비롯한 현지 사무소 직원들이 헌신적인 도움으로 안정적으로 딜리에 정착하여 생활할 수 있었습니다. 그리고 근무처에서는 이무현, 김현진, 경은지, 조희영 한국어 선생님들이 계셔서 함께 도와가며 행복한 학교생활을 할 수 있었습니다. 그리고 무엇보다도 Francisco Guterres 교장 선생님, Duarte da Costa 교감 선생님, Marcos Lemos da Costa 교감 선생님, Jose dos Santos 전직 교장 선생님, 또 Feliciano Almeida Belo 영어 선생님의 도움이 컸습니다. 특히 Duarte da Costa 교감 선생님은 저의 코디네이터 선생님으로 뛰어난 영어 실력으로 여러 가지 어려움을 잘 해결해 주었고 모든 일을 자기 일처럼 도와주었습니다. 또한 모든 선생님은 항상 친절하고 너그러웠으면 자기 업무에 자부심을 품고 학생들을 정성으로 보살피고 가르치는 모습에 항상 깊이 감동하고 있습니다. 우리 학교는 전국의 최고 우수한 학생들의 집합소일 뿐만 아니라 가장 우수한 기술 분야 전문 교사들의 집결지였습니다.

그러나 한국의 학교 운영과 비교하여 개선되어야 할 점들도 산적합니다. 특히, 일과 운영, 교직원 관리, 학생 평가, 신입생 선발, 생활지도, 학생 관리, 진로 취업 지도, 교직원 평가, 충실한 수업지도, 교직원 역량 개발 등입니다. 다소간 시간이 소요되겠지만 시간의 흐름에 따라 많이 향상되고 합리적인 정착이 이루어지리라 생각됩니다. 이 보고서에서는 이런 분야들의 추진 계획, 개선 방안, 제안 등이 담겨 있습니다.

학교의 성격으로 보아 학생들의 졸업 후의 진로가 앞으로 해결해야 할 가장 큰 문제인 것 같습니다. 우수한 졸업생들을 받아들일 마땅한 일자리가 아직 개척되지 않았기 때문입니다. 그래서 최근 졸업생들의 70% 정도가 UNTL을 비롯한 명문대에 진학하고 있는데, 이는 다른 기술고등학교의 한 자릿수 대학 진학률에 비하여 엄청나게 높은 결과라고 생각되기도 합니다. 하루빨리 동티모르에 많은 고급 기술 분야 일자리가 많이 창출되어, 우리 학생들이 졸업과 동시에 좋은 일터에서 뛰어난 기술력을 발휘할 수 있었으면 좋겠습니다.

우리나라처럼 동쪽에서 해가 떠오르는 나라, 동티모르 베코라 기술고등학교에서의 1년은 기쁘고 보람되고 뜻깊은 시간이었습니다. 이곳에서의 경험과 추억을 소중히 생각하고 오래오래 기억하겠습니다. 모두 너무너무 감사합니다.』

이어서 교장의 답사가 있었다. 아주 길다. 그동안의 수고에 대한 고마움과 앞으로의 건강 행복을 기원하는 내용이다. 학교에서는 동티모르 전통가옥 모형 선물과 샴페인과 케이크를 준비했다. 기념 촬영으로 마무리했다. 아주 인상 깊은 전별식이었다.

귀가하여 쉬고 있는데 오늘 중요한 약속이 있는 것을 까먹고 있었다. 최근에 입국한 NIPA 채진규 자문관 환영식과 나의 송별식을 겸한 자리가 나리스 식당에서 있을 예정이었다. 전화를 보니 부재중 전화가 여러 차례 찍혀 있었다. 6시에 예정 시간인데 지금 7시 40분이다.

급히 최규환 자문관에게 전화해 보니 모임은 거의 끝났으나, 와서 술이나 한잔하라고 한다. 급히 택시를 타고 가는데 기사가 지리를 잘 모른다. 한국대사관도 모르고 나리스 식당도 모른다. 결국 중간에 내려서 또 다른 택시를 타고 도착했다. 늦은 것을 사과드리고 육개장을 시켜 먹었다.

이영대, 최규환, 채진규 자문관은 전에 이곳에서 친하게 지냈던 사이라 아주 즐거워 보였다. 이번에 새로 부임한 채진규 자문관은 NIPA 자문관이다. 사실 전에 내가 처음으로 세네갈에 가게 되었을 때 함께 파견된 코이카 자문관이었다. 그는 3년간 이곳에서 근무를 마치고 귀국했다가 다시 NIPA 자문관으로 온 것이다.

오늘 일도 많고 정신없이 헤맨 하루였다.

짐을 꾸리다

아침에 비다우 성당에 다녀오고 나서, 귀국을 위한 택배 발송 준비를 했다. 어제 오후 2시부터 7시까지 이것저것 정리하고 가방에 챙기고 하면서 겨우 마무리했다. 한 사람 살림살이가 이렇게 복잡하고 크게 번성하게 되었는지 참으로 이상했다. 올 때는 가방 하나 갖고 왔는데 말이다.

코이카에서 지급하는 이민 가방이 두 개 있어서 그나마 다행이었다. 가방 하나에는 커피 200g짜리 100개를 넣고, 하나에는 밥통, 코펠, 노트북, 책 몇 권을 넣으니 가득 찼다. 코이카에서 택배를 50kg까지 지원하는데 무게를 재보니 60kg이다. 커피 가방에서 10kg을 빼서 수하물 가방에 넣었다.

대강 정리하고 공항으로 나갔다. 추경숙 시니어 단원이 근무를 마치고 출국하는 날이다. 이제 칠순이 지났는데 해외에서 열심히 자신의 경험과 지식을 전파하고 있다. 사실 5일 전에 출국해야 하는데, 고향인 대구 지역의 과학교사들이 이곳을 방문하여, 교육 봉사를 펼친다고 해서 그분들을 돕기 위해 며칠 더 머물다 가는 것이다.

오다가 박형규 선생님과 티모르 플라자에서 간단히 점심을 했다. 박 선생님이 그사이에 너무 많이 초대를 받아서 이번에는 자기가 쏜다고 한다. 나는 인도 카레를 시켰다. 6달러 정도 한다.

식사 후에 박 선생님을 집으로 안내했다. 이제 짐들을 나눠줄 시간이 되었기 때문에 혹시 박 선생님이 필요한 물건들이 있으면 제공하려는 것이다. 5개들이 라면 두 봉지, 조리 양념 한 박스, 찹쌀 2kg 등을 드렸다. 그는 밥을 잘 안 해먹기 때문에 라면을 아주 좋아했다.

그는 모든 단원이 좋아하고 존경하는 분이다. IT 전문가여서 컴퓨터 관련 도움이 해외에서는 많이 필요하고 또 다른 사람과는 달리 아주 친절하게 인내심 있게 지도 안내해 준다. 요즘은 테툼어, 영어, 인도네시아어가 함께 제공되는 사전 Application을 제작하고 있다. 나도 시제품을 써 보았는데 아주 유용했다. 저녁은 얼마 전에 사 놓았던 돼지 족발 한쪽을 1시간 정도 끓여서 된장을 풀어 찌개 비슷하게 만들어 흰밥에 먹었다. 족발 맛도 좋고, 국물도 구수했다.

여학생이 건넨 손수건 'Timor-Leste'

오늘은 한인 미사가 있는 날이다. 8시 30분에 집을 나서서 50분에 도미니코 고아원 성당에 도착했다. 9시부터 예비신자 교리가 있어서 준비해온 수업자료인 유인물을 꺼내서 책상도 새로 배치했다. 오늘이 마지막 교리 시간이다. 그사이에 넉 달 동안 매주 교리를 했었다. 그에 따른 교재를 매주 유인물로 만들어 배부하고, 새 예비 신자들에게 나름 정성껏 가르쳤다.

오늘 지나면 아마 신부님이 몇 차례 종합 교리를 하고 세례를 받게 될 것이다. 지금까지 교리에 참석한 사람은 코이카 봉사단원과 월드비전 봉사단원과 축구 코치 등 다섯 분이다.

오늘 교리 주제는 '하느님을 따른다는 것은?'과 '한국 천주교회 역사'이다. 가끔 한두 분 못 나오는 분도 계셨는데 오늘은 전원 출석이다. 특히 유소년 축구 코치인 이민영 선생님도 일찍 왔다. 아주 큰 키에 건강한 근육질이어서 그냥 보면 남자인가 싶을 정도로 건장하다.

10시부터 미사가 시작되었다. 미사는 산티야곱 신부님의 영명 축일이기도 해서 성대한 분위기였다. 또 나와 미 대사관에 근무하는 미국 영사도 다음 주에 출국하게 되어 함께 축하해 주었다. 출국 인사로 항상 누구에게나 그랬듯이 이름이 새겨진 타이즈를 목에 걸어 축하해 주었다. 미사 끝에 또 신부님이 특별히 안수와 기도를 해 주셨다.

미사가 끝나고 나오는데 파티마 수녀님이 부르신다. 가보니 한 여학생이 예쁜 포장지에 싼 작은 선물을 준다. 펴보니 'Timor-Leste'라고 수놓은 손수건이다. 정성스레 만든 꽃장식이 함께 새겨져 있다. 고마워서 사진으로 남겼다. 그런데 정작 그 아이와 사진을 찍어 두어야 하는데 바쁘다 보니 깜빡했다. 가장 고마운 인상 깊은 선물이었다.

미사 끝에 라멜라우 호텔에서 함께 점심을 했다. 신부님의 영명 축일과 또 우리의 송별도 기념하여 큰 케이크, 포도주, 위스키 등이 뷔페식 음식과 더불어 준비되어 있었다. 거의 3시까지 먹고 마시고 즐겼다.

중간에 김신남 감독님이 들어와서 함께 인사를 나누었다. 이 호텔에서는 김 감독님에게 언제나 무상으로 커피를 대접한다는 말을 전해 들은 적이 있었다. 비단 그런 일이 아니라도 항상 제집처럼 편히 와서 여가를 보내는 것 같다. 이곳 상임이사와 영업부장이 모두 한국인이기 때문이기도 하다.

버스를 타려고 길을 건너는데 호텔 이사인 송 이사님이 잠깐 기다리라고 한다. 그의 차로 집까지 편하게 돌아왔다. 이제 한인 성당과 한인 신자들과의 작별도 행복하게 마무리하게 되었다. 집에 와서 오후에는 영화를 보며 조용히 지냈다.

추억과 보람, 그리고 기억의 섬

이곳 생활 이제 이틀을 남겨두고 있다. 그래도 해야 할 일들이 많다. 우선 코이카 차량으로 두 개의 이민 가방을 갖고 DHL에 짐을 부치러 갔다. 그런데 짐을 재보니 55kg 정도가 된다. 집에서 정확한 저울이 없어서 몸무게 재는 저울로 쟀더니 역시 오버되었다. 책들을 몇 권 빼내어 간신히 무게를 맞췄다. 약간만 오버돼도 엄청난 금액을 부담해야 한다.

집으로 오다가 이제 새로 오신 김신일 시니어 단원이 임시 머무르는 호텔로 갔다. 아주 넓고 가구도 좋아 보였다. 그는 한국에서 오랫동안 자동차 부품상을 해 왔었다. 앞으로 두 달간 테툼어 교육도 받고 집도 구하면서 적응 준비를 하게 된다.

이제 집을 정하면 살림살이가 필요한데 내가 사용하던 살림 도구들이 필요하면 주겠다고 했다. 있는 대로 모두 달라고 한다. 또 이무현 선생님 댁에 사는 청년 단원이 있다. 그는 집도 정하고 어느 정도 정착되어 있었다. 우선 그 청년이 집으로 와서 필요한 것들을 가져갔다. 그리고 나머지 모두는 내가 큰 상자 두세 개에 정돈하여 꾸려 두었다. 저녁때 김 선생님이 집으로 와서 택시에 물건들을 실었다. 기사에게 숙소를 설명해 주고 김 선생님을 태워 보냈다. 이제 집안에 아무것도 없다. 메마른 공기와 나만 서성이고 있다.

다음 날 간단한 배낭을 들고 공항으로 갔다. 많은 단원이 나와서 환송해 주었고 경은지 선생님은 역시 여러 선생님이 쓴 송별사를 모아서 긴 종이 두루마리로 만들어서 기념으로 주었다. 그런데 발리행 비행기가 갑자기 취소되었다. 발리에서 쿠알라룸푸를 거쳐 태국으로 연결해야 하는데 걱정이다. 결국 강 과장이 잠시 후에 출발하는 다른 비행기를 수배하여 조금 늦게 출국할 수 있었다.

모든 일정이 순조롭게 진행되어 태국에서 3박 4일 귀로 여행을 하고 무사히 집으로 돌아왔다. 다사다난하고 힘든 그러나 보람차고 행복한 추억이 많은 동티모르에서의 일 년이었다. 하느님께 그리고 노심초사 기도하며 잘 기다려준 가족들에게 감사드린다.

(2018년 7월 31일 화요일)

해외 봉사활동 후 오름에 올라

동티모르의 수도 딜리에서의 생활을 마무리하고 귀국한 지 3년이 흘렀다. 교직에서 정년을 맞은 지는 7년이 지났다. 지난 세월을 뒤돌아보면 모든 일이 어제 일처럼 주마등으로 스쳐 지나감을 보고 느끼게 된다.

퇴직 후의 내 생활은 주로 해외 봉사활동으로 채워졌다고 할 수 있다. 서아프리카 세네갈 다카르에서 2년간, 그리고 금세기 최 신생국 동티모르에서 한 해가 주요한 생활 주축이었다.

두 곳 모두가 아직 삶의 기반과 사회적 인프라가 충분히 갖춰지지 않은 나라들이어서, 나는 1950~60년대로 돌아가야만 했다. 지난 세기에 미국을 비롯한 선진국 선교사들이 한국의 개화를 위해 모든 것을 희생해가며 한국에 정착해서 개화 작업을 펼쳤던 모습이 자주 떠올랐다. 그분들의 수고와 희생을 조금이나마 깨달을 수 있었던 기회였다. 인간은 사회적 동물이라 나도 그 극한의 영토에서 잘 적응해서 주어진 과제를 잘 해결할 수 있었다.

세네갈에서는 교육부 유아교육국에서 동티모르에서는 베코라기술고등학교에서 일했다. 과제를 발굴해서 추진하고 실적을 내는 것은 오롯이 나의 책임과 역량이었다. 진실과 정성으로 접근하면 모든 일이 선한 결과를 가져오게 된다는 것을 체득할 수 있었다. 어디든 사람이 사는 곳이고 인간의 본성은 기본적으로 선하고 협조적이라는 것을 깨닫게 되었다.

귀국 후에는 성당 주변을 서성이며, 주로 편하고 안전한 삶에 관심을 두고 적응해 가고 있다. 제주에는 368개의 독립된 소화산체 오름이 있다. 오름에 오르고 오름을 보호 관리하는 데 관심을 두고 있다. 또 제주는 2007년 '제주화산섬과 용암동굴'로 세계 자연 유산에 등록되었다. 한라산 천연 보호 구역과 성산일출봉, 거문오름 용암 동굴계에 관심을 두고 보호 관리와 홍보 활동도 하고 있다.

우리 시대를 살아온 사람은 누구나 경험했겠지만, 우리의 또 나의 삶은 다사다난했다고 할 수 있다. 한국전쟁이 채 끝나기 전에 태어나서 제도와 시설이 워낙 미흡한 초등학교에 다녔다. 지금의 세네갈이나 동티모르처럼 오전반 오후반으로 운영되는 학교였다. 물려받은 교과서와 누런 공책에 몽당연필 한두 자루를 양철 필통에 가두고 네모난 보자기에 어긋나게 싸서 허리에 매고 등하교했다. 학교에서 배급하는 강냉이죽과 강냉이 빵이 최고의 외식이었고 때로는 미제 분유 몇 숟가락에 위가 적응하지 못해 배탈이 나곤 했었다. 누구나 배 속 가득 안고 다니는 각종 기생충으로 산토닌을 학교에서 단체 복용하면 하늘이 누렇게 보이고 기생충들의 반란으로 또 고통스러운 며칠을 보내곤 했었다.

유독 어려웠던 가정 형편으로 학교도 가는 둥 마는 둥 했다. 가끔 기성회비를 안 가져왔다고 담임선생님은 집으로 돌려보내기도 했으니 학교에 별 애정을 느낄 수도 없었다. 잘 사는 집 아이들이 갖고 다니는 그 전과나 수련장 하나만 있으면 나도 잘 할 수 있을 것 같았던 아쉬움이 항상 나를 슬프게 했다.

나는 지금도 초등학교 생활과 친구들의 모습이 마음에 그려지지 않는다. 집이 하도 어려워 졸업 앨범을 사지 못했다. 또 초등학교를 졸업하면서 아무도 나의 앞날에 관심을 두지 않았다. 그래서 중학교를 찾아가 입학원서를 구해다가 직접 써서 제출하고 운이 좋아 합격했다. 중고등학교 때는 집안이 어려워서 도움이 되었다. 가난하고 어려운 학생들에게 장학혜택이 주어졌기 때문이다. 그러나 여러 가지 쓸데없는 일들에 관심을 빼앗기다 보니 많은 성과를 내지는 못했다.

언제나 나를 이끌어주고 중심으로 되돌아오게 하는 것은 항상 신앙이었다. 바르고 참된 신앙생활을 해 온 것은 아니지만 몸과 마음이 관성에 의해 자주 중심 밖으로 뛰쳐나가려 했지만, 결국 원심력에 얽매어 되돌아오는 과정이 나의 청춘이 아니었나 싶다. 많은 분이 나에게 관심을 써주었고 또 도움을 주었다. 모두가 신앙과 관련된 분들이었다.

그래선지 가톨릭 국가인 동티모르에서 봉사하게 된 것은 남다른 의미가 있었다. 아프리카에서 근무할 때는 우리 봉사단원들 가운데 강도, 폭행, 상해, 절도 등 피해를 당해보지 않은 단원들을 거의 보지 못했다. 그런데 동티모르에선 그런 피해를 당했다는 소식은 듣지 못했다. 여러 가지 환경과 여건이 다르겠지만 타고난 심성과 배우고 가르치는 가치관의 형성으로 사회와 풍토가 그렇게 변하는 것이 아닌가 하는 생각이 들었다.

지금 우리는 두 해째 전 세계적으로 극심한 혼란에 빠져 있다. 소위 코로나19로 인한 대재앙이다. 세계 인구가 78억인데, 지금까지 1억9천만 명이 감염되었고, 410만 명이 사망했다.

국제보건기구(WHO)에 따르면 우한에서 발생한 새로운 코로나바이러스의 확산은 동물에서 비롯된 것으로 보고 있다. 일반적으로 바이러스는 독자적인 효소가 없어서 스스로 물질대사를 하지 못하므로 독립적으로는 살아갈 수 없다. 즉, 바이러스는 생물체 안에 들어가야만 생물체로서 기능할 수 있다. 결국 이러한 재앙은 인간이 자연의 법칙과 순리를 거슬리려는 작업에 의해서 생겨났다고 볼 수 있다.

우리가 이 세상에서 해야 할 일 중에서 가장 기본적인 일은 세 가지라고 할 수 있다. 평화를 사랑하고, 자연을 사랑하고, 사람과 조상을 사랑하는 일이다. 그리고 행복해지는 일이다. 자연을 잘 돌보고 아껴야 하는데 인위적으로 변조하고 기획하고 파괴하는 일은 결국 인류의 종말을 초래하는 일이라는 것을 코로나 사태는 잘 설명해 주고 있고, 그 경종을 울리고 있는 것이다. 우리 모두 이러한 자연의 순리를 잘 이해하고 받아들여 다음 세대를 착하게 준비해야 함이 옳겠다.

동티모르 엿보기

1. 동티모르는 어떤 나라일까?

공식국가 명칭은 동티모르민주공화국(Democratic Republic of Timor- Leste)이며 국제적으로는 East Timor로 통용되고 있다. Timor는 인도네시아어와 말레이어의 동쪽이라는 의미의 Timur에서 유래한다.

1) 위치 : 자카르타 동쪽 2,200Km, 발리 섬 동남쪽 1,200Km, 호주 북부 다윈에서 북서방향 700Km 지점에 위치한 티모르 섬의 동부 지역으로 위도는 남위 9도, 경도는 동경 126도에 위치한다.

2) 면적 : 14,874Km²(한국의 약 1/6)

3) 수도 : 딜리(Dili)

4) 행정구역 : 중앙정부(Central Government) 밑에 13개의 District, 65개의 Sub-District로 구분된다. Sub-District에 442개의 Suco, 그 아래 2,225개의 Aldeia가 있다.

5) 인구 : 2015년 현재 약 123만 명으로 추정되고 있다. 인구성장률은 2019년 현재 2.0%, 평균 연령 18.6세, 성비는 남녀 100:104이며, 평균 수명은 69.26세다 (2018년 CIA World Fact Book).

6) 언어 : 공용어는 포르투갈어와 테툼어이며, 그 외에 갈올리, 맘바이, 토코데테, 부낙, 케막, 마카사에, 다가다어가 지역별로 사용되고 있다. 이런 이유로 현지인들 사이에도 의사소통이 잘 이루어지지 않는 경우가 있다. 인구 중 테툼어는 약 89%, 인도네시아어는 약 62%, 포르투갈어는 14%, 영어는 16% 정도가 해당

언어로 의사소통이 가능하다.

7) 종교 : 동티모르는 가톨릭이 97.5%, 프로테스탄드 1.96%, 이슬람 0.24% (2015 동티모르 통계청)의 종교 분포를 보이는데 포르투갈 식민지의 영향으로 가톨릭, 즉, 천주교가 주종을 이룬다. 서티모르는 가톨릭 70%, 개신교 20%, 이슬람 10%다. 가톨릭은 인도네시아 지배 기간 중 동티모르 독립의 정신적 구심적 역할을 하였다.

가톨릭 교구는 딜리(Dili) 교구와 바우카우(Baucau) 교구로 나뉘어져 있다. 동티모르는 가톨릭과 함께 무속 신앙의 정령 신앙 등 토속 신앙이 공존하고 있으며, 내륙 지방으로 갈수록 토속 신앙이 뿌리 깊게 남아 있다. 인도네시아의 남부 술라웨시(Sulawesi)에서 남하한 부기스(Bugis) 회교도와 가톨릭인 티모르인 사이에 종교 분쟁이 발생하기도 했으나, 종교 간의 갈등은 미미하다.

8) 국화 : 동티모르는 지정된 국화가 없다. 2014년 인천 아시안 게임 입장식에서 피켓요원의 의상에 동티모르의 특별한 나무인 산달우드(백단목)를 장식한 적이 있다. 산달우드로 만든 가구는 매우 튼튼할 뿐만 아니라 나무 향이 좋아 포르투갈이 티모르 섬을 식민지로 강탈한 가장 큰 요인이 되기도 하였다.

9) 국가 : 동티모르 국가는 '조국(Patrial)'으로 프란시스코 보르자 다 코스타가 작사했고, 아폰수 드 아라우주가 작곡했다. 2002년 5월 20일 국가로 제정 공포되었다. 포르투갈어와 테툼어 가사가 동시에 존재하고 불리운다.

"조국이여, 조국이여, 우리 조국 동티모르여, 사람들에게 영광을, 영웅들에겐 자유를 주리라."로 시작된다.

10) 화폐 : 아직 국가 화폐가 없고 미국 달러화를 사용하고 있다. 동전만은 현지 화폐를 제작사용하고 있다. 동전은 1달러, 50센트, 25센트, 10센트, 5센트가 있다.

11) 시차 : 우리나라와 시차가 없다.

12) 전기 : 험준한 지형으로 인하여 전국적인 송전망이 없으며, 지역별로 60여 개의 소형 발전소를 가동하여 전력을 공급하고 있다. 전기 보급률은 2011년 현재 36.6%(도시 82.3%, 농촌 20.3%)이다.

수도인 딜리를 제외하고는 제한적으로 송전 되고 있으며, 딜리에서도 공급 전력의 전압이 일정하지 않고, 가끔 정전이 발생하여 전기 제품의 손상을 일으킨다. 사무용 복사기, 냉장고 등은 UPS나 안전기사용을 권장하고 있다.

전압은 220V, 50Hz로 한국에서 가지고 온 전자제품은 대부분 사용이 가능하다. 전압에 민감한 TV의 경우 현지 사용이 어렵다. 딜리의 경우 전기 요금은 선불제 충전 방식이고 지방은 태양광을 사용하거나, 지역 발전시설에 종전에는 무상으로 공급했으나 이제는 유상이고 제한 공급되고 있다. 동티모르에서 파는 전자제품은 중국산, 인도네시아산이 대부분으로 동티모르 소켓이 다양하다. 그러나 현지 마트에서 적절한 전환 소켓을 쉽게 구입할 수 있다.

13) 국경일 및 기념일

신정(1월 1일), 부활절 성금요일(3월 25일, 해마다 다를 수 있음), 노동절(5월 1일), 독립회복일(5월 20일), 예수 성체 축일(5월 26일), 라마단 종료일(7월 7일 전후), 독립결정 투표일(8월 30일), 이슬람교 희생절(9월 18일, 변경 가능), 성인 대축일(11월 1일), 위령의 날(11월 2일), 청년의 날(11월 12일), 독립 기념일(11월 28일), 국가영웅의 날(12월 7일), 성모 마리아 잉태일(12월 8일), 성탄절(12월 25일)

14) 주식 : 주식은 쌀이다. 쌀과 고구마, 옥수수가 재배되지만 대부분 부족하여 베트남, 태국, 인도네시아 등 해외에서 수입한다. 최근 생선, 과일, 채소 등 현지에서 출하되는 일부 농수산물의 품질이 개선되고 있다.

15) 특산물 : 커피는 동티모르의 주요 수출 품목으로 수출 물품의 90% 이상을 차지한다. 국민들의 대다수를 차지하는 가난한 농민들에게 소득원이 되며, 가공에 따른 계절적인 고용을 창출한다. 생산량은 연 12,000t 정도이고 세계 생산량의 1% 미만이다. 생산되는 커피의 품질은 Robustal(20%)과 Arabica(80%)로 700m 이상의 고도에서 자라는 Arabica는 Emera, Liquica, Aileu의 산악지대에서 주로 재배된다.

동티모르에서 생산되는 커피는 살충제, 비료 등을 전혀 사용하지 않고 재배되며, 가공할 때도 첨가물을 전혀 사용하지 않는 유기농 커피로 깊고 은은하며 부드러운 맛을 내어 고급 커피로 인정받고 있다. 하지만 가공처리 기술이 낙후되어 주로 인도네시아로 저가로 수출되어 왔으나 지금은 가동처리로 품질의 향상과 판로가 확대되어 우리나라, 유럽, 호주 등으로 직접 수출되고 있다.

2. 자연 환경

동티모르선 동부는 울퉁불퉁한 산악지대이며, 최고봉인 따따마일라우산(Tata
-mailau 2,963m)은 고원 한가운데 솟아 있다. 판테마카사르(Pante Macassar) 항
을 끼고 있는 서북 해안지대의 오웨쿠시 암베노(Oecussi Ambeno) 지역은 백단목
숲과 코코야자 숲으로 덮여 있다.

1) 지리적 특징 : 동서 256km, 남북 92km로 지형은 섬 중앙에 위치한 따따마일라
   우 산을 중심으로 라멜라우 산맥이 동서로 길게 형성되어 있다. 따따마일라우
   산을 통상 라멜라우산이라고 부른다.

   북부 지역은 경사가 급하며 강수량이 적으나 남부 지역은 경사가 원만하며 강수
   량이 많아 농업에 적합하다. 토질은 퇴적층이 거의 없으며 전체적으로 척박하
   다. 연안 해심은 깊은 편이며 티모르 섬 남쪽에 위치한 키모르 해에는 최고 깊이
   가 2,500에서 3,000m에 이른다.

2) 기후 및 기후 변화 : 티모르 섬의 기후는 호주로부터 불어오는 덥고 습한 바람의
   영향을 크게 받으며, 계절은 우기와 건기로 뚜렷하게 구분된다. 건기는 5월부터
   11월, 우기는 12월에서 4월까지다. 전체적으로 연평균 습도는 7, 80% 정도다.
   지형 및 고저에 따른 기후 변화가 심하다.

3) 자연 재해

   ▶ 지진 : 동티모르 인근 해안 지역에서 지진이 발생하는 경우가 간혹 관측되고
   있으나 실질적인 피해는 아직 보고되지 않고 있다.

   ▶ 호우, 홍수, 낙뢰 : 열대성 소나기가 쏟아질 때는 낙뢰를 동반하는 경우가
   많아 주의를 요하며 가급적 외출을 자제해야 한다. 배수 시설, 저수지, 댐 등이
   적절히 설치되지 않아 집중 호우 발생 시 도로, 강, 계곡이 일시에 범람하여
   산사태는 물론 불어난 물살에 사람들이 실종되는 사고가 빈번하다. 특히 우기에
   는 도로가 유실되거나 산사태로 막히는 경우가 많아 지방 여행 시 도로 상황을
   사전에 점검해야 한다.

3. 역사

인류학적 연구에 따르면, 티모르섬에는 기원전 4만 년에서 2만 년 전에 최초로
거주가 시작되었으며, 기원전 3,000년경 말레이시아인들이 들어와서 주로 산악지역
에 거주하였고, 기원전 2,500년경 Proto Malay계 부족이 남지나해 또는 북인도 지

방에서 이민하여 거주하기 시작했던 것으로 파악되고 있다.

유럽의 식민지 개척기인 1520년, 유럽인으로서는 처음으로 포르투갈 인들이 티모르 섬에 정착했으며 1522년에 스페인인들이 정착하기 시작했다. 1613년에는 네덜란드인들이 들어와 이 섬의 서부를 차지했다. 1642년에 포르투갈 인들은 백단목 무역 기지를 세웠다. 1812~15년에는 섬 전체가 영국의 수중에 들어가기도 했다.

그 뒤 네덜란드인과 포르투갈인이 티모르 섬의 지배권을 두고 각축전을 벌인 결과 1860, 1893년 조약에 따라 이 섬은 동서로 양분되어 각각 포르투갈과 네덜란드에 귀속되었다(1893년 조약은 1914년에 비로소 효력을 발효됨). 동티모르는 제2차 세계 대전 때인 1942~45년에는 일본에 강점되어 6만여 명이 살해당하는 비운을 겪었으며, 이 시기를 제외하고는 계속 포르투갈의 지배를 받았다.

동티모르인들은 식민 당국의 지배에 맞서 1719, 1895, 1959년에 반란을 일으키기도 했으나, 대체로 소극적으로 저항하면서 자신의 문화를 유지하는 길을 택했다. 1974년 아프리카 식민지들을 대상으로 곤혹스러운 전쟁을 수행하도록 강요받던 포르투갈의 군부 지도자들이 쿠데타를 일으켜 우익 독재정권을 무너뜨리고 신정부를 수립했다. 포르투갈 신정부는 이듬해 7월, 자신의 식민 제국을 해체하기로 결정하고 동티모르에 대한 식민 통치를 1978년에 종식할 것이라고 발표했다.

이에 따라 동티모르인들의 독립 열기가 고조된 가운데 친 포르투갈 세력과 독립운동 세력 간에 소규모 내전이 일어났다. 내전이 독립운동 조직인 프레틸린의 승리로 기우는 가운데 포르투갈은 같은 해 8월 동티모르에서 철수했다. 프레틸린은 동티모르 전역을 장악한 뒤 같은 해 11월 28일 마침내 '동티모르 민주공화국'의 건국을 선포했다. 그러나 새 나라를 수립한 지 불과 9일 만인 같은 해 12월 7일 수하르토 정권하의 인도네시아에 무력으로 강점되었고, 이듬해 인도네시아의 27번째 주(티모르티무르 주)로 강제 합병되었다. 이는 국제사회의 비난을 불러일으켰다.

국제연합(UN) 안전보장이사회와 총회는 인도네시아의 침략 행위를 비난하고 인도네시아군의 철수와 합병 철회를 요구했으며, 오스트레일리아를 제외하고는 어느 국가도 인도네시아의 동티모르 강점을 용인하지 않았다(오스트레일리아는 1978년 동티모르에 대한 인도네시아의 주권을 공식 인정함).

이미 무력 침공 2개월 만에 동티모르 전체 인구의 10%에 이르는 6만여 명을 학살한 인도네시아군은 이들의 저항운동을 분쇄하기 위해 1만 7,000~3만 5,000명의 군인이 상주하며, 대규모 진압 작전과 강제 이주, 초토화 작전을 펼쳤다. 이 와중에 납치 · 고문 · 강간 · 즉결처분 등의 반인륜 행위도 서슴지 않았다.

1991년 11월 12일, 2주 전 시위에 가담했다가 인도네시아군에 의해 살해된 세바스티앙 고메스를 추모하기 위해 산타크루스 공동묘지에 모인 군중들이 평화시위를 벌이던 중 인도네시아군의 계획적인 무차별 발포로 271명이 죽고, 382명이 부상 당하고, 250명 이상이 실종된 이른바 '딜리 대학살사건'이 발생했다.

이에 항의하는 시위가 동티모르 전역으로 확산되자 인도네시아군의 피 비린내 나는 살육전이 며칠간 계속되었다. 인도네시아 강점기의 대표적인 집단학살 사건으로 꼽히는 딜리 대학살사건은, 여느 사건과 달리 마침 학살 현장에 있던 미국 언론인 에이미 굿먼과 앨런 네이른에 의해 몰래 녹화 · 반출된 비디오테이프를 통해 전 세계에 알려지면서 국제사회에 큰 충격을 안겨 주었다. 딜리 대학살사건을 계기로 '동티모르 행동연대'(East Timor Action Network/ ETAN)와 같은 비정부기구들이 결성되어 동티모르인들의 저항운동을 측면 지원했다.

그러나 동티모르인들의 저항운동은 남아시아의 패자로 군림하던 인도네시아의 수하르토 정권과 유착된 미국 등 강대국들의 침묵과 국제사회의 지지를 끌어내기 위해 비전투원이나 항공기를 목표로 한 테러 · 납치 등의 과격 행위를 일체 삼간 프레틸린의 온건한 투쟁 노선에 가려져 제대로 빛을 보지 못했다. 이윽고 1996년 동티모르의 독립운동 지도자인 카를로스 펠리페 시메네스 벨로 주교와 주세 라모스 오르타가 노벨 평화상을 수상함으로써 동티모르 사태는 비로소 국제사회의 집중적인 조명을 받게 되었다.

1998년 5월 철옹성 같던 인도네시아의 수하르토 정권이 경제위기와 대규모 반정부 시위에 밀려 마침내 붕괴되었다. 바차루딘 주수프 하비비 대통령이 이끄는 신정부가 출범함으로써, 1975년 이후 인도네시아군의 잔학행위와 기근 · 질병으로 전체 인구의 1/ 4에 이르는 20만여 명이 목숨을 잃은 비극의 땅 동티모르에 희망의 기운이 감돌기 시작했다.

하비비 정권은 이듬해 1월 국제사회의 압력에 굴복해 동티모르의 장래를 결정할 주민투표를 수용하겠다고 발표했다. 같은 해 8월 30일 친인도네시아 민병대의 집요한 투표 방해로 2차례 연기되었던 주민투표가 UN 주관하에 실시되었다. 개표 결과 유권자의 78.5%가 인도네시아가 제안한 특별자치를 거부하고 독립을 선택했다. 그러나 친인도네시아 민병대는 주민들의 독립 의지를 꺾기 위해 닥치는 대로 살인·납치·방화 행위를 자행하는 한편 주민들을 서티모르로 대거 강제 소개했다.

이들의 난동으로 수천 명이 사망하고, 수만 명의 난민이 발생했다. 마침내 같은 해 9월말 오스트레일리아군을 주축으로 한 UN 평화유지군이 민병대를 진압하기 위해 딜리에 입성했다. 다음 달 20일 인도네시아 의회가 동티모르 주민투표 결과를 받아들여 합병을 포기하기로 결정함으로써 동티모르는 인도네시아의 '24년 속박'에서 완전히 벗어나 UN 관리하의 비자치 지역이 되었다. 이후 동티모르인들은 UN 동티모르 잠정통치기구(UNTAET)의 통치를 받으며 독립을 향한 발걸음을 재촉했다. 2001년 8월 제헌의회 선거가 실시되었으며 2002년 3월 헌법이 제정되었다.

이어 2002년 4월에 실시된 초대 대통령선거에서 독립운동 지도자 사나나 구스마오가 선출되었다. 같은 해 5월 20일 동티모르는 수백 년에 걸친 식민주의의 족쇄를 풀어헤치고 마침내 완전 독립했으며, 같은 해 9월에 191번째 UN 회원국이 되었다.

4. 한국과의 관계

1) 외교

동티모르와 한국은 2002년 5월 20일 대사급 외교관계를 수립했다. 그 동안 한국은 동티모르의 독립을 위한 국제 사회의 여론 조성에 앞장선 것은 물론 동티모르 주민투표(1999. 8) 및 제헌의회 선거(2001. 8)에 선거관리위원을 파견하고 UN 평화유지 활동(1999. 10 상록수부대 제1진 파견)에 적극 참여하고 인도적 지원과 재건 및 개발을 위한 지원을 아끼지 않음으로써, 건국 이래 처음으로 피억압 약소민족의 독립 과정에 깊이 개입하는 귀중한 경험을 쌓았다.

민간 차원에서도 1996년 11월 국제 비정부기구(NGO)인 '아시아 태평양 동티모르 연합'(Asia Pacific Coalition on East Timor/ APCET)의 회원단체로 동티모르 연대모임(Korea-East Timor Solidarity)이 결성되어 동티모르의 독립을 지원했으며, 2002년에는 서티모르의 난민 캠프에 수용되어 있는 8만~15만 명에 이르는 동티모르 난민의 귀환을 위해 노력했다.

2000년 1월 동티모르 독립운동 지도자 사나나 구스마오가 동티모르 저항협의회(CNRT) 의장의 신분으로 방한해 한국 정부의 동티모르 독립 지원에 대해 감사의 뜻을 표한 데 이어, 2002년 6월에는 동티모르 민주공화국 대통령의 신분으로 방한해 김대중 대통령과 정상회담을 갖고 동티모르의 재건을 위한 경제협력을 요청했다. 한편, 2001년 6월 설치된 주 동티모르 대표부는 2002년 8월 대사관으로 승격되었으며, 2009년 2월에는 주한 동티모르 대사관이 개설되었다.

2) 경제 · 통상 · 주요 협정

동티모르는 커피 생산 중심의 농업 국가로 인구의 64.2%가 농업에 종사하고 있으며, 생산성이 낮고 자본과 노동력 기술이 미약하다. 2019년 커피 수출액은 1,580만 달러다. 그러나 동티모르 정부가 2011년 국가개발 20년 계획(2011-2030)을 수립함으로써 대규모 인프라 건설과 이에 따른 한국 기업의 진출 가능성이 예상된다.

2010년 포스코 플랜텍이 한국 기업 최초로 동티모르에 6백만 불 상당의 교량 보수 사업을 수주한 바 있으며, 이후 KSC 건설과 대명건설 등이 동티모르의 소규모 댐 등 인프라 건설 공사를 수주하기도 했다.

한국의 대동티모르 주요 수출품은 선박 해양구조물 및 부품, 기타 섬유제품, 제지 인쇄기계 등이며 수입품은 LPG와 기호식품, 시계 등이다. 2016년 기준 한국의 대동티모르 수출액은 754만 달러이며, 수입액은 68만 달러이다. 2016년에는 한국과 동티모르 간 새마을운동 협력 MOU가 체결되었다.

3) 문화 교류 · 교민 현황

2006년 양국의 문화예술과 체육학술교류 확대 및 우호 증진을 위해 설립된 한 동티모르 문화교류협회에서는 양국의 문화, 체육, 학술교류와 동티모르 청소년의 태권도 교육과 한글교육, 한국 청소년과의 체육교류 등을 지원하고 있다. 수교 15주년을 맞은 2017년에는 대사관과 동티모르 관광 문화예술부 공통 주관 하에 한-동티모르 우호콘서트가 열렸다. 2017년 기준 동티모르에 거주하고 있는 재외동포는 172명이다.

5. 정치, 경제, 사회

1) 정치

국가 정체는 공화제이며 정부 형태는 의원내각제로 총리가 헌법상 정부 수반이다. 의회는 단원제로 국회의원 수는 65명이고 국민은 정당에 투표하고 득표율에 따라 의원 수 배정을 받는다. 국가 원수는 대통령이고 임기는 5년이다. 주요 정당에는 Fretlin(동티모르 독립혁명 전선), CNTR(티모르재건국민회의), PD(민주당),Frenti-Mudanca(개혁당) 등이 있다. 2002년 9월 UN에 가입했고 군인 수는 2,500명 정도 된다. 2018년 6월 정당 연합 AMP가 34석을 획득하여 제8차 내각이 출범했다.

2) 경제

2014년 현재 GDP 12억 달러, 1인당 GDP 3,939달러며 50% 이상이 빈곤선 이하 생활자로, 동티모르는 세계 최빈국에 속한다. 주요 농산물을 커피, 코코야자, 쌀, 옥수수이며 목화, 밀, 담배, 감자도 재배된다. 1975년 인도네시아 침공 이후 농경지가 황폐화 되었다. 임업과 수산업, 어업이 매우 영세하다. 목재, 식품 가공, 의류, 가죽, 염전, 비누, 향수, 기계류 등의 분야에서 제조업이 행해지고 있으나 규모가 작다. 도자기, 목각, 상아세공, 짚공예품, 코코야자 껍질 공예품, 바구니 등의 수공예품도 생산되며 단위 사업장 고용인원이 5명 미만의 경우가 많으며 영세하다. 동티모르는 2002년 호주와 티모르갭(Timor Gap) 석유, 천연가스 개발을 위한 협약에 공식 서명하였다.

3) 교육과 보건

▶ 교육 : 학제는 Basic School 9년(Primary School 6년, Pre-secondary School 3년), Secondary School 3년, 대학 4년으로 우리나라와 유사하다. 국립 대학교는 학기당 35달러 수준이며, 사립 대학교는 150달러 정도다. 국립 대학교 입학금은 120달러, 사립 대학교는 400달러 수준이다.

UN은 장기적인 인적 자원 육성을 위하여 학교 신설, 교사 확보 등 교육부문을 집중적으로 육성하고 있다. 포르투갈 정부는 교사 약 150여명을 파견, 포르투갈어 교육을 지원하고 있다. 국민 중 포르투갈어 구사자는 15% 미만이며, 현지어인 테툼어는 동사의 시제가 불완전하고 3,000여 단어로 구성된 단순한 언어체계를 갖고 있어 교육에 부적합하다.

2015년 기준 초등학생(6세-11세)수는 316,062명이고 전기 중학생은(12-14) 132,186명이며, 후기 중등 학생 수는 165,981명이다. 대학생 수는 68,758명이다. 학교 수는 초등학교 998교, 중학교 162교, 고등학교가 161교이며, 대학교는 동티모로 국립대학(UNTL) 및 단과대학 등 18곳이 있고 정부의 정식 인가 대학은 9개교다. 2014년 현재 학교 등록률은 초등학교 85.9%, 중등 36.5%, 직업교육 16.6%이다.

외국인 학교로는 호주계 외국인 학교가 2003년에 개교했다. 학비는 연 15,000달러 수준이다. 미국계 학교는 2005년 개교했고 학비는 연 18,000달러 수준이다. 양학교 모두 초등학생이 70% 정도 차지한다.

▶ 보건 현황 : 2010년 기준 유아 사망률은 1,000명당 67명, 5세 이하 사망률은 92명이다. 5세 이하 저체중 비율은 50.3%, 5세 이하 완전 면역률 22.9%, 1세 유아 홍역 면역률 27.0%, 하수도 보급률 46.8%, 식수 보급률 85.5%다(Survey of Living Standards 2010).

6. 문화

450여 년간 식민 지배를 받은 결과 포르투갈의 문화적 요소가 많이 남아 있다. 축구를 좋아하고 열심히 일하기보다는 낙천적이며 노래와 춤을 즐기는 편이다.

1) 마을 공동체와 촌장

다민족으로 구성되어 있는 동티모르 전통 사회는 서로 고립된 채 교류가 별로 없었던 관계로 마을 공동체의 역할과 촌장의 역할이 매우 중요하다. 촌장은 마을 공동체의 원로이며 지도자로서 중요한 의사결정을 내리는 역할을 해온 바, 지방 행정 조직이 갖추어진 현재까지도 촌장의 권위는 여전히 막강하다.

2) 결혼식

결혼식은 성당에서 거행하지만, 결혼 잔치는 신부 집에서 한다. 남자는 결혼을 위해 신부 부모에게 지참금을 주어야 하는데, 일반인의 경우 지참금은 600달러에서 2,000달러 수준으로, 지참금을 마련하지 못한 남자는 결혼을 못하거나 도망치는 사례가 빈번하다.

3) 닭싸움

동티모르인들은 닭싸움을 유난히 좋아하는데 동티모르 닭싸움의 특징은 닭의 발에 면도날 같은 작은 칼날을 달아주어 싸움을 시키고 여기에 돈을 거는 방식이다. 이긴 쪽에 돈을 건 사람이 진 쪽의 돈을 전부 차지하는 도박 형식으로 사행성을 조장한다는 비난으로 요즘 차츰 사라져가는 추세-다.

4) 춤과 악기

동티모르 사람들은 그들만의 독특한 악기와 음악과 춤을 발전시켰다. 이는 그들의 정체성과 문화적 성장의 원동력이 되었다. 하지만 포르투갈의 춤과 노래와 함께 바이올린과 기타가 일부 남아 있다. 마을에 귀한 손님이 오거나, 축제 때면 떼베떼베라는 전통 춤과 바바독이라는 타악기와 징의 일종인 타라 등으로 손님을 즐겁게 맞이한다.

5) 건축물

화따루꾸라고 불리는 전통가옥이 일부 남아 있다. 정부 청사나 대통령궁과 같은 공공건물은 비록 현대식이지만 전통가옥의 형태로 건설된 것을 많이 볼 수 있다.

6) 의복

타이스(Tais)는 동티모르의 전통 직조물이다. 타이스는 결혼식 등 중요한 행사에 전통의복으로 이용되며, 스카프, 핸드백 등으로 만들어 사용한다. 이에 수백 년의 식민시기를 지나는 동안 타이스는 동티모르 사람들의 정체성을 고양하는 데 중요한 역할을 했다.

타이스를 만드는 것은 주로 특별한 날을 장식하기 위한 것으로 타이스와 함께 주로 깃발이나 금과 은을 함께 착용한다. 타이스의 무늬들은 지역 색에 따라 광범위하게 수가 놓아지며 디자인은 그들의 이야기, 기록, 신앙들이 담겨 있다.

최근에 생긴 스타일은 길고 가느다란 머플러 종류다. 특별한 행사의 의미로 착용한다. 남자들의 타이스는 타이스 마네라고 하여 허리 주변을 감싸서 입는데 주로 밝은 색 계통의 타이스와 목걸이 같은 큰 액세서리를 착용한다. 여자들의 타이스는 타이스 페토라고 하여 스커트 혹은 원피스로 되어있다.

전통적으로 전 과정에 걸쳐 수공업으로 생산되며, 직조는 여성들에 의해서만 이루어진다. 하나의 타이스플 만드는데 문양의 종류와 크기에 따라 짧게는 수일에서 길게는 1년이 소요된다. 하지만 동티모르 기념품으로써 외국인의 수요가 많아진 현재는 타이스 같아 보이는 직조물이 외국으로부터 유입, 보다 싼값에 팔리고 있다.

8) 음식

특별히 내세울만 한 전통 음식은 없다. 쌀을 주식으로 채소를 볶은 것과 돼지고기나 닭고기, 생선 튀긴 것 등을 곁들여 먹는다. 일부 산악지역에서는 고구마나 옥수수를 주식으로 하는 곳도 있다.

뚜아사부라는 전통술이 있는데 야자나무에서 수액을 채취하여 통에 넣고 끓이고 구멍 뚫린 항아리를 통에 연결하여 밀봉, 구멍으로 다른 통으로 이동시키면서 중간에 찬물로 증류가 발생하도록 하는 일종의 증류주다. 천연 당분으로 피로 회복을 위한 약술로 향이 좋다.

7. 동티모르 생활 백과

1) 대중교통으로는 미끄롤렛(Microlet)이라 불리는 미니버스와 택시, 시외버스를 이용할 수 있다.

▶ 미끄롤렛(Microlet)

전국에 있으며 현지의 가장 기본적인 대중교통수단으로 단원들을 비롯한 현지인들이 가장 많이 이용한다. 좌석이 좁고 천장이 낮은 데다 더워서 이용하기에 불편함은 있으나, 1회 이용 요금이 $0.25로 저렴하고 현지인과 그들의 삶을 가까이에서 살펴볼 수 있다는 것이 큰 장점이다.

▶ 택시

택시는 딜리 시내 및 인근만 운행하며 일몰 후나 공휴일의 경우 운행하지 않는 택시가 많아 이용이 어렵다. 미터기가 없어 탑승 전 목적지에 따라 가격을 협상하는 것이 일반적이다.

▶ 시외버스

딜리 서쪽 끝의 Tasitolu Bus Terminal(따시똘루 버스 터미널)은 Liquica, Maubara, Batugade 등 동티모르의 서쪽 도시로 가는 버스를 이용할 수 있는 정류장이며 육로로 서티모르에 갈 때도 이용할 수 있다. 동쪽의 Bidau Terminal(비다우 터미널)은 Baucau, Lospalos 등 동티모르의 동쪽 도시로 가는 버스를 이용할 수 있는 정류장이다. 또한 따이뻬시 시장 앞에서는 동티모르의 남쪽 도시로 향하는 버스를 이용할 수 있다.

▶ 페리

페리를 이용해 갈 수 있는 곳은 딜리 인근 아따우로(Atauro)섬과 오에쿠시(Oequsse)가 있으며, 아따우로 섬은 수상택시를 이용해 갈 수도 있다. 페리는 가격이 저렴해 현지인 뿐 아니라 외국인도 이용하며 지방 간 물자운송에도 이용된다. 표 구매 및 승선은 딜리항구에서 가능하다.

2) 통신 수단

동티모르 내 영업 중인 통신사로는 포르투갈 합작법인인 Timor Telecom, 베트남 법인인 Telemor, 인도네시아 법인인 Telkomsel이 있다.

▶ 휴대전화 구입 및 SIM카드 구입

한국에서 사용하던 휴대전화의 경우 현지 통신사 매장에서 심 카드를 구입해 휴대폰에 끼워 사용한다. 별도의 가입절차는 없으며 심 카드는 $1, 심 카드가 부착된 저렴한 현지 휴대전화는 $20~40 정도에 구입할 수 있다.

▶ 선불카드(Pulsa) 구입 및 충전하기

동티모르의 모든 통신사는 'Pulsa'(뿔사)라고 불리는 선불카드를 구입해 직접 충전하거나 대리점을 방문해 요금을 충전하여 사용한다. 후불제로도 이용 가능하지만 뿔사를 구입해 충전하는 방식이 일반적이다. 뿔사는 $1에서 $50까지 있으며 마트, 길거리 상인에게서 쉽게 구입할 수 있다. 뿔사를 구입한 뒤 뒷면의 스크래치를 긁으면 PIN번호를 확인할 수 있다.

▶ 인터넷 사용하기

현지 인터넷은 가격이 비싸고 속도가 느리며 안정적이지 않아, 그래픽/ 동영상 등을 포함한 고용량의 화면 접속이나 각종 프로그램의 다운로드가 불가능하거나 시간이 매우 오래 걸리므로 필요한 프로그램이나 동영상 등은 한국에서 미리 다운로드 받아 오는 것이 좋다.

3) 은행 이용 방법

호주계 ANZ, 포르투갈계 BNU, 인도네시아 MANDIRI, 동티모르 Micro Fiance Bank 등이 영업 중이다. 현지 KOICA 사무소의 주거래 은행은 MANDIRI이며 생활비, 주거비 등은 은행 계좌를 통해 지급받는다. ATM 가능 은행으로는 ANZ, MANDIRI가 있다. 은행 영업시간은 오전 9시 30분부터 오후 4시 30분까지로, 간단한 은행 업무에도 통상 30분~1시간 이상 소요(VIP룸 이용 시 단축)되므로 1일 최대 인출 가능 금액 $250~300 이하의 금액은 ATM을 이용해 인출하는 것이 좋다. 계좌 개설 시, 여권사본 및 최초 $50 이상 입금을 요구하며 ATM카드(직불카드) 발급 시에도 $5의 수수료가 부과된다.

4) 현지 물가 정보

동티모르는 생산시설 및 국내 유통망이 미흡하여 대부분의 공산품뿐만 아니라 농산물과 육류, 생선 등도 수입에 의존하고 있다. 주로 인도네시아, 중국, 싱가포르, 호주, 포르투갈 등에서 수입되고 있으며 점점 물품이 다양해지고 구입이 어렵지는 않으나 종류와 수량에 제한이 있다.

열대지방임에도 불구하고 열대과일이 풍성하진 않은 편이다. 현지 과일 가게에서 바나나, 파파야, 망고, 아보카도 등을 쉽게 볼 수 있고 대형마트에서 수입된 오렌지,

귤, 사과, 포도 등도 구입 가능하다. 농산물의 가격은 한국과 비슷한 수준이고 마트에 비해 시장에서 판매하는 농수산물이 다소 저렴한 편이다.

5) 전자제품 및 생필품 구입 요령

▶ 생활필수품 구입 요령

외국인이 주로 이용하는 마트 형태의 슈퍼마켓이 늘어나고 있으나, 취급품목에 차이가 있어서 생필품 및 식료품 구입을 위해서는 한번에 2~3곳의 슈퍼마켓에 들러야 하는 경우가 있다. 또한 마트별로 동일한 상품도 가격이 조금씩 다르고 크게는 2배 이상 차이가 나는 경우도 있기 때문에 비교하여 현명한 소비를 해야 한다. 또한 동네마다 '키오스'라 불리는 작은 슈퍼마켓이 많이 있기 때문에 대형 마트보다는 값이 다소 비싸더라도 필요 시 생필품을 쉽게 구할 수 있다.

〈딜리 시내 주요 슈퍼마켓〉

Kmanek, idau-Lecidere, Land Mark, Leader, Lita store, DILI MART, Timor Plaza(티모르 플라자, 딜리 유일 · 최대의 종합상가)

〈재래시장 (할리라랑)〉 따이뻬시 시장

▶ 전자제품 구입 요령

수도 딜리의 꼴메라 지역과 티모르플라자 등에서 삼성, 엘지뿐만 아니라 POLYTRON과 같은 동남아시아의 다양한 브랜드의 전자제품을 구입할 수 있다. 그러나 제품의 종류가 다양하지 않고 가격이 인도네시아와 비교하여 20% 이상 비싼 편이다. 상점에 따라 가격이나 품질 보증기간의 차이가 크기 때문에 여러 상점을 비교 · 조사한 후 구입하는 것이 좋다.

6) 참고 사이트

① 동티모르 정부 홈페이지 : http:/ / timor-leste.gov.tl/

② Ministry of State Administration : http:/ / www.estatal.gov.tl/

③ Art and Culture : http:/ / www.cultura.gov.tl/

④ National Petroleum Authority : http:/ / www.anp-tl.org/

⑤ Ministry of Justice : http:/ / www.mj.gov.tl/

⑥ Ministry of Finance : https:/ / www.mof.gov.tl/

⑦ 딜리 미끄롤렛 : http:/ / www.dilimicrolets.com/

⑧ 딜리 관련 생활 정보 : http:/ / www.easttimor-timorleste.com/

⑨ 티모르텔레콤 : http:/ / www.timortelecom.tl/

⑩ 텔레모르 : http:/ / telemor.tl/

⑪ 텔콤셀 : http:/ / telkomcel.tl/

⑫ 영화 상영정보 : http:/ / facebook.com/ Platinumcineplextl/

⑬ 어학원 정보 : http:/ / facebook.com/ LELItimor/

※ 딜리 관련 다양한 Facebook그룹, 페이지가 생성되어 있음.

7) 현지 거주 주의사항

▶ 두 사람 사이를 지나가지 말자

길거리에서 대화중인 사람들, 함께 걸어가는 사람들 사이를 지나가지 말자. 이는 현지인들이 가장 불쾌하게 생각하는 행동으로, 만약 인도를 사이에 두고 두 사람이 대화중이라면 뒤쪽으로 돌아가거나 꼭 "Lisensa(리센사: 실례합니다)"라는 말과 함께 양해를 구한 뒤 지나가자.

▶ 불필요한 시비를 피하자

동티모르인들은 특유의 욱하는 다혈질 기질이 있다. 예상치 못한 일에 현지인들이 화를 내거나 시비를 걸어온다면 먼저 미안하다고 말하고 자리를 뜨는 것이 좋다. 또 외국인의 경우 현지인과 마찰이 생기면 주위의 현지인들이 몰려들어 외국인을 함께 비난하기도 하기 때문에 주의해야 한다. 특히, 무시당하거나 잘못된 점을 지적받았을 때 화를 참지 못하는 동티모르인이 많으므로 항상 상대를 존중하는 태도로 언행을 신중하게 하는 것이 요구된다.

▶ Timor에는 Timor time이 존재한다

모든 현지인이 그렇지는 않지만 시간 약속을 잘 지키지 않는 경우가 종종 있다. 항상 시간에 쫓기며 생활하는 한국의 삶과 달리 현지인들은 시간에 얽매이지 않는 여유로운 삶을 살아간다. 10분이 20~30분이 될 수도 있고, 내일이 다음 주가 될 수도 있다.

8) 주요 연락처

▶ 주동티모르 대사관 (+670)332-1635

▶ 경찰서(PNTL) 112 Rua Jacinto Candido, Dili, Timor-Leste

▶ 소방서/ 구조대 (Bombeiros) 115 Caicoli, Dili, Timor-Leste

8. 기본 회화

1) 인사

안녕하세요? Diak ka lae?/ 디악깔라에/

아침인사 Bondia/ 본디아/

오후인사 Botardi/ 보따르디/

저녁인사 Bonoiti/ 보노이띠/

내일 만나요 Ate Amanya/ 아떼 아마냐/

잘 가요 Adeus/ 아데우스/

2) 감사 및 사과

감사합니다 (화자가 여자인 경우) Obrigada/ 오브리가다/

감사합니다 (화자가 남자인 경우) Obrigadu/ 오브리가두/

천만에요 Nada/ 나다/

실례합니다 Kolisensa/ 꼴리센사/

미안합니다 Deskulpa/ 데스꿀빠/

부탁합니다 Favor ida/ 파보르이다/

3) 소개

한국에서 왔습니다 Hau hosi Korea/ 하우 호시 꼬레아/

제 이름은 ~입니다 Hau-nia naran ~/ 하우 니아 나란 ~/

중국인이 아닙니다 Hau laos ema Xina/ 하우 라오스 엠마 씨나/

딜리에서 일합니다 Hau servisu iha Dili/ 하우 세르비수 이하 딜리/

4) 대답

예 Sin/ 신/

맞아요 Loos/ 로스/

아니요 Lae/ 라에/

아직요 Sidauk/ 시다욱/

좋아요 Diak/ 디악/

안 좋아요 Ladiak/ 라디악/

대답 필요 없어요, 괜찮아요 La buat ida/ 라부아띠다/

하세요, 해줄 수 있어요? (허가, 완곡한 요청) Bele/ 벨레

하지 마세요(금지) Labele/ 라벨레/

5) 공항(입국)

일하러 왔습니다 Hau mai iha nee atu servisu/ 하우 마이 이하 네 아뚜 세르비수/

한 달 있을 예정입니다 Hau hela fulan ida/ 하우 헬라 풀란 이다/

제 짐은 두 개(이것)입니다 Hau-nia pasta rua(ida nee)/ 하우 니아 빠스따 루아(이다 네)/

6) 택시

좀 빨리 가주세요 Bele baa lalais/ 벨레 바 랄라이쓰/

천천히 가주세요 Bele baa neneik/ 벨레 바 네네익/

여기서 세워주세요 Para iha nee/ 빠라 이하 네/

얼마입니까? Hira ga?/ 히라 가?/

곧바로 가주세요 Baa loos deit/ 바 로스 데잇/

왼쪽으로 가주세요 Baa liman karuk/ 바 리만 까룩/

오른쪽으로 가주세요 Baa liman loos/ 바 리만 로스/

돌아가주세요 Fila fali/ 필라 팔리/

잠시만 기다려주세요 Hein oituan/ 헤인 오이뚜안/

7) 식당

금연석으로 주세요 Favor labele fuma/ 파보르 라벨레 푸마/

메뉴 좀 봅시다 Bele haree menu/ 벨레 하레 메뉴/

이것으로 먹겠어요 Hau haan nee/ 하우 한 네/

무엇을 마시겠어요? Ita hakarak hemu saida?/ 이따 하까락 헤무 사이다?/

물 한 병 작은 것(큰 것)으로 주세요 Foo aqua kiik(boot)/ 포 아쿠아 낀(봇)/

이것(저것)은 무엇입니까? Saida maka nee(neeba)?/ 사이다 마까 네(네바)?/

영수증 주세요 Foo nota/ 포 노따/

모두 얼마입니까? Nee hamutuk hira?/ 네 하무뚝 히라?/

화장실이 어딥니까? Haris fatin iha nebee?/ 하리쓰 파띤 이하 네베?/

8) 쇼핑

무엇을 찾으세요? Saida mak ita buka?/ 사이다 막 이따 부까?/

잠시 구경 중입니다 Hau hakarak haree deit/ 하우 하까락 하레 데잇/

○○ 좀 볼 수 있나요? Hau bele haree ○○/ 하우 벨레 하레 ○○?/

마음에 들다, 원하다 Hakarak/ 하까락/

마음에 들지 않다, 원하지 않다 Lakoi/ 라꼬이/

이것은 얼마입니까? Ida nee hira?/ 이다 네 히라?/

너무 비싸요 Ne karun liu/ 네 까룬 리우/

깎아 주세요 Ita bele hatuun oituan/ 이따 벨레 하뚠 오이뚜안/

이것을 사겠습니다 Hau hakarak sosa nee/ 하우 하까락 소사 네/

9) 업무

○○와 회의를 하고 싶습니다

Hau hakarak enkontru ho ○○/ 하우 하까락 엔꼰뚜루 호 ○○

회의 시간은 언제입니까? Tuku hira comesa enkontru?/ 뚜꾸 히라 꼬메싸 엔꼰뚜루?

회의 장소는 어디입니까? Enkontru fatin iha nebee?/ 엔꼰뚜루 파띤 이하네베?

오전(오후)에 회의가 있습니다. Hau sei iha enkontru iha dadeer(loraik) / 하우 세이 이하 엔꼰뚜루 이하 다데르(로끄라익)

추가 정보를 받을 수 있을까요? Hau hakarak hetan informasaun liu tan?/ 하우하까락 헤딴 인포마사운 리우 땅?

10) 건강

몸이 안 좋아요 Hau isin moras/ 하우 이신 모라스

열이 있어요 Hau isin manas/ 하우 이신 마나스

머리 아파요 Hau senti ulun moras/ 하우 센띠 울룬 모라스

병원에 데려다 주세요Bele lori hela hau ba ospital/ 밸레 로리 헬라 하우 바 오스피딸

약국은 어디 있나요? Farmasia iha neebe?/ 파르마시아 이하 네베?

11) 통신

유심/ 휴대폰/ 뿔사를 사고 싶습니다 Hau hakarak sosa SIM card/ 하우 하까락 소사 심카드

유심에 문제가 있습니다 SIM card iha problema/ 심카드 이하 프로블레마/

이것을 어떻게 사용합니까? Oinsa atu uza ida nee?/ 오인싸 아뚜 우자 이다 네?

작은 사이즈(큰 사이즈) 유심을 주세요 Foo SIM card kiik(boot)/ 포 심카드 끽(봇)/ 시간

12) 날씨

지금 몇 시죠? Agora tuku hira?/ 아고라 뚜꾸 히라?

오늘은 좋은 날씨네요 Ohin loron diak/ 오힌 로론 디악

비가 올 거 같네요 Agora udan tuun/ 아고라 우단 뚠

※관련 단어 : 우기 tempu udan/ 뗌뿌 우단/ 비 udan/ 우단 / 우산 sumbrinya/ 섬브리냐

13) 기타

매우 친절하시네요 Ita diak tebes/ 이따 디악 떼베스

한국음악 좋아하세요? Ita gosta rona muzika korea?/ 이따 고스타 로나 무지까 꼬레아?

다시 한 번 말씀해 주실래요? Bele koalia dala ida tan? / 벨레 꼬알리아 달라 이다 땅?

당신 직업이 무엇입니까? Ita nia servisu saida? / 이따 니아 세르비수 사이다?